飞花拾玉

中国诗词寻字觅句

张祥斌　闫哲美　主编

化学工业出版社
·北京·

图书在版编目（CIP）数据

中国诗词寻字觅句 / 张祥斌，闫哲美主编． -- 北京：化学工业出版社，2025. 3． -- ISBN 978-7-122-46989-2

Ⅰ．I222

中国国家版本馆CIP数据核字第20257TA735号

责任编辑：陈　曦　　　　　　　　　装帧设计：宁静静
责任校对：边　涛

出版发行：化学工业出版社（北京市东城区青年湖南街13号　邮政编码100011）
印　　装：河北延风印务有限公司
710mm×1000mm　1/16　印张22³⁄₄　字数339千字　2025年8月北京第1版第1次印刷

购书咨询：010-64518888　　　　　　售后服务：010-64518899
网　　址：http://www.cip.com.cn
凡购买本书，如有缺损质量问题，本社销售中心负责调换。

定　　价：68.00元　　　　　　　　　　　　　　　　版权所有　违者必究

前言

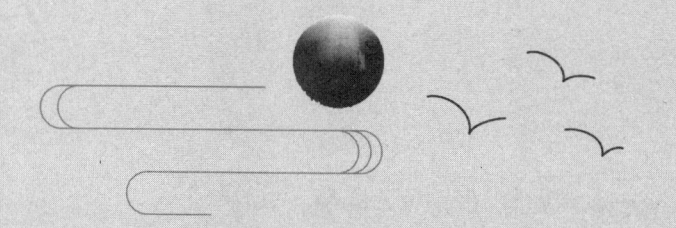

常言道:"腹有诗书气自华。"要想成为一个谈吐不俗、语惊四座、高雅而有修养的人,必须掌握一些诗词。传诵不衰的经典诗词已经融入我们的文化性格里,启发着我们的心智,滋养着我们的心灵,丰富着我们的精神,陶冶着我们的情操,成为我们日常生活的一部分。

背诵诗词是一个由浅入深、由点及面、循序渐进的过程,本书精心设计的各类诗词填空游戏,就遵循这个客观规律,是理解、背诵古诗词的强力推进器。本书内容不仅涵盖了教学大纲、新课标要求必背的所有诗词篇目,还涉及《唐诗三百首》《宋词三百首》《千家诗》等中国传统诗集的大部分优秀篇目,以及在写作、生活、工作中能用到的绝大部分诗词名句。通过本书,读者能够以诗词名句为线索,把知识视角延伸到整篇诗词,进而拓展到博大精深的诗词文化领域。

在内容编排上,本书也独具匠心。首先,从最基本的"字词填空"入手,读者可以先从理解、掌握诗词名句中的关键字词学起,进而过渡到"图表填空"。

"图表填空"的题目是列出一个单句中的关键字,分为七言和五言，读者可以尝试着将关键字以外的字词填充完整，组成一个完整的单句。

"图表填空"之后是"单句填空"，读者可以根据类别、题目、作者、句意和用法以及给出的单句提示，填充出正确的单句，组成一个完整的联句。

然后，读者可以过渡到"联句填空"，虽然难度加大了一些，但题目大多给出了诗词题目、作者和主题提示，而且基本都是常见的诗词名句，读者完全可以充满信心。

进行完字词、单句、联句的训练，就可以过渡到对整体诗词的学习上，试着"补全诗词"，顺便也可以背诵一下那一章节的常见诗词。

"飞花令"原本是古人饮酒时的一个助兴游戏，源自古人的诗词之趣。从2016年中央电视台开始举办《中国诗词大会》后，经过改良的"飞花令"就成了大会的压轴节目，很多擅长"飞花令"的选手成了"文化明星"。本书的"飞花令"可以称为压轴章节，读者也可以通过这一章节的训练，成为"文化明星"。

中国是一个"诗歌的国度"，诗词是中国传统文化中的奇葩，而诗词名句是奇葩中的精华，是我们民族文化遗产中极为珍贵的一部分。请跟随本书走入古典诗词美丽清新的世界，感受至美意境，体验诗意人生吧！

编　者

目录

第1章　字词填空　001

- 002　春夏秋冬
- 003　月月有诗
- 006　日月星光
- 007　江河湖海
- 009　山川溪水
- 011　池塘沼泽
- 013　津浦汀洲
- 015　风雨阴晴
- 017　云雾雷电
- 019　冰雪霜露
- 021　霰霾霁虹
- 023　衣食住行
- 025　舟船车马
- 027　晨宵昼夜
- 029　人生年岁
- 031　节令抒怀
- 033　喜怒哀乐
- 035　悲欢离合
- 037　爱恨情仇
- 038　愁眉泪眼
- 040　酸甜甘苦
- 042　生死荣辱
- 044　忧国忧民
- 046　社稷安危
- 048　英雄豪杰
- 050　善恶美丑
- 052　黑白清浊
- 054　好坏成败
- 056　大小长短
- 058　高低上下
- 060　前后左右
- 061　东南西北
- 063　古今中外
- 065　众寡多少
- 067　真假有无
- 069　快慢早晚
- 071　路途远近
- 073　花鸟虫鱼

075	飞禽走兽	107	千家万户
077	草木树林	109	灯火烛烟
078	杨柳松柏	111	宫殿寺庙
080	瓜果梨桃	113	天地神仙
082	梅兰竹菊	115	兵丁军士
084	琴棋书画	117	刀枪剑戟
086	笔墨纸砚	119	边塞射猎
088	诗文曲赋	121	渔樵工农
090	字词音信	122	亲朋师友
092	听说读写	124	男女老少
094	谈笑言语	126	父母爷娘
096	酒醉茶香	128	兄弟手足
098	卧眠梦醒	130	赤橙黄绿
099	亭台楼阁	132	青蓝紫红
101	门窗厅堂	134	数字入诗
103	村庄庭院	136	叠字入诗
105	乡镇街市	138	诗词矿藏

第2章　图表填空　　　　　　　　*141*

142	"一"字组句	149	"八"字组句
143	"二"字组句	150	"九"字组句
144	"三"字组句	151	"十"字组句
145	"四"字组句	152	"百"字组句
146	"五"字组句	153	"千"字组句
147	"六"字组句	154	"万"字组句
148	"七"字组句	155	"亿"字组句

156	"春"字组句		183	"酒"字组句
157	"夏"字组句		184	"肉"字组句
158	"秋"字组句		185	"日"字组句
159	"冬"字组句		186	"月"字组句
160	"雨"字组句		187	"星"字组句
161	"雪"字组句		188	"夜"字组句
162	"风"字组句		189	"天"字组句
163	"霜"字组句		190	"地"字组句
164	"雷"字组句		191	"东"字组句
165	"电"字组句		192	"西"字组句
166	"云"字组句		193	"南"字组句
167	"江"字组句		194	"北"字组句
168	"河"字组句		195	"中"字组句
169	"湖"字组句		196	"上"字组句
170	"海"字组句		197	"下"字组句
171	"水"字组句		198	"左"字组句
172	"石"字组句		199	"右"字组句
173	"山"字组句		200	"前"字组句
174	"花"字组句		201	"后"字组句
175	"草"字组句		202	"里"字组句
176	"树"字组句		203	"内"字组句
177	"木"字组句		204	"外"字组句
178	"叶"字组句		205	"高"字组句
179	"鸟"字组句		206	"低"字组句
180	"兽"字组句		207	"酸"字组句
181	"虫"字组句		208	"甜"字组句
182	"鱼"字组句		209	"苦"字组句

210 "辣"字组句
211 "咸"字组句
212 "淡"字组句
213 "大"字组句
214 "小"字组句
215 "来"字组句
216 "去"字组句

217 "快"字组句
218 "慢"字组句
219 "生"字组句
220 "死"字组句
221 "有"字组句
222 "无"字组句

第3章 诗词句子填空   223

224 单句填空
240 联句填空

245 补全诗词

第4章 飞花令   263

264 诗词之"春"
264 "春""风"送暖
265 "春""雨"含情
266 诗词之"夏"
267 "夏""热"难耐
267 "夏""雨"绵绵
268 诗词之"秋"
269 "秋""风"萧瑟
270 望穿"秋""水"
271 诗词之"冬"
271 "寒""冬"凛冽
272 "冬""雪"飘飘

273 诗词谈"天"
274 诗词说"地"
275 谈"天"说"地"
275 诗词之"中"
276 诗词之"国"
277 诗满"中""国"
278 诗词之"家"
279 诗词"国""家"
279 诗台点"烛"
280 诗界明"灯"
281 诗词很"火"
282 "灯""火"辉煌

282	诗国寻"梦"	304	五"湖"四"海"
283	诗词追"风"	304	百"川"入"海"
284	诗空腾"云"	305	诗海泛"波"
285	诗空驾"雾"	306	诗海冲"浪"
286	诗空飞"雨"	307	"波""浪"滔天
286	"风""云"变幻	308	诗海行"船"
287	"风""雨"无阻	308	诗海泛"舟"
288	腾"云"驾"雾"	309	诗词观"日"
289	诗空飘"雪"	310	诗词赏"月"
290	"雨""雪"霏霏	311	"日""月"同辉
290	诗词之"冰"	311	诗空摘"星"
291	诗词之"霜"	312	诗词之"光"
292	"冰"天"雪"地	313	"风""光"无限
293	诗坛惊"雷"	314	诗空赏"云"
294	诗苑游"山"	315	"云""海"茫茫
295	诗坛戏"水"	315	诗园赏"花"
295	"山""水"情怀	316	诗园踏"草"
296	诗词之"江"	317	诗林植"树"
297	诗词长"河"	318	诗词有"木"
298	大"江"大"河"	319	诗词造"林"
298	"江""山"如画	319	植"树"造"林"
299	壮丽"山""河"	320	"树""木"丛生
300	"川"流不息	321	"花""草"为伴
301	名"山"大"川"	322	"草""木"有情
301	诗词之"湖"	322	诗词飘"香"
302	诗词之"海"	323	"花""香"阵阵
303	诗词"江""湖"	324	诗林寻"杨"

325	诗林觅"柳"	339	诗词有"物"
326	"杨""柳"依依	340	诗词"人""物"
326	诗林摘"桃"	341	"天""人"合一
327	诗林采"李"	342	诗词之"身"
328	"桃""李"芬芳	342	诗词有"心"
329	诗林一"叶"	343	"身""心"一体
329	诗词之"根"	344	诗词多"情"
330	"叶"落归"根"	345	诗词有"恨"
331	诗林听"鸟"	346	诗中听"声"
332	诗苑猎"兽"	346	诗中观"色"
332	诗厩相"马"	347	有"声"有"色"
333	诗词真"牛"	348	诗中有"诗"
334	诗词惜"别"	349	"书"入诗词
335	诗词洒"泪"	349	满腹"诗""书"
335	"泪"如"雨"下	350	诗中藏"画"
336	诗苑采"茶"	351	有"诗"有"画"
337	诗坛品"酒"	352	诗中有"词"
338	饮"酒"品"茶"	353	"诗""人"辈出
339	诗词之"人"	353	"诗""词"中国

第 1 章

字词填空

请根据标题的提示，选择恰当的字或词，把诗句补充完整。诗句中的这些字词，有的用的是其本义，有的则是它的引申义，请作出正确的判断。

春夏秋冬

1. □眠不觉晓，处处闻啼鸟。（《春晓》唐·孟浩然）
2. 仲□流多水，清晨向小园。（《园》唐·杜甫）
3. 且如今年□，未休关西卒。（《兵车行》唐·杜甫）
4. 力尽不知热，但惜□日长。（《观刈麦》唐·白居易）
5. 孟□百物滋，动植一时好。（《首夏》唐·白居易）
6. 胡为□□税，岁岁输铜钱。（《赠友·其三》唐·白居易）
7. 江南有丹橘，经□犹绿林。（《感遇·其七》唐·张九龄）
8. 岚横□塞雄，地束惊流满。（《西塞山》唐·韦应物）
9. 因知松柏志，□□色苍苍。（《咏廿四气诗·寒露九月节》唐·元稹）
10. 残云收□暑，新雨带□岚。（《六月三十日水亭送华阴王少府还县》唐·岑参）
11. 严□不肃杀，何以见阳□？（《孟冬蒲津关河亭作》唐·吕温）
12. □山瘦嶙峋，□水渺无津。（《题庵阁黎二画》宋·陆游）
13. 无计留□住，从教去复来。（《惜春》明·于谦）
14. □色到空闺，夜扫梧桐叶。（《卜算子·断肠》明·夏完淳）
15. 草杂今古色，岩留□□霜。（《且发青林》南北朝·孔稚珪）
16. □来□未反，去家邈以绵。（《饮马长城窟行》晋·陆机）
17. 乘鄂渚而反顾兮，欸□□之绪风。（《九章·涉江》战国·屈原）
18. 石鱼湖，似洞庭，□水欲满君山青。（《石鱼湖上醉歌》唐·元结）
19. 人面不知何处去，桃花依旧笑□风。（《题都城南庄》唐·崔护）
20. □潮带雨晚来急，野渡无人舟自横。（《滁州西涧》唐·韦应物）
21. 尺书未达年应老，先被新□入故园。（《岁晚言事寄乡中亲友》

唐·方干）

22. 通灵夜醮达清晨，承露盘晞甲帐□。（《汉宫》唐·李商隐）

23. 君家瓮瓮今应满，五色□笼甚可夸。（《济源寒食·其七》唐·孟郊）

24. 絮扑白头条拂面，使君无计奈□何！（《苏州柳》唐·白居易）

25. 驯犀生处南方热，□无白露□无雪。（《驯犀》唐·白居易）

26. 不知近水花先发，疑是经□雪未销。（《早梅》唐·张谓）

27. 芳菲歇去何须恨，□木阴阴正可人。（《三月晦日偶题》宋·秦观）

28. □花□月□冰雪，不听陈玄只听天。（《读张文潜诗二首·其一》宋·杨万里）

29. 严□凛凛霜雪天，银山玉树相钩连。（《西湖四景》宋·程安仁）

30. 躲进小楼成一统，管他□□与□□。（《自嘲》近现代·鲁迅）

31. 雪压□云白絮飞，万花纷谢一时稀。（《七律·冬云》现代·毛泽东）

32. 蛾眉亭上，今日交□至。（《蓦山溪·采石值雪》宋·李之仪）

33. 自□经□到雪飞，一向都无计。（《卜算子》宋·吕渭老）

34. 昼长欢岂定，争如翻作□宵永。（《归朝欢》宋·张先）

35. 已过□分□欲去，千炬花间，作意留□住。（《蝶恋花》宋·葛胜仲）

◆ 答案：1.春 2.夏 3.冬 4.夏 5.夏 6.秋夏 7.冬 8.秋 9.冬夏 10.夏秋 11.冬春 12.秋秋 13.春 14.秋 15.冬夏 16.冬秋 17.秋冬 18.夏 19.春 20.春 21.春 22.春 23.冬 24.春 25.冬 26.冬 27.夏 28.春秋冬 29.冬 30.冬夏 春秋 31.冬 32.冬 33.夏秋 34.春 35.春春春

月月有诗

1. 解落三秋叶，能开□月花。（《风》唐·李峤）

2. □月天山雪，无花只有寒。（《塞下曲·其一》唐·李白）

3. ☐月不可触，猿鸣天上哀。(《长干行·其一》唐·李白)

4. ☐月一日天，花稀叶阴薄。(《和微之四月一日作》唐·白居易)

5. ☐月风光好，逢君上客稀。(《宴郑伯玙宅》唐·张谓)

6. ☐月草根甜，天街雪似盐。(《马诗·其二》唐·李贺)

7. 蝉鸣空桑林，☐月萧关道。(《塞上曲》唐·王昌龄)

8. 边城☐☐月，雨雪乱霏霏。(《蓟门行·其四》唐·高适)

9. 颦眉☐月露，愁杀未成霜。(《子夜歌·其四》唐·晁采)

10. 黄鹤楼中吹玉笛，江城☐月落梅花。(《黄鹤楼闻笛》唐·李白)

11. 浙江☐月何如此？涛似连山喷雪来。(《横江词·其四》唐·李白)

12. 可怜☐月初三夜，露似真珠月似弓。(《暮江吟》唐·白居易)

13. ☐月七日长生殿，夜半无人私语时。(《长恨歌》唐·白居易)

14. 江城山寺☐月，北风吹沙雪纷纷。(《醉后狂言酬赠萧殷二协律》唐·白居易)

15. 停车坐爱枫林晚，霜叶红于☐月花。(《山行》唐·杜牧)

16. 故人西辞黄鹤楼，烟花☐月下扬州。(《黄鹤楼送孟浩然之广陵》唐·李白)

17. ☐月三日天气新，长安水边多丽人。(《丽人行》唐·杜甫)

18. ☐月秋高风怒号，卷我屋上三重茅。(《茅屋为秋风所破歌》唐·杜甫)

19. ☐月天山风似刀，城南猎马缩寒毛。(《赵将军歌》唐·岑参)

20. 新年都未有芳华，☐月初惊见草芽。(《春雪》唐·韩愈)

21. ☐月南风大麦黄，枣花未落桐叶长。(《送陈章甫》唐·李颀)

22. ☐月残花落更开，小檐日日燕飞来。(《送春》宋·王令)

23. 乡村☐月闲人少，才了蚕桑又插田。(《乡村四月》宋·翁卷)

24. 东来□月黄尘满，霰点霜花总未堪。(《题阎才元喜雪堂·其一》宋·叶适)

25. 躬耕莘野一犁雨，亲见豳风□月诗。(《山中·其六》宋·方岳)

26. 一年遇暑一番愁，□月梢时□月头。(《月下呆饮·其一》宋·杨万里)

27. 陇头□月天雨霜，壮士夜挽绿沉枪。(《陇头水》宋·陆游)

28. □月□月早惊春，众花未发梅花新。(《梅花落》南北朝·江总)

29. 轮台□月风夜吼，一川碎石大如斗，随风满地石乱走。(《走马川行奉送出师西征》唐·岑参)

30. 毕竟西湖□月中，风光不与四时同。(《晓出净慈寺送林子方》宋·杨万里)

31. □月春耕昌杏密，百花次第争先出。(《渔家傲》宋·欧阳修)

32. □□月新阳排寿宴，黄钟应管添宫线。(《渔家傲》宋·欧阳修)

33. □月栖栖，戎车既饬。(《诗经·六月》)

34. 维此□月，既成我服。(《诗经·六月》)

35. □月流火，□月授衣。(《诗经·七月》)

36. □月流火，□月萑(huán)苇。(《诗经·七月》)

37. □月筑场圃，□月纳禾稼。(《诗经·七月》)

38. □月秀葽(yāo)，□月鸣蜩(tiáo)。□月其获，□月陨萚。(《诗经·七月》)

39. □月食瓜，□月断壶，□月叔苴。(《诗经·七月》)

40. □月斯螽动股，□月莎鸡振羽。□月在野，□月在宇，□月在户，□月蟋蟀入我床下。(《诗经·七月》)

◆ 答案：1.二 2.五 3.五 4.四 5.正 6.腊 7.八 8.十一 9.腊 10.五 11.八 12.九 13.七 14.十一 15.二 16.三 17.三 18.八 19.九 20.二 21.四 22.三 23.四 24.十 25.七 26.六 七 27.十 28.腊 正 29.九 30.六 31.二 32.十一

33. 六　34. 六　35. 七 九　36. 七 八　37. 九 十　38. 四 五 八 十　39. 七 八 九
40. 五 六 七 八 九 十

日月星光

1. 昏以为期，明□煌煌。（《诗经·东门之杨》）

2. 子兴视夜，明□有烂。（《诗经·女曰鸡鸣》）

3. 举头望明□，低头思故乡。（《静夜思》唐·李白）

4. 长安一片□，万户捣衣声。（《子夜四时歌·秋歌》唐·李白）

5. 天寒翠袖薄，□暮倚修竹。（《佳人》唐·杜甫）

6. 今夕复何夕，共此灯烛□。（《赠卫八处士》唐·杜甫）

7. 灭烛怜□满，披衣觉露滋。（《望月怀远》唐·张九龄）

8. 淑气催黄鸟，晴□转绿蘋。（《和晋陵陆丞早春游望》唐·杜审言）

9. 明□松间照，清泉石上流。（《山居秋暝》唐·王维）

10. 斜□照墟落，穷巷牛羊归。（《渭川田家》唐·王维）

11. 深林人不知，明□来相照。（《竹里馆》唐·王维）

12. 流波将□去，潮水带星来。（《春江花月夜·其一》隋·杨广）

13. 影间莲花石，□濯锦流。（《赋得岸花临水发诗》南北朝·张正见）

14. □□疏已密，风来起复垂。（《咏竹诗》南北朝·谢朓）

15. 明□几时有？把酒问青天。（《水调歌头》宋·苏轼）

16. 关山□，营开道白前军发。（《关山月》唐·王建）

17. 东边□出西边雨，道是无晴却有晴。（《竹枝词》唐·刘禹锡）

18. 残□几点雁横塞，长笛一声人倚楼。（《长安晚秋》唐·赵嘏）

19. 绿树阴浓夏□长，楼台倒影入池塘。（《山亭夏日》唐·高骈）

20. 秦时明□汉时关，万里长征人未还。（《出塞》唐·王昌龄）

21. 山当□午回峰影，草带泥痕过鹿群。（《山行》唐·项斯）

22. 飞来山上千寻塔，闻说鸡鸣见□升。（《登飞来峰》宋·王安石）

23. 方怜春满王孙草，可忍云遮处士□。（《与人约访林处士阻雨因寄》宋·范仲淹）

24. □辰冷落碧潭水，鸿雁悲鸣红蓼风。（《月夜舟中》宋·戴复古）

25. 明□不谙离恨苦，斜□到晓穿朱户。（《蝶恋花》宋·晏殊）

26. 疏影横斜水清浅，暗香浮动□黄昏。（《山园小梅》宋·林逋）

27. 来是空言去绝踪，□斜楼上五更钟。（《无题》唐·李商隐）

28. 夜深静卧百虫绝，清□出岭光入扉。（《山石》唐·韩愈）

29. 花迎剑佩□初落，柳拂旌旗露未干。（《和贾舍人早朝》唐·岑参）

30. 年来数出觅风□，亦不全闲亦不忙。（《闲出觅春戏赠诸郎官》唐·白居易）

31. 游山弄水携诗卷，看□寻花把酒杯。（《忆晦叔》唐·白居易）

32. 迟迟钟鼓初长夜，耿耿□河欲曙天。（《长恨歌》唐·白居易）

33. 金□妆成娇侍夜，玉楼宴罢醉和春。（《长恨歌》唐·白居易）

34. 七八个□天外，两三点雨山前。（《西江月·夜行黄沙道中》宋·辛弃疾）

35. 何处望神州？满眼风□北固楼。（《南乡子·登京口北固亭有怀》宋·辛弃疾）

◆ 答案：1.星 2.星 3.月 4.月 5.日 6.光 7.光 8.光 9.月 10.光 11.月 12.月 13.光 14.月光 15.月 16.月 17.日 18.星 19.日 20.月 21.日 22.日 23.星 24.星 25.月 光 26.月 27.月 28.月 29.星 30.光 31.月 32.星 33.星 34.星 35.光

江河湖海

1. 横绝四□，当可奈何？（《鸿鹄歌》汉·刘邦）

2. 长歌吟松风，曲尽□星稀。（《下终南山过斛斯山人宿置酒》唐·李白）

3. 天边树若荠，□畔洲如月。（《秋登兰山寄张五》唐·孟浩然）

4. 树色随山迥，□声入□遥。（《秋日赴阙题潼关驿楼》唐·许浑）

5. 鸥和□雁下，雪隔岭梅飘。（《杂题·其六》唐·司空图）

6. 孤鸿□上来，池潢不敢顾。（《感遇·其四》唐·张九龄）

7. 长□一帆远，落日五□春。（《饯别王十一南游》唐·刘长卿）

8. 美人清□畔，是夜越吟苦。（《同从弟销南斋玩月忆山阴崔少府》唐·王昌龄）

9. 星□秋一雁，砧杵夜千家。（《酬程延秋夜即事见赠》唐·韩翃）

10. □上风雨至，逍遥池阁凉。（《郡斋雨中与诸文士燕集》唐·韦应物）

11. □门深不见，浦树远含滋。（《赋得暮雨送李胄》唐·韦应物）

12. 别来沧□事，语罢暮天钟。（《喜见外弟又言别》唐·李益）

13. 封侯非我意，但愿□波平。（《韬钤深处》明·戚继光）

14. 春□潮水连□平，□上明月共潮生。（《春江花月夜》唐·张若虚）

15. 长风破浪会有时，直挂云帆济沧□。（《行路难·其一》唐·李白）

16. 巨灵咆哮擘两山，洪波喷箭射东□。（《西岳云台歌送丹丘子》唐·李白）

17. 长□浪头连天黑，津口停舟渡不得。（《送陈章甫》唐·李颀）

18. □水桑田欲变时，风涛翻覆沸天池。（《山中五绝句·涧中鱼》唐·白居易）

19. 住近湓□地低湿，黄芦苦竹绕宅生。（《琵琶行》唐·白居易）

20. 来如雷霆收震怒，罢如□□凝清光。（《观公孙大娘弟子舞剑器行》唐·杜甫）

21. 斜月沉沉藏□雾，碣石潇湘无限路。（《春江花月夜》唐·张若虚）

008

22. 知汝远来应有意，好收吾骨瘴□边。(《左迁至蓝关示侄孙湘》唐·韩愈)

23. □畔风吹冻泥裂，枯桐叶落枝梢折。(《从军行》唐·陈羽)

24. 谁解乘舟寻范蠡，五□烟水独忘机。(《利州南渡》唐·温庭筠)

25. 人随沙路向□村，余亦乘舟归鹿门。(《夜归鹿门山歌》唐·孟浩然)

26. 四边伐鼓雪□涌，三军大呼阴山动。(《轮台歌奉送封大夫出师西征》唐·岑参)

27. 剑□风急雪片阔，沙口石冻马蹄脱。(《轮台歌奉送封大夫出师西征》唐·岑参)

28. 节使三□募年少，诏书五道出将军。(《老将行》唐·王维)

29. 朝闻游子唱离歌，昨夜微霜初渡□。(《送魏万之京》唐·李颀)

30. 侯门一入深似□，从此萧郎是路人。(《赠去婢》唐·崔郊)

31. 影落明□青黛光，金阙前开二峰长，银□倒挂三石梁。(《庐山谣寄卢侍御虚舟》唐·李白)

32. 古来云□茫茫，道山绛阙知何处？(《水龙吟》宋·苏轼)

33. 行尽九州四□，笑纷纷、落花飞絮。(《水龙吟》宋·苏轼)

34. 长记曾携手处，千树压、西□寒碧。(《暗香》宋·姜夔)

35. 年年如社燕，飘流瀚□，来寄修椽。(《满庭芳·夏日溧水无想山作》宋·周邦彦)

◆ 答案：1.海 2.河 3.江 4.河 海 5.湖 6.海 7.江 湖 8.江 9.河 10.海 11.海 12.海 13.海 14.江 海 15.海 16.海 17.河 18.海 19.江 20.江 海 21.海 22.江 23.海 24.湖 25.江 26.海 27.河 28.河 29.河 30.海 31.湖 河 32.海 33.海 34.湖 35.海

山川溪水

1. 暮从碧□下，□月随人归。(《下终南山过斛斯山人宿置酒》唐·李白)

2. □深波浪阔，无使蛟龙得。(《梦李白·其一》唐·杜甫)

3. 明日隔□岳，世事两茫茫。(《赠卫八处士》唐·杜甫)

4. 遂令东□客，不得顾采薇。(《送綦毋潜落第还乡》唐·王维)

5. 言入黄花□，每逐青□□。(《青溪》唐·王维)

6. 随□将万转，趣途无百里。(《青溪》唐·王维)

7. 我心素已闲，清□澹如此。(《青溪》唐·王维)

8. 朝为越□女，暮作吴宫妃。(《西施咏》唐·王维)

9. 清□带长薄，车马去闲闲。(《归嵩山作》唐·王维)

10. 流处□花急，吐时云叶鲜。(《月》唐·李商隐)

11. 北□白云里，隐者自怡悦。(《秋登兰山寄张五》唐·孟浩然)

12. 波澜誓不起，妾心井中□。(《烈女操》唐·孟郊)

13. 连□若波涛，奔凑如朝东。(《与高适薛据登慈恩寺浮图》唐·岑参)

14. 饮马渡秋□，□寒风似刀。(《塞下曲》唐·王昌龄)

15. 清辉淡□木，演漾在窗户。(《同从弟销南斋玩月忆山阴崔少府》唐·王昌龄)

16. □花与禅意，相对亦忘言。(《寻南溪常山道人隐居》唐·刘长卿)

17. □为静其波，鸟亦罢其鸣。(《听董大弹胡笳声兼寄语弄房给事》唐·李颀)

18. 醉和金甲舞，雷鼓动□□。(《塞下曲·其四》唐·卢纶)

19. 清□深不测，隐处唯孤云。(《宿王昌龄隐居》唐·常建)

20. 余亦谢时去，西□鸾鹤群。(《宿王昌龄隐居》唐·常建)

21. 度日□空暮，缘□鹤自鸣。(《过朱协律故山》唐·方干)

22. 兴尽方下□，何必待之子。(《寻西山隐者不遇》唐·丘为)

23. 晚风吹行舟，花路入□口。(《春泛若耶溪》唐·綦毋潜)

24. 际夜转西壑，隔□望南斗。(《春泛若耶溪》唐·綦毋潜)

25. 故人江海别，几度隔□□。(《云阳馆与韩绅宿别》唐·司空曙)

26. 坐看红树不知远，行尽青□不见人。(《桃源行》唐·王维)

27. 当时只记入□深，青□几曲到云林。(《桃源行》唐·王维)

28. 誓令疏勒出飞泉，不似颍□空使酒。(《老将行》唐·王维)

29. 霜下野花浑著地，寒来□鸟不成群。(《晚秋病中》唐·王建)

30. 茂陵不见封侯印，空向秋波哭逝□。(《苏武庙》唐·温庭筠)

31. 今日嘉□驿楼下，可怜如练绕明窗。(《使东川·嘉陵江·其一》唐·元稹)

32. 泉眼无声惜细流，树阴照□爱晴柔。(《小池》宋·杨万里)

33. 问渠那得清如许？为有源头活□来。(《观书有感》宋·朱熹)

34. 柔情似□，佳期如梦，忍顾鹊桥归路。(《鹊桥仙》宋·秦观)

35. □痕深，花信足，寂寞汉南树。(《祝英台近》宋·张炎)

◆ 答案：1.山　山　2.水　3.山　4.山　5.川　溪水　6.山　7.川　8.溪　9.川　10.水　11.山　12.水　13.山　14.水　水　15.水　16.溪　17.川　18.山川　19.溪　20.山　21.山　溪　22.山　23.溪　24.山　25.山川　26.溪　27.山　溪　28.川　29.溪　30.川　31.川　32.水　33.水　34.水　35.水

池塘沼泽

1. 阳春布德□，万物生光辉。(《长歌行》汉乐府)

2. 涉江采芙蓉，兰□多芳草。(《古诗十九首·涉江采芙蓉》汉)

3. 敕赐镜湖水，为君台□荣。(《对酒忆贺监二首》唐·李白)

4. 屈曲闲□□，无非手自开。(《罢府归旧居》唐·白居易)

中国诗词寻字觅句

5. ☐上与桥边，难忘复可怜。（《月》唐·李商隐）

6. 气蒸云梦☐，波撼岳阳城。（《望洞庭湖赠张丞相》唐·孟浩然）

7. 碧林青旧竹，绿☐翠新苔。（《首春》唐·李世民）

8. 孤鸿海上来，☐潢不敢顾。（《感遇·其四》唐·张九龄）

9. 渌☐莲花放，炎风暑雨情。（《咏廿四气诗：芒种五月节》唐·元稹）

10. 海上风雨至，逍遥☐阁凉。（《郡斋雨中与诸文士燕集》唐·韦应物）

11. 因思杜陵梦，凫雁满回☐。（《商山早行》唐·温庭筠）

12. 风流在诗句，牵率绕☐☐。（《春兴》唐·齐己）

13. 暮雨相呼失，寒☐欲下迟。（《孤雁》唐·崔涂）

14. 广☐生明月，苍山夹乱流。（《楚江怀古》唐·马戴）

15. 闲☐草色青，蝌蚪自滋生。（《蛙》宋·赵希迈）

16. 芳与☐其杂糅兮，羌芳华自中出。（《九章·思美人》战国·屈原）

17. 曾貌先帝照夜白，龙☐十日飞霹雳。（《韦讽录事宅观曹将军画马图》唐·杜甫）

18. 金粟堆前木已拱，瞿☐石城草萧瑟。（《观公孙大娘弟子舞剑器行》唐·杜甫）

19. 侍儿扶起娇无力，始是新承恩☐时。（《长恨歌》唐·白居易）

20. 岂如白翁退老地，树高竹密☐☐深。（《池上作》唐·白居易）

21. 多病欣依有道邦，南☐宴起想秋江。（《水斋》唐·李商隐）

22. 长安城连东掖垣，凤凰☐对青琐门。（《听董大弹胡笳声兼寄语弄房给事》唐·李颀）

23. 中有重臣承宴☐，外无轻骑犯旌旗。（《送史兵曹判官赴楼烦》唐·卢纶）

24. 东涧野香添碧☐，南园夜雨长秋蔬。（《赠黄校书先辈璞闲居》

012

唐·徐夤）

25. 且欲近寻彭□宰，陶然共醉菊花杯。（《九日登望仙台呈刘明府》唐·崔曙）

26. 山为樽，水为□，酒徒历历坐洲岛。（《石鱼湖上醉歌》唐·元结）

27. 浅浅□□短短墙，年年为尔惜流芳。（《与微之同赋梅花得香字·其三》宋·王安石）

28. 黄梅时节家家雨，青草□□处处蛙。（《约客》宋·赵师秀）

29. 林莺啼到无声处，青草□□独听蛙。（《春暮》宋·曹豳）

30. 白发萧萧卧□中，只凭天地鉴孤忠。（《书愤·其一》宋·陆游）

31. 松棚尽日常如暮，荷□无风亦自香。（《睡起已亭午终日凉甚有赋》宋·陆游）

32. 柳□新涨，艇子操双桨。（《清平乐》宋·吕本中）

33. 双鸳□□水溶溶，南北小桡通。（《一丛花令》宋·张先）

34. 浅浅□□，深深庭院，复出短短垣墙。（《梅花曲》宋·刘几）

35. 自顾影、欲下寒□，正沙净草枯，水平天远。（《解连环·孤雁》宋·张炎）

◆ 答案：1.泽 2.泽 3.沼 4.池沼 5.池 6.泽 7.沼 8.池 9.沼 10.池 11.塘 12.池塘 13.塘 14.泽 15.池 16.泽 17.池 18.塘 19.泽 20.池塘 21.塘 22.池 23.泽 24.沼 25.泽 26.沼 27.池塘 28.池塘 29.池塘 30.泽 31.沼 32.塘 33.池沼 34.池塘 35.塘

津浦汀洲

1. 初期会盟□，乃心在咸阳。（《蒿里行》汉·曹操）

2. 沙明连□月，帆白满船霜。（《夜泊旅望》唐·白居易）

3. 渔去风生□，樵归雪满岩。（《不如来饮酒·其一》唐·白居易）

4. 君问穷通理，渔歌入□深。（《酬张少府》唐·王维）

5. 家住孟□河，门对孟□口。(《杂诗·其一》唐·王维)

6. 迷□欲有问，平海夕漫漫。(《早寒江上有怀》唐·孟浩然)

7. 天边树若荠，江畔□如月。(《秋登兰山寄张五》唐·孟浩然)

8. 夕阳谁共感，寒鹭立□□。(《过当涂县》唐·韦庄)

9. 人归山郭暗，雁下芦□白。(《夕次盱眙县》唐·韦应物)

10. 莫买沃□山，时人已知处。(《送上人》唐·刘长卿)

11. 海门深不见，□树远含滋。(《赋得暮雨送李胄》唐·韦应物)

12. 谁见□□上，相思愁白蘋。(《饯别王十一南游》唐·刘长卿)

13. 平□东阁在，别是竹林期。(《题苏公林亭》唐·钱起)

14. 每有南□信，仍期后月游。(《湖中寄王侍御》唐·丘为)

15. 海客谈瀛□，烟涛微茫信难求。(《梦游天姥吟留别》唐·李白)

16. 西山白雪三城戍，南□清江万里桥。(《野望》唐·杜甫)

17. 箫鼓哀吟感鬼神，宾从杂沓实要□。(《丽人行》唐·杜甫)

18. 渔舟逐水爱山春，两岸桃花夹古□。(《桃源行》唐·王维)

19. 空里流霜不觉飞，□上白沙看不见。(《春江花月夜》唐·张若虚)

20. 白云一片去悠悠，青枫□上不胜愁。(《春江花月夜》唐·张若虚)

21. 来时□口花迎人，采罢江头月送归。(《采莲曲·其一》唐·王昌龄)

22. 寄身且喜沧□近，顾影无如白发何。(《江州重别薛六柳八二员外》唐·刘长卿)

23. □□无浪复无烟，楚客相思益渺然。(《自夏口至鹦鹉洲夕望岳阳寄源中丞》唐·刘长卿)

24. 长河浪头连天黑，□口停舟渡不得。(《送陈章甫》唐·李颀)

25. 鱼行细浪分沙觜，雁逆高风下苇□。(《送庐阜僧归山阳》唐·李中)

014

26. 杜陵池榭绮城东，孤岛回☐路不穷。(《朱坡故少保杜公池亭》唐·许浑)

27. 红垂野岸樱还熟，绿染回☐草又芳。(《思归乐》唐·韦庄)

28. 金陵☐渡小山楼，一宿行人自可愁。(《题金陵渡》唐·张祜)

29. 山为樽，水为沼，酒徒历历坐☐岛。(《石鱼湖上醉歌》唐·元结)

30. 五月临平山下路，藕花无数满☐☐。(《临平道中》宋·道潜)

31. 影参岸柏童童绿，叶蔽☐兰澹澹香。(《和刘太守十洲诗·松岛》宋·陈瓘)

32. ☐☐日落人归，修巾薄袂，撷香拾翠相竞。(《剪牡丹·舟中闻双琵琶》宋·张先)

33. 内苑春、不禁过青门，御沟涨、潜通南☐。(《三台·清明应制》宋·万俟咏)

34. 千丝怨碧，渐路入、仙坞迷☐。(《渡江云三犯·西湖清明》宋·吴文英)

35. 寒☐晚，芦花飞雪，风定白鸥闲。(《满庭芳》宋·葛立方)

◆ 答案：1.津 2.浦 3.浦 4.浦 5.津 6.津 7.洲 8.汀洲 9.洲 10.洲 11.浦 12.汀洲 13.津 14.浦 15.洲 16.浦 17.津 18.津 19.汀 20.浦 21.浦 22.洲 23.汀洲 24.津 25.洲 26.汀 27.汀 28.津 29.洲 30.汀洲 31.汀 32.汀洲 33.浦 34.津 35.汀

风雨阴晴

1. 夜☐剪春韭，新炊间黄粱。(《赠卫八处士》唐·杜甫)

2. 分野中峰变，☐☐众壑殊。(《终南山》唐·王维)

3. 松月生夜凉，☐泉满清听。(《宿业师山房待丁大不至》唐·孟浩然)

4. 千里其如何，微☐吹兰杜。(《同从弟销南斋玩月忆山阴崔少府》唐·王昌龄)

中国诗词寻字觅句

5. 饮马渡秋水，水寒□似刀。(《塞下曲》唐·王昌龄)

6. 留醉楚山别，□云暮凄凄。(《留别》唐·王昌龄)

7. 兴云感□气，疾足如见机。(《观云篇》唐·刘禹锡)

8. 晚□吹行舟，花路入溪口。(《春泛若耶溪》唐·綦毋潜)

9. 下窥指高鸟，俯听闻惊□。(《与高适薛据登慈恩寺浮图》唐·岑参)

10. 海上□□至，逍遥池阁凉。(《郡斋雨中与诸文士燕集》唐·韦应物)

11. 神欢体自轻，意欲凌□翔。(《郡斋雨中与诸文士燕集》唐·韦应物)

12. 欲持一瓢酒，远慰□□夕。(《寄全椒山中道士》唐·韦应物)

13. 草色新□中，松声晚窗里。(《寻西山隐者不遇》唐·丘为)

14. □开万井树，愁看五陵烟。(《登总持阁》唐·岑参)

15. □雪兴岩侧，悲□鸣树端。(《苦寒行》晋·陆机)

16. 巅崖出飞泉，百尺散□□。(《瀑布》宋·朱熹)

17. 霜叶无□自落，秋云不□空□。(《送万巨》唐·卢纶)

18. 新鬼烦冤旧鬼哭，天□湿声啾啾。(《兵车行》唐·杜甫)

19. 霜皮溜□四十围，黛色参天二千尺。(《古柏行》唐·杜甫)

20. 昼引老妻乘小艇，□看稚子浴清江。(《进艇》唐·杜甫)

21. 天□更觉南山近，月出方知西掖深。(《中书寓直》唐·白居易)

22. 我来正逢秋□节，□气晦昧无清□。(《谒衡岳庙遂宿岳寺题门楼》唐·韩愈)

23. 野云万里无城郭，□雪纷纷连大漠。(《古从军行》唐·李颀)

24. 空山百鸟散还合，万里浮云□且□。(《听董大弹胡笳声兼寄语弄房给事》唐·李颀)

25. 春□倚棹阖闾城，水国春寒□复□。(《别严士元》唐·刘长卿)

016

26. 水光潋滟□方好，山色空蒙□亦奇。(《饮湖上初晴后雨·其二》宋·苏轼)

27. 梅子正黄□又□，□檐语燕梦追随。(《别吴帅恕斋·其四》宋·林希逸)

28. 春□回首三十年，至今认得山头月。(《吹箫出峡图》元·王冕)

29. 霓为衣兮□为马，云之君兮纷纷而来下。(《梦游天姥吟留别》唐·李白)

30. □光输与两鸳鸯，暖滩□日眠相向。(《踏莎行》宋·秦观)

31. 正轻寒轻暖漏永，半□半□云暮。(《三台·清明应制》宋·万俟咏)

32. 楼上东□春不浅，十二阑干，尽日珠帘卷。(《蝶恋花》宋·张先)

33. 晚□台榭增明媚，已拼花前醉。(《虞美人》宋·苏轼)

34. 回首向来萧瑟处，归去！也无□□也无□。(《定风波》宋·苏轼)

35. 人有悲欢离合，月有□□圆缺，此事古难全。(《水调歌头》宋·苏轼)

◆ 答案：1.雨 2.阴晴 3.风 4.风 5.风 6.阴 7.阴 8.风 9.风 10.风雨 11.风 12.风雨 13.雨 14.晴 15.阴 风 16.风雨 17.风 雨 阴 18.阴雨 19.雨 20.晴 21.晴 22.雨 阴 风 23.雨 24.阴 25.风 阴 晴 26.晴 雨 27.晴 雨 风 28.风 29.风 30.风 晴 31.阴 晴 32.风 33.晴 34.风雨 晴 35.阴晴

云雾雷电

1. 我有亲父兄，性行暴如□。(《孔雀东南飞》汉乐府)

2. 朝霞开宿□，众鸟相与飞。(《咏贫士·其一》晋·陶渊明)

3. 香□□鬟湿，清辉玉臂寒。(《月夜》唐·杜甫)

4. 青□动高兴，幽事亦可悦。(《北征》唐·杜甫)

5. 红颜弃轩冕，白首卧松☐。（《赠孟浩然》唐·李白）

6. 欻如飞☐来，隐若白虹起。（《望庐山瀑布水·其一》唐·李白）

7. 兽形☐不一，弓势月初三。（《秋思》唐·白居易）

8. 浮☐今可驾，沧海自成尘。（《出境游山·其一》唐·王勃）

9. 日出☐露余，青松如膏沐。（《晨诣超师院读禅经》唐·柳宗元）

10. 马嘶循古道，帆灭如流☐。（《重至衡阳伤柳仪曹》唐·刘禹锡）

11. 凄凄去亲爱，泛泛入烟☐。（《初发扬子寄元大校书》唐·韦应物）

12. 风翻一树火，☐转五云车。（《感石榴二十韵》唐·元稹）

13. 醉和金甲舞，☐鼓动山川。（《塞下曲·其四》唐·卢纶）

14. 燎火如奔☐，坠石似惊☐。（《巫山高》隋·李孝贞）

15. ☐☐不敢伐，鳞皴势万端。（《古松》唐·齐己）

16. 飞湍瀑流争喧豗，砯崖转石万壑☐。（《蜀道难》唐·李白）

17. 左盘右蹙如惊☐，状同楚汉相攻战。（《草书歌行》唐·李白）

18. 庾信文章老更成，凌☐健笔意纵横。（《戏为六绝句·其一》唐·杜甫）

19. 暮☐空碛时驱马，秋日平原好射雕。（《出塞》唐·王维）

20. ☐鬓花颜金步摇，芙蓉帐暖度春宵。（《长恨歌》唐·白居易）

21. 骊宫高处入青☐，仙乐风飘处处闻。（《长恨歌》唐·白居易）

22. 黄埃散漫风萧索，☐栈萦纡登剑阁。（《长恨歌》唐·白居易）

23. 回头下望人寰处，不见长安见尘☐。（《长恨歌》唐·白居易）

24. 排空驭气奔如☐，升天入地求之遍。（《长恨歌》唐·白居易）

25. 斜月沉沉藏海☐，碣石潇湘无限路。（《春江花月夜》唐·张若虚）

26. 两三条☐欲为雨，七八个星犹在天。（《松寺》唐·卢延让）

27. 吉日初开种稻包，南山☐动雨连宵。(《春日田园杂兴》宋·范成大)

28. 春色过人速如☐，及此花时天意深。(《趣舒以明主簿入山》宋·饶节)

29. 风吹鼍鼓山河动，☐闪旌旗日月高。(《送毛伯温》明·朱厚熜)

30. 九州生气恃风☐，万马齐喑究可哀。(《己亥杂诗·其一二五》清·龚自珍)

31. 一从大地起风☐，便有精生白骨堆。(《七律·和郭沫若同志》现代·毛泽东)

32. 宵☐散，晓霞晖，梁间双燕飞。(《更漏子》唐·毛文锡)

33. 留得浅红三两朵，竹梢烟☐锁。(《谒金门》宋·吕胜己)

34. 薇老首阳，芝深商谷，时遥☐拥云平。(《望海潮·寄别浔郡鲁教谕子振李训道宗深》宋·陈德武)

35. 风☐动，旌旗奋，是人寰。(《水调歌头·重上井冈山》现代·毛泽东)

◆ 答案：1.雷 2.雾 3.雾云 4.云 5.云 6.电 7.云 8.云 9.雾 10.电 11.雾 12.电 13.雷 14.电 雷 15.雷电 16.雷 17.电 18.云 19.云 20.云 21.云 22.云 23.雾 24.电 25.雾 26.电 27.雷 28.电 29.电 30.雷 31.雷 32.雾 33.雾 34.雾 35.雷

冰雪霜露

1. 战战兢兢，如履薄☐。(《诗经·小宛》)

2. 客心洗流水，余响入☐钟。(《听蜀僧濬弹琴》唐·李白)

3. 玉阶生白☐，夜久侵罗袜。(《玉阶怨》唐·李白)

4. 昊天积☐☐，正气有肃杀。(《北征》唐·杜甫)

5. 我有两鬓☐，知君销不得。(《啄木曲》唐·白居易)

6. 客去波平槛，蝉休☐满枝。(《凉思》唐·李商隐)

7. 日出雾□余，青松如膏沐。(《晨诣超师院读禅经》唐·柳宗元)

8. 风枝惊暗鹊，□草覆寒虫。(《江乡故人偶集客舍》唐·戴叔伦)

9. 空园白□滴，孤壁野僧邻。(《灞上秋居》唐·马戴)

10. □气寒光集，微阳下楚丘。(《楚江怀古·其一》唐·马戴)

11. 别馆月，犁牛□河金山雪。(《道州月叹》唐·吕温)

12. 道州月，□树子规啼是血。(《道州月叹》唐·吕温)

13. 络纬秋啼金井阑，微□凄凄簟色寒。(《长相思·其一》唐·李白)

14. 云来气接巫峡长，月出寒通□山白。(《古柏行》唐·杜甫)

15. 鸿飞冥冥日月白，青枫叶赤天雨□。(《寄韩谏议》唐·杜甫)

16. 夜来城外一尺□，晓驾炭车辗□辙。(《卖炭翁》唐·白居易)

17. 间关莺语花底滑，幽咽泉流□下难。(《琵琶行》唐·白居易)

18. □泉冷涩弦凝绝，凝绝不通声暂歇。(《琵琶行》唐·白居易)

19. 鸳鸯瓦冷□华重，翡翠衾寒谁与共？(《长恨歌》唐·白居易)

20. 空里流□不觉飞，汀上白沙看不见。(《春江花月夜》唐·张若虚)

21. 剑河风急□片阔，沙口石冻马蹄脱。(《轮台歌奉送封大夫出师西征》唐·岑参)

22. 试拂铁衣如□色，聊持宝剑动星文。(《老将行》唐·王维)

23. 誓将上□列圣耻，坐法宫中朝四夷。(《韩碑》唐·李商隐)

24. 圣代即今多雨□，暂时分手莫踌躇。(《送李少府贬峡中王少府贬长沙》唐·高适)

25. □簟银床梦不成，碧天如水夜云轻。(《瑶瑟怨》唐·温庭筠)

26. 月照城头乌半飞，□凄万树风入衣。(《琴歌》唐·李颀)

27. 黄云陇底白□飞，未得报恩不能归。(《古意》唐·李颀)

28. 古戍苍苍烽火寒，大荒沉沉飞□白。(《听董大弹胡笳声兼寄语弄房

给事》唐·李颀）

29. 日光斜照集灵台，红树花迎晓□开。(《集灵台·其一》唐·张祜）

30. 溪中鸟鸣春景旦，一派寒□忽开散。(《陈翊郎中北亭送侯钊侍御赋得带冰流歌》唐·卢纶）

31. 持此赠君君饮之，圣君识君□玉姿。(《陈翊郎中北亭送侯钊侍御赋得带冰流歌》唐·卢纶）

32. 梅子金黄杏子肥，麦花□白菜花稀。(《夏日田园杂兴·其一》宋·范成大）

33. 树坚不怕风吹动，节操棱棱还自持，□□历尽心不移。(《北风吹》明·于谦）

34. 难相见，易相别，又是玉楼花似□。(《应天长》唐·韦庄）

35. 裁剪□绡，轻叠数重，淡着燕脂匀注。(《宴山亭·北行见杏花》宋·赵佶）

◆ 答案：1. 薄 2. 霜 3. 露 4. 霜露 5. 霜 6. 露 7. 露 8. 露 9. 露 10. 露 11. 冰 12. 霜 13. 霜 14. 雪 15. 雪 16. 雪 17. 冰 18. 冰 19. 雪 20. 霜 21. 雪 22. 雪 23. 雪 24. 露 25. 冰 26. 霜 27. 雪 28. 雪 29. 露 30. 冰 31. 冰 32. 雪 33. 冰霜 34. 雪 35. 冰

霰霾霁虹

1. 终风且□，惠然肯来？(《诗经·终风》)

2. 日气斜还冷，云峰晚更□。(《晚秋诗》南北朝·庾信）

3. 日暮浮云滋，握手泪如□。(《李都尉陵从军》南北朝·江淹）

4. 飞□眺卷河，泛雾弄轻弦。(《白云诗》南北朝·鲍照）

5. 两水夹明镜，双桥落彩□。(《秋登宣城谢朓北楼》唐·李白）

6. 欻（xū）如飞电来，隐若白□起。(《望庐山瀑布水·其一》唐·李白）

7. 阴□浊太阳，前星遂沦匿。(《商山四皓》唐·李白）

8. 涨沙□草树，舞雪渡江湖。（《缆船苦风戏题四韵奉简郑十三判官》唐·杜甫）

9. 过雨频飞电，行云屡带□。（《咏廿四气诗·夏至五月中》唐·元稹）

10. 谁当秋□后，独听月明中。（《遥赋义兴潜泉》唐·李中）

11. 林表明□色，城中增暮寒。（《终南望余雪》唐·祖咏）

12. 秋□映晚日，江鹤弄晴烟。（《汉江宴别》唐·宋之问）

13. □风摧万物，暴雨膏九州。（《霾风》宋·王安石）

14. 星霜残腊过，□雪一冬频。（《春寒·其一》宋·张耒）

15. □雪催残腊，山川对浩歌。（《腊日·其四》宋·张耒）

16. 幡北灯花动，城西雪□来。（《寒食宿先天寺无可上人房》唐·方干）

17. □雪楼前立，依依忆故山。（《十六日》元·方回）

18. □雪纷其无垠兮，云霏霏而承宇。（《九章·涉江》战国·屈原）

19. □两轮兮絷（zhí）四马，援玉枹（fú）兮击鸣鼓。（《国殇》战国·屈原）

20. 岁暮阴阳催短景，天涯霜雪□寒宵。（《阁夜》唐·杜甫）

21. 靥散云收破楼阁，□残水照断桥梁。（《江楼晚眺景物鲜奇吟玩成篇寄水部张员外》唐·白居易）

22. 时出西郊□色开，寻真欲去重徘徊。（《瀑布泉》唐·刘禹锡）

23. 江流宛转绕芳甸，月照花林皆似□。（《春江花月夜》唐·张若虚）

24. 帆过寻阳晚□开，西风北雁似相催。（《将之匡岳过寻阳》唐·齐己）

25. 川分远岳秋光静，云尽遥天□色空。（《留别崔澣秀才昆仲》唐·刘沧）

26. 东来十月黄尘满，□点霜花总未堪。（《题阎才元喜雪堂·其一》宋·叶适）

27. 风□未放远山出，岚气又连凄日阴。（《秋兴八首追和杜老·其一》

宋·王之道）

28. ☐霞飞尽失西东，水入天光浩气中。（《新开湖晚霁》宋·苏舜钦）

29. 阴☐满目凭谁扫，芳草连空未易耘。（《谢吕友善见和》宋·邓肃）

30. 醉中我欲呼风伯，一扫阴☐☐九州。（《次韵王信州·其一》宋·邓肃）

31. 有客天街夜辔还，☐花无数拂雕鞍。（《和中丞晏尚书和答十二兄夜归遇雪之作》宋·宋庠）

32. 画檐一夜雨飘萧，际晓阴☐扫碧霄。（《劳农·其二》宋·刘克庄）

33. 小楼西角断☐明，阑干倚处，待得月华生。（《临江仙》宋·欧阳修）

34. 云欲同时，☐将集处，红日三竿揭。（《念奴娇·催雪》宋·朱淑真）

35. 垂☐西望，飘然引去，此兴平生难遏。（《庆宫春》宋·姜夔）

◆ 答案：1.霾 2.霾 3.霞 4.虹 5.虹 6.虹 7.虹 8.霾 9.虹 10.霁 11.霁 12.虹 13.霾 14.霞 15.霞 16.霾 17.霁 18.霞 19.霾 20.霁 21.虹 22.霁 23.霞 24.霁 25.霁 26.霞 27.霾 28.霁 29.霾 30.霾霁 31.霞 32.霾 33.虹 34.霞 35.虹

衣食住行

1. ☐路难，归去来！（《行路难·其二》唐·李白）

2. ☐路难，难重陈。（《太行路》唐·白居易）

3. 于嗟鸠兮，无☐桑葚。（《诗经·氓》）

4. 自我徂尔，三岁☐贫。（《诗经·氓》）

5. 硕鼠硕鼠，无☐我黍。（《诗经·硕鼠》）

6. 硕鼠硕鼠，无☐我麦。（《诗经·硕鼠》）

7. 硕鼠硕鼠，无☐我苗。（《诗经·硕鼠》）

8. ☐沾不足惜，但使愿无违。（《归园田居·其三》晋·陶渊明）

9. 缁尘空满眼，终日到征□。（《再和前韵·其一》元·贡奎）

10. 掬水月在手，弄花香满□。（《春山夜月》唐·于良史）

11. □处钟鼓外，免争当路桥。（《原上新居·其十》唐·王建）

12. 所须者□□，不过饱与温。（《赠内》唐·白居易）

13. 省壁明张榜，朝□稳称身。（《何处难忘酒·其一》唐·白居易）

14. 世事波上舟，沿洄安得□。（《初发扬子寄元大校书》唐·韦应物）

15. 舟子□催棹，无所喝流声。（《棹歌行》南北朝·刘孝绰）

16. 何不作□裳？莫令事不举。（《孔雀东南飞》汉乐府）

17. 起□山随身，寂坐山到膊。（《山中吟赠徐十二》清·祝湘珩）

18. □路难！□路难！多歧路，今安在？（《行路难·其一》唐·李白）

19. 别君去兮何时还？且放白鹿青崖间，须□即骑访名山。（《梦游天姥吟留别》唐·李白）

20. 惯看宾客儿童喜，得□阶除鸟雀驯。（《与朱山人》唐·杜甫）

21. 清渭东流剑阁深，去□彼此无消息。（《哀江头》唐·杜甫）

22. 山回路转不见君，雪上空留马□处。（《白雪歌送武判官归京》唐·岑参）

23. 居人共□武陵源，还从物外起田园。（《桃源行》唐·王维）

24. 之官便是还乡路，白日堂堂著锦□。（《送婺州许录事》唐·方干）

25. □裳已施□看尽，针线犹存未忍开。（《遣悲怀·其二》唐·元稹）

26. 送夫之妇又□哭，哭声送死非送□。（《夫远征》唐·元稹）

27. □近湓江地低湿，黄芦苦竹绕宅生。（《琵琶行》唐·白居易）

28. 下床畏蛇□畏药，海气湿蛰熏腥臊。（《八月十五夜赠张功曹》唐·韩愈）

29. 窜逐蛮荒幸不死，□□才足甘长终。（《谒衡岳庙遂宿岳寺题门楼》

唐·韩愈）

30. 家□层城邻汉苑，心随明月到胡天。(《春思》唐·皇甫冉）

31. 流汗沾□热不胜，馋蚊乘势更纵横。(《枕上闻风铃·其二》宋·陆游）

32. 生平意气每相期，岁晚□藏各自知。(《挽陆义斋·其二》元·陆文圭）

33. □带渐宽终不悔，为伊消得人憔悴。(《蝶恋花》宋·柳永）

34. 斜阳草树，寻常巷陌，人道寄奴曾□。(《永遇乐·京口北固亭怀古》宋·辛弃疾）

35. 留春不□，费尽莺儿语。(《清平乐·春晚》宋·王安国）

◆ 答案：1. 行 2. 行 3. 食 4. 食 5. 食 6. 食 7. 食 8. 衣 9. 衣 10. 衣 11. 住 12. 衣食 13. 衣 14. 住 15. 行 16. 衣 17. 行 18. 行 19. 行 20. 食 21. 住 22. 行 23. 住 24. 衣 25. 衣行 26. 行行 27. 住 28. 食 29. 衣食 30. 住 31. 衣 32. 行 33. 衣 34. 住 35. 住

舟船车马

1. 孤□蓑笠翁，独钓寒江雪。(《江雪》唐·柳宗元）

2. 细草微风岸，危樯独夜□。(《旅夜书怀》唐·杜甫）

3. 圃开连石树，□渡入江溪。(《白露》唐·杜甫）

4. 沧江好烟月，门系钓鱼□。(《旅宿》唐·杜牧）

5. □行碧波上，人在画中游。(《周庄河》唐·王维）

6. 当时浣纱伴，莫得同□归。(《西施咏》唐·王维）

7. 清川带长薄，□□去闲闲。(《归嵩山作》唐·王维）

8. 发向横塘口，□开值急流。(《江南曲·其二》唐·丁仙芝）

9. 瘦□恋秋草，征人思故乡。(《代边将有怀》唐·刘长卿）

10. 落花如有意，来去逐□流。(《江南曲》唐·储光羲）

11. 若非巾柴□，应是钓秋水。(《寻西山隐者不遇》唐·丘为）

12. 赌胜☐蹄下，由来轻七尺。（《古意》唐·李颀）

13. ☐子行催棹，无所喝流声。（《棹歌行》南北朝·刘孝绰）

14. ☐头江水茫茫，商人少妇断肠。（《宫中调笑》唐·王建）

15. 两岸猿声啼不住，轻☐已过万重山。（《早发白帝城》唐·李白）

16. 菱叶萦波荷飐（zhǎn）风，荷花深处小☐通。（《采莲曲》唐·白居易）

17. 姑苏城外寒山寺，夜半钟声到客☐。（《枫桥夜泊》唐·张继）

18. 山回路转不见君，雪上空留☐行处。（《白雪歌送武判官归京》唐·岑参）

19. 少年十五二十时，步行夺得胡☐骑。（《老将行》唐·王维）

20. 良人玉勒乘骢☐，侍女金盘脍鲤鱼。（《洛阳女儿行》唐·王维）

21. 扇裁月魄羞难掩，☐走雷声语未通。（《无题》唐·李商隐）

22. 茂陵刘郎秋风客，夜闻☐嘶晓无迹。（《金铜仙人辞汉歌》唐·李贺）

23. ☐☐到春常借问，子孙因选暂归来。（《逍遥翁溪亭》唐·王建）

24. 孤城背岭寒吹角，独戍临江夜泊☐。（《自夏口至鹦鹉洲夕望岳阳寄源中丞》唐·刘长卿）

25. 闻道玉门犹被遮，应将性命逐轻☐。（《古从军行》唐·李颀）

26. 青山朝别暮还见，嘶☐出门思故乡。（《送陈章甫》唐·李颀）

27. 为问元戎窦☐骑，何时返旆勒燕然？（《春思》唐·皇甫冉）

28. 九州生气恃风雷，万☐齐喑究可哀。（《己亥杂诗·其二百二十》清·龚自珍）

29. 还似旧时游上苑，☐如流水☐如龙。（《忆江南》南唐·李煜）

30. 只恐双溪舴艋☐，载不动许多愁！（《武陵春·春晚》宋·李清照）

31. ☐毛带雪汗气蒸，五花连钱旋作冰，幕中草檄砚水凝。（《走马川行奉送出师西征》唐·岑参）

32. 竹杖芒鞋轻胜□，谁怕？一蓑烟雨任平生。(《定风波》宋·苏轼)

33. 路断□轮生四角，此地行人销骨，问谁使君来愁绝？(《贺新郎·把酒长亭说》宋·辛弃疾)

34. 枯藤老树昏鸦，小桥流水人家，古道西风瘦□。(《天净沙·秋思》元·马致远)

35. 霜晨月，□蹄声碎，喇叭声咽。(《忆秦娥·娄山关》现代·毛泽东)

◆ 答案：1.舟 2.舟 3.船 4.船 5.舟 6.车 7.车马 8.船 9.马 10.船 11.车 12.马 13.舟 14.船 15.舟 16.船 17.船 18.马 19.马 20.马 21.车 22.马 23.车马 24.船 25.车 26.马 27.车 28.马 29.车 30.舟 31.马 32.马 33.车 34.马 35.马

晨宵昼夜

1. 夙兴□寐，毋忝尔所生。(《诗经·小宛》)

2. □兴理荒秽，带月荷锄归。(《归园田居·其三》晋·陶渊明)

3. 三□频梦君，情亲见君意。(《梦李白·其二》唐·杜甫)

4. 急应河阳役，犹得备□炊。(《石壕吏》唐·杜甫)

5. 美人清江畔，是□越吟苦。(《同从弟销南斋玩月忆山阴崔少府》唐·王昌龄)

6. □起动征铎，客行悲故乡。(《商山早行》唐·温庭筠)

7. 清□入古寺，初日照高林。(《题破山寺后禅院》唐·常建)

8. 别离在今□，见尔当何秋？(《送杨氏女》唐·韦应物)

9. 独□忆秦关，听钟未眠客。(《夕次盱眙县》唐·韦应物)

10. 易觉春光老，难消夏□长。(《驻紫霞观》唐·方干)

11. 白波连青云，荡漾□光中。(《早发杭州泛富春江寄陆三十一公佐》唐·权德舆)

12. 刀光照塞月，阵色明如□。(《从军行》唐·崔国辅)

13. 际□转西壑，隔山望南斗。(《春泛若耶溪》唐·綦毋潜)

14. 思家步月清□立，忆弟看云白日眠。(《恨别》唐·杜甫)

15. □引老妻乘小艇，晴看稚子浴清江。(《进艇》唐·杜甫)

16. 云鬓花颜金步摇，芙蓉帐暖度春□。(《长恨歌》唐·白居易)

17. 春□苦短日高起，从此君王不早朝。(《长恨歌》唐·白居易)

18. □摇玉佩趋金殿，夕奉天书拜琐闱。(《酬郭给事》唐·王维)

19. 重帏深下莫愁堂，卧后清□细细长。(《无题》唐·李商隐)

20. 远路应悲春晼晚，残□犹得梦依稀。(《春雨》唐·李商隐)

21. 为有云屏无限娇，凤城寒尽怕春□。(《为有》唐·李商隐)

22. 山寺钟鸣□已昏，渔梁渡头争渡喧。(《夜归鹿门山歌》唐·孟浩然)

23. 轮台城头□吹角，轮台城北旄头落。(《轮台歌奉送封大夫出师西征》唐·岑参)

24. 估客□眠知浪静，舟人□语觉潮生。(《晚次鄂州》唐·卢纶)

25. 嘶酸雏雁失群□，断绝胡儿恋母声。(《听董大弹胡笳声兼寄语弄房给事》唐·李颀)

26. 岁□高堂列明烛，美酒一杯声一曲。(《听安万善吹觱篥歌》唐·李颀)

27. 锁衔金兽连环冷，水滴铜龙□漏长。(《宫词》唐·薛逢)

28. 一年明月今□多，人生由命非由他，有酒不饮奈明何！(《八月十五夜赠张功曹》唐·韩愈)

29. □出耘田□绩麻，村庄儿女各当家。(《夏日田园杂兴·其七》宋·范成大)

30. 穷愁□□阴如一，□不见星朝蔽日。(《偶书·其二》宋·张耒)

31. 人悄悄，漏迢迢，琐窗虚度可怜□。(《鹧鸪天》宋·李吕)

32. 出郭寻仙，绣衣春☐，马上列、两行红袖。《锦帐春·淮东陈提举清明奉母夫人游徐仙翁庵》宋·戴复古

33. 布被秋☐梦觉，眼前万里江山。（《清平乐·独宿博山王氏庵》宋·辛弃疾）

34. 西风烈，长空雁叫霜☐月。（《忆秦娥·娄山关》现代·毛泽东）

35. 霜☐月，马蹄声碎，喇叭声咽。（《忆秦娥·娄山关》现代·毛泽东）

◆ 答案：1. 夜 2. 晨 3. 夜 4. 晨 5. 夜 6. 晨 7. 晨 8. 晨 9. 夜 10. 昼 11. 晨 12. 昼 13. 夜 14. 宵 15. 昼 16. 宵 17. 宵 18. 晨 19. 宵 20. 宵 21. 宵 22. 昼 23. 夜 24. 昼 夜 25. 夜 26. 夜 27. 昼 28. 宵 29. 昼 30. 昼夜 夜 31. 宵 32. 昼 33. 宵 34. 晨 35. 晨

人生年岁

1. 生☐不满百，常怀千☐忧。（《古诗十九首·生年不满百》汉）

2. ☐☐寄一世，奄忽若飙尘。（《古诗十九首·今日良宴会》汉）

3. ☐☐若尘露，天道邈悠悠。（《咏怀·其六十二》晋·阮籍）

4. 月下飞天镜，云☐结海楼。（《渡荆门送别》唐·李白）

5. 暮从碧山下，山月随☐归。（《下终南山过斛斯山人宿置酒》唐·李白）

6. 邀☐傅脂粉，不自著罗衣。（《西施咏》唐·王维）

7. 樵☐归欲尽，烟鸟栖初定。（《宿业师山房待丁大不至》唐·孟浩然）

8. 白发催☐老，青阳逼岁除。（《岁暮归南山》唐·孟浩然）

9. 黄金燃桂尽，壮志逐☐衰。（《秦中感秋寄远上人》唐·孟浩然）

10. 欣欣此☐意，自尔为佳节。（《感遇·其一》唐·张九龄）

11. 日夕怀空意，☐谁感至精？（《感遇·其二》唐·张九龄）

12. 岂伊地气暖，自有☐寒心。（《感遇·其七》唐·张九龄）

13. 昔☐逢太平，山林二十☐。（《贼退示官吏并序》唐·元结）

14. 城小贼不屠，□贫伤可怜。(《贼退示官吏》唐·元结)

15. 闻道黄龙戍，频□不解兵。(《杂诗》唐·沈佺期)

16. 那堪正漂泊，明日□华新。(《巴山道中除夜有怀》唐·崔涂)

17. 吏舍局终□，出郊旷清曙。(《东郊》唐·韦应物)

18. 浮云一别后，流水十□间。(《淮上喜会梁川故人》唐·韦应物)

19. 已似长沙傅，从今又几□？(《新年作》唐·刘长卿)

20. □□不相见，动如参与商。(《赠卫八处士》唐·杜甫)

21. 恐非平□魂，路远不可测。(《梦李白·其一》唐·杜甫)

22. 出门搔白首，若负平□志。(《梦李白·其二》唐·杜甫)

23. 千秋万□名，寂寞身后事。(《梦李白·其二》唐·杜甫)

24. 古往今来共一时，□□万事无不有。(《可叹》唐·杜甫)

25. 洛城一别四千里，胡骑长驱五六□。(《恨别》唐·杜甫)

26. □□有情泪沾臆，江水江花岂终极？(《哀江头》唐·杜甫)

27. 浔阳地僻无音乐，终□不闻丝竹声。(《琵琶行》唐·白居易)

28. □□□□花相似，□□□□□人不同。(《代悲白头翁》唐·刘希夷)

29. 辽东小妇□十五，惯弹琵琶解歌舞。(《古意》唐·李颀)

30. 莫道□□难际会，秦楼鸾凤有神仙。(《偶见背面是夕兼梦》唐·韩偓)

31. □□金河复玉关，朝朝马策与刀环。(《征人怨》唐·柳中庸)

32. 别来半□音书绝，一寸离肠千万结。(《应天长》唐·韦庄)

33. 再拜陈三愿：一愿郎君千岁，二愿妾身常健，三愿如同梁上燕，□□长相见。(《长命女》南唐·冯延巳)

34. □□此乐须天赋，莫遣儿曹取次知。(《与毛令方尉游西菩提寺

其二》宋·苏轼）

35. ☐☐百☐有几？念良辰美景，休放虚过。（《骤雨打新荷》金·元好问）

◆ 答案：1. 年　岁　2. 人生　3. 人生　4. 生　5. 人　6. 人　7. 人　8. 年　9. 年　10. 生　11. 人　12. 岁　13. 岁　年　14. 人　15. 年　16. 岁　17. 年　18. 年　19. 年　20. 人生　21. 生　22. 生　23. 岁　24. 人生　25. 年　26. 人生　27. 岁　28. 年年岁岁　岁岁年年　29. 年　30. 人生　31. 岁岁　32. 岁　33. 岁岁　34. 人生　35. 人生　年

节令抒怀

1. ☐☐花发后，☐☐月明前。（《何处难忘酒·其三》唐·白居易）

2. ☐☐一阴生，稍稍夕漏迟。（《思归》唐·白居易）

3. ☐☐洗春容，平田已见龙。（《咏廿四气诗·雨水正月中》唐·元稹）

4. ☐☐春光晓，山川黛色青。（《咏廿四气诗·谷雨春光晓》唐·元稹）

5. 倏忽温风至，因循☐☐来。（《咏廿四气诗·小暑六月节》唐·元稹）

6. ☐☐三秋近，林钟九夏移。（《咏廿四气诗·大暑六月中》唐·元稹）

7. ☐☐惊秋晚，朝看菊渐黄。（《咏廿四气诗·寒露九月节》唐·元稹）

8. ☐☐向人寒，轻冰渌水漫。（《咏廿四气诗·立冬十月节》唐·元稹）

9. 莫怪虹无影，如今☐☐时。（《咏廿四气诗·小雪十月中》唐·元稹）

10. 积阴成☐☐，看处乱霏霏。（《咏廿四气诗·大雪十一月节》唐·元稹）

11. 清风行处来，☐☐寒蝉急。（《闰月》唐·韦庄）

12. 微雨众卉新，一雷☐☐始。（《观田家》唐·韦应物）

13. 去年☐☐时，花市灯如昼。（《生查子·元夕》宋·欧阳修）

14. 久阴东虹断，☐☐北风寒。（《遣兴》宋·王之道）

15. ☐☐年年见，天涯意故长。（《元日》宋·王十朋）

031

16. 明朝遂☐☐，岁月惊峥嵘。（《十二月二十九日夜半雨雪作披衣起听》宋·陆游）

17. 时雨及☐☐，四野皆插秧。（《时雨》宋·陆游）

18. ☐☐今几日，物色已全回。（《移官万安道中》宋·赵蕃）

19. 菖蒲秀☐☐，黄花作☐☐。（《重午菊有花遂与菖蒲同采》宋·朱翌）

20. ☐☐当月半，望魄复宵中。（《八月十五日秋分是日又社》宋·刘攽）

21. ☐☐杀气凝，清霜会晨朝。（《观猎》宋·刘攽）

22. ☐☐时节雨纷纷，路上行人欲断魂。（《清明》唐·杜牧）

23. 春城无处不飞花，☐☐东风御柳斜。（《寒食》唐·韩翃）

24. 天时人事日相催，☐☐阳生春又来。（《小至》唐·杜甫）

25. 绛节飘飘宫国来，☐☐朝拜上清回。（《中元作》唐·李商隐）

26. ☐☐题诗寄草堂，遥怜故人思故乡。（《人日寄杜二拾遗》唐·高适）

27. 苦热恨无行脚处，微凉喜到☐☐时。（《城中晚夏思山》唐·齐己）

28. 又是残春将☐☐，如何到处不啼莺。（《见莺·其二》宋·白玉蟾）

29. 想得薰风☐☐后，荷花世界柳丝乡。（《过临平莲荡·其四》宋·杨万里）

30. 不为主人供粥饷，争知☐☐是今辰。（《腊八危家饷粥有感》宋·赵万年）

31. 月华浑似十分圆，玉露金风☐☐天。（《王守生辰七月十四日》宋·廖刚）

32. 葵影便移日长至，梅花先趁☐☐开。（《冬至》宋·朱淑真）

33. ☐☐已过腊来时，万物那逃出入机。（《冬行买酒炭自随》宋·曾丰）

34. ☐☐谁与共孤光？把盏凄然北望。(《西江月》宋·苏轼)

35. 金风淅淅，银河耿耿，☐☐如今又至。(《鹊桥仙·甲子七夕》宋·郭应祥)

◆ 答案：1.春分 寒食 2.夏至 3.雨水 4.谷雨 5.小暑 6.大暑 7.寒露 8.霜降 9.小雪 10.大雪 11.白露 12.惊蛰 13.元夜 14.小满 15.元日 16.除夕 17.芒种 18.立春 19.端午 重阳 20.秋分 21.立冬 22.清明 23.寒食 24.冬至 25.中元 26.人日 27.立秋 28.立夏 29.端午 30.腊八 31.处暑 32.小寒 33.大寒 34.中秋 35.七夕

喜怒哀乐

1. 吉甫燕☐，既多受祉。(《诗经·六月》)

2. 乱多于治，忧多于☐。(《多多吟》宋·邵雍)

3. 悲多于☐，恶多于美。(《治乱吟·其一》宋·邵雍)

4. 正尔不能得，☐哉亦可伤！(《杂诗·其八》晋·陶渊明)

5. 上堂拜阿母，阿母☐不止。(《孔雀东南飞》汉乐府)

6. 未至二三里，摧藏马悲☐。(《孔雀东南飞》汉乐府)

7. 一弹再三叹，慷慨有余☐。(《古诗十九首·西北有高楼》汉)

8. 我醉君复☐，陶然共忘机。(《下终南山过斛斯山人宿置酒》唐·李白)

9. 吏呼一何☐，妇啼一何苦。(《石壕吏》唐·杜甫)

10. 生死向前去，不劳吏☐嗔。(《前出塞·其四》唐·杜甫)

11. 文章憎命达，魑魅☐人过。(《天末怀李白》唐·杜甫)

12. 望尽似犹见，☐多如更闻。(《孤雁》唐·杜甫)

13. 麋鹿☐深林，虫蛇☐丰草。(《首夏》唐·白居易)

14. 且☐杯中物，谁论世上名？(《自洛之越》唐·孟浩然)

15. 语昔有故悲，论今无新□。（《代门有车马客行》南北朝·鲍照）

16. 试尽风波恶，生涯亦可□。（《江行》宋·王安石）

17. 剧暑悲难度，清秋□却回。（《次秀野暑中·其一》宋·朱熹）

18. □南夷之莫吾知兮，且余济乎江湘。（《九章·涉江》战国·屈原）

19. □吾生之无乐兮，幽独处乎山中。（《九章·涉江》战国·屈原）

20. 日月照之何不及此，唯有北风号□天上来。（《北风行》唐·李白）

21. 世间行□亦如此，古来万事东流水。（《梦游天姥吟留别》唐·李白）

22. 风急天高猿啸□，渚清沙白鸟飞回。（《登高》唐·杜甫）

23. 八月秋高风□号，卷我屋上三重茅。（《茅屋为秋风所破歌》唐·杜甫）

24. □哉王孙慎勿疏，五陵佳气无时无。（《哀王孙》唐·杜甫）

25. 今我不□思岳阳，身欲奋飞病在床。（《寄韩谏议》唐·杜甫）

26. 寄身且□沧洲近，顾影无如白发何。（《江州重别薛六柳八二员外》唐·刘长卿）

27. 蓬鬓□吟长城下，不堪秋气入金疮。（《逢病军人》唐·卢纶）

28. 莫见长安行□处，空令岁月易蹉跎。（《送魏万之京》唐·李颀）

29. 长□钟声花外尽，龙池柳色雨中深。（《赠阙下裴舍人》唐·钱起）

30. 回□峰前沙似雪，受降城外月如霜。（《夜上受降城闻笛》唐·李益）

31. 百战疲劳壮士□，中原一败势难回。（《叠题乌江亭》宋·王安石）

32. 悲□千般同幻渺，古今一梦尽荒唐。（《回前诗》清·曹雪芹）

33. □发冲冠，凭栏处、潇潇雨歇。（《满江红》宋·岳飞）

34. 白发空垂三千丈，一笑人间万事，问何物、能令公□？（《贺新郎》宋·辛弃疾）

35. 欢□趣，离别苦，就中更有痴儿女。（《摸鱼儿·雁丘词》金·

元好问）

◆ 答案：1. 喜 2. 喜 3. 喜 4. 哀 5. 怒 6. 哀 7. 哀 8. 乐 9. 怒 10. 怒 11. 喜 12. 哀 13. 乐 喜 14. 乐 15. 喜 16. 哀 17. 喜 18. 哀 19. 哀 20. 怒 21. 乐 22. 哀 23. 怒 24. 哀 25. 乐 26. 喜 27. 哀 28. 乐 29. 乐 30. 乐 31. 哀 32. 喜 33. 怒 34. 喜 35. 乐

悲欢离合

1. 弦歌感人肠，四坐皆□悦。（《善哉行·其三》汉·曹操）

2. 人有两三心，安能□为一？（《临终诗》汉·孔融）

3. 有□则有情，无□亦无思。（《咏怀·其七十》晋·阮籍）

4. □言得所憩，美酒聊共挥。（《下终南山过斛斯山人宿置酒》唐·李白）

5. 白发□花落，青云羡鸟飞。（《寄左省杜拾遗》唐·岑参）

6. 日夕凉风至，闻蝉但益□。（《秦中感秋寄远上人》唐·孟浩然）

7. 澹然□言说，悟悦心自足。（《晨诣超师院读禅经》唐·柳宗元）

8. 故关衰草遍，□别正堪□。（《李端公》唐·卢纶）

9. 乍见翻疑梦，相□各问年。（《云阳馆与韩绅宿别》唐·司空曙）

10. 云中君不见，竟夕自□秋。（《楚江怀古·其一》唐·马戴）

11. 别□在今晨，见尔当何秋？（《送杨氏女》唐·韦应物）

12. 神□体自轻，意欲凌风翔。（《郡斋雨中与诸文士燕集》唐·韦应物）

13. □笑情如旧，萧疏鬓已斑。（《淮上喜会梁川故人》唐·韦应物）

14. 十年□乱后，长大一相逢。（《喜见外弟又言别》唐·李益）

15. 更有明朝恨，□杯惜共传。（《云阳馆与韩绅宿别》唐·司空曙）

16. 蕃汉断消息，死生长别□。（《没蕃故人》唐·张籍）

17. 异香开玉□，轻粉泥银盘。（《白牡丹》唐·王贞白）

18. 醉不成□惨将别，别时茫茫江浸月。（《琵琶行》唐·白居易）

035

19. 今年□笑复明年，秋月春风等闲度。（《琵琶行》唐·白居易）

20. 承□侍宴无闲暇，春从春游夜专夜。（《长恨歌》唐·白居易）

21. 唯将旧物表深情，钿□金钗寄将去。（《长恨歌》唐·白居易）

22. 钗留一股□一扇，钗擘黄金□分钿。（《长恨歌》唐·白居易）

23. 永夜角声□自语，中天月色好谁看？（《宿府》唐·杜甫）

24. 支□东北风尘际，漂泊西南天地间。（《咏怀古迹·其一》唐·杜甫）

25. 三年谪宦此栖迟，万古惟留楚客□。（《长沙过贾谊宅》唐·刘长卿）

26. 闲坐悲君亦自□，百年都是几多时？（《遣悲怀·其三》唐·元稹）

27. 主人有酒□今夕，请奏鸣琴广陵客。（《琴歌》唐·李颀）

28. 别梦依依到谢家，小廊回□曲阑斜。（《寄人·其一》唐·张泌）

29. 别来半岁音书绝，一寸□肠千万结。（《应天长》唐·韦庄）

30. 玉树歌残王气终，景阳兵□戍楼空。（《金陵怀古》唐·许浑）

31. 若论破吴功第一，黄金只□铸西施。（《嘲范蠡》宋·郑獬）

32. 汉室功臣谁第一？黄金□铸纪将军。（《咏史》元·赵孟頫）

33. 凭寄□恨重重，者双燕何曾，会人言语？（《宴山亭·北行见杏花》宋·赵佶）

34. 楚江空晚，怅□群万里，恍然惊散。（《解连环·孤雁》宋·张炎）

35. □乐趣，□别苦，就中更有痴儿女。（《摸鱼儿·雁丘词》金·元好问）

◆ 答案：1.欢 2.合 3.悲 悲 4.欢 5.悲 6.悲 7.离 8.离 悲 9.悲 10.悲 11.离 12.欢 13.欢 14.离 15.离 16.离 17.合 18.欢 19.欢 20.欢 21.合 22.合 合 23.悲 24.离 25.悲 26.悲 悲 27.欢 28.合 29.离 30.合 31.合 32.合 33.离 34.离 35.欢 离

爱恨情仇

1. ☐与貌，略相似。（《贺新郎》宋·辛弃疾）

2. 不我能慉，反以我为☐。（《诗经·国风·邶风·谷风》）

3. 王于兴师，修我戈矛，与子同☐。（《诗经·无衣》）

4. 但见泪痕湿，不知心☐谁？（《怨情》唐·李白）

5. 三夜频梦君，☐亲见君意。（《梦李白·其二》唐·杜甫）

6. 远送从此别，青山空复☐。（《奉济驿重送严公四韵》唐·杜甫）

7. 世界微尘里，吾宁☐与憎？（《北青萝》唐·李商隐）

8. 旅馆无良伴，凝☐自悄然。（《旅宿》唐·杜牧）

9. 莫言名与利，名利是身☐。（《不寝》唐·杜牧）

10. 十年心事苦，惟为复恩☐。（《董孝子黯复仇》唐·贺知章）

11. 凄凄去亲☐，泛泛入烟雾。（《初发扬子寄元大校书》唐·韦应物）

12. 相送☐无限，沾襟比散丝。（《赋得暮雨送李胄》唐·韦应物）

13. 竹怜新雨后，山☐夕阳时。（《谷口书斋寄杨补阙》唐·钱起）

14. 更有明朝☐，离杯惜共传。（《云阳馆与韩绅宿别》唐·司空曙）

15. 蕃☐似此水，长愿向南流。（《书边事》唐·张乔）

16. 借问苦心☐者谁，后有韦讽前支盾。（《韦讽录事宅观曹将军画马图》唐·杜甫）

17. 君臣已与时际会，树木犹为人☐惜。（《古柏行》唐·杜甫）

18. 渔舟逐水☐山春，两岸桃花夹古津。（《桃源行》唐·王维）

19. 刘郎已☐蓬山远，更隔蓬山一万重。（《无题》唐·李商隐）

20. 他年锦里经祠庙，梁父吟成☐有余。（《筹笔驿》唐·李商隐）

21. 清时有味是无能，闲☐孤云静☐僧。（《将赴吴兴登乐游原》唐·

杜牧）

22. 诚知此□人人有，贫贱夫妻百事哀。(《遣悲怀·其二》唐·元稹）

23. 汉文有道恩犹薄，湘水无□吊岂知？(《长沙过贾谊宅》唐·刘长卿）

24. 谁□风流高格调？共怜时世俭梳妆。(《贫女》唐·秦韬玉）

25. 苦□年年压金线，为他人作嫁衣裳。(《贫女》唐·秦韬玉）

26. 阳和不散穷途□，霄汉长怀捧日心。(《赠阙下裴舍人》唐·钱起）

27. 几尺如霜利不群，恩□未报反亡身。(《春秋战国门·再吟》唐·周昙）

28. 匣剑光芒射斗牛，持携天下洗人□。(《赠裴仲卿》宋·王令）

29. 向来客至投辖留，而今避客如避□。(《禽言·接客》宋·刘克庄）

30. 挑锦字，记□事，惟愿两心相似。(《更漏子》唐·牛峤）

31. 凭寄离□重重，者双燕何曾，会人言语？(《宴山亭·北行见杏花》宋·赵佶）

32. 父老长安今余几，后死无□可雪。(《贺新郎·寄辛幼安和见怀韵》宋·陈亮）

33. 不□古人吾不见，□古人不见吾狂耳。(《贺新郎》宋·辛弃疾）

◆ 答案：1. 情　2. 仇　3. 仇　4. 恨　5. 情　6. 情　7. 爱　8. 情　9. 仇　10. 仇　11. 爱　12. 情　13. 爱　14. 恨　15. 情　16. 爱　17. 爱　18. 爱　19. 恨　20. 恨　21. 爱爱　22. 恨　23. 情　24. 爱　25. 恨　26. 恨　27. 仇　28. 仇　29. 仇　30. 情　31. 恨　32. 仇　33. 恨 恨

愁眉泪眼

1. 美人卷珠帘，深坐颦蛾□。(《怨情》唐·李白）

2. 莫自使□枯，收汝泪纵横。(《新安吏》唐·杜甫）

3. □枯即见骨，天地终无情。(《新安吏》唐·杜甫）

4. □因薄暮起，兴是清秋发。(《秋登兰山寄张五》唐·孟浩然）

038

5. 林卧□春尽，开轩览物华。(《清明日宴梅道士房》唐·孟浩然)

6. 永怀□不寐，松月夜窗墟。(《岁暮归南山》唐·孟浩然)

7. 心断新丰酒，销□斗几千。(《风雨》唐·李商隐)

8. 肠断未忍扫，□穿仍欲归。(《落花》唐·李商隐)

9. 寒灯思旧事，断雁警□眠。(《旅宿》唐·杜牧)

10. 脸浓花自发，□恨柳长深。(《题苏小小墓》唐·张祜)

11. 谁见汀洲上，相思□白蘋。(《饯别王十一南游》唐·刘长卿)

12. 归来视幼女，零□缘缨流。(《送杨氏女》唐·韦应物)

13. 掩□空相向，风尘何处期？(《李端公》唐·卢纶)

14. 惟怜一灯影，万里□中明。(《送僧归日本》唐·钱起)

15. 羁臣一掬□，慈母两行书。(《得家讯一首》宋·刘克庄)

16. 安能摧□折腰事权贵，使我不得开心颜！(《梦游天姥吟留别》唐·李白)

17. 海内风尘诸弟隔，天涯涕□一身遥。(《野望》唐·杜甫)

18. 老夫不知其所往，足茧荒山转□疾。(《观公孙大娘弟子舞剑器行》唐·杜甫)

19. 六军不发无奈何，宛转蛾□马前死。(《长恨歌》唐·白居易)

20. 君歌声酸辞且苦，不能听终□如雨。(《八月十五夜赠张功曹》唐·韩愈)

21. 昔日戏言身后事，今朝都到□前来。(《遣悲怀·其二》唐·元稹)

22. 惟将终夜长开□，报答平生未展□。(《遣悲怀·其三》唐·元稹)

23. 我持长瓢坐巴丘，酌饮四座以散□。(《石鱼湖上醉歌》唐·元结)

24. 三湘□鬓逢秋色，万里归心对月明。(《晚次鄂州》唐·卢纶)

25. 巫峡啼猿数行□，衡阳归雁几封书。(《送李少府贬峡中王少府贬长

沙》唐·高适）

26. 今为羌笛出塞声，使我三军□如雨。(《古意》唐·李颀)

27. 陈侯立身何坦荡，虬须虎□仍大颡。(《送陈章甫》唐·李颀)

28. 变调如闻杨柳春，上林繁花照□新。(《听安万善吹觱篥歌》唐·李颀)

29. 胡人落□向边草，汉使断肠对归客。(《听董大弹胡笳声兼寄语弄房给事》唐·李颀)

30. 胡雁哀鸣夜夜飞，胡儿□□双双落。(《古从军行》唐·李颀)

31. 敢将十指夸针巧，不把双□斗画长。(《贫女》唐·秦韬玉)

32. 却嫌脂粉污颜色，淡扫蛾□朝至尊。(《集灵台·其二》唐·张祜)

33. 料因循误了，残毡拥雪，故人心□。(《解连环·孤雁》宋·张炎)

34. 浣花溪上见卿卿，脸波秋水明，黛□轻。(《江城子》宋·张泌)

35. 布被秋宵梦觉，□前万里江山。(《清平乐·独宿博山王氏庵》宋·辛弃疾)

◆ 答案：1.眉 2.眼 3.眼 4.愁 5.愁 6.愁 7.愁 8.眼 9.愁 10.眉 11.愁 12.泪 13.泪 14.眼 15.泪 16.眉 17.泪 18.愁 19.眉 20.泪 21.眼 22.眼 眉 23.愁 24.愁 25.泪 26.泪 27.眉 28.眼 29.泪 30.眼泪 31.眉 32.眉 33.眼 34.眉 35.眼

酸甜甘苦

1. □言无忠实，世薄多苏秦。(《箜篌谣》汉乐府)

2. 吏呼一何怒，妇啼一何□。(《石壕吏》唐·杜甫)

3. 雨露之所濡，□□齐结实。(《北征》唐·杜甫)

4. 告归常局促，□道来不易。(《梦李白·其二》唐·杜甫)

5. 一丘尝欲卧，三径□无资。(《秦中感秋寄远上人》唐·孟浩然)

6. □辛犯葱岭，憔悴涉龙沙。(《感石榴二十韵》唐·元稹)

040

7. 尔辈□无恃，抚念益慈柔。(《送杨氏女》唐·韦应物)

8. 死恶黄连□，生怜白□甜。(《诗三百三首·其七十六》唐·寒山)

9. 久旱逢□雨，他乡遇故知。(《喜》宋·汪洙)

10. 荔枝分与核，金橘却无□。(《枇杷》宋·杨万里)

11. □心岂免容蝼蚁，香叶终经宿鸾凤。(《古柏行》唐·杜甫)

12. 问之不肯道姓名，但道困□乞为奴。(《哀王孙》唐·杜甫)

13. 人生几何春已夏，不放香醪如蜜□。(《绝句漫兴·其八》唐·杜甫)

14. 京中旧见无颜色，红颗□□只自知。(《解闷·其十》唐·杜甫)

15. □露太□非正味，醴泉虽洁不芳馨。(《府酒五绝·辨味》唐·白居易)

16. 野蔬充膳□长藿，落叶添薪仰古槐。(《遣悲怀·其一》唐·元稹)

17. 君歌声□辞且□，不能听终泪如雨。(《八月十五夜赠张功曹》唐·韩愈)

18. 嗟予好古生□晚，对此涕泪双滂沱。(《石鼓歌》唐·韩愈)

19. 窜逐蛮荒幸不死，衣食才足□长终。(《谒衡岳庙遂宿岳寺题门楼》唐·韩愈)

20. 亚相勤王□□辛，誓将报主静边尘。(《轮台歌奉送封大夫出师西征》唐·岑参)

21. 魏官牵车指千里，东关□风射眸子。(《金铜仙人辞汉歌》唐·李贺)

22. 采得百花成蜜后，为谁辛□为谁□?(《蜂》唐·罗隐)

23. 嘶□雏雁失群夜，断绝胡儿恋母声。(《听董大弹胡笳声兼寄语弄房给事》唐·李颀)

24. 黑黍黄粱初熟后，朱柑绿橘半□时。(《与毛令方尉游西菩提寺·其二》宋·苏轼)

25. 老稚缘崖锄草根，炊烟不起自□辛。(《田间麦秀因成绝句》宋·王炎)

041

26. 此处无山亦无水，风砂捲地鼻生☐。(《道中不见山水》宋·汪梦斗)

27. ☐满中边一夜冰，璀璀璨璨自天成。(《从昭祖乞糖霜》宋·邓肃)

28. 蜜☐忘却十年☐，雷吼嚇成三日聋。(《送浮屠宗立东游·其一》宋·王之道)

29. 千尺高崖屏翠琰，六时☐露雨真珠。(《题延庆观六时泉》宋·王之望)

30. 庙堂无策可平戎，坐使☐泉照夕烽。(《伤春》宋·陈与义)

31. 者也之乎真太错，☐心吞棘吞蓬。(《临江仙》宋·王千秋)

32. 造物要令☐在后，时人莫讶熟何迟。(《郡圃有荔支名白蜜者熟最晚戏成一绝》宋·王十朋)

33. 梅子留☐软齿牙，芭蕉分绿与窗纱。(《闲居初夏午睡起·其一》宋·杨万里)

34. 琴瑟击鼓，以御田祖，以祈☐雨，以介我稷黍，以穀我士女。(《诗经·甫田》)

35. 随意杯盘虽草草，酒美梅☐，恰称人怀抱。(《蝶恋花·上巳召亲族》宋·李清照)

◆ 答案：1.甘 2.苦 3.甘苦 4.苦 5.苦 6.酸 7.苦 8.苦甜 9.甘 10.酸 11.苦 12.苦 13.甜 14.酸甜 15.甘 16.甘 17.酸苦 18.苦 19.苦 20.甘苦 21.酸 22.苦甜 23.酸 24.甜 25.甘 26.酸 27.甜 28.甜 29.甘 30.甘 31.甘 32.甜 33.酸 34.甘 35.酸

生死荣辱

1. 所可读也，言之☐也。(《诗经·墙有茨》)

2. 性清者☐，性浊者☐。(《啄木诗》南北朝·袁淑)

3. 平☐万事，那堪回首！(《金缕曲·其一》清·顾贞观)

4. 千秋万岁后，谁知☐与☐？(《拟挽歌辞·其一》晋·陶渊明)

5. 衰☐无定在，彼此更共之。(《饮酒·其一》晋·陶渊明)

042

6. 穷通皆是运，□□岂关身。(《短歌·其一》南北朝·徐谦)

7. 离离原上草，一岁一枯□。(《赋得古原草送别》唐·白居易)

8. 列郡讴歌惜，三朝出入□。(《奉济驿重送严公四韵》唐·杜甫)

9. 梧桐相待老，鸳鸯会双□。(《烈女操》唐·孟郊)

10. 此是□先生，坐禅三乐处。(《池上幽境》唐·白居易)

11. 煌煌文明代，俱幸□此辰。(《送薛蔓应举》唐·王建)

12. 染来不似旧，镊去又重□。(《白发》宋·顾逢)

13. 对殊俗兮非我宜，遭恶□兮当告谁？(《胡笳十八拍》汉·蔡文姬)

14. 春蚕到□丝方尽，蜡炬成灰泪始干。(《无题》唐·李商隐)

15. □乏黄金枉图画，□留青冢使人嗟。(《王昭君·其一》唐·李白)

16. □女犹得嫁比邻，□男埋没随百草。(《兵车行》唐·杜甫)

17. 金鞭断折九马□，骨肉不待同驰驱。(《哀王孙》唐·杜甫)

18. 路旁凡草□遭遇，曾得七香车辗来。(《山中五绝句·石上苔》唐·白居易)

19. 功名宿昔人多许，□□斯须自不知。(《自题》唐·白居易)

20. 宠□忧欢不到情，任他朝市自营营。(《城东闲游》唐·白居易)

21. 十□九□到官所，幽居默默如藏逃。(《八月十五夜赠张功曹》唐·韩愈)

22. 得成比目何辞□，愿作鸳鸯不羡仙。(《长安古意》唐·卢照邻)

23. 自古诗人少显□，逃名何用更题名。(《白菊·其四》唐·司空图)

24. 谁人得及庄居老，免被□枯宠□惊。(《晚眺》唐·罗隐)

25. 玄宗回马杨妃□，云雨难忘日月新。(《马嵬坡》唐·郑畋)

26. 少陵无人谪仙□，才薄将奈石鼓何！(《石鼓歌》唐·韩愈)

27. 一年明月今宵多，人☐由命非由他，有酒不饮奈明何！（《八月十五夜赠张功曹》唐·韩愈）

28. 男儿忍☐志长存，出胯曾无怨一言。（《韩信》宋·朱淑真）

29. ☐平意气每相期，岁晚行藏各自知。（《挽陆义斋·其二》元·陆文圭）

30. 人☐贵极是王侯，浮利浮名不自由。（《渔父词·其四》元·管道升）

31. 后☐诸君多努力，捷报飞来当纸钱。（《梅岭三章·其二》现代·陈毅）

32. 梧桐半☐清霜后，头白鸳鸯失伴飞。（《鹧鸪天》宋·贺铸）

33. 了却君王天下事，赢得☐前身后名。（《破阵子·为陈同甫赋壮词以寄之》宋·辛弃疾）

34. 酒盈尊，云满屋，不见人间☐☐。（《渔歌子》五代·李珣）

35. 谁☐又谁☐？问当时道德，今日功名。（《望海潮·寄别浔郡鲁教谕子振李训道宗深》宋·陈德武）

◆ 答案：1.辱 2.荣 辱 3.生 4.荣 辱 5.荣 6.荣辱 7.荣 8.荣 9.死 10.荣 11.生 12.生 13.辱 14.死 15.生 死 16.生 生 17.死 18.荣 19.宠辱 20.辱 21.生 死 22.死 23.荣 24.荣 辱 25.死 26.死 27.生 28.辱 29.生 30.生 31.死 32.死 33.生 34.荣辱 35.辱 荣

忧国忧民

1. 王于出征，以匡王☐。（《诗经·六月》）

2. 共武之服，以定王☐。（《诗经·六月》）

3. 我心☐伤，念昔先人。（《诗经·小宛》）

4. 中原有菽，庶☐采之。（《诗经·小宛》）

5. 岂曰无感，☐为子忘。（《短歌行》晋·陆机）

6. 徘徊将何见，☐思独伤心。（《咏怀·其一》晋·阮籍）

7. 乾坤含疮痍，☐虞何时毕？（《北征》唐·杜甫）

8. 故人还水□，春色动离□。(《送姚八归江南》唐·刘长卿)

9. 尺素能相报，湖山若个□？(《送姚八归江南》唐·刘长卿)

10. 头白古所同，胡为坐烦□？(《解秋·其八》唐·元稹)

11. 上□随缘住，来途若梦行。(《送僧归日本》唐·钱起)

12. 他乡生白发，旧□见青山。(《贼平后送人北归》唐·司空曙)

13. 故□三千里，深宫二十年。(《何满子》唐·张祜)

14. 故吏归心少，遗□出涕多。(《平江府》宋·文天祥)

15. 生□百遗一，念之断人肠。(《蒿里行》汉·曹操)

16. 本是朔方士，今为吴越□。(《门有万里客》三国·魏·曹植)

17. 先□谁不死，知命复何□？(《箜篌引/野田黄雀行》三国·魏·曹植)

18. 路远莫致倚逍遥，何为怀□心烦劳？(《四愁诗》汉·张衡)

19. 路远莫致倚惆怅，何为怀□心烦伤？(《四愁诗》汉·张衡)

20. 路远莫致倚踟蹰，何为怀□心烦纡？(《四愁诗》汉·张衡)

21. 路远莫致倚增叹，何为怀□心烦惋？(《四愁诗》汉·张衡)

22. 可怜身上衣正单，心□炭贱愿天寒。(《卖炭翁》唐·白居易)

23. 不如饮此神圣杯，万念千□一时歇。(《啄木曲》唐·白居易)

24. 号作乐天应不错，□愁时少乐时多。(《少年问》唐·白居易)

25. □家成败吾岂敢，色难腥腐餐枫香。(《寄韩谏议》唐·杜甫)

26. 春风举□裁宫锦，半作障泥半作帆。(《隋宫》唐·李商隐)

27. 贾谊上书□汉室，长沙谪去古今怜。(《自夏口至鹦鹉洲夕望岳阳寄源中丞》唐·刘长卿)

28. 虢□夫人承主恩，平明骑马入宫门。(《集灵台·其二》唐·张祜)

29. 来时欢笑去时哀，家□迢迢向越台。(《和三乡诗》唐·韦冰)

30. 绢帕麻菇与线香，本资□用反为殃。(《入京》明·于谦)

31. 平台千里渴商霖，内史□□望最深。(《雪中》宋·晏殊)

32. 由来不乐金朱事，且喜长同垅亩□。(《偶作》宋·辛弃疾)

33. 留客醉花迎晓日，金盏溢，却□风雨飘零疾。(《渔家傲》宋·欧阳修)

34. 伤心秦汉，生□涂炭，读书人一声长叹！(《中吕·卖花声》元·张可久)

35. 长夜难明赤县天，百年魔怪舞翩跹，人□五亿不团圆。(《浣溪沙·和柳亚子先生》现代·毛泽东)

◆ 答案：1. 国　2. 国　3. 忧　4. 民　5. 忧　6. 忧　7. 忧　8. 国　忧　9. 忧　10. 忧　11. 国　12. 国　13. 国　14. 民　15. 民　16. 民　17. 民　忧　18. 忧　19. 忧　20. 忧　21. 忧　22. 忧　23. 忧　24. 忧　25. 国　26. 国　27. 忧　28. 国　29. 国　30. 民　31. 忧民　32. 民　33. 忧　34. 民　35. 民

社稷安危

1. 黍□稻粱，农夫之庆。(《诗经·甫田》)

2. 彼黍离离，彼□之苗。(《诗经·黍离》)

3. 彼黍离离，彼□之穗。(《诗经·黍离》)

4. 彼黍离离，彼□之实。(《诗经·黍离》)

5. 戎车既□，如轾如轩。(《诗经·六月》)

6. 噫吁嚱，□乎高哉！(《蜀道难》唐·李白)

7. □楼高百尺，手可摘星辰。(《夜宿山寺》唐·李白)

8. 今朝汉□□，新数中兴年。(《喜达行在所》唐·杜甫)

9. 许身一何愚，窃比□与契。(《自京赴奉先县咏怀五百字》唐·杜甫)

10. 径□抱寒石，指落层冰间。（《前出塞·其七》唐·杜甫）

11. 夕寝止求□，一衾而已矣。（《把酒》唐·白居易）

12. 渠浊村春急，旗高□酒香。（《归墅》唐·李商隐）

13. 泉听咽□石，日色冷青松。（《过香积寺》唐·王维）

14. 薄暮空潭曲，□禅制毒龙。（《过香积寺》唐·王维）

15. 迢递三巴路，羁□万里身。（《巴山道中除夜有怀》唐·崔涂）

16. 涎涎□燕尾，嗷嗷霜雁声。（《客居闻雁有感》宋·张守）

17. 祖逖关河志，程婴□□功。（《自叹》宋·文天祥）

18. □能摧眉折腰事权贵，使我不得开心颜！（《梦游天姥吟留别》唐·李白）

19. 羞逐长□□中儿，赤鸡白狗赌梨栗。（《行路难·其二》唐·李白）

20. 独使至尊忧□□，诸君何以答升平？（《诸将·其二》唐·杜甫）

21. 已忍伶俜十年事，强移栖息一枝□。（《宿府》唐·杜甫）

22. 桑柘影斜春□散，家家扶得醉人归。（《社日》唐·王驾）

23. 偏存名迹在人间，顺俗与时未□闲。（《欸乃曲》唐·元结）

24. 百口寄□沧海上，一身逃难绿林中。（《自孟津舟西上雨中作》唐·韦庄）

25. 万里寒光生积雪，三边曙色动□旌。（《望蓟门》唐·祖咏）

26. 未似是非唇舌□，暗中潜毁平人骨。（《行路难·其一》唐·齐己）

27. □居不用架高堂，书中自有黄金屋。（《劝学诗》宋·赵恒）

28. □下烧钱鼓似雷，日斜扶得醉翁回。（《春日田园杂兴》宋·范成大）

29. 箫鼓追随春□近，衣冠简朴古风存。（《游山西村》宋·陆游）

30. 南渡君臣轻□□，中原父老望旌旗。（《岳鄂王墓》元·赵孟頫）

31. 我学李白对明月，白与明月□能知？（《把酒对月歌》明·唐寅）

32. 燕子来时新□，梨花落后清明。（《破阵子·春景》宋·晏殊）

33. □前风雨，已归燕子，未入人家。（《眼儿媚·春情》宋·冯伟寿）

34. 把酒对花□坐，多病多愁都可。（《谒金门》宋·吕胜己）

35. 旧时茅店□林边，路转溪桥忽见。（《西江月·夜行黄沙道中》宋·辛弃疾）

◆ 答案：1.稷 2.稷 3.稷 4.稷 5.安 6.危 7.危 8.社稷 9.稷 10.危 11.安 12.社 13.危 14.安 15.危 16.社 17.社稷 18.安 19.安社 20.社稷 21.安 22.社 23.安 24.安 25.危 26.危 27.安 28.社 29.社 30.社稷 31.社 32.社 33.社 34.危 35.社

英雄豪杰

1. □□白云，露彼菅茅。（《诗经·白华》）

2. 倚东风，□兴徜徉。（《行香子》宋·秦观）

3. 天地□□气，千秋尚凛然。（《蜀先主庙》唐·刘禹锡）

4. 仰观势转□，壮哉造化功。（《望庐山瀑布水·其一》唐·李白）

5. □剑四五动，彼军为我奔。（《前出塞·其八》唐·杜甫）

6. 圣代无隐者，□灵尽来归。（《送綦毋潜落第还乡》唐·王维）

7. 绿叶裁烟翠，红□动日华。（《感石榴二十韵》唐·元稹）

8. 诚知匹夫勇，何取万人□。（《杂兴》唐·王昌龄）

9. 圣主称三□，明离保四贤。（《咏史》唐·徐九皋）

10. 生当作人□，死亦为鬼□。（《夏日绝句》宋·李清照）

11. 美人赠我金错刀，何以报之□琼瑶？（《四愁诗》汉·张衡）

12. 剧辛乐毅感恩分，输肝剖胆效□才。（《行路难·其二》唐·李白）

13. 陆机□才岂自保？李斯税驾苦不早。（《行路难·其三》唐·李白）

048

14. 海内贤□青云客，就中与君心莫逆。(《忆旧游寄谯郡元参军》唐·李白)

15. 梧桐杨柳拂金井，来醉扶风□士家。(《扶风豪士歌》唐·李白)

16. □□割据虽已矣，文采风流今尚存。(《丹青引赠曹将军霸》唐·杜甫)

17. □□一去□华尽，惟有青山似洛中。(《金陵怀古》唐·许浑)

18. 七□三□今何在，休为闲人泪满襟。(《西京道德里》唐·罗隐)

19. 谩道城池须险阻，可知□□亦埃尘。(《春日登上元石头故城》唐·罗隐)

20. 王侯无种□□志，燕雀喧喧安得知？(《秦门·陈涉》唐·周昙)

21. 莫言马上得天下，自古□□尽解诗。(《歌风台》唐·林宽)

22. 燕昭北筑黄金台，四方□□乘风来。(《黄金台》唐·无名氏)

23. 落□满地君方见，惆怅春光又一年。(《梦中绝句》宋·苏轼)

24. 不见五陵□□墓，无花无酒锄作田。(《桃花庵歌》明·唐寅)

25. 钟山风雨起苍黄，百万□师过大江。(《七律·人民解放军占领南京》现代·毛泽东)

26. 独有□□驱虎豹，更无□□怕熊罴。(《七律·冬云》现代·毛泽东)

27. □关漫道真如铁，而今迈步从头越。(《忆秦娥·娄山关》现代·毛泽东)

28. 一唱□鸡天下白，万方乐奏有于阗，诗人兴会更无前。(《浣溪沙·和柳亚子先生》现代·毛泽东)

29. 登昆仑兮食玉□，与天地兮同寿，与日月兮同光。(《九章·涉江》战国·屈原)

30. 江山如画，一时多少□□。(《念奴娇·赤壁怀古》宋·苏轼)

31. 遥想公瑾当年，小乔初嫁了，□姿□发。(《念奴娇·赤壁怀古》

宋·苏轼）

32. 若使当时身不遇，老了□□。(《浪淘沙令》宋·王安石)

33. 元知造物心肠别，老却□□似等闲。(《鹧鸪天》宋·陆游)

34. 一江南北，消磨多少□□。(《百字令》元·萨都剌)

35. 诗情放，剑气豪，□□不把穷通较。(《庆东原·次马致远先辈韵》元·张可久)

◆ 答案：1.英英 2.豪 3.英雄 4.雄 5.雄 6.英 7.英 8.杰 9.杰 10.杰雄 11.英 12.英 13.雄 14.豪 15.豪 16.英雄 17.英雄 豪 18.雄 杰 19.豪杰 20.英雄 21.英雄 22.豪杰 23.英 24.豪杰 25.雄 26.英雄 豪杰 27.雄 28.雄 29.英 30.豪杰 31.雄 英 32.英雄 33.英雄 34.豪杰 35.英雄

善恶美丑

1. 东风□，欢情薄。(《钗头凤》宋·陆游)

2. 母氏圣□，我无令人。(《诗经·凯风》)

3. 执讯获□，薄言还归。(《诗经·出车》)

4. 无纵诡随，以谨□厉。(《诗经·民劳》)

5. 所可道也，言之□也。(《诗经·墙有茨》)

6. □人卷珠帘，深坐颦蛾眉。(《怨情》唐·李白)

7. □女来效颦，还家惊四邻。(《古风·其三十五》唐·李白)

8. 不采芳桂枝，反栖□木根。(《古风·其二十五》唐·李白)

9. 信知生男□，反是生女好。(《兵车行》唐·杜甫)

10. 才高心不展，道屈□无邻。(《寄李十二白二十韵》唐·杜甫)

11. 春华信为□，夏景亦未□。(《和微之四月一日作》唐·白居易)

12. □服患人指，高明逼神□。(《感遇·其四》唐·张九龄)

13. 曲言□者谁? 悦耳如弹丝。(《送沈秀才下第东归》唐·贾岛)

050

第1章 字词填空

14. 燕丹□勇士，荆轲为上宾。(《咏史诗》三国·魏·阮瑀)

15. 燕丹□养士，志在报强嬴。(《咏荆轲》晋·陶渊明)

16. 朝为□少年，夕暮成□老。(《咏怀·其六》晋·阮籍)

17. 色容艳姿□，光华耀倾城。(《咏怀·其七十四》晋·阮籍)

18. 惩□欲劝□，扶弱先锄强。(《锄强扶弱》明·祁顺)

19. 亦余心之所□兮，虽九死其犹未悔。(《离骚》战国·屈原)

20. 世幽昧以眩曜兮，孰云察余之□□？(《离骚》战国·屈原)

21. □人赠我金错刀，何以报之英琼瑶？(《四愁诗》汉·张衡)

22. □人赠我琴琅玕，何以报之双玉盘？(《四愁诗》汉·张衡)

23. □人赠我貂襜褕，何以报之明月珠？(《四愁诗》汉·张衡)

24. □人赠我锦绣段，何以报之青玉案？(《四愁诗》汉·张衡)

25. 曲罢曾教□才服，妆成每被秋娘妒。(《琵琶行》唐·白居易)

26. 忠州好□何须问，鸟得辞笼不择林。(《除忠州寄谢崔相公》唐·白居易)

27. 渐觉花前成老□，何曾酒后更颠狂。(《感樱桃花因招饮客》唐·白居易)

28. 将军画□盖有神，偶逢佳士亦写真。(《丹青引赠曹将军霸》唐·杜甫)

29. 太守得之更不疑，人生反覆看亦□。(《可叹》唐·杜甫)

30. 平生不解藏人□，到处逢人说项斯。(《赠项斯》唐·杨敬之)

31. 花红兮水暖，望□人兮天一方。(《山中忆鹤林·其二》宋·白玉蟾)

32. 我愧虽无李白才，料应月不嫌我□。(《把酒对月歌》明·唐寅)

33. 凶□之人，所居之处，如虎如狼，使人怕怖。(《偶书·其二》宋·邵雍)

34. 城上月，白如雪，蝉鬓□人愁绝。(《更漏子》唐·温庭筠)

051

35. 情怀正□，更衰草寒烟淡薄。(《凄凉犯》宋·姜夔)

◆答案：1.恶 2.善 3.丑 4.丑 5.丑 6.美 7.丑 8.恶 9.恶 10.善 11.美 12.美 恶 13.恶 14.善 15.善 16.美 丑 17.美 18.恶 善 19.善 20.善 恶 21.美 22.美 23.美 24.美 25.善 26.恶 27.美 28.善 29.丑 30.善 31.美 32.丑 33.恶 34.美 35.恶

黑白清浊

1. 性□者荣，性□者辱。(《啄木诗》南北朝·袁淑)

2. 已闻□比圣，复道□如贤。(《月下独酌·其二》唐·李白)

3. 野径云俱□，江船火独明。(《春夜喜雨》唐·杜甫)

4. 或红如丹砂，或□如点漆。(《北征》唐·杜甫)

5. 出门搔□首，若负平生志。(《梦李白·其二》唐·杜甫)

6. 污沟贮□水，水上叶田田。(《京兆府新栽莲》唐·白居易)

7. 我心素已闲，□川澹如此。(《青溪》唐·王维)

8. 北山□云里，隐者自怡悦。(《秋登兰山寄张五》唐·孟浩然)

9. 愁因薄暮起，兴是□秋发。(《秋登兰山寄张五》唐·孟浩然)

10. 黄尘足今古，□骨乱蓬蒿。(《塞下曲》唐·王昌龄)

11. □辉淡水木，演漾在窗户。(《同从弟销南斋玩月忆山阴崔少府》唐·王昌龄)

12. 汲井漱寒齿，□心拂尘服。(《晨诣超师院读禅经》唐·柳宗元)

13. 幽人归独卧，滞虑洗孤□。(《感遇·其二》唐·张九龄)

14. 人归山郭暗，雁下芦洲□。(《夕次盱眙县》唐·韦应物)

15. 虽无宾主意，颇得□净理。(《寻西山隐者不遇》唐·丘为)

16. 松际露微月，□光犹为君。(《宿王昌龄隐居》唐·常建)

052

17. 世溷□莫吾知，人心不可谓兮。(《怀沙》战国·屈原)

18. 世混□而莫余知兮，吾方高驰而不顾。(《九章·涉江》战国·屈原)

19. 途穷反遭俗眼□，世上未有如公贫。(《丹青引赠曹将军霸》唐·杜甫)

20. 满面尘灰烟火色，两鬓苍苍十指□。(《卖炭翁》唐·白居易)

21. 河水虽□有□日，乌头虽□有□时。(《潜别离》唐·白居易)

22. 可惜莺啼花落处，一壶□酒送残春。(《快活》唐·白居易)

23. 戍楼西望烟尘□，汉兵屯在轮台北。(《轮台歌奉送封大夫出师西征》唐·岑参)

24. 虏塞兵气连云屯，战场□骨缠草根。(《轮台歌奉送封大夫出师西征》唐·岑参)

25. 纤云四卷天无河，□风吹空月舒波。(《八月十五夜赠张功曹》唐·韩愈)

26. 长河浪头连天□，津口停舟渡不得。(《送陈章甫》唐·李颀)

27. □日登山望烽火，黄昏饮马傍交河。(《古从军行》唐·李颀)

28. 忽然更作渔阳掺，黄云萧条□日暗。(《听安万善吹觱篥歌》唐·李颀)

29. □云翻墨未遮山，□雨跳珠乱入船。《六月二十七日望湖楼醉书·其一》宋·苏轼)

30. □黍黄粱初熟后，朱柑绿橘半甜时。(《与毛令方尉游西菩提寺·其二》宋·苏轼)

31. 昂昂野鹤在鸡群，一见人分□与□。(《和富公权宗丞·其六》宋·王之道)

32. 红旗卷起农奴戟，□手高悬霸主鞭。(《七律·到韶山》现代·毛泽东)

33. 梧桐半死□霜后，头□鸳鸯失伴飞。(《鹧鸪天》宋·贺铸)

34. 江左沉酣求名者，岂识□醪妙理，回首叫、云飞风起。(《贺新郎》

宋·辛弃疾）

35. 一壶□酒喜相逢，古今多少事，都付笑谈中。（《临江仙》明·杨慎）

◆ 答案：1.清 浊 2.清 浊 3.黑 4.黑 5.白 6.浊 7.清 8.白 9.清 10.白 11.清 12.清 13.清 14.白 15.清 16.清 17.浊 18.浊 19.白 20.黑 21.浊 清 黑 白 22.浊 23.黑 24.白 25.清 26.黑 27.白 28.白 29.黑 白 30.黑 31.浊 清 32.黑 33.清 白 34.浊 35.浊

好坏成败

1. 言多令事□，器漏苦不密。（《临终诗》汉·孔融）

2. 河溃蚁孔端，山□由猿穴。（《临终诗》汉·孔融）

3. 箭飞如疾雨，城崩似□云。（《同卢记室从军》南北朝·庾信）

4. 军□华阳下，身竟为土灰。（《咏怀·其三十一》晋·阮籍）

5. 归家酒债多，门客粲□行。（《赠刘都使》唐·李白）

6. 功□身不居，舒卷在胸臆。（《商山四皓》唐·李白）

7. 沧江□烟月，门系钓鱼船。（《旅宿》唐·杜牧）

8. 新知遭薄俗，旧□隔良缘。（《风雨》唐·李商隐）

9. 簇蕊风频□，裁红雨更新。（《牡丹·其一》唐·元稹）

10. 野蚕食青桑，吐丝亦□茧。（《野蚕》唐·于濆）

11. 卷旗收□马，占碛拥残兵。（《从军行》唐·卢纶）

12. 真个别离难，不似相逢□。（《生查子》宋·晏几道）

13. □峰随处改，幽径独行迷。（《鲁山山行》宋·梅尧臣）

14. □□须臾间，使我叹且惊。（《海气》宋·陆游）

15. 朔方健儿□身手，昔何勇锐今何愚。（《哀王孙》唐·杜甫）

16. 邺城反覆不足怪，关中小儿□纪纲。（《忆昔·其一》唐·杜甫）

054

17. 霜蹄蹴踏长楸间，马官厮养森□列。（《韦讽录事宅观曹将军画马图》唐·杜甫）

18. 国家□□吾岂敢，色难腥腐餐枫香。（《寄韩谏议》唐·杜甫）

19. 万物秋霜能□色，四时冬日最凋年。（《岁晚旅望》唐·白居易）

20. 斑骓只系垂杨岸，何处西南任□风？（《无题》唐·李商隐）

21. 知汝远来应有意，□收吾骨瘴江边。（《左迁至蓝关示侄孙湘》唐·韩愈）

22. 戏罢曾无理曲时，妆□只是薰香坐。（《洛阳女儿行》唐·王维）

23. 卫青不□由天幸，李广无功缘数奇。（《老将行》唐·王维）

24. 自从弃置便衰朽，世事蹉跎□白首。（《老将行》唐·王维）

25. 季春人病抛芳杜，仲夏溪波绕□垣。（《奉和鲁望药名离合夏月即事·其一》唐·皮日休）

26. □墙风雨几经春，草色盈庭一座尘。（《题青草湖神祠》唐·刘山甫）

27. 胜□兵家事不期，包羞忍耻是男儿。（《题乌江亭》唐·杜牧）

28. 百战疲劳壮士哀，中原一□势难回。（《叠题乌江亭》宋·王安石）

29. 远别不知官爵□，思归苦觉岁年长。（《病中闻子由得告不赴商州·其一》宋·苏轼）

30. 老僧已死□新塔，坏壁无由见旧题。（《和子由渑池怀旧》宋·苏轼）

31. □□极知无定势，是非元自要徐观。（《次韵季长见示》宋·陆游）

32. 午风庭院绿□衣，春色方浓又欲归。（《春晚》宋·徐玑）

33. 骑马莫轻平地上，收帆□在顺风时。（《示儿》清·袁枚）

34. 管甚谁家兴废谁□□，陋巷箪瓢亦乐哉。（《山坡羊·道情》元·宋方壶）

35. 是非□□转头空，青山依旧在，几度夕阳红。（《临江仙》明·杨慎）

◆ 答案：1. 败 2. 坏 3. 坏 4. 败 5. 成 6. 成 7. 好 8. 好 9. 坏 10. 成 11. 败 12. 好 13. 好 14. 成坏 15. 好 16. 坏 17. 成 18. 成败 19. 坏 20. 好 21. 好 22. 成 23. 败 24. 成 25. 坏 26. 坏 27. 败 28. 败 29. 好 30. 坏 31. 成败 32. 成 33. 好 34. 成败 35. 成败

大小长短

1. 忧心悄悄，愠于群☐。（《诗经·柏舟》）

2. 来日苦☐，去日苦☐。（《短歌行》晋·陆机）

3. 漫漫秋夜☐，烈烈北风凉。（《杂诗·其一》三国·魏·曹丕）

4. 袖中有☐书，愿寄双飞燕。（《李都尉陵从军》南北朝·江淹）

5. 何处是归程？☐亭更☐亭。（《菩萨蛮》唐·李白）

6. 会当凌绝顶，一览众山☐。（《望岳》唐·杜甫）

7. 中男绝☐☐，何以守王城？（《新安吏》唐·杜甫）

8. 置酒☐安道，同心与我违。（《送綦毋潜落第还乡》唐·王维）

9. 昔日☐城战，咸言意气高。（《塞下曲》唐·王昌龄）

10. 洲☐春色遍，汉广夕阳迟。（《赠别卢司直之闽中》唐·刘长卿）

11. 芽新才绽日，茸☐未含风。（《生春·其九》唐·元稹）

12. 方知☐蕃地，岂曰财赋强。（《郡斋雨中与诸文士燕集》唐·韦应物）

13. ☐漠无兵阻，穷边有客游。（《书边事》唐·张乔）

14. 洋洋☐江水，东去欲如何。（《舟中览镜》宋·王十朋）

15. 请君试问东流水，别意与之谁☐☐？（《金陵酒肆留别》唐·李白）

16. 岁暮阴阳催☐景，天涯霜雪霁寒宵。（《阁夜》唐·杜甫）

17. 良相头上进贤冠，猛将腰间☐羽箭。（《丹青引赠曹将军霸》唐·杜甫）

18. 春宵苦☐日高起，从此君王不早朝。（《长恨歌》唐·白居易）

19. 城上高楼接□荒，海天愁思正茫茫。（《登柳州城楼寄漳汀封连四州刺史》唐·柳宗元）

20. 诸葛□名垂宇宙，宗臣遗像肃清高。（《咏怀古迹·其五》唐·杜甫）

21. 四月南风□麦黄，枣花未落桐阴□。（《送陈章甫》唐·李颀）

22. 古戍苍苍烽火寒，□荒沉沉飞雪白。（《听董大弹胡笳声兼寄语弄房给事》唐·李颀）

23. 上将拥旄西出征，平明吹笛□军行。（《轮台歌奉送封大夫出师西征》唐·岑参）

24. 四边伐鼓雪海涌，三军□呼阴山动。（《轮台歌奉送封大夫出师西征》唐·岑参）

25. □荷才露尖尖角，早有蜻蜓立上头。（《小池》宋·杨万里）

26. 春雨断桥人不渡，□舟撑出柳阴来。（《春游湖》宋·徐俯）

27. 滋味深□在物外，尘埃分付与人闲。（《到梅山处·其一》宋·陈著）

28. 侣鱼虾复友麋鹿，须识此间是所□。（《题千尺雪·其二》清·弘历）

29. 安得广厦千万间，□庇天下寒士俱欢颜，风雨不动安如山。（《茅屋为秋风所破歌》唐·杜甫）

30. □山重叠金明灭，鬓云欲度香腮雪。（《菩萨蛮》唐·温庭筠）

31. 轻舟□棹西湖好，绿水逶迤，芳草□堤。（《采桑子》宋·欧阳修）

32. 竟日微吟□□句，帘影灯昏，心寄胡琴语。（《蝶恋花·改徐冠卿词》宋·贺铸）

33. 尘缘较□，怪一梦轻回，酒阑歌散。（《齐天乐·吴兴郡宴遇旧人》宋·刘澜）

34. □风疏雨萧萧地，又催下、千行泪。（《孤雁儿》宋·李清照）

35. 枯藤老树昏鸦，□桥流水人家，古道西风瘦马。（《天净沙·秋思》元·马致远）

◆ 答案：1. 小　2. 短　长　3. 长　4. 短　5. 长　短　6. 小　7. 短小　8. 长　9. 长　10. 长

11. 短　12. 大　13. 大　14. 大　15. 短长　16. 短　17. 大　18. 短　19. 大　20. 大　21. 大长　22. 大　23. 大　24. 大　25. 小　26. 小　27. 长　28. 长　29. 大　30. 小　31. 短长　32. 长短　33. 短　34. 小　35. 小

高低上下

1. □山峨峨，河水泱泱。(《怨旷思惟歌》汉·王昭君)

2. 燕草如碧丝，秦桑□绿枝。(《春思》唐·李白)

3. 天□云去尽，江迥月来迟。(《观作桥成月夜舟中有述还呈李司马》唐·杜甫)

4. 近泪无干土，□空有断云。(《别房太尉墓》唐·杜甫)

5. 孤鸿海□来，池潢不敢顾。(《感遇·其四》唐·张九龄)

6. 请留盘石□，垂钓将已矣。(《青溪》唐·王维)

7. 艳色天□重，西施宁久微。(《西施咏》唐·王维)

8. 强欲登□去，无人送酒来。(《行军九日思长安故园》唐·岑参)

9. □窥指□鸟，俯听闻惊风。(《与高适薛据登慈恩寺浮图》唐·岑参)

10. 人归山郭暗，雁□芦洲白。(《夕次盱眙县》唐·韦应物)

11. 渚云□暗渡，关月冷相随。(《孤雁》唐·崔涂)

12. 潭烟飞溶溶，林月□向后。(《春泛若耶溪》唐·綦毋潜)

13. 兴尽方□山，何必待之子。(《寻西山隐者不遇》唐·丘为)

14. 旁人笑此言，似□还似痴。(《於潜僧绿筠轩》宋·苏轼)

15. □有流思人，怀旧望归客。(《送江水曹还远馆》南北朝·谢朓)

16. 杯酒怜岁暮，志气非□春。(《无锡舅相送衔涕别》南北朝·江淹)

17. 亭遥先得月，树密显□枝。(《咏四面云山》清·玄烨)

18. 路曼曼其修远兮，吾将□□而求索。(《离骚》战国·屈原)

19. 风急天□猿啸哀，渚清沙白鸟飞回。（《登高》唐·杜甫）

20. 凌烟功臣少颜色，将军□笔开生面。（《丹青引赠曹将军霸》唐·杜甫）

21. □眉信手续续弹，说尽心中无限事。（《琵琶行》唐·白居易）

22. 住近湓江地□湿，黄芦苦竹绕宅生。（《琵琶行》唐·白居易）

23. 逢郎欲语□头笑，碧玉搔头落水中。（《采莲曲》唐·白居易）

24. 回看天际□中流，岩□无心云相逐。（《渔翁》唐·柳宗元）

25. 时人不识凌云木，直待凌云始道□。（《小松》唐·杜荀鹤）

26. 山回路转不见君，雪□空留马行处。（《白雪歌送武判官归京》唐·岑参）

27. 腹中贮书一万卷，不肯□头在草莽。（《送陈章甫》唐·李颀）

28. 迸泉飒飒飞木末，野鹿呦呦走堂□。（《听董大弹胡笳声兼寄语弄房给事》唐·李颀）

29. 众山迢递皆相叠，一路□□不记盘。（《题报恩寺上方》唐·方干）

30. 垂□帘栊，双燕归来细雨中。（《采桑子》宋·欧阳修）

31. 知君洪量，不用推辞须一□。（《减字木兰花》宋·王观）

32. 晚花露叶风条，燕飞□。（《乌夜啼》宋·辛弃疾）

33. 折花归去，绮罗陌□芳尘。（《新荷叶》宋·辛弃疾）

34. □城置酒，汾流澹澹，无言目送。（《水龙吟》金·元好问）

35. 山舞银蛇，原驰蜡象，欲与天公试比□。（《沁园春·雪》现代·毛泽东）

◆ 答案：1. 高 2. 低 3. 高 4. 低 5. 上 6. 上 7. 下 8. 高 9. 下 高 10. 下 11. 低 12. 低 13. 下 14. 高 15. 上 16. 上 17. 高 18. 上 下 19. 高 20. 下 21. 低 22. 低 23. 低 24. 下 上 25. 高 26. 上 27. 低 28. 下 29. 高低 30. 下 31. 上 32. 高 33. 上 34. 高 35. 高

前后左右

1. 参差荇菜，□□流之。（《诗经·关雎》）
2. 参差荇菜，□□采之。（《诗经·关雎》）
3. 参差荇菜，□□芼（mào）之。（《诗经·关雎》）
4. 泉源在□，淇水在□。（《诗经·竹竿》）
5. 淇水在□，泉源在□。（《诗经·竹竿》）
6. 鸳鸯在梁，戢其□翼。（《诗经·白华》）
7. 济济辟王，□□趣之。（《诗经·棫朴》）
8. 溯洄从之，道阻且□。（《诗经·蒹葭》）
9. □手持刀尺，□手执绫罗。（《孔雀东南飞》汉乐府）
10. 东西植松柏，□□种梧桐。（《孔雀东南飞》汉乐府）
11. 控弦破□的，□发摧月支。（《白马篇》三国·魏·曹植）
12. 阴虹浊太阳，□星遂沦匿。（《商山四皓》唐·李白）
13. 空中乱潈（cóng）射，□□洗青壁。（《望庐山瀑布水·其一》唐·李白）
14. □手秉遗穗，□臂悬敝筐。（《观刈麦》唐·白居易）
15. 泉源在庭户，洞壑当门□。（《贼退示官吏》唐·元结）
16. 杀人莫敢□，须如猬毛磔（zhé）。（《古意》唐·李颀）
17. 浮云一别□，流水十年间。（《淮上喜会梁川故人》唐·韦应物）
18. 十年离乱□，长大一相逢。（《喜见外弟又言别》唐·李益）
19. 竹怜新雨□，山爱夕阳时。（《谷口书斋寄杨补阙》唐·钱起）
20. 玉花却在御榻上，榻上庭□屹相向。（《丹青引赠曹将军霸》唐·杜甫）

21. 孔明庙□有老柏，柯如青铜根如石。(《古柏行》唐·杜甫)

22. 金粟堆□木已拱，瞿塘石城草萧瑟。(《观公孙大娘弟子舞剑器行》唐·杜甫)

23. 重帏深下莫愁堂，卧□清宵细细长。(《无题》唐·李商隐)

24. 路旁时卖故侯瓜，门□学种先生柳。(《老将行》唐·王维)

25. 昔时飞箭无全目，今日垂杨生□肘。(《老将行》唐·王维)

26. 秋草独寻人去□，寒林空见日斜时。(《长沙过贾谊宅》唐·刘长卿)

27. 昔日戏言身□事，今朝都到眼□来。(《遣悲怀·其二》唐·元稹)

28. 苏武魂销汉使□，古祠高树两茫然。(《苏武庙》唐·温庭筠)

29. 铜炉华烛烛增辉，初弹渌水□楚妃。(《琴歌》唐·李颀)

30. 公子王孙逐□尘，绿珠垂泪滴罗巾。(《赠去婢》唐·崔郊)

31. 但令一局消长日，且乐眼□休问他。(《次韵江子我病起》宋·朱翌)

32. 舞蝶游蜂迷道□，惜春忙似我。(《谒金门》宋·吕胜己)

33. 老夫聊发少年狂，□牵黄，□擎苍。(《江城子·密州出猎》宋·苏轼)

34. 千载□，百篇存，更无一字不清真。(《鹧鸪天》宋·辛弃疾)

35. 江□沉酣求名者，岂识浊醪妙理，回首叫、云飞风起。(《贺新郎》宋·辛弃疾)

◆ 答案：1. 左右 2. 左右 3. 左右 4. 左 5. 右 6. 左 7. 左右 8. 右 9. 左右 10. 左右 11. 左 右 12. 前 13. 后 14. 左 15. 前 16. 前 17. 后 18. 后 19. 后 20. 前 21. 前 22. 前 23. 后 24. 前 25. 左 26. 后 27. 后 28. 前 29. 后 30. 后 31. 前 32. 左 33. 左 右 34. 后 35. 左

东南西北

1. 漫漫秋夜长，烈烈□风凉。(《杂诗·其一》三国·魏·曹丕)

2. 图尽擢匕首，长驱□入秦。（《咏史诗》三国·魏·阮瑀）

3. 开荒□野际，守拙归园田。（《归园田居·其一》晋·陶渊明）

4. 蜀僧抱绿绮，□下峨眉峰。（《听蜀僧浚弹琴》唐·李白）

5. 五月□风兴，思君下巴陵。（《长干行·其二》唐·李白）

6. 八月□风起，想君发扬子。（《长干行·其二》唐·李白）

7. 萧萧□风劲，抚事煎百虑。（《羌村·其二》唐·杜甫）

8. 人传有笙鹤，时过□山头。（《玉台观》唐·杜甫）

9. 夜来□风起，小麦覆陇黄。（《观刈麦》唐·白居易）

10. 遂令□山客，不得顾采薇。（《送綦毋潜落第还乡》唐·王维）

11. □山白云里，隐者自怡悦。（《秋登兰山寄张五》唐·孟浩然）

12. 五陵□原上，万古青蒙蒙。（《与高适薛据登慈恩寺浮图》唐·岑参）

13. □皋薄暮望，徙倚欲何依。（《野望》唐·王绩）

14. 归来景常晏，饮犊□涧水。（《观田家》唐·韦应物）

15. 阳月□飞雁，传闻至此回。（《题大庾岭北驿》唐·宋之问）

16. 群芳烂不收，□风落如糁。（《春日西湖寄谢法曹歌》宋·欧阳修）

17. 青山遮不住，毕竟□流去。（《菩萨蛮·书江西造口壁》宋·辛弃疾）

18. □边日出□边雨，道是无晴却有晴。（《竹枝词》唐·刘禹锡）

19. 时难年荒世业空，弟兄羁旅各□□。（《望月有感》唐·白居易）

20. 开元之中常引见，承恩数上□熏殿。（《丹青引赠曹将军霸》唐·杜甫）

21. 黄昏胡骑尘满城，欲往城□望城□。（《哀江头》唐·杜甫）

22. 日暮□风怨啼鸟，落花犹似坠楼人。（《金谷园》唐·杜牧）

23. 轮台城头夜吹角，轮台城□旄头落。（《轮台歌奉送封大夫出师西征》

唐·岑参）

24. 羽书昨夜过渠黎，单于已在金山□。(《轮台歌奉送封大夫出师西征》唐·岑参）

25. 戍楼□望烟尘黑，汉兵屯在轮台□。(《轮台歌奉送封大夫出师西征》唐·岑参）

26. 上将拥旄□出征，平明吹笛大军行。(《轮台歌奉送封大夫出师西征》唐·岑参）

27. 来时见我江□岸，今日送君江上头。(《别李十一五绝·其四》唐·元稹）

28. □风好作阳和使，逢草逢花报发生。(《春郊》唐·钱起）

29. 清风明月无人管，并作□楼一味凉。(《鄂州南楼书事》宋·黄庭坚）

30. 痴儿了却公家事，快阁□□倚晚晴。(《登快阁》宋·黄庭坚）

31. 霜侵雨打寻常事，仿佛终□石里藤。(《鹧鸪天·酬孝峙》清·钱继章）

32. 兮水□□胥济运，古人相土有良模。(《过汶河》清·弘历）

33. 试问□风谁第一，先到人家。(《浪淘沙令》宋·王庭圭）

34. 白白与红红，别是□风情味。(《如梦令》宋·严蕊）

35. 叠嶂□驰，万马回旋，众山欲□。(《沁园春》宋·辛弃疾）

◆答案：1.北 2.西 3.南 4.西 5.南 6.西 7.北 8.北 9.南 10.东 11.北 12.北 13.东 14.西 15.南 16.东 17.东 18.东 西 19.西东 20.南 21.南 北 22.东 23.北 24.西 25.西 北 26.西 27.南 28.东 29.南 30.东西 31.南 32.北南 33.东 34.东 35.西 东

古今中外

1. □原有菽，庶民采之。(《诗经·小宛》）

2. 鼓钟于宫，声闻于□。(《诗经·白华》）

3. 捐身弃□野，乌鸢作患害。(《咏怀·其三十八》晋·阮籍）

4. 飞声塞天衢，万□仰遗则。（《商山四皓》唐·李白）

5. 关□昔丧败，兄弟遭杀戮。（《佳人》唐·杜甫）

6. □夕复何夕，共此灯烛光。（《赠卫八处士》唐·杜甫）

7. 访旧半为鬼，惊呼热□肠。（《赠卫八处士》唐·杜甫）

8. 君□在罗网，何以有羽翼？（《梦李白·其一》唐·杜甫）

9. 声喧乱石□，色静深松里。（《青溪》唐·王维）

10. 倚杖柴门□，临风听暮蝉。（《辋川闲居赠裴秀才迪》唐·王维）

11. 苒苒几盈虚，澄澄变□□。（《同从弟销南斋玩月忆山阴崔少府》唐·王昌龄）

12. 黄尘足□□，白骨乱蓬蒿。（《塞下曲》唐·王昌龄）

13. 秋色从西来，苍然满关□。（《与高适薛据登慈恩寺浮图》唐·岑参）

14. □我游冥冥，弋者何所慕。（《感遇·其四》唐·张九龄）

15. □朝为此别，何处还相遇？（《初发扬子寄元大校书》唐·韦应物）

16. 昨别□已春，鬓丝生几缕。（《长安遇冯著》唐·韦应物）

17. 吴□盛文史，群彦今汪洋。（《郡斋雨中与诸文士燕集》唐·韦应物）

18. □来相送处，凡得几人还？（《岭南送使·其一》唐·张说）

19. 香阁东山下，烟花象□幽。（《宿云门寺阁》唐·孙逖）

20. 路出寒云□，人归暮雪时。（《李端公》唐·卢纶）

21. 万事销身□，生涯在镜□。（《立秋前一日览镜》唐·李益）

22. 草色新雨□，松声晚窗里。（《寻西山隐者不遇》唐·丘为）

23. 醉卧沙场君莫笑，□来征战几人回？（《凉州词》唐·王翰）

24. 周南留滞□所惜，南极老人应寿昌。（《寄韩谏议》唐·杜甫）

25. 崔嵬枝干郊原□，窈窕丹青户牖空。（《古柏行》唐·杜甫）

064

26. 志士幽人莫怨嗟，□来材大难为用。(《古柏行》唐·杜甫)

27. 居人共住武陵源，还从物□起田园。(《桃源行》唐·王维)

28. □来青史谁不见，□见功名胜□人。(《轮台歌奉送封大夫出师西征》唐·岑参)

29. 去年涧水□亦流，去年杏花□又拆。(《因省风俗访道士侄不见题壁》唐·韦应物)

30. 年年战骨埋荒□，空见葡萄入汉家。(《古从军行》唐·李颀)

31. 长乐钟声花□尽，龙池柳色雨□深。(《赠阙下裴舍人》唐·钱起)

32. 何用别寻方□去，人间亦自有丹丘。(《同题仙游观》唐·韩翃)

33. 休把客衣轻浣濯，此□犹有帝京尘。(《重赠吴国宾》明·边贡)

34. 牡丹比得谁颜色，似宫□、太真第一。(《杏花天·嘲牡丹》宋·辛弃疾)

35. 茫茫九派流□国，沉沉一线穿南北。(《菩萨蛮·黄鹤楼》现代·毛泽东)

◆ 答案：1. 中 2. 外 3. 中 4. 古 5. 中 6. 今 7. 中 8. 今 9. 中 10. 外 11. 今 古 12. 今 古 13. 中 14. 今 15. 今 16. 今 17. 中 18. 古 19. 外 20. 外 21. 外 中 22. 中 23. 古 24. 古 25. 古 26. 古 27. 外 28. 古 今 古 29. 今 今 30. 外 31. 外 中 32. 外 33. 中 34. 中 35. 中

众寡多少

1. 先君之思，以勖□人。(《诗经·燕燕》)

2. 哀我填□，宜岸宜狱。(《诗经·小宛》)

3. 行人驻足听，□妇起彷徨。(《孔雀东南飞》汉乐府)

4. 朝霞开宿雾，□鸟相与飞。(《咏贫士·其一》晋·陶渊明)

5. 会当凌绝顶，一览□山小。(《望岳》唐·杜甫)

6. □人贵苟得，欲语羞雷同。(《前出塞·其九》唐·杜甫)

065

7. 里间□庆贺，亲戚共欢娱。（《阿崔》唐·白居易）

8. 分野中峰变，阴晴□壑殊。（《终南山》唐·王维）

9. 贱日岂殊□，贵来方悟稀。（《西施咏》唐·王维）

10. □鹤连天叫，寒雏彻夜惊。（《独夜伤怀赠呈张侍御》唐·元稹）

11. 野寺人来□，云峰水隔深。（《秋日登吴公台上寺远眺》唐·刘长卿）

12. 城下有□妻，哀哀哭枯骨。（《塞上曲》唐·常建）

13. 来为□生来，去为□生去。（《答顺宗皇帝问·其一》唐·如满）

14. 于今知和□，自古愧才偏。（《吴正肃公挽歌辞·其二》宋·司马光）

15. □合无如我，高怀少似君。（《寄景逊》宋·文同）

16. 虑□梦自□，言稀过亦稀。（《省事吟》宋·邵雍）

17. 由来懒拙甚，岂免交游□？（《江上怀介甫》宋·曾巩）

18. 诚知物□薄，且用交里闾。（《晚秋农家·其四》宋·陆游）

19. 文□和兮思深，道难知兮行独。（《送友人归山歌·其一》唐·王维）

20. 主人何为言□钱？径须沽取对君酌。（《将进酒》唐·李白）

21. 蓬山此去无□路，青鸟殷勤为探看。（《无题》唐·李商隐）

22. 行军司马智且勇，十四万□犹虎貔。（《韩碑》唐·李商隐）

23. 落落盘踞虽得地，冥冥孤高□烈风。（《古柏行》唐·杜甫）

24. 星宫之君醉琼浆，羽人稀□不在旁。（《寄韩谏议》唐·杜甫）

25. 须臾静扫□峰出，仰见突兀撑青空。（《谒衡岳庙遂宿岳寺题门楼》唐·韩愈）

26. 同时辈流□上道，天路幽险难追攀。（《八月十五夜赠张功曹》唐·韩愈）

27. 鸾翔凤翥□仙下，珊瑚碧树交枝柯。（《石鼓歌》唐·韩愈）

066

28. 闻道故林相识□，罢官昨日今如何？（《送陈章甫》唐·李颀）

29. 傍邻闻者□叹息，远客思乡皆泪垂。（《听安万善吹觱篥歌》唐·李颀）

30. 烧痕一夜遍天涯，□情莫向空城望。（《踏莎行》宋·秦观）

31. 寻思涉历兮□艰阻，四拍成兮益凄楚。（《胡笳十八拍》汉·蔡文姬）

32. 炊烟□，宣和宫殿，冷烟衰草。（《忆秦娥》宋·刘克庄）

33. 易得凋零，更□□、无情风雨。（《宴山亭·北行见杏花》宋·赵佶）

34. 楚水吴山，向来□□送和迎。（《望海潮·寄别浔郡鲁教谕子振李训道宗深》宋·陈德武）

35. 也应惊问：近来□□华发！（《念奴娇·书东流村壁》宋·辛弃疾）

◆ 答案：1. 寡 2. 寡 3. 寡 4. 众 5. 众 6. 众 7. 多 8. 众 9. 众 10. 寡 11. 少 12. 寡 13. 众 众 14. 寡 15. 寡 16. 少 少 17. 寡 18. 寡 19. 寡 20. 少 21. 多 22. 众 23. 多 24. 少 25. 众 26. 多 27. 众 28. 多 29. 多 30. 多 31. 多 32. 少 33. 多少 34. 多少 35. 多少

真假有无

1. 明发不寐，□怀二人。（《诗经·小宛》）

2. 中原□菽，庶民采之。（《诗经·小宛》）

3. 螟蛉□子，蜾蠃负之。（《诗经·小宛》）

4. □悲则□情，□悲亦□思。（《咏怀·其七十》晋·阮籍）

5. 主人苍生望，□我青云翼。（《酬坊州王司马与阎正字对雪见赠》唐·李白）

6. 江南瘴疠地，逐客□消息。（《梦李白·其一》唐·杜甫）

7. 君今在罗网，何以□羽翼？（《梦李白·其一》唐·杜甫）

067

8. 水深波浪阔，□使蛟龙得。(《梦李白·其一》唐·杜甫)

9. 江流天地外，山色□□中。(《汉江临泛/汉江临眺》唐·王维)

10. 圣代□隐者，英灵尽来归。(《送綦毋潜落第还乡》唐·王维)

11. 随山将万转，趣途□百里。(《青溪》唐·王维)

12. 君宠益娇态，君怜□是非。(《西施咏》唐·王维)

13. 矫矫珍木巅，得□金丸惧。(《感遇·其四》唐·张九龄)

14. 徒言树桃李，此木岂□阴？(《感遇·其七》唐·张九龄)

15. 当路谁相□，知音世所稀。(《留别王侍御维》唐·孟浩然)

16. 姮娥□粉黛，只是逗婵娟。(《月》唐·李商隐)

17. □源了□取，忘迹世所逐。(《晨诣超师院读禅经》唐·柳宗元)

18. 终罢斯结庐，慕陶□可庶。(《东郊》唐·韦应物)

19. 井税□常期，日晏犹得眠。(《贼退示官吏》唐·元结)

20. 起来□个事，纤手弄清泉。(《夏枕自咏》宋·朱淑真)

21. 西凉伎，□面胡人□狮子。(《西凉伎》唐·白居易)

22. 彼此□名非本物，其间何怨复何恩？(《禽虫·其九》唐·白居易)

23. 将军得名三十载，人间又见□乘黄。(《韦讽录事宅观曹将军画马图》唐·杜甫)

24. 斯须九重□龙出，一洗万古凡马空。(《丹青引赠曹将军霸》唐·杜甫)

25. 将军画善盖□神，偶逢佳士亦写□。(《丹青引赠曹将军霸》唐·杜甫)

26. 宣室求贤访逐臣，贾生才调更□伦。(《贾生》唐·李商隐)

27. 草色人心相与闲，是非名利□□间。(《洛阳长句·其一》唐·杜牧)

068

28. 火维地荒足妖怪，天□神柄专其雄。(《谒衡岳庙遂宿岳寺题门楼》唐·韩愈)

29. 醉卧不知白日暮，□时空望孤云高。(《送陈章甫》唐·李颀)

30. 昨夜上皇新授箓，太□含笑入帘来。(《集灵台·其一》唐·张祜)

31. 只销几觉懵腾睡，身外功名任□□。(《金错刀/醉瑶瑟》南唐·冯延巳)

32. 者也之乎□太错，甘心吞棘吞蓬。(《临江仙》宋·王千秋)

33. 欲依佛老心难住，却对渔樵语益□。(《偶作》宋·辛弃疾)

34. 千载后，百篇存，更□一字不清□。(《鹧鸪天》宋·辛弃疾)

35. 军听了军愁，民听了民怕，哪里去辨甚么□共□？(《朝天子·咏喇叭》明·王磐)

◆ 答案：1.有 2.有 3.有 4.有 有 无 无 5.假 6.无 7.有 8.无 9.有 无 10.无 11.无 12.无 13.无 14.无 15.假 16.无 17.真 无 18.真 19.有 20.无 21.假 假 22.假 23.真 24.真 25.有 真 26.无 27.有 真 28.假 29.有 30.真 31.有 无 32.真 33.真 34.无 真 35.真 假

快慢早晚

1. 何当金络脑，□走踏清秋。(《马诗·其五》唐·李贺)

2. 化蛤悲群鸟，收田畏□霜。(《咏廿四气诗·寒露九月节》唐·元稹)

3. 水面细风生，菱歌□□声。(《江馆》唐·王建)

4. 闲鹭栖常□，秋花落更迟。(《谷口书斋寄杨补阙》唐·钱起)

5. 长簟迎风□，空城澹月华。(《酬程延秋夜即事见赠》唐·韩翃)

6. 少孤为客□，多难识君迟。(《李端公》唐·卢纶)

7. 残萤栖玉露，□雁拂银河。(《早秋》唐·许浑)

8. 红叶□萧萧，长亭酒一瓢。(《秋日赴阙题潼关驿楼》唐·许浑)

9. ☐被婵娟误，欲妆临镜慵。（《春宫怨》唐·杜荀鹤）

10. 悠悠迟日☐，袅袅好风频。（《御沟新柳》唐·刘遵古）

11. ☐风吹行舟，花路入溪口。（《春泛若耶溪》唐·綦毋潜）

12. 灞原风雨定，☐见雁行频。（《灞上秋居》唐·马戴）

13. 婚娶不在☐，在此两相宜。（《示内》宋·陈著）

14. 愁郁郁之无☐兮，居戚戚而不可解。（《九章·悲回风》战国·屈原）

15. 绛唇珠袖两寂寞，☐有弟子传芬芳。（《观公孙大娘弟子舞剑器行》唐·杜甫）

16. 谁知将相王侯外，别有优游☐活人。（《快活》唐·白居易）

17. 轻拢☐捻抹复挑，初为霓裳后六幺。（《琵琶行》唐·白居易）

18. 缓歌☐舞凝丝竹，尽日君王看不足。（《长恨歌》唐·白居易）

19. 无端嫁得金龟婿，辜负香衾事☐朝。（《为有》唐·李商隐）

20. 禁里疏钟官舍☐，省中啼鸟吏人稀。（《酬郭给事》唐·王维）

21. ☐脸娇娥纤复秾，轻罗金缕花葱茏。（《田使君美人舞如莲花北铤歌》唐·岑参）

22. 百里湖波轻撼月，五更军角☐吹霜。（《越中言事·其二》唐·方干）

23. 关城树色催寒近，御苑砧声向☐多。（《送魏万之京》唐·李颀）

24. 痴儿了却公家事，☐阁东西倚☐晴。（《登快阁》宋·黄庭坚）

25. 晴窗☐觉爱朝曦，竹外秋声渐作威。（《冬景》宋·刘克庄）

26. 投笔急装须☐士，令人绝忆独孤生。（《秋雨叹》宋·陆游）

27. 生平意气每相期，岁☐行藏各自知。（《挽陆义斋·其二》元·陆文圭）

28. 铜簧韵脆锵寒竹，新声☐奏移纤玉。（《菩萨蛮》南唐·李煜）

29. 水陌轻寒，社公雨足东风☐。（《点绛唇》宋·寇准）

30. 鳌戴雪山龙起蛰，□风吹海立。(《闻鹊喜·吴山观涛》宋·周密)

31. 弄水余英溪畔，绮罗香、日迟风□。(《夜行船·余英溪泛舟》宋·毛滂)

32. □垂霞袖，急趋莲步，进退奇容千变。(《柳腰轻》宋·柳永)

33. 飘然□拂花梢，翠尾分开红影。(《双双燕·咏燕》宋·史达祖)

34. □上西楼，怕天放、浮云遮月。(《满江红·中秋寄远》宋·辛弃疾)

35. 马作的卢飞□，弓如霹雳弦惊。(《破阵子·为陈同甫赋壮词以寄之》宋·辛弃疾)

◆ 答案：1. 快 2. 早 3. 慢慢 4. 早 5. 早 6. 早 7. 早 8. 晚 9. 早 10. 晚 11. 晚 12. 晚 13. 早 14. 快 15. 晚 16. 快 17. 慢 18. 慢 19. 早 20. 晚 21. 慢 22. 慢 23. 晚 24. 快 晚 25. 早 26. 快 27. 晚 28. 慢 29. 慢 30. 快 31. 慢 32. 慢 33. 快 34. 快 35. 快

路途远近

1. 客从□方来，遗我双鲤鱼。(《饮马长城窟行》汉乐府)

2. 禽飞暗识□，鸟转逐征蓬。(《陇头水·其二》南北朝·陈叔宝)

3. 辞端竟未究，忽唱分□始。(《代门有车马客行》南北朝·鲍照)

4. 山□元无雨，空翠湿人衣。(《山中》唐·王维)

5. 随山将万转，趣□无百里。(《青溪》唐·王维)

6. □树带行客，孤城当落晖。(《送綦毋潜落第还乡》唐·王维)

7. 天明登前□，独与老翁别。(《石壕吏》唐·杜甫)

8. 恐非平生魂，□□不可测。(《梦李白·其一》唐·杜甫)

9. 挥涕恋行在，道□犹恍惚。(《北征》唐·杜甫)

10. 住处钟鼓外，免争当□桥。(《原上新居·其十》唐·王建)

11. 持此谢高鸟，因之传□情。(《感遇·其二》唐·张九龄)

12. 息驾非穷□，未济岂迷津？（《孟冬蒲津关河亭作》唐·吕温）

13. 鞭羸去暮色，□岳起烟岚。（《二月晦日留别鄠中友人》唐·贾岛）

14. 欲持一瓢酒，□慰风雨夕。（《寄全椒山中道士》唐·韦应物）

15. 烦疴□消散，嘉宾复满堂。（《郡斋雨中与诸文士燕集》唐·韦应物）

16. 上国随缘住，来□若梦行。（《送僧归日本》唐·钱起）

17. □□看春色，踟蹰新月明。（《同王十三维偶然作十首·其七》唐·储光羲）

18. 孤帆带孤屿，□水连□树。（《杂言重送皇甫侍御曾》唐·皎然）

19. □种篱边菊，秋来未著花。（《寻陆鸿渐不遇》唐·皎然）

20. □曼曼其修□兮，吾将上下而求索。（《离骚》战国·屈原）

21. 武侯祠屋常邻□，一体君臣祭祀同。（《咏怀古迹·其四》唐·杜甫）

22. 闻道河阳□乘胜，司徒急为破幽燕。（《恨别》唐·杜甫）

23. 坐看红树不知□，行尽青溪不见人。（《桃源行》唐·王维）

24. 遥看一处攒云树，□入千家散花竹。（《桃源行》唐·王维）

25. □人借问遥招手，怕得鱼惊不应人。（《小儿垂钓》唐·胡令能）

26. 阳和不散穷□恨，霄汉长怀捧日心。（《赠阙下裴舍人》唐·钱起）

27. 月殿影开闻夜漏，水精帘卷□秋河。（《宫词》唐·顾况）

28. 王孙莫把比蓬蒿，九日枝枝□鬓毛。（《菊花》唐·郑谷）

29. 行□难，行□难，日暮□远空悲叹。（《行路难·其四》唐·贯休）

30. 软草平莎过雨新，轻沙走马□无尘。（《浣溪沙》宋·苏轼）

31. 柔情似水，佳期如梦，忍顾鹊桥归□。（《鹊桥仙》宋·秦观）

32. 山□□，路横斜，青旗沽酒有人家。（《鹧鸪天》宋·辛弃疾）

33. ☐断车轮生四角，此地行人销骨，问谁使君来愁绝？（《贺新郎·把酒长亭说》宋·辛弃疾）

34. 峰峦如聚，波涛如怒，山河表里潼关☐。（《山坡羊·潼关怀古》元·张养浩）

35. 一桥飞架南北，天堑变通☐。（《水调歌头·游泳》现代·毛泽东）

◆ 答案：1. 远　2. 路　3. 途　4. 路　5. 途　6. 远　7. 途　8. 路远　9. 途　10. 路　11. 远　12. 途　13. 远　14. 远　15. 近　16. 途　17. 远近　18. 远远　19. 近　20. 路　远　21. 近　22. 近　23. 远　24. 近　25. 途　26. 远　27. 近　28. 近　29. 路　路　途　30. 路　31. 路　32. 远近　33. 路　34. 路　35. 途

花鸟虫鱼

1. ☐潜在渊，或在于渚。（《诗经·鹤鸣》）

2. 客从远方来，遗我双鲤☐。（《饮马长城窟行》汉乐府）

3. ☐来啄桃根，李树代桃僵。（《鸡鸣》汉乐府）

4. 草☐鸣何悲，孤雁独南翔。（《杂诗·其一》三国·魏·曹丕）

5. 孤鸿号外野，翔☐鸣北林。（《咏怀·其一》晋·阮籍）

6. ☐间一壶酒，独酌无相亲。（《月下独酌·其一》唐·李白）

7. 细雨☐儿出，微风燕子斜。（《水槛遣心二首·其一》唐·杜甫）

8. 樵人归欲尽，烟☐栖初定。（《宿业师山房待丁大不至》唐·孟浩然）

9. 忽逢青☐使，邀入赤松家。（《清明日宴梅道士房》唐·孟浩然）

10. 水落☐梁浅，天寒梦泽深。（《与诸子登岘山》唐·孟浩然）

11. 侧见双翠☐，巢在三珠树。（《感遇·其四》唐·张九龄）

12. 上有乘鸾女，苍苍☐网遍。（《团扇歌》唐·刘禹锡）

13. 飞☐没何处，青山空向人。（《饯别王十一南游》唐·刘长卿）

14. 漠漠帆来重，冥冥☐去迟。（《赋得暮雨送李胄》唐·韦应物）

073

15. 边地莺□少，年来未觉新。(《同洛阳李少府观永乐公主入蕃》唐·孙逖)

16. 咽咽阴□叫，萧萧寒雁来。(《田氏南楼对月》唐·马戴)

17. 风枝惊暗鹊，露草覆寒□。(《江乡故人偶集客舍》唐·戴叔伦)

18. 川为静其波，□亦罢其鸣。(《听董大弹胡笳声兼寄语弄房给事》唐·李颀)

19. 白雾□龙气，黑云牛马形。(《汴河阻风》唐·孟云卿)

20. 丹□飞熠熠，苍蝇乱营营。(《同王十三维偶然作十首·其七》唐·储光羲)

21. 将家就□麦，归老江湖边。(《贼退示官吏》唐·元结)

22. 一朵忽先变，百□皆后香。(宋·陈亮《梅花》)

23. 蝗□本是天灾，不由人力挤排。(《驱蝗虫诗》宋·米芾)

24. 意气相倾两相顾，斗酒双□表情素。(《酬中都小吏携斗酒双鱼于逆旅见赠》唐·李白)

25. 水中科斗长成蛙，林下桑□老作蛾。(《禽虫·其二》唐·白居易)

26. □房腻似红莲朵，艳色鲜如紫牡丹。(《画木莲花图寄元郎中》唐·白居易)

27. 良人玉勒乘骢马，侍女金盘脍鲤□。(《洛阳女儿行》唐·王维)

28. 夜深静卧百□绝，清月出岭光入扉。(《山石》唐·韩愈)

29. 细雨湿衣看不见，闲□落地听无声。(《别严士元》唐·刘长卿)

30. 今夜偏知春气暖，□声新透绿窗纱。(《月夜/夜月》唐·刘方平)

31. 稀疏野竹人移折，零落蕉□雨打开。(《逍遥翁溪亭》唐·王建)

32. 小楼一夜听春雨，深巷明朝卖杏□。(《临安春雨初霁》宋·陆游)

33. 侣□虾复友麋鹿，须识此间是所长。(《题千尺雪·其二》清·弘历)

34. 绿水青山枉自多，华佗无奈小□何。(《送瘟神·其一》现代·

074

毛泽东）

◆ 答案：1. 鱼 2. 鱼 3. 虫 4. 虫 5. 鸟 6. 花 7. 鱼 8. 鸟 9. 鸟 10. 鱼 11. 鸟 12. 虫 13. 鸟 14. 鸟 15. 花 16. 虫 17. 虫 18. 鸟 19. 鱼 20. 鸟 21. 鱼 22. 花 23. 虫 24. 鱼 25. 虫 26. 花 27. 鱼 28. 虫 29. 花 30. 虫 31. 花 32. 花 33. 鱼 34. 虫

飞禽走兽

1. 宛彼鸣鸠，翰□戾天。（《诗经·小宛》）

2. 题彼脊令，载□载鸣。（《诗经·小宛》）

3. 鸟不解走，□不解飞。（《君莫非》唐·元稹）

4. 蹊汀□□稀，林寒鸟飞晏。（《苦雨诗》南北朝·鲍照）

5. 老翁逾墙□，老妇出门看。（《石壕吏》唐·杜甫）

6. □形云不一，弓势月初三。（《秋思》唐·白居易）

7. 流水如有意，暮□相与还。（《归嵩山作》唐·王维）

8. 相望始登高，心随雁□灭。（《秋登兰山寄张五》唐·孟浩然）

9. 怪□啼旷野，落日恐行人。（《暮过山村》唐·贾岛）

10. □沉理自隔，何所慰吾诚？（《感遇·其二》唐·张九龄）

11. 繁木荫芙蕖，时有水□鸣。（《野寺后池寄友》唐·张籍）

12. 潭烟□溶溶，林月低向后。（《春泛若耶溪》唐·綦毋潜）

13. 寒□与衰草，处处伴愁颜。（《贼平后送人北归》唐·司空曙）

14. 叫切□名字，□忙蝶姓庄。（《春兴》唐·齐己）

15. 离骚喻草香，诗人识鸟□。（《七交七首·梅主簿》宋·欧阳修）

16. 者边□，那边□，只是寻花柳。（《醉妆词》唐·王衍）

17. 那边□，者边□，莫厌金杯酒。（《醉妆词》唐·王衍）

18. 湖上水□无数，其谁似汝风标。(《郡斋水阁闲书·再赠鹭鸶》宋·文同)

19. 今我不乐思岳阳，身欲奋□病在床。(《寄韩谏议》唐·杜甫)

20. 长安城头头白乌，夜□延秋门上呼。(《哀王孙》唐·杜甫)

21. 又向人家啄大屋，屋底达官□避胡。(《哀王孙》唐·杜甫)

22. 山石荦确行径微，黄昏到寺蝙蝠□。(《山石》唐·韩愈)

23. 徒令上将挥神笔，终见降王□传车。(《筹笔驿》唐·李商隐)

24. 扇裁月魄羞难掩，车□雷声语未通。(《无题》唐·李商隐)

25. 嗟余听鼓应官去，□马兰台类转蓬。(《无题》唐·李商隐)

26. 黄云陇底白雪□，未得报恩不能归。(《古意》唐·李颀)

27. 月照城头乌半□，霜凄万树风入衣。(《琴歌》唐·李颀)

28. 公卿若便遗名姓，却与□鱼作往还。(《郭中山居》唐·方干)

29. 锁衔金□连环冷，水滴铜龙昼漏长。(《宫词》唐·薛逢)

30. 随人黄犬挽前去，□到溪边忽自回。(《春日田园杂兴》宋·范成大)

31. 沙上并□池上暝，云破月来花弄影。(《天仙子》宋·张先)

32. 有情无物不双栖，文□只合常交颈。(《归朝欢》宋·张先)

33. 宁作我，岂其卿，人间□遍却归耕。(《鹧鸪天·博山寺作》宋·辛弃疾)

34. 薄雾浓云愁永昼，瑞脑消金□。(《醉花阴》宋·李清照)

35. 鄂王坟上草离离，秋日荒凉石□危。(《岳鄂王墓》元·赵孟頫)

◆ 答案：1. 飞 2. 飞 3. 兽 4. 走兽 5. 走 6. 兽 7. 禽 8. 飞 9. 禽 10. 飞 11. 禽 12. 飞 13. 禽 14. 禽 飞 15. 兽 16. 走 17. 走 18. 禽 19. 飞 20. 飞 21. 走 22. 飞 23. 走 24. 走 25. 走 26. 飞 27. 飞 28. 禽 29. 兽 30. 走 31. 禽 32. 禽 33. 走 34. 兽 35. 兽

草木树林

1. 温温恭人，如集于☐。(《诗经·小宛》)

2. 滔滔孟夏兮，☐☐莽莽。(《怀沙》战国·屈原)

3. 道狭☐☐长，夕露沾我衣。(《归园田居·其三》晋·陶渊明)

4. 燕☐如碧丝，秦桑低绿枝。(《春思》唐·李白)

5. 不采芳桂枝，反栖恶☐根。(《古风·其二十五》唐·李白)

6. 所以桃李☐，吐花竟不言。(《古风·其二十五》唐·李白)

7. 魂来枫☐青，魂返关塞黑。(《梦李白·其一》唐·杜甫)

8. 国破山河在，城春☐☐深。(《春望》唐·杜甫)

9. 春岸桃花水，云帆枫☐☐。(《南征》唐·杜甫)

10. 唯见☐花落，莺啼送客闻。(《别房太尉墓》唐·杜甫)

11. 远☐带行客，孤城当落晖。(《送綦毋潜落第还乡》唐·王维)

12. 天边☐若荠，江畔洲如月。(《秋登兰山寄张五》唐·孟浩然)

13. 谁言寸☐心，报得三春晖？(《游子吟》唐·孟郊)

14. 出塞复入塞，处处黄芦☐。(《塞上曲》唐·王昌龄)

15. 清辉淡水☐，演漾在窗户。(《同从弟销南斋玩月忆山阴崔少府》唐·王昌龄)

16. ☐☐有本心，何求美人折？(《感遇·其一》唐·张九龄)

17. 矫矫珍☐巅，得无金丸惧。(《感遇·其四》唐·张九龄)

18. 江南有丹橘，经冬犹绿☐。(《感遇·其七》唐·张九龄)

19. 徒言☐桃李，此☐岂无阴？(《感遇·其七》唐·张九龄)

20. 归棹洛阳人，残钟广陵☐。(《初发扬子寄元大校书》唐·韦应物)

21. ☐色新雨中，松声晚窗里。(《寻西山隐者不遇》唐·丘为)

22. 漠漠穷尘地，萧萧古☐☐。（《题苏小小墓》唐·张祜）

23. 日暮秋风起，萧萧枫☐☐。（《三闾庙》唐·戴叔伦）

24. 昔岁逢太平，山☐二十年。（《贼退示官吏并序》唐·元结）

25. 江静潮初落，☐昏瘴不开。（《题大庾岭北驿》唐·宋之问）

26. 悠悠北山云，苒苒东门☐。（《和钱适德循寓怀·其一》宋·贺铸）

27. 秋风萧瑟天气凉，☐☐摇落露为霜。（《燕歌行·其一》三国·魏·曹丕）

28. 玉露凋伤枫☐☐，巫山巫峡气萧森。（《秋兴·其一》唐·杜甫）

29. ☐☐变衰行剑外，兵戈阻绝老江边。（《恨别》唐·杜甫）

30. 当时只记入山深，青溪几曲到云☐。（《桃源行》唐·王维）

31. 鹿门月照开烟☐，忽到庞公栖隐处。（《夜归鹿门山歌》唐·孟浩然）

32. 腹中贮书一万卷，不肯低头在☐莽。（《送陈章甫》唐·李颀）

33. 迸泉飒飒飞☐末，野鹿呦呦走堂下。（《听董大弹胡笳声兼寄语弄房给事》唐·李颀）

34. 月照城头乌半飞，霜凄万☐风入衣。（《琴歌》唐·李颀）

35. 看万山红遍，层☐尽染。（《沁园春·长沙》现代·毛泽东）

◆ 答案：1. 木 2. 草木 3. 草木 4. 草 5. 木 6. 树 7. 林 8. 草木 9. 树林 10. 林 11. 树 12. 树 13. 草 14. 草 15. 木 16. 草木 17. 木 18. 林 19. 树　木 20. 树 21. 草 22. 树林 23. 树林 24. 林 25. 林 26. 草 27. 草木 28. 树林 29. 草木 30. 林 31. 树 32. 草 33. 木 34. 树 35. 林

杨柳松柏

1. 昔我往矣，☐☐依依。（《诗经·采薇》）

2. 东西植☐☐，左右种梧桐。（《孔雀东南飞》汉乐府）

3. 复值接舆醉，狂歌五☐前。（《辋川闲居赠裴秀才迪》唐·王维）

4. ☐月生夜凉，风泉满清听。(《宿业师山房待丁大不至》唐·孟浩然)

5. 永怀愁不寐，☐月夜窗墟。(《岁暮归南山》唐·孟浩然)

6. 日出雾露余，青☐如膏沐。(《晨诣超师院读禅经》唐·柳宗元)

7. 岭猿同旦暮，江☐共风烟。(《新年作》唐·刘长卿)

8. 过雨看☐色，随山到水源。(《寻南溪常山道人隐居》唐·刘长卿)

9. ☐☐散和风，青山澹吾虑。(《东郊》唐·韦应物)

10. ☐际露微月，清光犹为君。(《宿王昌龄隐居》唐·常建)

11. 风吹☐花满店香，吴姬压酒唤客尝。(《金陵酒肆留别》唐·李白)

12. 画阁朱楼尽相望，红桃绿☐垂檐向。(《洛阳女儿行》唐·王维)

13. 洞门高阁霭余辉，桃李阴阴☐絮飞。(《酬郭给事》唐·王维)

14. 月明☐下房栊静，日出云中鸡犬喧。(《桃源行》唐·王维)

15. 于今腐草无萤火，终古垂☐有暮鸦。(《隋宫》唐·李商隐)

16. 枯桑老☐寒飕飗，九雏鸣凤乱啾啾。(《听安万善吹觱篥歌》唐·李颀)

17. 变调如闻☐☐春，上林繁花照眼新。(《听安万善吹觱篥歌》唐·李颀)

18. 来时楚岸☐花白，去日隋堤蓼穗红。(《自孟津舟西上雨中作》唐·韦庄)

19. 无情最是台城☐，依旧烟笼十里堤。(《金陵图》唐·韦庄)

20. 波上马嘶看棹去，☐边人歇待船归。(《利州南渡》唐·温庭筠)

21. 山红涧碧纷烂漫，时见☐枥皆十围。(《山石》唐·韩愈)

22. 风泉净洗高人耳，☐☐化为君子材。(《瀑布泉》唐·刘禹锡)

23. 岩扉☐径长寂寥，惟有幽人自来去。(《夜归鹿门山歌》唐·孟浩然)

24. 花迎剑佩星初落，☐拂旌旗露未干。(《奉和中书舍人贾至早朝大明

宫》唐·岑参）

25. 丞相祠堂何处寻？锦官城外□森森。（《蜀相》唐·杜甫）

26. □花雪落覆白苹，青鸟飞去衔红巾。（《丽人行》唐·杜甫）

27. 江头宫殿锁千门，细□新蒲为谁绿？（《哀江头》唐·杜甫）

28. 孔明庙前有老□，柯如青铜根如石。（《古柏行》唐·杜甫）

29. 君不见金粟堆前□□里，龙媒去尽鸟呼风。（《韦讽录事宅观曹将军画马图》唐·杜甫）

30. 北风吹，吹我庭前□树枝。（《北风吹》明·于谦）

31. 况复阳和景渐宜，闲花野草尚葳蕤，风吹□树将何为？（《北风吹》明·于谦）

32. 山中人兮芳杜若，饮石泉兮荫□□，君思我兮然疑作。（《九歌·山鬼》战国·屈原）

33. 香阁掩，杏花红，月明□□风。（《更漏子》唐·牛峤）

34. 细看来，不是□花，点点是离人泪。（《水龙吟·次韵章质夫杨花词》宋·苏轼）

35. 问春何去？乱随风飞坠，□花篱落。（《酹江月·感旧再和前韵》宋·何梦桂）

◆ 答案：1.杨柳 2.松柏 3.柳 4.松 5.松 6.松 7.柳 8.松 9.杨柳 10.松 11.柳 12.柳 13.柳 14.松 15.杨 16.柏 17.杨柳 18.杨 19.柳 20.柳 21.松 22.松柏 23.松 24.柳 25.柏 26.杨 27.柳 28.柏 29.松柏 30.柏 31.柏 32.松柏 33.杨柳 34.杨 35.杨

瓜果梨桃

1. □之夭夭，灼灼其华。（《诗经·桃夭》）

2. □之夭夭，有蕡（fén）其实。（《诗经·桃夭》）

3. □之夭夭，其叶蓁（zhēn）蓁。（《诗经·桃夭》）

4. 投我以木□，报之以琼琚。（《诗经·木瓜》）

5. 投我以木□，报之以琼瑶。（《诗经·木瓜》）

6. □田不纳履，李下不正冠。（《君子行》汉乐府）

7. 甘□抱苦蒂，美枣生荆棘。（《古诗源·其二》汉）

8. 邵生□田中，宁似东陵时？（《饮酒·其一》晋·陶渊明）

9. 所以□李树，吐花竟不言。（《古风·其二十五》唐·李白）

10. 碧溪摇艇阔，朱□烂枝繁。（《园》唐·杜甫）

11. 雨中山□落，灯下草虫鸣。（《秋夜独坐》唐·王维）

12. 丹灶初开火，仙□正发花。（《清明日宴梅道士房》唐·孟浩然）

13. 徒言树□李，此木岂无阴？（《感遇·其七》唐·张九龄）

14. 鲜肥属时禁，蔬□幸见尝。（《郡斋雨中与诸文士燕集》唐·韦应物）

15. 石苔萦棹绿，山□拂舟红。（《泛五云溪》唐·许浑）

16. 山□青苔上，寒蝉落叶中。（《山寺题壁》唐·羊士谔）

17. 神与枣兮如□，虎卖杏兮收谷。（《送友人归山歌·其一》唐·王维）

18. 羞逐长安社中儿，赤鸡白狗赌□栗。（《行路难·其二》唐·李白）

19. □园子弟散如烟，女乐余姿映寒日。（《观公孙大娘弟子舞剑器行》唐·杜甫）

20. □园子弟白发新，椒房阿监青娥老。（《长恨歌》唐·白居易）

21. 玉容寂寞泪阑干，□花一枝春带雨。（《长恨歌》唐·白居易）

22. 路旁时卖故侯□，门前学种先生柳。（《老将行》唐·王维）

23. 洞门高阁霭余辉，□□阴阴柳絮飞。（《酬郭给事》唐·王维）

24. 画阁朱楼尽相望，红□绿柳垂檐向。（《洛阳女儿行》唐·王维）

25. 潮落夜江斜月里，两三星火是□州。（《题金陵渡》唐·张祜）

26. 山□经霜多自落，水萤穿竹不停飞。（《宿山寺》唐·项斯）

081

27. 溅石迸泉听未足，亚窗红□卧堪攀。(《郭中山居》唐·方干)

28. 寂寞空庭春欲晚，□花满地不开门。(《春怨》唐·刘方平)

29. 童孙未解供耕织，也傍桑阴学种□。(《夏日田园杂兴·其七》宋·范成大)

30. 食观本草岂非痴，二□甘滋可养脾。(《荔枝龙眼·其一》宋·刘克庄)

31. 莫向山中摘花□，惜春啼鸟怒人攀。(《九华山·其六》宋·王十朋)

32. □花风起正清明，游子寻春半出城。(《苏堤清明即事》宋·吴惟信)

33. 道是□花不是，道是杏花不是。(《如梦令》宋·严蕊)

34. 惟有海棠□第一，深浅拂，天生红粉真无匹。(《渔家傲》宋·欧阳修)

35. 簌簌衣巾落枣花，村南村北响缫车，牛衣古柳卖黄□。(《浣溪沙》宋·苏轼)

◆ 答案：1. 桃 2. 桃 3. 桃 4. 瓜 5. 桃 6. 瓜 7. 瓜 8. 瓜 9. 桃 10. 果 11. 果 12. 桃 13. 桃 14. 果 15. 果 16. 果 17. 瓜 18. 梨 19. 梨 20. 梨 21. 梨 22. 瓜 23. 桃李 24. 桃 25. 瓜 26. 果 27. 果 28. 梨 29. 瓜 30. 果 31. 果 32. 梨 33. 梨 34. 梨 35. 瓜

梅兰竹菊

1. 落花无言，人淡如□。(《典雅》唐·司空图)

2. 采□东篱下，悠然见南山。(《饮酒·其五》晋·陶渊明)

3. 绿□入幽径，青萝拂行衣。(《下终南山过斛斯山人宿置酒》唐·李白)

4. 天寒翠袖薄，日暮倚修□。(《佳人》唐·杜甫)

5. □垂今秋花，石戴古车辙。(《北征》唐·杜甫)

6. 来日绮窗前，寒□著花未？(《杂诗·其二》唐·王维)

7. 已见寒□发，复闻啼鸟声。(《杂诗·其三》唐·王维)

8. 待到重阳日，还来就□花。(《过故人庄》唐·孟浩然)

9. □叶春葳蕤，桂华秋皎洁。(《感遇·其一》唐·张九龄)

10. 千里其如何，微风吹□杜。(《同从弟销南斋玩月忆山阴崔少府》唐·王昌龄)

11. 苍苍□林寺，杳杳钟声晚。(《送灵澈上人》唐·刘长卿)

12. 云霞出海曙，□柳渡江春。(《和晋陵陆丞早春游望》唐·杜审言)

13. 道人庭宇静，苔色连深□。(《晨诣超师院读禅经》唐·柳宗元)

14. 偏想临潭□，芳蕊对谁开？(《拟江令于长安归扬州九日赋》唐·许敬宗)

15. □覆经冬雪，庭昏未夕阴。(《苏氏别业》唐·祖咏)

16. 鸥和湖雁下，雪隔岭□飘。(《杂题·其六》唐·司空图)

17. 明朝望乡处，应见陇头□。(《题大庾岭北驿》唐·宋之问)

18. 时来真可惜，自勉掇□芳。(《春兴》唐·齐己)

19. 韬玉无人识，佩□空自芳。(《悼颐中朝散兄》宋·张扩)

20. 碎珠萦断□，残丝绕折莲。(《和炅法师游昆明池·其二》南北朝·庾信)

21. 户服艾以盈要兮，谓幽□其不可佩。(《离骚》战国·屈原)

22. 尘世难逢开口笑，□花须插满头归。(《九日齐山登高》唐·杜牧)

23. □枝苦怨怨何人？夜静山空歇又闻。(《竹枝词·其二》唐·白居易)

24. 昆山玉碎凤凰叫，芙蓉泣露香□笑。(《李凭箜篌引》唐·李贺)

25. 嗟余听鼓应官去，走马□台类转蓬。(《无题》唐·李商隐)

26. 且欲竟近彭泽宰，陶然共醉□花杯。(《九日登望仙台呈刘明府》唐·崔曙)

27. □外桃花三两枝，春江水暖鸭先知。(《惠崇春江晚景》宋·苏轼)

28. 滨溪□伴老□丛，一种风姿与杏同。（《临清堂前观红梅作》宋·林希逸）

29. 蓉□满园皆可羡，赏心从此莫相违。（《冬景》宋·刘克庄）

30. 姑苏城外一茅屋，万树□花月满天。（《把酒对月歌》明·唐寅）

31. 风带寒，枝正好，□蕙无端先老。（《更漏子》南唐·冯延巳）

32. 但愿千千岁，金□年年秋解开。（《抛球乐》南唐·冯延巳）

33. 一标题目，高价掀□□。（《点绛唇·奇香蜡梅》宋·王十朋）

34. 须寻□驿，又渐数、花风第一。（《数花风·别义兴诸友》宋·张炎）

35. 贤德之人，所居之处，如芝如□，使人爱慕。（《偶书·其二》宋·邵雍）

◆ 答案：1. 菊 2. 菊 3. 竹 4. 竹 5. 菊 6. 梅 7. 梅 8. 菊 9. 兰 10. 兰 11. 竹 12. 梅 13. 竹 14. 菊 15. 竹 16. 梅 17. 梅 18. 兰 19. 兰 20. 菊 21. 兰 22. 菊 23. 竹 24. 兰 25. 兰 26. 菊 27. 竹 28. 竹 梅 29. 菊 30. 梅 31. 兰 32. 菊 33. 兰菊 34. 梅 35. 兰

琴棋书画

1. 章□志墨兮，前图未改。（《九章·怀沙》战国·屈原）

2. □局纵横陈，博弈合双扬。（《夏日诗》三国·魏·曹丕）

3. 夜中不能寐，起坐弹鸣□。（《咏怀·其一》晋·阮籍）

4. 袖中有短□，愿寄双飞燕。（《李都尉陵从军》南北朝·江淹）

5. 裂素持作□，将寄万里怀。（《感兴·其三》唐·李白）

6. 对□陪谢傅，把剑觅徐君。（《别房太尉墓》唐·杜甫）

7. 之子期宿来，孤□候萝径。（《宿业师山房待丁大不至》唐·孟浩然）

8. 松风吹解带，山月照弹□。（《酬张少府》唐·王维）

9. 莫近弹□局，中心最不平。（《无题》唐·李商隐）

10. 雪暗凋旗□，风多杂鼓声。(《从军行》唐·杨炯)

11. 枯槁彰清镜，孱愚友道□。(《酬姚少府》唐·贾岛)

12. □囊山翠湿，□匣雪花轻。(《送鄢修之洪州觐兄弟》唐·皎然)

13. □散庭花落，诗成海月斜。(《赠上都紫极宫刘日新先生》唐·李中)

14. 兵卫森□戟，宴寝凝清香。(《郡斋雨中与诸文士燕集》唐·韦应物)

15. 通宵成乐部，过雨杂□声。(《蛙》宋·赵希迈)

16. 边锁风雷动，军□日夜飞。(《送陆务观编修监镇江郡归会稽待阙》宋·范成大)

17. 美人赠我□琅玕，何以报之双玉盘？(《四愁诗》汉·张衡)

18. 赵瑟初停凤凰柱，蜀□欲奏鸳鸯弦。(《长相思·其一》唐·李白)

19. 专掌图□无过地，遍寻山水自由身。(《闲行》唐·白居易)

20. 空将笺上两行□，直犯龙颜请恩泽。(《致酒行》唐·李贺)

21. 毛延寿□欲通神，忍为黄金不为人。(《相和歌辞·王昭君》唐·李商隐)

22. 明光殿前论九畴，簏读兵□尽冥搜。(《箜篌引》唐·王昌龄)

23. 粉墙丹柱动光彩，鬼物图□填青红。(《谒衡岳庙遂宿岳寺题门楼》唐·韩愈)

24. 尺□未达年应老，先被新春入故园。(《岁晚言事寄乡中亲友》唐·方干)

25. 威容难□改频频，眉目分毫恐不真。(《寄上魏博田侍中·其九》唐·王建)

26. 主人有酒欢今夕，请奏鸣□广陵客。(《琴歌》唐·李颀)

27. 高才脱略名与利，日夕望君抱□至。(《听董大弹胡笳声兼寄语弄房给事》唐·李颀)

28. □轻国手知难敌，诗是天才肯易酬。(《寄欧阳侍郎》唐·齐己)

29. 有约不来过夜半，闲敲□子落灯花。（《约客》宋·赵师秀）

30. 香杀柑花麝不如，晚窗重理读残□。（《斋中独坐》宋·郑会）

31. 山深未省人间世，黑白纵横几局□。（《山中·其六》宋·方岳）

32. 人生若只如初见，何事秋风悲□扇。（《木兰花令·拟古决绝词柬友》清·纳兰性德）

33. □托雁，梦归家，觉来江月斜。（《更漏子》唐·牛峤）

34. 碧纱窗下水沉烟，□声惊昼眠。（《阮郎归·初夏》宋·苏轼）

35. 吹竹弹丝谁不爱，焚□煮鹤人何肯？（《满江红》宋·洪适）

◆ 答案：1. 画 2. 棋 3. 琴 4. 书 5. 书 6. 棋 7. 琴 8. 琴 9. 棋 10. 画 11. 书 12. 书 琴 13. 棋 14. 画 15. 棋 16. 书 17. 琴 18. 琴 19. 书 20. 书 21. 画 22. 书 23. 画 24. 书 25. 画 26. 琴 27. 琴 28. 棋 29. 棋 30. 书 31. 棋 32. 画 33. 书 34. 棋 35. 琴

笔墨纸砚

1. 吐言贵珠玉，落□回风霜。（《赠刘都使》唐·李白）

2. □□行随手，诗书坐绕身。（《寄刘尚书》唐·鱼玄机）

3. 江湖慰寂寞，一□故人书。（《周参政惠书喧及亡儿开·其一》宋·李石）

4. 寒衣针线密，家信□痕新。（《岁暮到家》清·蒋士铨）

5. 笺麻素绢排数箱，宣州石□□色光。（《草书歌行》唐·李白）

6. 去岁左迁夜郎道，琉璃□水长枯槁。（《自汉阳病酒归寄王明府》唐·李白）

7. 庾信文章老更成，凌云健□意纵横。（《戏为六绝句·其一》唐·杜甫）

8. 俄顷风定云□色，秋天漠漠向昏黑。（《茅屋为秋风所破歌》唐·杜甫）

9. 老妻画□为棋局，稚子敲针作钓钩。（《江村》唐·杜甫）

10. 贵戚权门得□迹，始觉屏障生光辉。(《韦讽录事宅观曹将军画马图》唐·杜甫)

11. 红笺白□两三束，半是君诗半是书。(《开元九诗书卷》唐·白居易)

12. 山客□前吟待月，野人尊前醉送春。(《和裴令公一日日一年年杂言见赠》唐·白居易)

13. 花纸瑶缄松□子，把将天上共谁开？(《送萧炼师步虚词十首卷后以二绝继之》唐·白居易)

14. 马毛带雪汗气蒸，五花连钱旋作冰，幕中草檄□水凝。(《走马川行奉送出师西征》唐·岑参)

15. 千家万井连回溪，酒行未醉闻暮鸡，点□操□为君题。(《西亭子送李司马》唐·岑参)

16. 马上相逢无□□，凭君传语报平安。(《逢入京使》唐·岑参)

17. 微意何曾有一毫？空携□□奉龙韬。(《谢书》唐·李商隐)

18. 梦为远别啼难唤，书被催成□未浓。(《无题》唐·李商隐)

19. 嵩云秦树久离居，双鲤迢迢一□书。(《寄令狐郎中》唐·李商隐)

20. 古者世称大手□，此事不系于职司。(《韩碑》唐·李商隐)

21. 少小虽非投□吏，论功还欲请长缨。(《望蓟门》唐·祖咏)

22. 幽人吟望搜辞处，飘入窗来落□中。(《对雪》唐·子兰)

23. 澜翻□□浩难收，妙处端能浣客愁。(《和朱成伯·其二》宋·胡寅)

24. 未离海底千山□，才到中天万国明。(《咏月诗》宋·赵匡胤)

25. 黑云翻□未遮山，白雨跳珠乱入船。(《六月二十七日望湖楼醉书·其一》宋·苏轼)

26. 殿上衮衣明日月，□中旗影动龙蛇。(《廷试》宋·夏竦)

27. 胸中扫除烟火食，□端洗涤苍苔痕。(《明日欲对通夕不成寐枕上赋墨梅诗还契师宿逋·其二》宋·许及之)

28. 半有和风到窗☐，不知是雪是梅花。(《梅花》宋·郑会)

29. 双双瓦雀行书案，点点杨花入☐池。(《暮春即事》宋·叶采)

30. ☐上得来终觉浅，绝知此事要躬行。(《冬夜读书示子聿》宋·陆游)

31. 我家洗☐池头树，朵朵花开淡☐痕。(《墨梅》元·王冕)

32. 儿童散学归来早，忙趁东风放☐鸢。(《村居》清·高鼎)

33. 借问瘟君欲何往，☐船明烛照天烧。(《送瘟神·其二》现代·毛泽东)

34. 屋上松风吹急雨，破☐窗间自语。(《清平乐·独宿博山王氏庵》宋·辛弃疾)

35. 藤床☐帐朝眠起，说不尽、无佳思。(《孤雁儿》宋·李清照)

◆ 答案：1.笔 2.笔砚 3.纸 4.墨 5.砚墨 6.砚 7.笔 8.墨 9.纸 10.笔 11.纸 12.砚 13.纸 14.砚 15.笔 纸 16.纸笔 17.笔砚 18.墨 19.纸 20.笔 21.笔 22.砚 23.笔墨 24.墨 25.墨 26.砚 27.笔 28.纸 29.砚 30.纸 31.砚 墨 32.纸 33.纸 34.纸 35.纸

诗文曲赋

1. 情欣新知欢，言咏遂☐诗。(《乞食》晋·陶渊明)

2. 长歌吟松风，☐尽河星稀。(《下终南山过斛斯山人宿置酒》唐·李白)

3. ☐章憎命达，魑魅喜人过。(《天末怀李白》唐·杜甫)

4. 应共冤魂语，投☐赠汨罗。(《天末怀李白》唐·杜甫)

5. 吴中盛☐史，群彦今汪洋。(《郡斋雨中与诸文士燕集》唐·韦应物)

6. 不须辞小酌，更请续新☐。(《喜李翎秀才见访因赠》唐·许浑)

7. 莲岳三徵者，论☐旧与君。(《寄普明大师可准》唐·齐己)

8. 相留曾几岁，酬唱有新☐。(《寄普明大师可准》唐·齐己)

9. 方知大蕃地，岂曰财☐强。(《郡斋雨中与诸文士燕集》唐·韦应物)

10. 功名非我事，风月负君□。(《和杨兄五言·其二》宋·杜范)

11. 好味诸公□，胜读寒泉章。(《送三山林溶孙归省》宋·文天祥)

12. 此□只应天上有，人间能得几回闻？(《赠花卿》唐·杜甫)

13. 不露□章世已惊，未辞剪伐谁能送？(《古柏行》唐·杜甫)

14. 庾信平生最萧瑟，暮年□□动江关。(《咏怀古迹·其一》唐·杜甫)

15. 英雄割据虽已矣，□采风流今尚存。(《丹青引赠曹将军霸》唐·杜甫)

16. 今人嗤点流传□，不觉前贤畏后生。(《戏为六绝句·其一》唐·杜甫)

17. 转轴拨弦三两声，未成□调先有情。(《琵琶行》唐·白居易)

18. □终收拨当心画，四弦一声如裂帛。(《琵琶行》唐·白居易)

19. □罢曾教善才服，妆成每被秋娘妒。(《琵琶行》唐·白居易)

20. 五陵年少争缠头，一□红绡不知数。(《琵琶行》唐·白居易)

21. 莫辞更坐弹一□，为君翻作琵琶行。(《琵琶行》唐·白居易)

22. 试拂铁衣如雪色，聊持宝剑动星□。(《老将行》唐·王维)

23. 当时只记入山深，青溪几□到云林。(《桃源行》唐·王维)

24. 戏罢曾无理□时，妆成只是薰香坐。(《洛阳女儿行》唐·王维)

25. 点窜尧典舜典字，涂改清庙生民□。(《韩碑》唐·李商隐)

26. □成破体书在纸，清晨再拜铺丹墀。(《韩碑》唐·李商隐)

27. 公之斯□若元气，先时已入人肝脾。(《韩碑》唐·李商隐)

28. 张生手持石鼓□，劝我试作石鼓歌。(《石鼓歌》唐·韩愈)

29. 陋儒编□不收入，二雅褊迫无委蛇。(《石鼓歌》唐·韩愈)

30. 流传汉地□转奇，凉州胡人为我吹。(《听安万善吹觱篥歌》唐·李颀)

31. 岁夜高堂列明烛，美酒一杯声一□。(《听安万善吹觱篥歌》唐·李颀)

32. 献□十年犹未遇，羞将白发对华簪。(《赠阙下裴舍人》唐·钱起)

33. 人生此乐须天□，莫遣儿曹取次知。(《与毛令方尉游西菩提寺·其二》宋·苏轼)

34. 爱上层楼，为□新词强说愁。(《丑奴儿·书博山道中壁》宋·辛弃疾)

35. 一尊搔首东窗里，想渊明停云□就，此时风味。(《贺新郎》宋·辛弃疾)

◆ 答案：1.诗 2.曲 3.文 4.诗 5.文 6.诗 7.文 8.文 9.赋 10.诗 11.诗 12.曲 13.文 14.诗赋 15.文 16.赋 17.曲 18.曲 19.曲 20.曲 21.曲 22.文 23.曲 24.曲 25.诗 26.文 27.文 28.文 29.曲 30.曲 31.曲 32.赋 33.赋 34.赋 35.诗

字词音信

1. 燕燕于飞，下上其□。(《诗经·燕燕》)

2. 岂弟君子，无□谗言。(《诗经·青蝇》)

3. 亲朋无一□，老病有孤舟。(《登岳阳楼》唐·杜甫)

4. 听妇前致□，三男邺城戍。(《石壕吏》唐·杜甫)

5. □知生男恶，反是生女好。(《兵车行》唐·杜甫)

6. 时移□律改，岂是昔时声？(《和令狐仆射小饮听阮咸》唐·白居易)

7. 吾谋适不用，勿谓知□稀。(《送綦毋潜落第还乡》唐·王维)

8. 当路谁相假，知□世所稀。(《留别王侍御维》唐·孟浩然)

9. 羊公碑□在，读罢泪沾襟。(《与诸子登岘山》唐·孟浩然)

10. 无人□高洁，谁为表予心？(《在狱咏蝉》唐·骆宾王)

11. 辰阳隔江渚，空些楚□哀。(《赣州明府杨同年挽歌词·其二》宋·范成大)

12. 名余曰正则兮，☐余曰灵均。(《离骚》战国·屈原)

13. 不☐妾肠断，归来看取明镜前。(《长相思·其一》唐·李白)

14. 风尘荏苒音☐绝，关塞萧条行路难。(《宿府》唐·杜甫)

15. 卧龙跃马终黄土，人事☐书漫寂寥。(《阁夜》唐·杜甫)

16. 羯胡事主终无赖，☐客哀时且未还。(《咏怀古迹·其一》唐·杜甫)

17. 中有一人☐太真，雪肤花貌参差是。(《长恨歌》唐·白居易)

18. 临别殷勤重寄☐，☐中有誓两心知。(《长恨歌》唐·白居易)

19. 君臣相顾尽沾衣，东望都门☐马归。(《长恨歌》唐·白居易)

20. 低眉☐手续续弹，说尽心中无限事。(《琵琶行》唐·白居易)

21. 邓攸无子寻知命，潘岳悼亡犹费☐。(《遣悲怀·其三》唐·元稹)

22. 直以慵疏招物议，休将文☐占时名。(《衡阳与梦得分路赠别》唐·柳宗元)

23. 共来百越文身地，犹自☐书滞一乡。(《登柳州城楼寄漳汀封连四州刺史》唐·柳宗元)

24. 辞严义密读难晓，☐体不类隶与蝌。(《石鼓歌》唐·韩愈)

25. 风波不☐菱枝弱，月露谁教桂叶香。(《无题》唐·李商隐)

26. 点窜尧典舜典☐，涂改清庙生民诗。(《韩碑》唐·李商隐)

27. ☐人各在一涯居，声味虽同迹自疏。(《酬郓州令狐相公官舍言怀见寄兼呈乐天》唐·刘禹锡)

28. 幽☐变调忽飘洒，长风吹林雨堕瓦。(《听董大弹胡笳声兼寄语弄房给事》唐·李颀)

29. 长☐深阴夜转幽，瑶阶金阁数萤流。(《七夕》唐·崔颢)

30. 机中锦☐论长恨，楼上花枝笑独眠。(《春思》唐·皇甫冉)

31. 蒿棘空存百尺基，酒酣曾唱大风☐。(《歌风台》唐·林宽)

32. 别来半岁音□绝，一寸离肠千万结。(《应天长》唐·韦庄)

33. 爱上层楼，为赋新□强说愁。(《丑奴儿·书博山道中壁》宋·辛弃疾)

34. 千载后，百篇存，更无一□不清真。(《鹧鸪天》宋·辛弃疾)

35. 天也妒，未□与，莺儿燕子俱黄土。(《摸鱼儿·雁丘词》金·元好问)

◆ 答案：1.音 2.信 3.字 4.词 5.信 6.音 7.音 8.音 9.字 10.信 11.词 12.字 13.信 14.书 15.音 16.词 17.字 18.词 词 19.信 20.信 21.词 22.字 23.音 24.字 25.信 26.字 27.词 28.音 29.信 30.字 31.词 32.音 33.词 34.字 35.信

听说读写

1. 暗相思，无处□。(《应天长》唐·韦庄)

2. 书之岁华，其曰可□。(《典雅》唐·司空图)

3. 驾言出游，以□我忧。(《诗经·竹竿》)

4. 将琴代语兮，聊□衷肠。(《凤求凰·其一》汉·司马相如)

5. 长跪□素书，书中竟何如。(《饮马长城窟行》汉乐府)

6. 十年学□书，颜华尚美好。(《效阮公诗·其二》南北朝·江淹)

7. 故山归梦喜，先入□书堂。(《归墅》唐·李商隐)

8. 白头宫女在，闲坐□玄宗。(《行宫》唐·元稹)

9. 泠泠七弦上，静□松风寒。(《弹琴》唐·刘长卿)

10. 闲持贝叶书，步出东斋□。(《晨诣超师院读禅经》唐·柳宗元)

11. 澹然离言□，悟悦心自足。(《晨诣超师院读禅经》唐·柳宗元)

12. 独夜忆秦关，□钟未眠客。(《夕次盱眙县》唐·韦应物)

13. 应嗤受恩者，头白□兵书。(《喜从弟激初至》唐·卢纶)

14. 寥寥人境外，闲坐☐春禽。（《苏氏别业》唐·祖咏）

15. 水月通禅寂，鱼龙☐梵声。（《送僧归日本》唐·钱起）

16. 如今贾谊赋，不漫☐长沙。（《送迁客·其一》唐·于鹄）

17. 续续☐相思，不尽无穷意。（《卜算子》宋·吕渭老）

18. 红妆欲醉宜斜日，百尺清潭☐翠娥。（《忆旧游寄谯郡元参军》唐·李白）

19. 伤心不忍问耆旧，复恐初从乱离☐。（《忆昔·其二》唐·杜甫）

20. 君歌声酸辞且苦，不能☐终泪如雨。（《八月十五夜赠张功曹》唐·韩愈）

21. 君歌且休☐我歌，我歌今与君殊科。（《八月十五夜赠张功曹》唐·韩愈）

22. 鸿雁不堪愁里☐，云山况是客中过。（《送魏万之京》唐·李颀）

23. 董夫子，通神明，深山窃☐来妖精。（《听董大弹胡笳声兼寄语弄房给事》唐·李颀）

24. 世人解☐不解赏，长飙风中自来往。（《听安万善吹觱篥歌》唐·李颀）

25. 含情欲☐宫中事，鹦鹉前头不敢言。（《宫词》唐·朱庆馀）

26. 待☐百年幽思尽，故宫流水莫相催。（《和三乡诗》唐·韦冰）

27. 男儿欲遂平生志，六经勤向窗前☐。（《劝学诗》宋·赵恒）

28. 想见☐书头已白，隔溪猿哭瘴溪藤。（《寄黄几复》宋·黄庭坚）

29. 欲为天下屠龙手，肯☐人间非圣书。（《闲行吟·其一》宋·邵雍）

30. ☐与旁人浑不解，杖藜携酒看芝山。（《题屏》宋·刘季孙）

31. 欲☐情怀难一一，拟寻山水隔千千。（《和江南提刑王国博见寄》宋·魏野）

32. 云旆吹晴踏翠巅，☐成诗卷思翻然。（《次韵前人取别·其二》宋·

陈著）

33. 李白前时原有月，惟有李白诗能□。（《把酒对月歌》明·唐寅）

34. 如今对酒，不似那回时，书谩□。（《蓦山溪·至宜州作寄赠陈湘》宋·黄庭坚）

35. □不成书，只寄得、相思一点。（《解连环·孤雁》宋·张炎）

◆ 答案：1. 说　2. 读　3. 写　4. 写　5. 读　6. 读　7. 读　8. 说　9. 听　10. 读　11. 说　12. 听　13. 读　14. 听　15. 听　16. 说　17. 说　18. 写　19. 说　20. 听　21. 说　22. 听　23. 听　24. 听　25. 说　26. 写　27. 读　28. 读　29. 读　30. 说　31. 写　32. 写　33. 说　34. 书　35. 写

谈笑言语

1. 蛇蛇硕□，出自口矣。（《诗经·巧言》）

2. 契阔□谈，心念旧恩。（《短歌行》汉·曹操）

3. □谐无俗调，所说圣人篇。（《答庞参军并序》晋·陶渊明）

4. 形骸久已化，心在复何□？（《连雨独饮》晋·陶渊明）

5. 裳衣佩云气，□□究灵神。（《咏怀·其六十二》晋·阮籍）

6. 所以桃李树，吐花竟不□。（《古风·其二十五》唐·李白）

7. 吐□贵珠玉，落笔回风霜。（《赠刘都使》唐·李白）

8. 高□满四座，一日倾千觞。（《赠刘都使》唐·李白）

9. 欢□得所憩，美酒聊共挥。（《下终南山过斛斯山人宿置酒》唐·李白）

10. 应共冤魂□，投诗赠汨罗。（《天末怀李白》唐·杜甫）

11. 谁□寸草心，报得三春晖？（《游子吟》唐·孟郊）

12. 偶然值林叟，□□无还期。（《终南别业》唐·王维）

13. 田夫荷锄立，相见□依依。（《渭川田家》唐·王维）

14. 昔日长城战，咸□意气高。（《塞下曲》唐·王昌龄）

094

15. 欢□情如旧，萧疏鬓已斑。(《淮上喜会梁川故人》唐·韦应物)

16. 旁人□此□，似高还似痴。(《于潜僧绿筠轩》宋·苏轼)

17. 海客□瀛洲，烟涛微茫信难求。(《梦游天姥吟留别》唐·李白)

18. 越人□天姥，云霞明灭或可睹。(《梦游天姥吟留别》唐·李白)

19. 不敢长□临交衢，且为王孙立斯须。(《哀王孙》唐·杜甫)

20. 回眸一□百媚生，六宫粉黛无颜色。(《长恨歌》唐·白居易)

21. 逢郎欲□低头□，碧玉搔头落水中。(《采莲曲》唐·白居易)

22. 遍问交亲为老计，多□宜静不宜忙。(《池上逐凉·其一》唐·白居易)

23. □迟更速皆应手，将往复旋如有情。(《听董大弹胡笳声兼寄语弄房给事》唐·李颀)

24. 莺啼燕□报新年，马邑龙堆路几千。(《春思》唐·皇甫冉)

25. 机中锦字论长恨，楼上花枝□独眠。(《春思》唐·皇甫冉)

26. 玉楼天半起笙歌，风送宫嫔□□和。(《宫词》唐·顾况)

27. 者也之乎三十首，千年贻□几时休。(《读契嵩非韩三十首》宋·林希逸)

28. 收泪□，背灯眠，玉钗横枕边。(《更漏子》唐·牛峤)

29. 草色烟光残照里，无□谁会凭阑意？(《蝶恋花》宋·柳永)

30. 倚楼无□欲销魂，长空黯淡连芳草。(《踏莎行》宋·寇准)

31. 汤武偶相逢，风虎云龙，兴王只在□□中。(《浪淘沙令》宋·王安石)

32. 白发空垂三千丈，一□人间万事，问何物、能令公喜？(《贺新郎》宋·辛弃疾)

33. 一壶浊酒喜相逢，古今多少事，都付□□中。(《临江仙》明·杨慎)

34. 寻常风月，等闲□□，称意即相宜。(《少年游》清·纳兰性德)

35. 可上九天揽月，可下五洋捉鳖，□□凯歌还。(《水调歌头·重上井冈山》现代·毛泽东)

◆ 答案：1. 言 2. 谈 3. 谈 4. 言 5. 言语 6. 言 7. 言 8. 谈 9. 言 10. 语 11. 言 12. 谈笑 13. 语 14. 言 15. 笑 16. 笑言 17. 谈 18. 语 19. 语 20. 笑 21. 语 笑 22. 言 23. 言 24. 语 25. 笑 26. 笑语 27. 笑 28. 语 29. 言 30. 语 31. 谈笑 32. 笑 33. 笑谈 34. 谈笑 35. 谈笑

酒醉茶香

1. 人之齐圣，饮□温克。(《诗经·小宛》)

2. 彼昏不知，壹□日富。(《诗经·小宛》)

3. 醒时同交欢，□后各分散。(《月下独酌·其一》唐·李白)

4. 欢言得所憩，美□聊共挥。(《下终南山过斛斯山人宿置酒》唐·李白)

5. 我□君复乐，陶然共忘机。(《下终南山过斛斯山人宿置酒》唐·李白)

6. 归家□债多，门客粲成行。(《赠刘都使》唐·李白)

7. 问答乃未已，驱儿罗□浆。(《赠卫八处士》唐·杜甫)

8. 十觞亦不□，感子故意长。(《赠卫八处士》唐·杜甫)

9. 置□长安道，同心与我违。(《送綦毋潜落第还乡》唐·王维)

10. 何当载□来，共□重阳节。(《秋登兰山寄张五》唐·孟浩然)

11. 叶书传野意，檐溜煮胡□。(《郊居即事》唐·贾岛)

12. 晓随天仗入，暮惹御□归。(《寄左省杜拾遗》唐·岑参)

13. □果邀真侣，觞酌洽同心。(《简寂观西涧瀑布下作》唐·韦应物)

14. 俯饮一杯□，仰聆金玉章。(《郡斋雨中与诸文士燕集》唐·韦应物)

15. 欲持一瓢□，远慰风雨夕。(《寄全椒山中道士》唐·韦应物)

16. 旋碾新□试，生开嫩□尝。(《闲居作·其四》唐·张祜)

17. 时有落花至，远随流水□。（《阙题》唐·刘眘虚）

18. 语直非关□，眠迟不为□。（《值雨宿谔师房》宋·魏野）

19. 风吹柳花满店□，吴姬压□唤客尝。（《金陵酒肆留别》唐·李白）

20. 星宫之君□琼浆，羽人稀少不在旁。（《寄韩谏议》唐·杜甫）

21. 国家成败吾岂敢，色难腥腐餐枫□。（《寄韩谏议》唐·杜甫）

22. 苦心岂免容蝼蚁，□叶终经宿鸾凤。（《古柏行》唐·杜甫）

23. 惆怅东篱不同□，陶家明日是重阳。（《九月八日酬皇甫十见赠》唐·白居易）

24. 罗帷送上七□车，宝扇迎归九华帐。（《洛阳女儿行》唐·王维）

25. 戏罢曾无理曲时，妆成只是薰□坐。（《洛阳女儿行》唐·王维）

26. 生涯岂料承优诏？世事空知学□歌。（《江州重别薛六柳八二员外》唐·刘长卿）

27. 东门酤□饮我曹，心轻万事皆鸿毛。（《送陈章甫》唐·李颀）

28. □卧不知白日暮，有时空望孤云高。（《送陈章甫》唐·李颀）

29. 衣汗稍停床上扇，□□时拨涧中泉。（《松寺》唐·卢延让）

30. 寒夜客来□当□，竹炉汤沸火初红。（《寒夜》宋·杜耒）

31. □烘贮雾含云鼻，□荡吞江纳汉胸。（《南峰寺劝农》宋·曾丰）

32. 竹庵虎子呼未回，石灶□烟寒不起。（《石鼓寺晚归》宋·李新）

33. 蝌蚪散边荷叶出，醾醾□里柳绵飞。（《春晚》宋·徐玑）

34. 山中何事？松花酿□，春水煎□。（《人月圆·山中书事》元·张可久）

35. 被□莫惊春睡重，赌书消得泼□□，当时只道是寻常。（《浣溪沙》清·纳兰性德）

◆ 答案：1. 酒 2. 醉 3. 醉 4. 酒 5. 酒 6. 酒 7. 酒 8. 醉 9. 酒 10. 醉 11. 茶 12. 香 13. 茶 14. 酒 15. 酒 16. 茶 酒 17. 香 18. 酒 茶 19. 香 酒 20. 醉 21. 香

097

22. 香　23. 醉　24. 香　25. 香　26. 醉　27. 酒　28. 醉　29. 茶香　30. 茶　酒　31. 香　茶　32. 茶
33. 香　34. 酒　茶　35. 酒　茶香

卧眠梦醒

1. 偃□松雪间，冥翳不可识。（《商山四皓》唐·李白）

2. 故人入我□，明我长相忆。（《梦李白·其一》唐·杜甫）

3. 三夜频□君，情亲见君意。（《梦李白·其二》唐·杜甫）

4. 耳烦闻晓角，眼□见秋山。（《松斋偶兴》唐·白居易）

5. 雉雊（gòu）麦苗秀，蚕□桑叶稀。（《渭川田家》唐·王维）

6. 水落鱼梁浅，天寒□泽深。（《与诸子登岘山》唐·孟浩然）

7. 林□愁春尽，开轩览物华。（《清明日宴梅道士房》唐·孟浩然）

8. 寒灯思旧事，断雁警愁□。（《旅宿》唐·杜牧）

9. 远□归侵晓，家书到隔年。（《旅宿》唐·杜牧）

10. 高□南斋时，开帷月初吐。（《同从弟销南斋玩月忆山阴崔少府》唐·王昌龄）

11. 帝乡明日到，犹自□渔樵。（《秋日赴阙题潼关驿楼》唐·许浑）

12. 今看两楹奠，当与□时同。（《经邹鲁祭孔子而叹之》唐·李隆基）

13. 还作江南会，翻疑□里逢。（《江乡故人偶集客舍》唐·戴叔伦）

14. 幽人归独□，滞虑洗孤清。（《感遇·其二》唐·张九龄）

15. 独夜忆秦关，听钟未□客。（《夕次盱眙县》唐·韦应物）

16. 上国随缘住，东途若□行。（《送僧归日本》唐·钱起）

17. 乍见翻疑□，相悲各问年。（《云阳馆与韩绅宿别》唐·司空曙）

18. □闻嵩山钟，振衣步蹊樾。（《卧闻嵩山钟》唐·宋之问）

19. 井税有常期，日晏犹得□。（《贼退示官吏》唐·元结）

098

20. 思家步月清宵立，忆弟看云白日□。（《恨别》唐·杜甫）

21. 不如醉里风吹尽，可忍□时雨打稀。（《楸花》唐·杜甫）

22. 面上今日老昨日，心中醉时胜□时。（《劝酒》唐·白居易）

23. 夜深静□百虫绝，清月出岭光入扉。（《山石》唐·韩愈）

24. 则知天子明如日，肯放淮南高□人。（《李贾二大夫谏拜命后寄杨八寿州》唐·刘禹锡）

25. 醉□不知白日暮，有时空望孤云高。（《送陈章甫》唐·李颀）

26. 魂销事去无寻处，酒□孤吟不寐时。（《怀日夜吟寄赵杞》唐·李中）

27. 机中锦字论长恨，楼上花枝笑独□。（《春思》唐·皇甫冉）

28. 估客昼□知浪静，舟人夜语觉潮生。（《晚次鄂州》唐·卢纶）

29. 不放众山随逝水，溪头高□自威风。（《卧虎山》宋·王十朋）

30. 我也不登天子船，我也不上长安□。（《把酒对月歌》明·唐寅）

31. 收泪语，背灯□，玉钗横枕边。（《更漏子》唐·牛峤）

32. 料峭春风吹酒□，微冷，山头斜照却相迎。（《定风波》宋·苏轼）

33. 今宵酒□何处？杨柳岸，晓风残月。（《雨霖铃》宋·柳永）

34. 尽三觥、歌罢酒来时，风吹□。（《满江红》宋·洪适）

35. 酒□波远，正凝想、明挡素袜。（《庆宫春》宋·姜夔）

◆ 答案：1. 卧 2. 梦 3. 梦 4. 醒 5. 眠 6. 梦 7. 卧 8. 眠 9. 梦 10. 卧 11. 梦 12. 梦 13. 梦 14. 卧 15. 眠 16. 梦 17. 梦 18. 梦 19. 眠 20. 眠 21. 醒 22. 醒 23. 卧 24. 卧 25. 卧 26. 醒 27. 眠 28. 眠 29. 卧 30. 眠 31. 眠 32. 醒 33. 醒 34. 醒 35. 醒

亭台楼阁

1. 开我东□门，坐我西□床。（《木兰诗》北朝民歌）

2. 高☐客竟去，小园花乱飞。（《落花》唐·李商隐）

3. 黄叶仍风雨，青☐自管弦。（《风雨》唐·李商隐）

4. 红叶晚萧萧，长☐酒一瓢。（《秋日赴阙题潼关驿楼》唐·许浑）

5. 云林谢家宅，山水敬☐祠。（《送宣城路录事》唐·韦应物）

6. 茅☐宿花影，药院滋苔纹。（《宿王昌龄隐居》唐·常建）

7. 调角断清秋，征人倚戍☐。（《书边事》唐·张乔）

8. 孤灯闻楚角，残月下章☐。（《章台夜思》唐·韦庄）

9. 翠☐银屏回首，已天涯。（《相见欢》南唐·冯延巳）

10. 裛罗幕，凭朱☐，不独堪悲摇落。（《更漏子》南唐·冯延巳）

11. 脸边红艳对花枝，犹占凤☐春色。（《西江月》唐·欧阳炯）

12. 青冥浩荡不见底，日月照耀金银☐。（《梦游天姥吟留别》唐·李白）

13. 华☐鹤唳讵可闻，上蔡苍鹰何足道？（《行路难·其三》唐·李白）

14. 三峡☐☐淹日月，五溪衣服共云山。（《咏怀古迹·其一》唐·杜甫）

15. 清渭东流剑☐深，去住彼此无消息。（《哀江头》唐·杜甫）

16. 忆昨路绕锦☐东，先主武侯同閟宫。（《古柏行》唐·杜甫）

17. 黄埃散漫风萧索，云栈萦纡登剑☐。（《长恨歌》唐·白居易）

18. ☐☐玲珑五云起，其中绰约多仙子。（《长恨歌》唐·白居易）

19. 来是空言去绝踪，月斜☐上五更钟。（《无题》唐·李商隐）

20. 闻道欲来相问讯，西☐望月几回圆。（《寄李儋元锡》唐·韦应物）

21. 回日☐☐非甲帐，去时冠剑是丁年。（《苏武庙》唐·温庭筠）

22. 燕☐一去客心惊，箫鼓喧喧汉将营。（《望蓟门》唐·祖咏）

23. 汉文皇帝有高☐，此日登临曙色开。（《九日登望仙台呈刘明府》唐·崔曙）

24. 仙□初见五城□，风物凄凄宿雨收。(《同题仙游观》唐·韩翃)

25. 痴儿了却公家事，快□东西倚晚晴。(《登快阁》宋·黄庭坚)

26. 琶洲铃铎江声战，越井□□海气吞。(《登赤石冈塔》明·陈子壮)

27. 滨江□子锁春阴，一水盈盈雨正深。(《春雨亭》明·黄巩)

28. 倚□无语欲销魂，长空黯淡连芳草。(《踏莎行》宋·寇准)

29. □头残梦五更钟，花底离情三月雨。(《玉楼春·春恨》宋·晏殊)

30. 拟把此情书万一，愁多翻□笔。(《谒金门》宋·晏几道)

31. 晚晴□榭增明媚，已拼花前醉。(《虞美人》宋·苏轼)

32. 长安古道长□，叹马蹄不驻，车辙难停。(《望海潮·寄别浔郡鲁教谕子振李训道宗深》宋·陈德武)

33. 渔阳鼙鼓边风急，人在沉香□北。(《杏花天·嘲牡丹》宋·辛弃疾)

34. 绿叶阴浓，遍池□水□，偏趁凉多。(《骤雨打新荷》金·元好问)

35. 密意未曾休，密愿难酬，珠帘四卷月当□。(《浪淘沙》清·纳兰性德)

◆ 答案：1.阁　阁　2.阁　3.楼　4.亭　5.亭　6.亭　7.楼　8.台　9.阁　10.阁　11.楼　12.台　13.亭　14.楼台　15.阁　16.亭　17.阁　18.楼阁　19.楼　20.楼　21.楼台　22.台　23.台　24.台　楼　25.阁　26.楼台　27.亭　28.楼　29.阁　30.阁　31.台　32.亭　33.亭　34.亭　阁　35.楼

门窗厅堂

1. 栖迟衡□，唯志所从。(《咏怀诗·其八》晋·阮籍)

2. 归来见天子，天子坐明□。(《木兰诗》北朝民歌)

3. 山鸟下□事，檐花落酒中。(《赠崔秋浦·其一》唐·李白)

4. 野燕巢官舍，溪云入古□。(《赠江油尉厅》唐·李白)

5. 来日绮□前，寒梅著花未？(《杂诗·其二》唐·王维)

6. 永怀愁不寐，松月夜□墟。（《岁暮归南山》唐·孟浩然）

7. □上陈美酒，□下列清歌。（《劝酒》唐·孟郊）

8. 泉源在庭户，洞壑当□前。（《贼退示官吏并序》唐·元结）

9. 清辉淡水木，演漾在□户。（《同从弟销南斋玩月忆山阴崔少府》唐·王昌龄）

10. 花多匀地落，山近满□云。（《寄绛州李使君》唐·姚合）

11. 开□惜夜景，矫首看霜天。（《山寺夜起》清·江湜）

12. 自去自来□上燕，相亲相近水中鸥。（《江村》唐·杜甫）

13. 美人胡为隔秋水，焉得置之贡玉□？（《寄韩谏议》唐·杜甫）

14. 溪岚漠漠树重重，水槛山□次第逢。（《题元八溪居》唐·白居易）

15. 三十年前草□主，而今虽在鬓如丝。（《寄题庐山旧草堂兼呈二林寺道侣》唐·白居易）

16. 若于此郡为卑吏，刺史□前又折腰。（《送人贬信州判官》唐·白居易）

17. 落星石上苍苔古，画鹤□前白露寒。（《韦七自太子宾客再除秘书监以长句贺而饯之》唐·白居易）

18. 樱桃□院春偏好，石井栏堂夜更幽。（《府中夜赏》唐·白居易）

19. 春□曙灭九微火，九微片片飞花琐。（《洛阳女儿行》唐·王维）

20. 人随沙路向江村，余亦乘舟归鹿□。（《夜归鹿门山歌》唐·孟浩然）

21. 升□坐阶新雨足，芭蕉叶大栀子肥。（《山石》唐·韩愈）

22. 荆州不遇高阳侣，一夜春寒满下□。（《离觞不醉至驿却寄相送诸公》唐·柳宗元）

23. 东□沽酒饮我曹，心轻万事皆鸿毛。（《送陈章甫》唐·李颀）

24. 迸泉飒飒飞木末，野鹿呦呦走□下。（《听董大弹胡笳声兼寄语弄房

给事》唐·李颀）

25. 乱沾细网垂穷巷,斜送阴云入古□。(《雨》唐·章碣）

26. 雪消□外千山绿,花发江边二月晴。(《春日西湖寄谢法曹歌》宋·欧阳修）

27. □外无人问落花,绿阴冉冉遍天涯。(《春暮》宋·曹豳）

28. 归到玉□清不寐,月钩初上紫薇花。(《入直》宋·周必大）

29. 涯南老屋颇宜夏,草□瓦枕松风凉。(《次韵旷翁四时村居乐·其二》宋·艾性夫）

30. 高列千峰宝炬森,端□方喜翠华临。(《上元应制》宋·蔡襄）

31. 霜菊娟娟尚有花,萧条□树暮啼鸦。(《官舍岁暮感怀书事·其三》宋·张耒）

32. 从今若许闲乘月,拄杖无时夜叩□。(《游山西村》宋·陆游）

33. 晴□早觉爱朝曦,竹外秋声渐作威。(《冬景》宋·刘克庄）

34. 尝记宝簪寒轻,琐□人睡起,玉纤轻摘。(《念奴娇》宋·辛弃疾）

35. 一尊搔首东□里,想渊明停云诗就,此时风味。(《贺新郎》宋·辛弃疾）

◆答案:1.门 2.堂 3.厅 4.厅 5.窗 6.窗 7.堂 堂 8.门 9.窗 10.厅 11.门 12.堂 13.厅 14.窗 15.堂 16.厅 17.厅 18.堂 19.窗 20.门 21.堂 22.厅 23.门 24.堂 25.厅 26.门 27.门 28.堂 29.窗 30.门 31.厅 32.门 33.窗 34.窗 35.窗

村庄庭院

1. 平洒周海岳,曲潦溢川□。(《喜雨诗》南北朝·鲍照）

2. 初晴物候凉,夕景照山□。(《雨晴诗》隋·王胄）

3. 暮投石壕□,有吏夜捉人。(《石壕吏》唐·杜甫）

4. 将□独归处,寂寞养残生。(《奉济驿重送严公四韵》唐·杜甫）

5. 时见归□人,沙行渡头歇。(《秋登兰山寄张五》唐·孟浩然）

6. 道人□宇静，苔色连深竹。（《晨诣超师院读禅经》唐·柳宗元）

7. 泉源在□户，洞壑当门前。（《贼退示官吏并序》唐·元结）

8. □舍少闻事，日高犹闭关。（《村居晏起》唐·于濆）

9. 茅亭宿花影，药□滋苔纹。（《宿王昌龄隐居》唐·常建）

10. 修途留不住，去去出山□。（《早行》元·方夔）

11. 杏帘招客饮，在望有山□。（《红楼梦·第十八回·杏帘在望》清·曹雪芹）

12. 不用将金买□宅，城东无主是春光。（《吾土》唐·白居易）

13. 岂无山歌与□笛？呕哑嘲哳难为听。（《琵琶行》唐·白居易）

14. 若到□前竹园下，殷勤为绕故山流。（《西归绝句·其九》唐·元稹）

15. 地下若逢陈后主，岂宜重问后□花？（《隋宫》唐·李商隐）

16. 新妆宜面下朱楼，深锁春光一□愁。（《春词》唐·刘禹锡）

17. 行到中□数花朵，蜻蜓飞上玉搔头。（《春词》唐·刘禹锡）

18. 中□地白树栖鸦，冷露无声湿桂花。（《十五夜望月寄杜郎中》唐·王建）

19. 寂寞空□春欲晚，梨花满地不开门。（《春怨》唐·刘方平）

20. 谁人得及□居老，免被荣枯宠辱惊。（《晚眺》唐·罗隐）

21. 沙边贾客喧鱼市，岛上潜夫醉笋□。（《越中言事·其二》唐·方干）

22. 寂寂花时闭□门，美人相并立琼轩。（《宫词》唐·朱庆馀）

23. 美人娟娟隔秋水，濯足洞□望八荒。（《寄韩谏议》唐·杜甫）

24. 古庙杉松巢水鹤，岁时伏腊走□翁。（《咏怀古迹·其四》唐·杜甫）

25. 君不闻汉家山东二百州，千□万落生荆杞。（《兵车行》唐·杜甫）

26. 昼出耘田夜绩麻，□□儿女各当家。（《夏日田园杂兴·其七》宋·范成大）

104

27. 午风□□绿成衣,春色方浓又欲归。(《春晚》宋·徐玑)

28. 风卷江湖雨暗□,四山声作海涛翻。(《十一月四日风雨大作·其一》宋·陆游)

29. 无言独上西楼,月如钩,寂寞梧桐深□锁清秋。(《相见欢》南唐·李煜)

30. 双燕飞来垂柳□,小阁画帘高卷。(《清平乐》南唐·冯延巳)

31. 深深□□清明过,桃李初红破。(《虞美人》宋·苏轼)

32. 愁苦,问□落凄凉,几番春暮?(《宴山亭·北行见杏花》宋·赵佶)

33. 树绕□□,水满陂塘,倚东风、豪兴徜徉。(《行香子》宋·秦观)

34. 临水人家深宅□,阶下残花,门外斜阳岸。(《蝶恋花》宋·张先)

35. □前落尽梧桐,水边开彻芙蓉。(《天净沙·秋》元·朱庭玉)

◆ 答案:1.庄 2.庄 3.村 4.村 5.村 6.庭 7.庭 8.村 9.院 10.庄 11.庄 12.庄 13.村 14.庄 15.庄 16.院 17.庭 18.庭 19.庭 20.庄 21.庄 22.院 23.庭 24.村 25.村 26.村庄 27.庭院 28.村 29.院 30.院 31.庭院 32.院 33.村庄 34.院 35.庭

乡镇街市

1. 愿为□鞍马,从此替爷征。(《木兰诗》北朝民歌)

2. 樊哙□井徒,萧何刀笔吏。(《淮阳感怀》隋·李密)

3. 始为江山静,终防□井喧。(《园》唐·杜甫)

4. 他□复行役,驻马别孤坟。(《别房太尉墓》唐·杜甫)

5. 鞍马夜纷纷,香□起暗尘。(《饮散夜归赠诸客》唐·白居易)

6. □泪客中尽,孤帆天际看。(《早寒江上有怀》唐·孟浩然)

7. 腊月草根甜,天□雪似盐。(《马诗·其二》唐·李贺)

8. □心新岁切,天畔独潸然。(《新年作》唐·刘长卿)

9. 违此□山别，长谣去国愁。（《遂州南江别乡曲故人》唐·陈子昂）

10. 明朝望□处，应见陇头梅。（《题大庾岭北驿》唐·宋之问）

11. 京□周天险，东南作北关。（《登北固山》唐·宋之问）

12. 落帆逗淮□，停舫临孤驿。（《夕次盱眙县》唐·韦应物）

13. 他□生白发，旧国见青山。（《贼平后送人北归》唐·司空曙）

14. 八座□雄军，歌谣满路新。（《寄刘尚书》唐·鱼玄机）

15. 日冷行人少，时清古□空。（《送秘上人游京》唐·皎然）

16. 岳立□南楚，雄名天下闻。（《庐山》唐·王贞白）

17. 草绕春街碧，花繁夕□红。（《春日思景仁》宋·司马光）

18. 去年元夜时，花□灯如昼。（《生查子·元夕》宋·欧阳修）

19. 昨日入城□，归来泪满巾。（《蚕妇》宋·张俞）

20. 且复穿庐拜，曾向藁□逢。（《水调歌头·送章德茂大卿使虏》宋·陈亮）

21. 舳舻千里泛归舟，言旋旧□下扬州。（《泛龙舟》隋·杨广）

22. 淮阴□井笑韩信，汉朝公卿忌贾生。（《行路难·其二》唐·李白）

23. 盘飧□远无兼味，樽酒家贫只旧醅。（《客至》唐·杜甫）

24. 牛困人饥日已高，□南门外泥中歇。（《卖炭翁》唐·白居易）

25. 千载鹤翎归碧落，五湖空□万重山。（《毛公坛》唐·白居易）

26. 不疑灵境难闻见，尘心未尽思□县。（《桃源行》唐·王维）

27. 天□小雨润如酥，草色遥看近却无。（《早春呈水部张十八员外·其一》唐·韩愈）

28. 五岳祭秩皆三公，四方环□嵩当中。（《谒衡岳庙遂宿岳寺题门楼》唐·韩愈）

29. 青山朝别暮还见，嘶马出门思故□。（《送陈章甫》唐·李颀）

30. 乌孙部落家□远，逻娑沙尘哀怨生。（《听董大弹胡笳声兼寄语弄房给事》唐·李颀）

31. 傍邻闻者多叹息，远客思□皆泪垂。（《听安万善吹觱篥歌》唐·李颀）

32. 十里长街□井连，月明桥上看神仙。（《纵游淮南》唐·张祜）

33. 州桥南北是天□，父老年年等驾回。（《州桥》宋·范成大）

34. 锦里，蚕□，满街珠翠，千万红妆。（《怨王孙》唐·韦庄）

35. □鼓动，禁城开，天上探人回。（《喜迁莺》唐·韦庄）

◆ 答案：1. 市 2. 市 3. 市 4. 乡 5. 街 6. 乡 7. 街 8. 乡 9. 乡 10. 乡 11. 镇 12. 镇 13. 乡 14. 镇 15. 镇 16. 镇 17. 市 18. 市 19. 市 20. 街 21. 镇 22. 市 23. 市 24. 市 25. 镇 26. 乡 27. 街 28. 镇 29. 乡 30. 乡 31. 乡 32. 市 33. 街 34. 市 35. 街

千家万户

1. 唧唧复唧唧，木兰当□织。（《木兰诗》北朝民歌）

2. 高谈满四座，一日倾□觞。（《赠刘都使》唐·李白）

3. 相携及田□，童稚开荆扉。（《下终南山过斛斯山人宿置酒》唐·李白）

4. □秋□岁名，寂寞身后事。（《梦李白·其二》唐·杜甫）

5. □壑树参天，□山响杜鹃。（《送梓州李使君》唐·王维）

6. 随山将□转，趣途无百里。（《青溪》唐·王维）

7. 回看射雕处，□里暮云平。（《观猎》唐·王维）

8. 晚年惟好静，□事不关心。（《酬张少府》唐·王维）

9. 我□襄水曲，遥隔楚云端。（《早寒江上有怀》唐·孟浩然）

10. □里其如何，微风吹兰杜。（《同从弟销南斋玩月忆山阴崔少府》唐·王昌龄）

11. 五陵北原上，□古青蒙蒙。(《与高适薛据登慈恩寺浮图》唐·岑参）

12. 流落征南将，曾驱十□师。(《送李中丞归汉阳别业》唐·刘长卿）

13. 将□就鱼麦，归老江湖边。(《贼退示官吏》唐·元结）

14. 星河秋一雁，砧杵夜□□。(《酬程延秋夜即事见赠》唐·韩翃）

15. 可怜闺里月，长在汉□营。(《杂诗》唐·沈佺期）

16. □童扫萝径，昨与故人期。(《谷口书斋寄杨补阙》唐·钱起）

17. 起来临绣□，时有疏萤度。(《菩萨蛮》宋·朱淑真）

18. 霜皮溜雨四十围，黛色参天二□尺。(《古柏行》唐·杜甫）

19. 大厦如倾要梁栋，□牛回首丘山重。(《古柏行》唐·杜甫）

20. 江头宫殿锁□门，细柳新蒲为谁绿？(《哀江头》唐·杜甫）

21. 豺狼在邑龙在野，王孙善保□金躯。(《哀王孙》唐·杜甫）

22. 昔日太宗拳毛䯄，近时郭□狮子花。(《韦讽录事宅观曹将军画马图》唐·杜甫）

23. 姊妹弟兄皆列土，可怜光彩生门□。(《长恨歌》唐·白居易）

24. 玉□帘中卷不去，捣衣砧上拂还来。(《春江花月夜》唐·张若虚）

25. 城中相识尽繁华，日夜经过赵李□。(《洛阳女儿行》唐·王维）

26. 出洞无论隔山水，辞□终拟长游衍。(《桃源行》唐·王维）

27. 金阙晓钟开□□，玉阶仙仗拥□官。(《奉和中书舍人贾至早朝大明宫》唐·岑参）

28. 卷帘飞燕还拂水，开□暗虫犹打窗。(《水斋》唐·李商隐）

29. 清淮奉使□余里，敢告云山从此始？(《琴歌》唐·李颀）

30. 郑国游人未及□，洛阳行子空叹息。(《送陈章甫》唐·李颀）

31. 腹中贮书一□卷，不肯低头在草莽。(《送陈章甫》唐·李颀）

108

32. □里寒光生积雪，三边曙色动危旌。(《望蓟门》唐·祖咏)

33. 青山有约当朱□，白首何心上彩闱。(《借朱约山韵就贺挂冠》宋·文天祥)

34. □村薜荔人遗矢，□□萧疏鬼唱歌。(《送瘟神·其一》现代·毛泽东)

35. 指点江山，激扬文字，粪土当年□□侯。(《沁园春·长沙》现代·毛泽东)

◆ 答案：1. 户 2. 千 3. 家 4. 千 万 5. 万 千 6. 万 7. 千 8. 万 9. 家 10. 千 11. 万 12. 万 13. 家 14. 千家 15. 家 16. 家 17. 户 18. 千 19. 万 20. 千 21. 千 22. 家 23. 户 24. 户 25. 家 26. 家 27. 万户 千 28. 户 29. 千 30. 家 31. 万 32. 万 33. 户 34. 千 万户 35. 万户

灯火烛烟

1. 情多处，热如□。(《我侬词》元·管道升)

2. □龙栖寒门，光曜犹旦开。(《北风行》唐·李白)

3. 野径云俱黑，江船□独明。(《春夜喜雨》唐·杜甫)

4. 今夕复何夕，共此□□光。(《赠卫八处士》唐·杜甫)

5. 几时红□下，闻唱竹枝歌？(《忆梦得》唐·白居易)

6. 城阴一道直，□焰两行斜。(《夜归》唐·白居易)

7. 寒□思旧事，断雁警愁眠。(《旅宿》唐·杜牧)

8. 樵人归欲尽，□鸟栖初定。(《宿业师山房待丁大不至》唐·孟浩然)

9. 灭□怜光满，披衣觉露滋。(《望月怀远》唐·张九龄)

10. 龙潜渌水穴，□助太阳宫。(《咏廿四气诗·夏至五月中》唐·元稹)

11. 桂树绿层层，风微□露凝。(《晨起·其一》唐·许浑)

12. 檐楹衔落月，帏幌映残□。(《晨起·其一》唐·许浑)

13. 山月皎如□，霜风时动竹。(《秋斋独宿》唐·韦应物)

14. 孤□闻楚角，残月下章台。(《章台夜思》唐·韦庄)

15. 惟怜一□影，万里眼中明。(《送僧归日本》唐·钱起)

16. 落叶他乡树，寒□独夜人。(《灞上秋居》唐·马戴)

17. 雨中黄叶树，□下白头人。(《喜外弟卢纶见宿》唐·司空曙)

18. 孤□寒照雨，深竹暗浮□。(《云阳馆与韩绅宿别》唐·司空曙)

19. 令彼征敛者，迫之如□煎。(《贼退示官吏》唐·元结)

20. 映水疑分翠，含□欲占春。(《御沟新柳》唐·刘遵古)

21. 潭□飞溶溶，林月低向后。(《春泛若耶溪》唐·綦毋潜)

22. 纳履终朝役，挑□独夜思。(《和杨兄五言·其二》宋·杜范)

23. □云犹未敛奇峰，欹枕初惊一叶风。(《新秋》唐·杜甫)

24. 何当共剪西窗□，却话巴山夜雨时。(《夜雨寄北》唐·李商隐)

25. 僧言古壁佛画好，以□来照所见稀。(《山石》唐·韩愈)

26. □维地荒足妖怪，天假神柄专其雄。(《谒衡岳庙遂宿岳寺题门楼》唐·韩愈)

27. 雨淋日炙野□燎，鬼物守护烦㧑(huī)呵。(《石鼓歌》唐·韩愈)

28. 古戍苍苍烽□寒，大荒沉沉飞雪白。(《听董大弹胡笳声兼寄语弄房给事》唐·李颀)

29. 铜炉华□增辉，初弹渌水后楚妃。(《琴歌》唐·李颀)

30. 模糊□树鸟边静，突兀云山天外来。(《登齐云亭》宋·宋祁)

31. 余花落处，满地和□雨。(《点绛唇》宋·林逋)

32. 斜阳正在，□柳断肠处。(《摸鱼儿》宋·辛弃疾)

33. 满堂唯有□花红，歌且从容，杯且从容。(《一剪梅·中秋无月》宋·辛弃疾)

110

34. 悲风成阵，荒□埋恨，碑铭残缺应难认。(《山坡羊·北邙山怀古》元·张养浩)

◆ 答案：1.火 2.烛 3.火 4.灯烛 5.烛 6.烛 7.灯 8.烟 9.烛 10.火 11.烟 12.灯 13.烛 14.灯 15.灯 16.灯 17.灯 18.灯烟 19.火 20.烟 21.烟 22.灯 23.火 24.烛 25.火 26.火 27.火 28.火 29.烛烛 30.烟 31.烟 32.烟 33.烛 34.烟

宫殿寺庙

1. 鼓钟于□，声闻于外。(《诗经·白华》)

2. 奕奕寝□，君子作之。(《诗经·巧言》)

3. 禹□空山里，秋风落日斜。(《禹庙》唐·杜甫)

4. 朝为越溪女，暮作吴□妃。(《西施咏》唐·王维)

5. 师住青山□，清华常绕身。(《赠建业契公》唐·孟郊)

6. 塔势如涌出，孤高耸天□。(《与高适薛据登慈恩寺浮图》唐·岑参)

7. 青槐夹驰道，□馆何玲珑。(《与高适薛据登慈恩寺浮图》唐·岑参)

8. 野□人来少，云峰水隔深。(《秋日登吴公台上寺远眺》唐·刘长卿)

9. 佛□连野水，池幽夏景清。(《野寺后池寄友》唐·张籍)

10. 春风何处好？别□饶芳草。(《嘲春风》唐·温庭筠)

11. 地犹鄹(zōu)氏邑，宅即鲁王□。(《经邹鲁祭孔子而叹之》唐·李隆基)

12. 登□寻盘道，人烟远更微。(《登雪窦僧家》唐·方干)

13. 古□无人入，苍皮涩老桐。(《题圣女庙》唐·张祜)

14. 是山皆有□，何处不为家？(《僧》宋·苏轼)

15. 忆昔巡幸新丰□，翠花拂天来向东。(《韦讽录事宅观曹将军画马图》唐·杜甫)

16. 蜀主征吴幸三峡，崩年亦在永安□。(《咏怀古迹·其四》唐·杜甫)

17. 星□之君醉琼浆，羽人稀少不在旁。(《寄韩谏议》唐·杜甫)

18. 夕□萤飞思悄然，孤灯挑尽未成眠。(《长恨歌》唐·白居易)

19. 昭阳□里恩爱绝，蓬莱□中日月长。(《长恨歌》唐·白居易)

20. 七月七日长生□，夜半无人私语时。(《长恨歌》唐·白居易)

21. 泪湿罗巾梦不成，夜深前□按歌声。(《后宫词》唐·白居易)

22. 渭水自萦秦塞曲，黄山旧绕汉□斜。(《奉和圣制从蓬莱向兴庆阁道中留春雨中春望之作应制》唐·王维)

23. 山□钟鸣昼已昏，渔梁渡头争渡喧。(《夜归鹿门山歌》唐·孟浩然)

24. 昨夜风开露井桃，未央前□月轮高。(《春宫曲》唐·王昌龄)

25. 奉帚平明金□开，且将团扇共徘徊。(《长信怨》唐·王昌龄)

26. 山石荦确行径微，黄昏到□蝙蝠飞。(《山石》唐·韩愈)

27. 月□影开闻夜漏，水精帘卷近秋河。(《宫词》唐·顾况)

28. 古□枫林江水边，寒鸦接饭雁横天。(《小孤山》唐·顾况)

29. 遥窥正□帘开处，袍裤□人扫御床。(《宫词》唐·薛逢)

30. 月明古□客初到，风度闲门僧未归。(《宿山寺》唐·项斯)

31. 伍相□中多白浪，越王台畔少晴烟。(《遥知元九送王行周游越》唐·李绅)

32. 雨昏青草湖边过，花落黄陵□里啼。(《鹧鸪》唐·郑谷)

33. 天地神灵扶□社，京华父老望和銮。(《病起书怀》宋·陆游)

34. 最是仓皇辞□日，教坊犹奏别离歌，挥泪对宫娥。(《破阵子》南唐·李煜)

35. 孔林乔木，吴□蔓草，楚□寒鸦。(《人月圆·山中书事》元·

112

张可久）

◆ 答案：1. 宫 2. 庙 3. 庙 4. 宫 5. 寺 6. 宫 7. 宫 8. 寺 9. 寺 10. 殿 11. 宫 12. 寺 13. 庙 14. 寺 15. 宫 16. 宫 17. 宫 18. 殿 19. 殿 宫 20. 殿 21. 殿 22. 宫 23. 寺 24. 殿 25. 殿 26. 寺 27. 殿 28. 庙 29. 殿 宫 30. 寺 31. 庙 32. 庙 33. 庙 34. 庙 35. 宫 庙

天地神仙

1. 牛渚西江夜，青□无片云。（《夜泊牛渚怀古》唐·李白）

2. □若不爱酒，□应无酒泉。（《月下独酌·其二》唐·李白）

3. □□既爱酒，爱酒不愧□。（《月下独酌·其二》唐·李白）

4. 江南瘴疠□，逐客无消息。（《梦李白·其一》唐·杜甫）

5. 丹灶初开火，□桃正发花。（《清明日宴梅道士房》唐·孟浩然）

6. 乡泪客中尽，孤帆□际看。（《早寒江上有怀》唐·孟浩然）

7. □边树若荠，江畔洲如月。（《秋登兰山寄张五》唐·孟浩然）

8. □理南溟阔，□文北极高。（《献寄旧府开封公》唐·李商隐）

9. 晓随□仗入，暮惹御香归。（《寄左省杜拾遗》唐·岑参）

10. 突兀压□州，峥嵘如鬼工。（《与高适薛据登慈恩寺浮图》唐·岑参）

11. 美服患人指，高明逼□恶。（《感遇·其四》唐·张九龄）

12. 岂伊□气暖，自有岁寒心。（《感遇·其七》唐·张九龄）

13. 乡心新岁切，□畔独潸然。（《新年作》唐·刘长卿）

14. □欢体自轻，意欲凌风翔。（《郡斋雨中与诸文士燕集》唐·韦应物）

15. □下无余恨，人间得盛名。（《过朱协律故山》唐·方干）

16. 虎鼓瑟兮鸾回车，□之人兮列如麻。（《梦游天姥吟留别》唐·李白）

17. 扶持自是□明力，正直元因造化功。（《古柏行》唐·杜甫）

18. 临颍美人在白帝，妙舞此曲□扬扬。(《观公孙大娘弟子舞剑器行》唐·杜甫)

19. 初因避□去人间，及至成□遂不还。(《桃源行》唐·王维)

20. □女生涯原是梦，小姑居处本无郎。(《无题》唐·李商隐)

21. 徒令上将挥□笔，终见降王走传车。(《筹笔驿》唐·李商隐)

22. □明独去无道路，出入高下穷烟霏。(《山石》唐·韩愈)

23. 纤云四卷□无河，清风吹空月舒波。(《八月十五夜赠张功曹》唐·韩愈)

24. 侯王将相望久绝，□纵欲福难为功。(《谒衡岳庙遂宿岳寺题门楼》唐·韩愈)

25. 得成比目何辞死，愿作鸳鸯不羡□。(《长安古意》唐·卢照邻)

26. 回看□际下中流，岩上无心云相逐。(《渔翁》唐·柳宗元)

27. 共来百越文身□，犹自音书滞一乡。(《登柳州城楼寄漳汀封连四州刺史》唐·柳宗元)

28. 关门令尹谁能识？河上□翁去不回。(《九日登望仙台呈刘明府》唐·崔曙)

29. □台初见五城楼，风物凄凄宿雨收。(《同题仙游观》唐·韩翃)

30. 十二楼中尽晓妆，望□楼上望君王。(《宫词》唐·薛逢)

31. 春花秋月入诗篇，白日清宵是散□。(《题隐雾亭》唐·鱼玄机)

32. 董夫子，通□明，深山窃听来妖精。(《听董大弹胡笳声兼寄语弄房给事》唐·李颀)

33. 世人总羡飞□侣，我羡行人便是□。(《病中复脚痛终日倦坐遣闷》宋·杨万里)

34. □爽朗，骨清坚，壶天日月旧因缘。(《鹧鸪天》宋·李萧)

35. □南□北双飞客，老翅几回寒暑。(《摸鱼儿·雁丘词》金·元好问)

114

◆ 答案：1. 天　2. 地　地　3. 天地　天　4. 地　5. 仙　6. 天　7. 天　8. 地　天　9. 天　10. 神　11. 神　12. 地　13. 天　14. 神　15. 地　16. 仙　17. 神　18. 神　19. 地　仙　20. 神　21. 神　22. 天　23. 天　24. 神　25. 仙　26. 天　27. 地　28. 仙　29. 仙　30. 仙　31. 仙　32. 神　33. 仙　仙　34. 神　35. 天　地

兵丁军士

1. 女曰鸡鸣，□曰昧旦。(《诗经·女曰鸡鸣》)

2. 关东有义□，兴□讨群凶。(《蒿里行》汉·曹操)

3. 我实幽居□，无复东西缘。(《答庞参军》晋·陶渊明)

4. 登舟望秋月，空忆谢将□。(《夜泊牛渚怀古》唐·李白)

5. 送□五千人，躯马一万匹。(《北征》唐·杜甫)

6. 借问新安吏："县小更无□？"(《新安吏》唐·杜甫)

7. 我□取相州，日夕望其平。(《新安吏》唐·杜甫)

8. 岂意贼难料，归□星散营。(《新安吏》唐·杜甫)

9. 此地别燕丹，壮□发冲冠。(《于易水送别》唐·骆宾王)

10. 庸必算□口，租必计桑田。(《赠友·其三》唐·白居易)

11. 相随饷田去，□壮在南冈。(《观刈麦》唐·白居易)

12. □壮俱在野，场圃亦就理。(《观田家》唐·韦应物)

13. □卫森画戟，宴寝凝清香。(《郡斋雨中与诸文士燕集》唐·韦应物)

14. 闻道黄龙戍，频年不解□。(《杂诗》唐·沈佺期)

15. 大漠无□阻，穷边有客游。(《书边事》唐·张乔)

16. 应嗤受恩者，头白读□书。(《喜从弟激初至》唐·卢纶)

17. 古今尽如此，达□将何为？(《喻时》唐·王建)

18. 关山月，营开道白前□发。(《关山月》唐·王建)

19. 草木变衰行剑外，□戈阻绝老江边。(《恨别》唐·杜甫)

20. 志□幽人莫怨嗟，古来材大难为用。(《古柏行》唐·杜甫)

21. 为留猛□守未央，致使岐雍防西羌。(《忆昔·其一》唐·杜甫)

22. 弟走从□阿姨死，暮去朝来颜色故。(《琵琶行》唐·白居易)

23. 六□不发无奈何，宛转蛾眉马前死。(《长恨歌》唐·白居易)

24. 临邛道□鸿都客，能以精诚致魂魄。(《长恨歌》唐·白居易)

25. 为感君王辗转思，遂教方□殷勤觅。(《长恨歌》唐·白居易)

26. 种桃道□归何处？前度刘郎今又来。(《再游玄都观》唐·刘禹锡)

27. 汉□奋迅如霹雳，虏骑崩腾畏蒺藜。(《老将行》唐·王维)

28. 戍楼西望烟尘黑，汉□屯在轮台北。(《轮台歌奉送封大夫出师西征》唐·岑参)

29. 上将拥旄西出征，平明吹笛大□行。(《轮台歌奉送封大夫出师西征》唐·岑参)

30. 四边伐鼓雪海涌，三□大呼阴山动。(《轮台歌奉送封大夫出师西征》唐·岑参)

31. 虏塞□气连云屯，战场白骨缠草根。(《轮台歌奉送封大夫出师西征》唐·岑参)

32. 重岩为屋橡为食，□男夜行候消息。(《相和歌辞·董逃行》唐·张籍)

33. 今为羌笛出塞声，使我三□泪如雨。(《古意》唐·李颀)

34. 地势不齐人力尽，□男长在踏车头。(《夏日田园杂兴·其六》宋·范成大)

35. 汉室功臣谁第一？黄金合铸纪将□。(《咏史》元·赵孟頫)

◆ 答案：1. 士 2. 士 3. 士 4. 军 5. 兵 6. 丁 7. 军 8. 军 9. 士 10. 丁 11. 丁 12. 丁 13. 兵 14. 兵 15. 兵 16. 兵 17. 士 18. 军 19. 兵 20. 士 21. 士 22. 军 23. 军 24. 士 25. 士 26. 士 27. 兵 28. 兵 29. 军 30. 军 31. 兵 32. 丁 33. 军 34. 丁 35. 军

刀枪剑戟

1. 电焰驱龙马，山精镂宝☐。(《侍从徐国公殿下军行诗》南北朝·庾信)

2. 莫买宝剪☐，虚费千金直。(《啄木曲》唐·白居易)

3. 虮虱衣中物，☐☐面上痕。(《不如来饮酒·其四》唐·白居易)

4. 云队攒戈☐，风行卷旆旌。(《和渭北刘大夫借便秋遮虏寄朝中亲友》唐·白居易)

5. 回头问天下，何处有欃(chán)☐。(《和渭北刘大夫借便秋遮虏寄朝中亲友》唐·白居易)

6. 遑遑三十载，书☐两无成。(《自洛之越》唐·孟浩然)

7. ☐枝迎日动，阁影助松寒。(《春日退朝》唐·刘禹锡)

8. 饮马渡秋水，水寒风似☐。(《塞下曲》唐·王昌龄)

9. 兵卫森画☐，宴寝凝清香。(《郡斋雨中与诸文士燕集》唐·韦应物)

10. 忽如乱☐☐，搅妾心肠间。(《苦哉行·其五》唐·戎昱)

11. 门阑可三☐，何止驷车云。(《王希武通判挽词·其二》宋·范成大)

12. 美人赠我金错☐，何以报之英琼瑶？(《四愁诗》汉·张衡)

13. 去秋涪江木落时，臂☐走马谁家儿。(《去秋行》唐·杜甫)

14. 昔有佳人公孙氏，一舞☐器动四方。(《观公孙大娘弟子舞剑器行》唐·杜甫)

15. 先帝侍女八千人，公孙☐器初第一。(《观公孙大娘弟子舞剑器行》唐·杜甫)

16. 草木变衰行☐外，兵戈阻绝老江边。(《恨别》唐·杜甫)

17. 犀箸厌饫(yù)久未下，鸾☐缕切空纷纶。(《丽人行》唐·杜甫)

18. 银瓶乍破水浆迸，铁骑突出☐☐鸣。(《琵琶行》唐·白居易)

19. 一身转战三千里，一☐曾当百万师。(《老将行》唐·王维)

20. 试拂铁衣如雪色，聊持宝□动星文。(《老将行》唐·王维)

21. 折□沉沙铁未销，自将磨洗认前朝。(《赤壁》唐·杜牧)

22. □河风急雪片阔，沙口石冻马蹄脱。(《轮台歌奉送封大夫出师西征》唐·岑参)

23. 大开明堂受朝贺，诸侯□佩鸣相磨。(《石鼓歌》唐·韩愈)

24. 年深岂免有缺画，快□砍断生蛟鼍。(《石鼓歌》唐·韩愈)

25. 妾家高楼连苑起，良人执□明光里。(《节妇吟·寄东平李司空师道》唐·张籍)

26. 岁岁金河复玉关，朝朝马策与□环。(《征人怨》唐·柳中庸)

27. 除却心中三昧火，□人马一齐休。(《咏走马灯诗》唐·无际)

28. □旗冉冉绿丛园，谷雨初晴叫杜鹃。(《闻道林诸友尝茶因有寄》唐·齐己)

29. 兵散弓残挫虎威，单□匹马突重围。(《乌江》唐·汪遵)

30. 鼓鼙声里寻诗礼，戈□林间入镐京。(《送谭孝廉赴举》唐·李咸用)

31. 月正明兮磨□砺□，星未落兮击鼓掀旗。(《铁笔歌》唐·张巡)

32. 白粉墙头红杏花，竹□篱下种丝瓜。(《春日田园杂兴》宋·君瑞)

33. 华亭浪说吹毛□，不见全牛可下□。(《戏赠水牯庵》宋·黄庭坚)

34. 陇头十月天雨霜，壮士夜挽绿沉□。(《陇头水》宋·陆游)

35. 红旗卷起农奴□，黑手高悬霸主鞭。(《七律·到韶山》现代·毛泽东)

◆ 答案：1.刀 2.刀 3.刀枪 4.戟 5.枪 6.剑 7.戟 8.刀 9.戟 10.刀剑 11.戟 12.刀 13.枪 14.剑 15.剑 16.剑 17.刀 18.刀枪 19.剑 20.剑 21.戟 22.剑 23.剑 24.剑 25.戟 26.刀 27.枪刀 28.枪 29.枪 30.戟 31.枪 剑 32.枪 33.剑 刀 34.枪 35.戟

边塞射猎

1. 不狩不□,胡瞻尔庭有县貆兮?(《诗经·伐檀》)

2. 不狩不□,胡瞻尔庭有县特兮?(《诗经·伐檀》)

3. 不狩不□,胡瞻尔庭有县鹑兮?(《诗经·伐檀》)

4. 射人先□马,擒贼先擒王。(《前出塞·其六》唐·杜甫)

5. 出□复入□,处处黄芦草。(《塞上曲》唐·王昌龄)

6. 天□树若荠,江畔洲如月。(《秋登兰山寄张五》唐·孟浩然)

7. 池上与桥□,难忘复可怜。(《月》唐·李商隐)

8. 独立三□静,轻生一剑知。(《送李中丞归汉阳别业》唐·刘长卿)

9. 不从桓公□,何能伏虎威?(《马诗·其十五》唐·李贺)

10. □闲思远猎,师老厌分营。(《从军行》唐·卢纶)

11. 将家就鱼麦,归老江湖□。(《贼退示官吏》唐·元结)

12. 近种篱□菊,秋来未著花。(《寻陆鸿渐不遇》唐·皎然)

13. 大漠无兵阻,穷□有客游。(《书边事》唐·张乔)

14. 几行归□尽,片影独何之?(《孤雁》唐·崔涂)

15. □北胡霜下,营州索兵救。(《从军行》唐·崔国辅)

16. 刀光照□月,阵色明如昼。(《从军行》唐·崔国辅)

17. 昂昂林□鹤,何事不天飞?(《书所见》宋·孔平仲)

18. 风尘荏苒音书绝,关□萧条行路难。(《宿府》唐·杜甫)

19. 自从献宝朝河宗,无复□蛟江水中。(《韦讽录事宅观曹将军画马图》唐·杜甫)

20. 霍如羿□九日落,矫如群帝骖龙翔。(《观公孙大娘弟子舞剑器行》唐·杜甫)

21. ☐杀山中白额虎，肯数邺下黄须儿？（《老将行》唐·王维）

22. 愿得燕弓☐大将，耻令越甲鸣吾君。（《老将行》唐·王维）

23. 居延城外☐天骄，白草连山野火烧。（《出塞》唐·王维）

24. 暮云空碛时驱马，秋日平原好☐雕。（《出塞》唐·王维）

25. 渭水自萦秦☐曲，黄山旧绕汉宫斜。（《奉和圣制从蓬莱向兴庆阁道中留春雨中春望之作应制》唐·王维）

26. 隔座送钩春酒暖，分曹☐覆蜡灯红。（《无题》唐·李商隐）

27. 四☐伐鼓雪海涌，三军大呼阴山动。（《轮台歌奉送封大夫出师西征》唐·岑参）

28. 亚相勤王甘苦辛，誓将报主静☐尘。（《轮台歌奉送封大夫出师西征》唐·岑参）

29. 校尉羽书飞瀚海，单于☐火照狼山。（《燕歌行》唐·高适）

30. 今为羌笛出☐声，使我三军泪如雨。（《古意》唐·李颀）

31. 云☐雁断胡天月，陇上羊归塞草烟。（《苏武庙》唐·温庭筠）

32. 平生☐北江南，归来华发苍颜。（《清平乐·独宿博山王氏庵》宋·辛弃疾）

33. 北风☐☐悲笳发，渭水潇潇战骨寒。（《岐阳·其三》金·元好问）

34. 茫茫远树隔烟霏，☐☐西风振客衣。（《秋日经太行·其一》明·于谦）

35. 会挽雕弓如满月，西北望，☐天狼。（《江城子·密州出猎》宋·苏轼）

◆ 答案：1. 猎 2. 猎 3. 猎 4. 射 5. 塞 塞 6. 边 7. 边 8. 边 9. 猎 10. 猎 11. 边 12. 边 13. 边 14. 塞 15. 塞 16. 塞 17. 边 18. 塞 19. 射 20. 射 21. 射 22. 射 23. 猎 24. 射 25. 塞 26. 射 27. 边 28. 边 29. 猎 30. 塞 31. 边 32. 塞 33. 猎 猎 34. 猎 猎 35. 射

120

渔樵工农

1. 我田既臧，☐夫之庆。（《诗经·甫田》）

2. 黍稷稻粱，☐夫之庆。（《诗经·甫田》）

3. 四海无闲田，☐夫犹饿死。（《悯农·其一》唐·李绅）

4. 君问穷通理，☐歌入浦深。（《酬张少府》唐·王维）

5. 欲投人处宿，隔水问☐夫。（《终南山》唐·王维）

6. 今我何功德？曾不事☐桑。（《观刈麦》唐·白居易）

7. ☐去风生浦，☐归雪满岩。（《不如来饮酒·其一》唐·白居易）

8. 他年问狂客，须向老☐求。（《酬许五康佐》唐·元稹）

9. ☐人归欲尽，烟鸟栖初定。（《宿业师山房待丁大不至》唐·孟浩然）

10. 闲依☐圃邻，偶似山林客。（《溪居》唐·柳宗元）

11. 郊童☐唱返，津叟钓歌还。（《长柳》唐·王勃）

12. 突兀压神州，峥嵘如鬼☐。（《与高适薛据登慈恩寺浮图》唐·岑参）

13. 帝乡明日到，犹自梦☐☐。（《秋日赴阙题潼关驿楼》唐·许浑）

14. 归路逐☐歌，落日寒川上。（《伊川独游》宋·欧阳修）

15. 先帝天马玉花骢，画☐如山貌不同。（《丹青引赠曹将军霸》唐·杜甫）

16. 野哭千家闻战伐，夷歌数处起☐☐。（《阁夜》唐·杜甫）

17. ☐舟逐水爱山春，两岸桃花夹古津。（《桃源行》唐·王维）

18. ☐客初传汉姓名，居人未改秦衣服。（《桃源行》唐·王维）

19. 平明闾巷扫花开，薄暮☐☐乘水入。（《桃源行》唐·王维）

20. 山寺钟鸣昼已昏，☐梁渡头争渡喧。（《夜归鹿门山歌》唐·孟浩然）

21. ☐翁夜傍西岩宿，晓汲清湘燃楚竹。（《渔翁》唐·柳宗元）

22. 烟浪溅篷寒不睡，更将枯蚌点☐灯。（《钓侣二章·其二》唐·皮日休）

23. 隐隐飞桥隔野烟，石矶西畔问☐船。（《桃花溪》唐·张旭）

24. 久斑两鬓如霜雪，直欲☐☐过此生。（《夏日三首·其一》宋·张耒）

25. 洛阳三月花如锦，多少☐夫织得成。（《莺梭》宋·刘克庄）

26. 莫笑☐家腊酒浑，丰年留客足鸡豚。（《游山西村》宋·陆游）

27. 古人学问无遗力，少壮☐夫老始成。（《冬夜读书示子聿》宋·陆游）

28. 多少六朝兴废事，尽入☐☐闲话。（《离亭燕》宋·张升）

29. 冬晴无雪，是天心未肯，化☐非拙。（《念奴娇·催雪》宋·朱淑真）

30. 纵豆蔻词☐，青楼梦好，难赋深情。（《扬州慢》宋·姜夔）

31. 醉里且贪欢笑，要愁那得☐夫？（《西江月·遣兴》宋·辛弃疾）

32. 浑欲乘风问化☐，路也难通，信也难通。（《一剪梅·中秋无月》宋·辛弃疾）

33. 白发☐☐江渚上，惯看秋月春风。（《临江仙》明·杨慎）

34. ☐夫心内如汤煮，公子王孙把扇摇。（《赤日炎炎似火烧》明·施耐庵）

35. 红旗卷起☐奴戟，黑手高悬霸主鞭。（《七律·到韶山》现代·毛泽东）

◆ 答案：1.农 2.农 3.农 4.渔 5.樵 6.农 7.渔樵 8.农 9.樵 10.农 11.樵 12.工 13.渔樵 14.樵 15.工 16.渔樵 17.渔 18.樵 19.渔樵 20.渔 21.渔 22.渔 23.渔 24.渔樵 25.工 26.农 27.工 28.渔樵 29.工 30.工 31.工 32.工 33.渔樵 34.农 35.农

亲朋师友

1. 窈窕淑女，琴瑟☐之。（《诗经·关雎》）

122

2. 每有良□，况也永叹。(《诗经·常棣》)

3. 每有良□，烝也无戎。(《诗经·常棣》)

4. 良□悠邈，搔首延伫。(《停云》晋·陶渊明)

5. 利剑不在掌，结□何须多。(《野田黄雀行》三国·魏·曹植)

6. 而我在万里，结□不相见。(《李都尉陵从军》南北朝·江淹)

7. □□无一字，老病有孤舟。(《登岳阳楼》唐·杜甫)

8. 三夜频梦君，情□见君意。(《梦李白·其二》唐·杜甫)

9. 北土非吾愿，东林怀我□。(《秦中感秋寄远上人》唐·孟浩然)

10. □住青山寺，清华常绕身。(《赠建业契公》唐·孟郊)

11. 凄凄去□爱，泛泛入烟雾。(《初发扬子寄元大校书》唐·韦应物)

12. 流落征南将，曾驱十万□。(《送李中丞归汉阳别业》唐·刘长卿)

13. □人竟不至，东北见高城。(《野寺后池寄友》唐·张籍)

14. 惆怅□□尽，洋洋漫好音。(《思故人》唐·罗隐)

15. 鼓角城中寺，□居日得闲。(《题会上人院》唐·杜荀鹤)

16. 人皆迷著此，□独悟如何。(《题著禅师》唐·杜荀鹤)

17. □归旧山去，此别已悽然。(《送僧东游》唐·温庭筠)

18. 忽然遭时变，数岁□戎旃。(《贼退示官吏并序》唐·元结)

19. 平生自有分，况是蔡家□。(《喜外弟卢纶见宿》唐·司空曙)

20. 渐与骨肉远，转于僮仆□。(《巴山道中除夜有怀》唐·崔涂)

21. 可汗奉□诏，今月归燕山。(《苦哉行·其五》唐·戎昱)

22. □为终老意，日日复年年。(《称心寺中岛》唐·方干)

23. 客行皆有为，□去是闲游。(《送僧》唐·朱庆馀)

24. □生若可翼，幽谷响还通。(《莺》唐·李峤)

123

中国诗词寻字觅句

25. 别裁伪体亲风雅，转益多师是汝□。(《戏为六绝句·其六》唐·杜甫)

26. 就中云幕椒房□，赐名大国虢与秦。(《丽人行》唐·杜甫)

27. 自怜碧玉□教舞，不惜珊瑚持与人。(《洛阳女儿行》唐·王维)

28. 一身转战三千里，一剑曾当百万□。(《老将行》唐·王维)

29. 篇什纵横文案少，□□撩乱吏人闲。(《酬卢汀谏议》唐·姚合)

30. 任说天长海影沉，□□情比未为深。(《和友人喜相遇·其十》唐·李咸用)

31. 得意莫忘京国□，踏尘冲雪奉朝趋。(《送杨秘丞通判扬州》宋·司马光)

32. □生笑我为狂客，齐楚未须论失得。(《戏酬毛虞卿见和》宋·王十朋)

33. 一松一竹真□□，山鸟山花好弟兄。(《鹧鸪天·博山寺作》宋·辛弃疾)

34. 来相召、香车宝马，谢他酒□诗侣。(《永遇乐》宋·李清照)

35. 命□邀宾玩赏，对芳尊浅酌低歌。(《骤雨打新荷》金·元好问)

◆ 答案：1.友 2.朋 3.朋 4.朋 5.友 6.友 7.亲朋 8.亲 9.师 10.师 11.亲 12.师 13.友 14.友朋 15.师 16.师 17.师 18.亲 19.亲 20.亲 21.亲 22.师 23.师 24.友 25.师 26.亲 27.亲 28.师 29.亲朋 30.友朋 31.友 32.友 33.朋友 34.朋 35.友

男女老少

1. 宜言饮酒，与子偕□。(《诗经·女曰鸡鸣》)

2. 思君令人□，岁月忽已晚。(《古诗十九首·行行重行行》汉)

3. 同心而离居，忧伤以终□。(《古诗十九首·涉江采芙蓉》汉)

4. 长安美□年，羽骑暮连翩。(《学古诗三首·其一》南北朝·何逊)

5. 天公见玉□，大笑亿千场。（《短歌行》唐•李白）

6. 听妇前致词，三□邺城戍。（《石壕吏》唐•杜甫）

7. 一□附书至，二□新战死。（《石壕吏》唐•杜甫）

8. 天明登前途，独与□翁别。（《石壕吏》唐•杜甫）

9. 府帖昨夜下，次选中□行。（《新安吏》唐•杜甫）

10. 中□绝短小，何以守王城？（《新安吏》唐•杜甫）

11. 花飞有底急，□去愿春迟。（《可惜》唐•杜甫）

12. □壮能几时，鬓发各已苍。（《赠卫八处士》唐•杜甫）

13. 孰云网恢恢，将□身反累。（《梦李白•其二》唐•杜甫）

14. □眼花前暗，春衣雨后寒。（《无梦》唐•白居易）

15. 游□昔解佩，传闻于此山。（《万山潭》唐•孟浩然）

16. □儿事长征，□小幽燕客。（《古意》唐•李颀）

17. □妇今春意，良人昨夜情。（《杂诗》唐•沈佺期）

18. □孤为客早，多难识君迟。（《李端公》唐•卢纶）

19. 神□应无恙，当惊世界殊。（《水调歌头•游泳》现代•毛泽东）

20. 船头江水茫茫，商人□妇断肠。（《宫中调笑》唐•王建）

21. 神□云兮初度雨，班妾扇兮始藏光。（《秋辞》南北朝•萧绎）

22. 生□犹得嫁比邻，生□埋没随百草。（《兵车行》唐•杜甫）

23. □妻画纸为棋局，稚子敲针作钓钩。（《江村》唐•杜甫）

24. 同学□年多不贱，五陵裘马自轻肥。（《秋兴•其三》）唐•杜甫

25. 遂令天下父母心，不重生□重生□。（《长恨歌》唐•白居易）

26. □年十五二十时，步行夺得胡马骑。（《老将行》唐•王维）

27. 花门楼前见秋草，岂能贫贱相看□？（《凉州馆中与诸判官夜集》

唐·岑参）

28. 钱塘江边是谁家，江上□儿全胜花。（《浣纱女》唐·王昌龄）

29. 筠竹千年□不死，长伴秦娥盖湘水。（《湘妃》唐·李贺）

30. 勤作棹，慧为舟，者个□儿始出头。（《拨棹歌·其十三》唐·德诚）

31. □儿欲遂平生志，六经勤向窗前读。（《劝学诗》宋·赵恒）

32. 裹尸马革固其常，岂若妇□不下堂？（《陇头水》宋·陆游）

33. □去秋风吹我恶，梦回寒月照人孤。（《金陵驿·其二》宋·文天祥）

34. □夫聊发□年狂，左牵黄，右擎苍。（《江城子·密州出猎》宋·苏轼）

35. 不信芳春厌□人，□人几度送余春，惜春行乐莫辞频。（宋·贺铸《浣溪沙·醉中真》）

◆ 答案：1.老 2.老 3.老 4.少 5.女 6.男 7.男 男 8.老 9.男 10.男 11.老 12.少 13.老 14.老 15.女 16.男 少 17.少 18.少 19.女 20.少 21.女 22.女 男 23.老 24.少 25.男 女 26.少 27.老 28.女 29.老 30.男 31.男 32.女 33.老 34.老 少 35.老 老

父母爷娘

1. 岂敢爱之？畏我□□。（《诗经·将仲子》）

2. 仲可怀也，□□之言亦可畏也。（《诗经·将仲子》）

3. 齐桓之霸，赖得仲□。（《善哉行·其一》汉·曹操）

4. □□且不顾，何言子与妻？（《白马篇》三国·魏·曹植）

5. 渔□知世患，乘流泛轻舟。（《咏怀·其三十二》晋·阮籍）

6. 军书十二卷，卷卷有□名。（《木兰诗》北朝民歌）

7. 阿□无大儿，木兰无长兄。（《木兰诗》北朝民歌）

8. 愿为市鞍马，从此替□征。（《木兰诗》北朝民歌）

126

9. ☐☐闻女来，出郭相扶将。(《木兰诗》北朝民歌)

10. 旦辞☐☐去，暮宿黄河边，不闻☐☐唤女声，但闻黄河流水鸣溅溅。(《木兰诗》北朝民歌)

11. 旦辞黄河去，暮至黑山头，不闻☐☐唤女声，但闻燕山胡骑鸣啾啾。(《木兰诗》北朝民歌)

12. 有孙☐未去，出入无完裙。(《石壕吏》唐·杜甫)

13. 送行勿泣血，仆射如☐兄。(《新安吏》唐·杜甫)

14. 肥男有☐送，瘦男独伶俜。(《新安吏》唐·杜甫)

15. 弃绝☐☐恩，吞声行负戈。(《前出塞·其一》唐·杜甫)

16. ☐老四五人，问我久远行。(《羌村·其三》唐·杜甫)

17. 请为☐老歌，艰难愧深情。(《羌村·其三》唐·杜甫)

18. 怡然敬☐执，问我来何方。(《赠卫八处士》唐·杜甫)

19. 慈☐手中线，游子身上衣。(《游子吟》唐·孟郊)

20. 羁臣一掬泪，慈☐两行书。(《得家讯一首》宋·刘克庄)

21. 慈☐倚门情，游子行路苦。(《墨萱图·其一》元·王冕)

22. 古来万事贵天生，何必要公孙大☐浑脱舞？(《草书歌行》唐·李白)

23. ☐☐妻子走相送，尘埃不见咸阳桥。(《兵车行》唐·杜甫)

24. 黄四☐家花满蹊，千朵万朵压枝低。(《江畔独步寻花·其六》唐·杜甫)

25. 遂令天下☐☐心，不重生男重生女。(《长恨歌》唐·白居易)

26. 曲罢曾教善才服，妆成每被秋☐妒。(《琵琶行》唐·白居易)

27. 瑶池阿☐绮窗开，黄竹歌声动地哀。(《瑶池》唐·李商隐)

28. 蛮☐吟弄满寒空，九山静绿泪花红。(《湘妃》唐·李贺)

29. 来时☐☐知隔生，重着衣裳如送死。(《渡辽水》唐·王建)

127

30. 萧☐脸薄难胜泪，桃叶眉尖易觉愁。(《忆扬州》唐·徐凝)

31. 蚕☐洗茧前溪渌，牧童吹笛和衣浴。(《春晚书山家屋壁·其二》唐·贯休)

32. 常羡人间琢玉郎，天应乞与点酥☐。(《定风波·南海归赠王定国侍人寓娘》宋·苏轼)

33. 执板娇☐留客住，初整金钗，十指纤纤露。(《蝶恋花》宋·了元)

34. 秋☐渡与泰☐桥，风又飘飘，雨又萧萧。(《一剪梅·舟过吴江》宋·蒋捷)

35. 待将春恨，都付春潮，过窈☐堤、秋☐渡、泰☐桥。(《行香子·舟宿兰湾》宋·蒋捷)

◆ 答案：1.父母 2.父母 3.父 4.父母 5.父 6.爷 7.爷 8.爷 9.爷娘 10.爷娘 爷娘 11.爷娘 12.母 13.父 14.母 15.父母 16.父 17.父 18.父 19.母 20.母 21.母 22.娘 23.爷娘 24.娘 25.父母 26.娘 27.母 28.娘 29.父母 30.娘 31.娘 32.娘 33.娘 34.娘 娘 35.娘 娘 娘

兄弟手足

1. 岂敢爱之？畏我诸☐。(《诗经·将仲子》)

2. 仲可怀也，诸☐之言亦可畏也。(《诗经·将仲子》)

3. 女子有行，远☐☐父母。(《诗经·竹竿》)

4. ☐☐四五人，皆为侍中郎。(《鸡鸣》汉乐府)

5. 日暮浮云滋，握☐泪如霰。(《李都尉陵从军》南北朝·江淹)

6. 阿爷无大儿，木兰无长☐。(《木兰诗》北朝民歌)

7. 落地为☐☐，何必骨肉亲？(《杂诗》晋·陶渊明)

8. 为我一挥☐，如听万壑松。(《听蜀僧浚弹琴》唐·李白)

9. 关中昔丧败，☐☐遭杀戮。(《佳人》唐·杜甫)

10. 携☐池边月，开襟竹下风。(《赠东邻王十三》唐·白居易)

11. 慈母☐中线，游子身上衣。(《游子吟》唐·孟郊)

12. 黄尘☐今古，白骨乱蓬蒿。(《塞下曲》唐·王昌龄)

13. 兴云感阴气，疾☐如见机。(《观云篇》唐·刘禹锡)

14. 望君烟水阔，挥☐泪沾巾。(《饯别王十一南游》唐·刘长卿)

15. 鸣筝金粟柱，素☐玉房前。(《听筝》唐·李端)

16. 对鸥沙草畔，洗☐野云间。(《送况上人还荆州因寄卫侍御象》唐·司空曙)

17. 金陵子☐来相送，欲行不行各尽觞。(《金陵酒肆留别》唐·李白)

18. 思家步月清宵立，忆☐看云白日眠。(《恨别》唐·杜甫)

19. 海内风尘诸☐隔，天涯涕泪一身遥。(《野望》唐·杜甫)

20. 朔方健儿好身☐，昔何勇锐今何愚？(《哀王孙》唐·杜甫)

21. 牵衣顿☐拦道哭，哭声直上干云霄。(《兵车行》唐·杜甫)

22. 美人娟娟隔秋水，濯☐洞庭望八荒。(《寄韩谏议》唐·杜甫)

23. 姊妹☐☐皆列土，可怜光彩生门户。(《长恨歌》唐·白居易)

24. 梨园子☐白发新，椒房阿监青娥老。(《长恨歌》唐·白居易)

25. 遥知☐☐登高处，遍插茱萸少一人。(《九月九日忆山东兄弟》唐·王维)

26. 张生☐持石鼓文，劝我试作石鼓歌。(《石鼓歌》唐·韩愈)

27. 当流赤☐踯涧石，水声激激风吹衣。(《山石》唐·韩愈)

28. 圣代即今多雨露，暂时分☐莫踌躇。(《送李少府贬峡中王少府贬长沙》唐·高适)

29. 言迟更速皆应☐，将往复旋如有情。(《听董大弹胡笳声兼寄语弄房给事》唐·李颀)

30. 不同天下人为非，☐☐相看自为是。(《首阳山》唐·吴融)

31. 三千□子标青史，万代先生号素王。（《经曲阜城》唐·刘沧）

32. 济南春好雪初晴，才到龙山马□轻。（《阳关曲·答李公择》宋·苏轼）

33. 路转山腰□未移，水清石瘦便能奇。（《与毛令方尉游西菩提寺·其二》宋·苏轼）

34. 管城子无食肉相，孔方□有绝交书。（《戏呈孔毅父》宋·黄庭坚）

35. 一松一竹真朋友，山鸟山花好□□。（《鹧鸪天·博山寺作》宋·辛弃疾）

◆ 答案：1.兄 2.兄 3.兄弟 4.兄弟 5.手 6.弟 7.兄弟 8.手 9.兄弟 10.手 11.手 12.足 13.足 14.手 15.手 16.足 17.弟 18.弟 19.弟 20.手 21.足 22.足 23.弟兄 24.弟 25.兄弟 26.手 27.足 28.手 29.手 30.兄弟 31.弟 32.足 33.足 34.兄 35.弟兄

赤橙黄绿

1. 异分南域，北则枳□。（《甘橘赞》南北朝·王叔之）

2. 燕草如碧丝，秦桑低□枝。（《春思》唐·李白）

3. □竹入幽径，青萝拂行衣。（《下终南山过斛斯山人宿置酒》唐·李白）

4. 磨刀呜咽水，水□刃伤手。（《前出塞·其三》唐·杜甫）

5. 夜雨剪春韭，新炊间□粱。（《赠卫八处士》唐·杜甫）

6. 劝客驼蹄羹，霜□压香橘。（《自京赴奉先县咏怀五百字》唐·杜甫）

7. □蚁新醅酒，红泥小火炉。（《问刘十九》唐·白居易）

8. 言入□花川，每逐青溪水。（《青溪》唐·王维）

9. 忽逢青鸟使，邀入□松家。（《清明日宴梅道士房》唐·孟浩然）

10. 出塞复入塞，处处□芦草。（《塞上曲》唐·王昌龄）

11. 楚国□橘暗，吴门烟雨愁。（《送李擢游江东》唐·王昌龄）

12. 江南有丹橘，经冬犹□林。（《感遇·其七》唐·张九龄）

13. 淑气催□鸟，晴光转□蘋。（《和晋陵陆丞早春游望》唐·杜审言）

14. 溪寺□□熟，沙田紫芋肥。（《送闽僧》唐·张籍）

15. □花亦娟娟，照水弄清白。（《过静林寺用琳老韵作四绝句·其三》宋·毛滂）

16. 天姥连天向天横，势拔五岳掩□城。（《梦游天姥吟留别》唐·李白）

17. 羞逐长安社中儿，□鸡白狗赌梨栗。（《行路难·其二》唐·李白）

18. 江头宫殿锁千门，细柳新蒲为谁□？（《哀江头》唐·杜甫）

19. 将军得名三十载，人间又见真乘□。（《韦讽录事宅观曹将军画马图》唐·杜甫）

20. 鸿飞冥冥日月白，青枫叶□天雨霜。（《寄韩谏议》唐·杜甫）

21. 射杀山中白额虎，肯数邺下□须儿？（《老将行》唐·王维）

22. 画阁朱楼尽相望，红桃□柳垂檐向。（《洛阳女儿行》唐·王维）

23. 山石荦确行径微，□昏到寺蝙蝠飞。（《山石》唐·韩愈）

24. 烟销日出不见人，欸乃一声山水□。（《渔翁》唐·柳宗元）

25. 四月南风大麦□，枣花未落桐阴长。（《送陈章甫》唐·李颀）

26. □云陇底白雪飞，未得报恩不能归。（《古意》唐·李颀）

27. 岳阳楼上日衔窗，影到深潭□玉幢。（《岳阳楼》唐·元稹）

28. 幔城入涧□花发，玉辇登山桂叶稠。（《上阳宫》唐·王建）

29. 一年好景君须记，最是□□橘□时。（《赠刘景文》宋·苏轼）

30. 午风庭院□成衣，春色方浓又欲归。（《春晚》宋·徐玑）

31. 叶浮嫩□酒初熟，□切香□蟹正肥。（《冬景／初冬》宋·刘克庄）

32. □日炎炎似火烧，野田禾稻半枯焦。（《赤日炎炎似火烧》明·施耐庵）

33. 故垒西边，人道是，三国周郎□壁。（《念奴娇·赤壁怀古》宋·苏轼）

34. 飞雪过江来，船在□栏桥侧。（《好事近》宋·吕渭老）

35. □□□□青蓝紫，谁持彩练当空舞？（《菩萨蛮·大柏地》现代·毛泽东）

◆ 答案：1. 橙 2. 绿 3. 绿 4. 赤 5. 黄 6. 橙 7. 绿 8. 黄 9. 赤 10. 黄 11. 橙 12. 绿 13. 黄 绿 14. 黄橙 15. 橙 16. 赤 17. 赤 18. 绿 19. 黄 20. 赤 21. 黄 22. 绿 23. 黄 24. 绿 25. 黄 26. 黄 27. 赤 28. 橙 29. 橙黄 绿 30. 绿 31. 绿 橙 黄 32. 赤 33. 赤 34. 赤 35. 赤橙黄绿

青蓝紫红

1. 云窗拂□霭，石壁横翠色。（《商山四皓》唐·李白）

2. 秦人失金镜，汉祖升□极。（《商山四皓》唐·李白）

3. 夕照□于烧，晴空碧胜□。（《秋思》唐·白居易）

4. 绿蚁新醅酒，□泥小火炉。（《问刘十九》唐·白居易）

5. 寥落古行宫，宫花寂寞□。（《行宫》唐·元稹）

6. □颜弃轩冕，白首卧松云。（《赠孟浩然》唐·李白）

7. 联步趋丹陛，分曹限□微。（《寄左省杜拾遗》唐·岑参）

8. □槐夹驰道，宫馆何玲珑。（《与高适薛据登慈恩寺浮图》唐·岑参）

9. 五陵北原上，万古□蒙蒙。（《与高适薛据登慈恩寺浮图》唐·岑参）

10. 莫学游侠儿，矜夸□骝好。（《塞上曲》唐·王昌龄）

11. 日出雾露余，□松如膏沐。（《晨诣超师院读禅经》唐·柳宗元）

12. 杨柳散和风，□山澹吾虑。（《东郊》唐·韦应物）

13. 狱中生白发，岭外罢□颜。（《岭南送使·其一》唐·张说）

14. □叶晚萧萧，长亭酒一瓢。（《秋日赴阙题潼关驿楼》唐·许浑）

15. 孔明庙前有老柏，柯如□铜根如石。（《古柏行》唐·杜甫）

132

16. ☐水远从千涧落，玉山高并两峰寒。(《九日蓝田会饮》唐·杜甫)

17. 五陵年少争缠头，一曲☐绡不知数。(《琵琶行》唐·白居易)

18. 画阁朱楼尽相望，☐桃绿柳垂檐向。(《洛阳女儿行》唐·王维)

19. 坐看☐树不知远，行尽青溪不见人。(《桃源行》唐·王维)

20. 沧海月明珠有泪，☐田日暖玉生烟。(《锦瑟》唐·李商隐)

21. ☐泉宫殿锁烟霞，欲取芜城作帝家。(《隋宫》唐·李商隐)

22. 云横秦岭家何在？雪拥☐关马不前。(《左迁至蓝关示侄孙湘》唐·韩愈)

23. 须臾静扫众峰出，仰见突兀撑☐空。(《谒衡岳庙遂宿岳寺题门楼》唐·韩愈)

24. ☐盖连延接天柱，石廪腾掷堆祝融。(《谒衡岳庙遂宿岳寺题门楼》唐·韩愈)

25. 鸡鸣☐陌曙光寒，莺啭皇州春色阑。(《奉和中书舍人贾至早朝大明宫》唐·岑参)

26. 十二门前融冷光，二十三丝动☐皇。(《李凭箜篌引》唐·李贺)

27. ☐山朝别暮还见，嘶马出门思故乡。(《送陈章甫》唐·李颀)

28. 耸翠峰高千百尺，四时常似莓☐色。(《耸翠峰题石》唐·卢肇)

29. 二月黄鹂飞上林，春城☐禁晓阴阴。(《赠阙下裴舍人》唐·钱起)

30. 日光斜照集灵台，☐树花迎晓露开。(《集灵台·其一》唐·张祜)

31. 石鱼湖，似洞庭，夏水欲满君山☐。(《石鱼湖上醉歌》唐·元结)

32. 玉峰☐水应惆怅，恐见新山望旧山。(《累土山》唐·白居易)

33. 日出江花☐胜火，春来江水绿如☐。(《忆江南·其一》唐·白居易)

34. 卯酒醒还困，仙材梦不成。☐桥何处觅云英。(《南歌子·寓意》宋·苏轼)

35. 望极☐桥，但暮云千里。几重山，几重水。(《碧牡丹·晏同叔出姬》

宋·张先）

◆ 答案：1.青 2.紫 3.红 蓝 4.红 5.红 6.红 7.紫 8.青 9.青 10.紫 11.青 12.青 13.红 14.红 15.青 16.蓝 17.红 18.红 19.红 20.蓝 21.紫 22.蓝 23.青 24.紫 25.紫 26.紫 27.青 28.蓝 29.紫 30.红 31.青 32.蓝 33.红 蓝 34.蓝 35.蓝

数字入诗

根据提示，在空格中填入表示数字的字词，把诗句补充完整。

1. 周王于迈，☐师及之。（《诗经·棫朴》）

2. 不稼不穑，胡取禾☐☐☐兮？（《诗经·伐檀》）

3. 云有第☐郎，窈窕世无双。（《孔雀东南飞》汉乐府）

4. 云有第☐郎，娇逸未有婚。（《孔雀东南飞》汉乐府）

5. 生存多所虑，长寝☐事毕。（《临终诗》汉·孔融）

6. 天汉回西流，☐☐正纵横。（《杂诗·其一》三国·魏·曹丕）

7. 歌罢仰天叹，☐座泪纵横。（《羌村·其三》唐·杜甫）

8. 安得廉耻将，☐军同晏眠。（《遣兴·其一》唐·杜甫）

9. 主称会面难，☐举累☐觞。（《赠卫八处士》唐·杜甫）

10. ☐觞亦不醉，感子故意长。（《赠卫八处士》唐·杜甫）

11. ☐秋☐岁名，寂寞身后事。（《梦李白·其二》唐·杜甫）

12. 随山将☐转，趣途无☐里。（《青溪》唐·王维）

13. 户外☐峰秀，阶前众壑深。（《题义公禅房》唐·孟浩然）

14. 蝉鸣空桑林，☐月萧关道。（《塞上曲》唐·王昌龄）

15. 蕤宾移去后，☐气各西东。（《咏廿四气诗·夏至五月中》唐·元稹）

16. ☐角碍白日，☐层摩苍穹。（《与高适薛据登慈恩寺浮图》唐·

134

17. □陵北原上，□古青蒙蒙。(《与高适薛据登慈恩寺浮图》唐·岑参)

18. 赌胜马蹄下，由来轻□尺。(《古意》唐·李颀)

19. 昔岁逢太平，山林□□年。(《贼退示官吏》唐·元结)

20. 侧见双翠鸟，巢在□珠树。(《感遇·其四》唐·张九龄)

21. 瀑布小更奇，潺湲□尺。(《咏小瀑布》唐·皎然)

22. 餐□气而饮沆瀣兮，漱正阳而含朝霞。(《远游》战国·屈原)

23. 尔来□□□岁，不与秦塞通人烟。(《蜀道难》唐·李白)

24. 霍如羿射□日落，矫如群帝骖龙翔。(《观公孙大娘弟子舞剑器行》唐·杜甫)

25. 先帝侍女□□人，公孙剑器初第□。(《观公孙大娘弟子舞剑器行》唐·杜甫)

26. 已经□日窜荆棘，身上无有完肌肤。(《哀王孙》唐·杜甫)

27. 轻拢慢捻抹复挑，初为霓裳后□么。(《琵琶行》唐·白居易)

28. 罗帷送上□香车，宝扇迎归□华帐。(《洛阳女儿行》唐·王维)

29. 春窗曙灭□微火，□微片片飞花琐。(《洛阳女儿行》唐·王维)

30. 谢公最小偏怜女，自嫁黔娄□事乖。(《遣悲怀·其一》唐·元稹)

31. 江雨霏霏江草齐，□朝如梦鸟空啼。(《金陵图》唐·韦庄)

32. □尺龙须方锦褥，已凉天气未寒时。(《已凉》唐·韩偓)

33. 高列□峰宝炬森，端门方喜翠华临。(《上元应制》宋·蔡襄)

34. 约定明年身更健，诗篇又见□番新。(《送芍药·其一》宋·叶翥)

35. 生存相别尚如此，何况□旦泉壤隔？(《梦范参政》宋·陆游)

36. 横空□里雄西域，江左名山不足夸。(《过阴山和人韵·其三》元·耶律楚材)

37. 若到江南赶上春，□□和春住。(《卜算子·送鲍浩然之浙东》宋·王观)

38. 春风杨柳□□条，□□神州尽舜尧。(《送瘟神·其二》现代·毛泽东)

39. 长夜难明赤县天，□年魔怪舞翩跹，人民□□不团圆。(《浣溪沙·和柳亚子先生》现代·毛泽东)

◆ 答案：1.六 2.三百亿 3.三 4.五 5.万 6.三五 7.四 8.三 9.一 十 10.十 11.千 万 12.万 百 13.一 14.八 15.二 16.四 七 17.五 万 18.七 19.二十 20.三 21.二三 22.六 23.四万八千 24.九 25.八千 一 26.百 27.六 28.七 九 29.九 九 30.百 31.六 32.八 33.千 34.一 35.一 36.千 37.千万 38.万千 六亿 39.百 五亿

叠字入诗

根据提示，在空格中填入叠字，把诗句补充完整。

1. □□兄弟，莫远具尔。(《诗经·行苇》)

2. □□硕言，出自口矣。(《诗经·巧言》)

3. 威仪□□，不可选也。(《诗经·柏舟》)

4. 忧心□□，□饥□渴。(《诗经·采薇》)

5. □□恭人，如集于木。(《诗经·小宛》)

6. □□小心，如临于谷。(《诗经·小宛》)

7. □□百年，各延长兮。(《琴歌》汉·霍去病)

8. 里中有三坟，□□正相似。(《梁甫吟》汉乐府)

9. 旗帜何□□，但闻金鼓鸣。(《咏怀·其六十一》晋·阮籍)

10. 却顾所来径，□□横翠微。(《下终南山过斛斯山人宿置酒》唐·李白)

11. 死别已吞声，生别常□□。(《梦李白·其一》唐·杜甫)

12. 孰云网􀀀􀀀，将老身反累。（《梦李白·其二》唐·杜甫）

13. 明日隔山岳，世事两􀀀􀀀。（《赠卫八处士》唐·杜甫）

14. 􀀀􀀀视春草，畏向玉阶生。（《杂诗·其一》唐·王维）

15. 􀀀􀀀泛菱荇，􀀀􀀀映葭苇。（《青溪》唐·王维）

16. 迷津欲有问，平海夕􀀀􀀀。（《江上思归》唐·孟浩然）

17. 􀀀􀀀几盈虚，􀀀􀀀变今古。（《同从弟销南斋玩月忆山阴崔少府》唐·王昌龄）

18. 五陵北原上，万古青􀀀􀀀。（《与高适薛据登慈恩寺浮图》唐·岑参）

19. 􀀀􀀀此生意，自尔为佳节。（《感遇·其一》唐·张九龄）

20. 今我游􀀀􀀀，弋者何所慕。（《感遇·其四》唐·张九龄）

21. 􀀀􀀀去亲爱，􀀀􀀀入烟雾。（《初发扬子寄元大校书》唐·韦应物）

22. 􀀀􀀀花正开，􀀀􀀀燕新乳。（《长安遇冯著》唐·韦应物）

23. 􀀀􀀀风起波，􀀀􀀀日沉夕。（《夕次盱眙县》唐·韦应物）

24. 􀀀􀀀文明代，俱幸生此辰。（《送薛蔓应举》唐·王建）

25. 潭烟飞􀀀􀀀，林月低向后。（《春泛若耶溪》唐·綦毋潜）

26. 邻钟唤我觉，􀀀􀀀闻城笳。（《寓陈杂诗·其五》宋·张耒）

27. 佩缤纷其繁饰兮，芳􀀀􀀀其弥章。（《离骚》战国·屈原）

28. 路􀀀􀀀其修远兮，吾将上下而求索。（《离骚》战国·屈原）

29. 香炉瀑布遥相望，回崖沓嶂凌􀀀􀀀。（《庐山谣寄卢侍御虚舟》唐·李白）

30. 车􀀀􀀀，马􀀀􀀀，行人弓箭各在腰。（《兵车行》唐·杜甫）

31. 高楼送客不能醉，􀀀􀀀寒江明月心。（《芙蓉楼送辛渐·其一》唐·王昌龄）

32. □□寒角动城头,吹起千年故国愁。(《晓望吴城有感》宋·陈深)

33. 隔断红尘三十里,白云红叶两□□。(《秋月》宋·朱熹)

34. □□岂有甘心事,何故高楼鼓角悲?(《至扬州·其三》宋·文天祥)

35. □□宏愿因之起,挺躯来济苍生灵。(《咏月诗》明·朱元璋)

36. □去□来白发新,□□马上又逢春。(《立春日感怀》明·于谦)

37. 泪眼问□□不语,乱红飞过秋千去。(《蝶恋花》宋·欧阳修)

38. 长恨此身非我有,何时忘却□□?(《临江仙》宋·苏轼)

39. 秋□渡与泰□桥,风又□□,雨又□□。(《一剪梅·舟过吴江》宋·蒋捷)

40. 卿□早醒侬□梦,□□,泣尽风檐夜雨铃。(《南乡子·为亡妇题照》清·纳兰性德)

◆ 答案:1.戚戚 2.蛇蛇 3.棣棣 4.烈烈 载 载 5.温温 6.惴惴 7.亲亲 8.累累 9.翩翩 10.苍苍 11.恻恻 12.恢恢 13.茫茫 14.心心 15.漾漾 澄澄 16.漫漫 17.苒苒 澄澄 18.蒙蒙 19.欣欣 20.冥冥 21.凄凄 泛泛 22.冥冥 扬扬 23.浩浩 冥冥 24.煌煌 25.溶溶 26.咽咽 27.菲菲 28.曼曼 29.苍苍 30.辚辚 萧萧 31.寂寂 32.鸣鸣 33.悠悠 34.翁翁 35.滔滔 36.年 年 匆匆 37.花 花 38.营营 39.娘 娘 飘飘 萧萧 40.自 自 更更

诗词矿藏

诗词就像汉语言文化中的矿藏,其中有令人折服的文化之美,有宏大的意境,丰沛的情感。有很多常见矿藏,如金、铜、铁等被写入诗词中,请你根据提示,在空格中填入表示矿藏的字词,把诗句补充完整。

1. 贻我青□镜,结我红罗裾。(《羽林郎》汉·辛延年)

2. 旗帜何翩翩,但闻□鼓鸣。(《咏怀·其六十一》晋·阮籍)

3. 壁开□石篆，河浮云雾图。（《预麟趾殿校书和刘仪同诗》南北朝·庾信）

4. 皎皎青□镜，斑斑白丝鬓。（《照镜》唐·白居易）

5. 心心视春草，畏向□阶生。（《杂诗·其一》唐·王维）

6. 向前敲瘦骨，犹自带□声。（《马诗·其四》唐·李贺）

7. 何当□络脑，快走踏清秋。（《马诗·其五》唐·李贺）

8. □□挂临海，石楼闻异香。（《赠僧》唐·贾岛）

9. 须愁春漏短，莫诉□杯满。（《菩萨蛮》唐·韦庄）

10. 瓦尊迎海客，□鼓赛江神。（《送客南归有怀》唐·许浑）

11. 矫矫珍木巅，得无□丸惧。（《感遇·其四》唐·张九龄）

12. 难把黄□买，从教青镜明。（《白发》宋·顾逢）

13. 影落明湖青黛光，□阙前开二峰长，□河倒挂三石梁。（《庐山谣寄卢侍御虚舟》唐·李白）

14. 青冥浩荡不见底，日月照耀□□台。（《梦游天姥吟留别》唐·李白）

15. 生乏黄□枉图画，死留青冢使人嗟。（《王昭君·其一》唐·李白）

16. 绣罗衣裳照暮春，蹙□孔雀□麒麟。（《丽人行》唐·杜甫）

17. 孔明庙前有老柏，柯如青□根如石。（《古柏行》唐·杜甫）

18. 往日用钱捉私铸，今许□□和青□。（《岁晏行》唐·杜甫）

19. 殊□曾为大司马，总戎皆插侍中貂。（《诸将·其四》唐·杜甫）

20. □瓶乍破水浆迸，□骑突出刀枪鸣。（《琵琶行》唐·白居易）

21. 钿头□篦击节碎，血色罗裙翻酒污。（《琵琶行》唐·白居易）

22. 花钿委地无人收，翠翘□雀□搔头。（《长恨歌》唐·白居易）

23. 揽衣推枕起徘徊，珠箔□屏迤逦开。（《长恨歌》唐·白居易）

24. 试拂□衣如雪色，聊持宝剑动星文。(《老将行》唐·王维)

25. □筝夜久殷勤弄，心怯空房不忍归。(《秋夜曲》唐·王维)

26. 碧□妆成一树高，万条垂下绿丝绦。(《咏柳》唐·贺知章)

27. 折戟沉沙□未销，自将磨洗认前朝。(《赤壁》唐·杜牧)

28. 东风不与周郎便，□雀春深锁二乔。(《赤壁》唐·杜牧)

29. □绳□索锁钮壮，古鼎跃水龙腾梭。(《石鼓歌》唐·韩愈)

30. 千寻□锁沉江底，一片降幡出石头。(《西塞山怀古》唐·刘禹锡)

31. □炉华烛烛增辉，初弹渌水后楚妃。(《琴歌》唐·李颀)

32. 锁衔□兽连环冷，水滴□龙昼漏长。(《宫词》唐·薛逢)

33. □□罢游双鬓白，□盂终守一斋清。(《寄朗陵二禅友》唐·齐己)

34. 冰簟□床梦不成，碧天如水夜云轻。(《瑶瑟怨》唐·温庭筠)

35. 生逢和亲最可伤，岁輂□絮输胡羌。(《陇头水》宋·陆游)

36. 绠断□瓶空井底，瑟分□柱愁高张。(《广落花诗·其二十七》清·王夫之)

37. 小山重叠□明灭，鬓云欲度香腮雪。(《菩萨蛮》唐·温庭筠)

38. □簧韵脆锵寒竹，新声慢奏移纤□。(《菩萨蛮》南唐·李煜)

39. 声转辘轳闻露井，晓引□瓶牵素绠。(《归朝欢》宋·张先)

40. 燕兵夜娖□胡觮，汉箭朝飞□仆姑。(《鹧鸪天·有客慨然谈功名因追念少年时事戏作》宋·辛弃疾)

◆ 答案：1.铜 2.金 3.金 4.铜 5.玉 6.铜 7.金 8.铁 锡 9.金 10.铜 11.金 12.金 13.金 银 14.金银 15.金 16.金 银 17.铜 18.铅 锡 铜 19.锡 20.银 铁 21.银 22.金 玉 23.银 24.铁 25.银 26.玉 27.铁 28.铜 29.金 铁 30.铁 31.铜 32.金 铜 33.金锡 铁 34.银 35.金 36.银 玉 37.金 38.铜 玉 39.银 40.银 金

第2章

图表填空

请根据提示在空格中填入适当的字，使每一横行都成为一句诗。

"一"字组句

1. 七言诗句

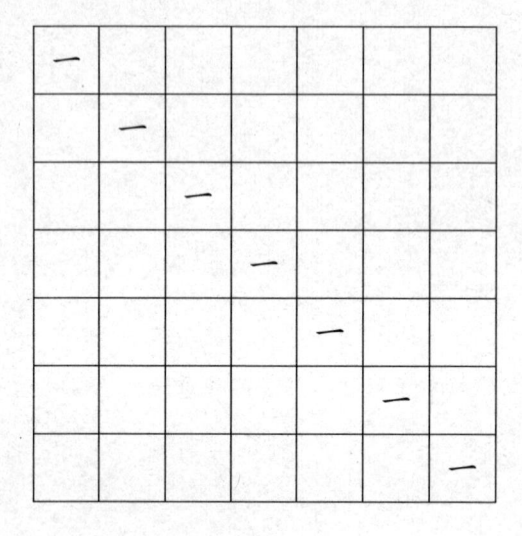

2. 五言诗句

答案（仅举一例）

1. <u>一</u>声已动物皆静（《琴歌》唐·李颀）
   空<u>一</u>缕余香在此（《折桂令·春情》元·徐再思）
   小楼<u>一</u>夜听春雨（《临安春雨初霁》宋·陆游）
   犹能<u>一</u>旋成行（《夜会郑氏昆季林亭》唐·方干）
   夜深篱落<u>一</u>灯明（《夜书所见》宋·叶绍翁）
   立马烦君折<u>一</u>枝（《折杨柳》唐·杨巨源）
   公孙剑器初第<u>一</u>（《观公孙大娘弟子舞剑器行》唐·杜甫）

2. <u>一</u>畦春韭绿（《红楼梦·第十八回·杏帘在望》清·曹雪芹）
   一<u>一</u>生绿苔（《长干行·其一》唐·李白）
   花间<u>一</u>壶酒（《月下独酌·其一》唐·李白）
   亲朋无<u>一</u>字（《登岳阳楼》唐·杜甫）
   兽形云不<u>一</u>（《秋思》唐·白居易）

"二"字组句

1. 七言诗句

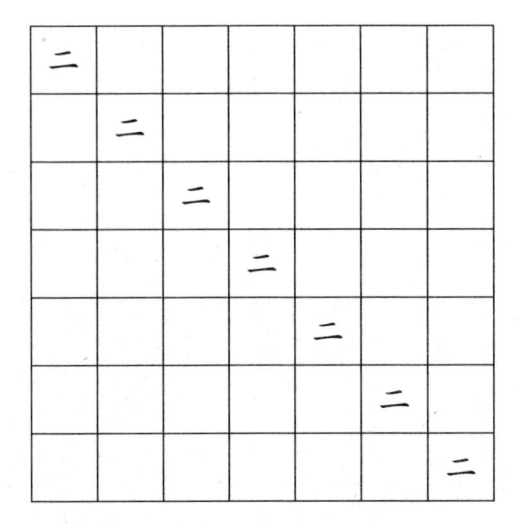

2. 五言诗句

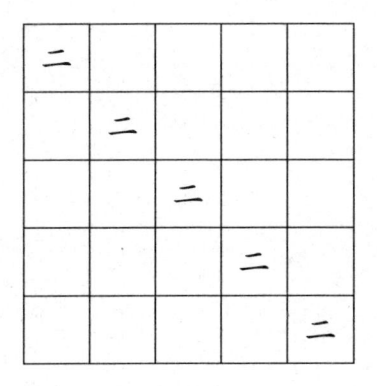

答案（仅举一例）

1. 二月春风似剪刀（《咏柳》唐·贺知章）
十二楼中尽晓妆（《宫词》唐·薛逢）
高田二麦接山青（《春日田园杂兴》宋·范成大）
翠屏十二晚峰齐（《浣溪沙》唐·毛熙震）
黛色参天二千尺（《古柏行》唐·杜甫）
今之新图有二马（《韦讽录事宅观曹将军画马图》唐·杜甫）
主人并养七十二（《有鸟二十章·其十六》唐·元稹）

2. 二月春风信（《吕睦仲赴诏以病不及送作诗与之》宋·彭汝砺）
十二晚峰前（《巫山一段云·其一》唐·毛文锡）
焉知二十载（《赠卫八处士》唐·杜甫）
空堂欲二更（《秋夜独坐》唐·王维）
鸳鸯七十二（《鸡鸣》汉乐府）

"三"字组句

1. 七言诗句

2. 五言诗句

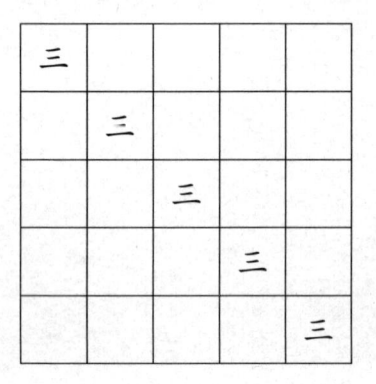

答案（仅举一例）

1. 三军大呼阴山动（《轮台歌奉送封大夫出师西征》唐·岑参）
   十三弦上啭春莺（《荆南席上咏胡琴伎·其二》唐·王仁裕）
   使我三军泪如雨（《古意》唐·李颀）
   两两三三睡暖沙（《水鸟》唐·吴融）
   春风回首三十年（《吹箫出峡图》元·王冕）
   嗟哉吾党二三子（《山石》唐·韩愈）
   应言四乐不言三（《琴酒》唐·白居易）

2. 三夜频梦君（《梦李白·其二》唐·杜甫）
   再三防夜醉（《养生铭》唐·孙思邈）
   吏禄三百石（《观刈麦》唐·白居易）
   阡陌经三岁（《早行》唐·杨炯）
   弓势月初三（《秋思》唐·白居易）

"四"字组句

1. 七言诗句

2. 五言诗句

答案（仅举一例）

1. 四月南风大麦黄（《送陈章甫》唐·李颀）
   十四万众犹虎貔（《韩碑》唐·李商隐）
   珠帘四卷月当楼（《浪淘沙》清·纳兰性德）
   休论暮四与朝三（《又次韵·其二》宋·方岳）
   霜皮溜雨四十围（《古柏行》唐·杜甫）
   路断车轮生四角（《贺新郎》宋·辛弃疾）

   花面丫头十三四（《寄赠小樊》唐·刘禹锡）

2. 四角碍白日（《与高适薛据登慈恩寺浮图》唐·岑参）
   十四犹未圆（《寓意咏月赠李先生》宋·张方平）
   事事四五通（《孔雀东南飞》汉乐府）
   高谈满四座（《赠刘都使》唐·李白）
   不知时有四（《咏松·其一》宋·胡伸弓）

"五"字组句

1. 七言诗句

五						
	五					
		五				
			五			
				五		
					五	
						五

2. 五言诗句

五				
	五			
		五		
			五	
				五

答案（仅举一例）

1. 五岭逶迤腾细浪（《七律·长征》现代·毛泽东）
   十五年来明月夜（《独眠吟·其一》唐·白居易）
   诏书五道出将军（《老将行》唐·王维）
   曷与三五相攀迫（《韩碑》唐·李商隐）
   轻烟散入五侯家（《寒食》唐·韩翃）
   才可颜容十五余（《洛阳女儿行》唐·王维）

2. 辽东小妇年十五（《古意》唐·李颀）
   五十佩银章（《赠刘都使》唐·李白）
   十五始展眉（《长干行·其一》唐·李白）
   须知五月中（《咏廿四气诗·夏至五月中》唐·元稹）
   攀鸿戏五烟（《白云诗》南北朝·鲍照）
   去天应尺五（《接天阁为武将荣叔赋》宋·邓深）

"六"字组句

1. 七言诗句

六						
	六					
		六				
			六			
				六		
					六	
						六

2. 五言诗句

六				
	六			
		六		
			六	
				六

答案（仅举一例）

1. 六年西顾空吟哦（《石鼓歌》唐·韩愈）
十六生儿字阿侯（《河中之水歌》南北朝·萧衍）
指点六朝形胜地（《百字令》元·萨都剌）
罗敷十六鬓如云（《戏马子约》宋·赵鼎臣）
禾黍高低六代宫（《金陵怀古》唐·许浑）
胡骑长驱五六年（《恨别》唐·杜甫）
直上洞天三十六（《访故人》宋·邓肃）

2. 六甲候兵韬（《侍从徐国公殿下军行诗》南北朝·庾信）
十六君远行（《长干行·其一》唐·李白）
元龟六代春（《出境游山·其一》唐·王勃）
附书与六亲（《前出塞·其四》唐·杜甫）
新笋抽五六（《笋·其一》宋·张商英）

"七"字组句

1. 七言诗句

七						
	七					
		七				
			七			
				七		
					七	
						七

2. 五言诗句

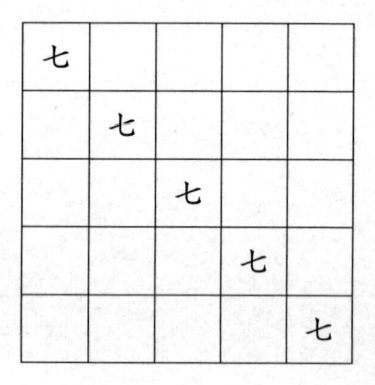

七				
	七			
		七		
			七	
				七

答案（仅举一例）

1. 七月七日长生殿（《长恨歌》唐·白居易）
   六七年来春又秋（《悔恨》唐·韦庄）
   其余七匹亦殊绝（《韦讽录事宅观曹将军画马图》唐·杜甫）
   别时十七今头白（《和微之十七与君别及陇月花枝之咏》唐·白居易）
   罗帷送上七香车（《洛阳女儿行》唐·王维）
   玉弟金昆共七人（《寄郭德顺》宋·刘过）
   乌生八子今无七（《哭子·其九》唐·元稹）

2. 七层摩苍穹（《与高适薛据登慈恩寺浮图》唐·岑参）
   十七为君妇（《孔雀东南飞》汉乐府）
   泠泠七弦上（《弹琴》唐·刘长卿）
   由来轻七尺（《古意》唐·李颀）
   竹林名士七（《肖甫司马贻书有归欤之思而受脤出督寄此识感·其一》明·王世贞）

148

"八"字组句

1. 七言诗句

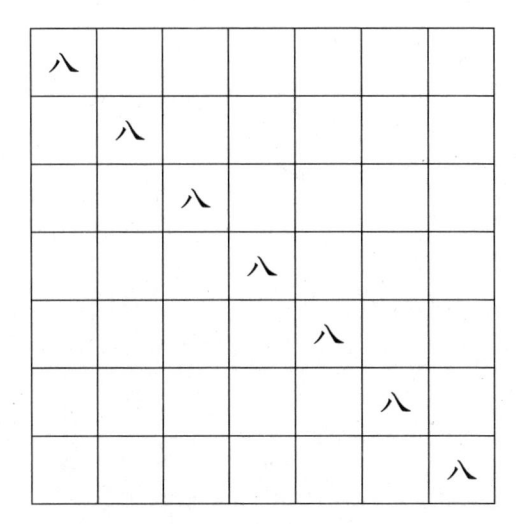

2. 五言诗句

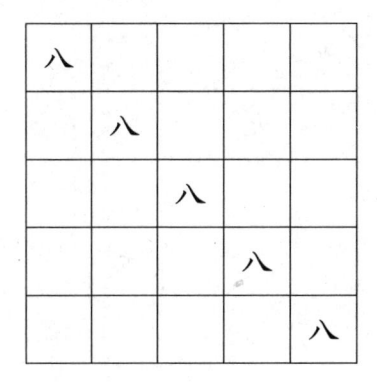

答案（仅举一例）

1. 八月秋高风怒号（《茅屋为秋风所破歌》唐·杜甫）

   十八年来恨别离（《喜王六同宿》唐·张籍）

   继周八代争战罢（《石鼓歌》唐·韩愈）

   美人二八面如花（《悲歌·其一》唐·顾况）

   先帝侍女八千人（《观公孙大娘弟子舞剑器行》唐·杜甫）

   一弹一十有八拍（《听董大弹胡笳声兼寄语弄房给事》唐·李颀）

   待到秋来九月八（《不第后赋菊》唐·黄巢）

2. 八月萧关道（《塞上曲》唐·王昌龄）

   闰八月初吉（《北征》唐·杜甫）

   士章八十字（《自咏》宋·陆游）

   斋心受八关（《送况上人还荆州因寄卫侍御象》唐·司空曙）

   八卦各为八（《先天易吟·其六》元·方回）

"九"字组句

1. 七言诗句

2. 五言诗句

答案（仅举一例）

1. 九月天山风似刀（《赵将军歌》唐·岑参）
   崔九堂前几度闻（《江南逢李龟年》唐·杜甫）
   可怜九马争神骏（《韦讽录事宅观曹将军画马图》唐·杜甫）
   节逢重九海门外（《重阳》唐·赵嘏）
   待到秋来九月八（《不第后赋菊》唐·黄巢）
   今见康强九九年（《鹧鸪天》宋·李鼒）
   不如意事常八九（《别子才司令》宋·方岳）

2. 九折步云端（《奉和圣制太行山中言志应制》唐·张说）
   八九十枝花（《山村咏怀》宋·邵雍）
   月傍九霄多（《春宿左省》唐·杜甫）
   鹤鸣于九皋（《诗经·鹤鸣》）
   初七及下九（《孔雀东南飞》汉乐府）

"十"字组句

1. 七言诗句

2. 五言诗句

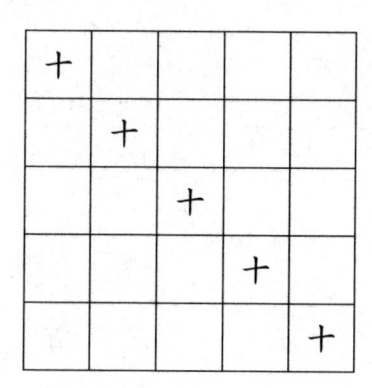

答案（仅举一例）

1. **十**生九死到官所（《八月十五夜赠张功曹》唐·韩愈）

   五**十**年间似反掌（《观公孙大娘弟子舞剑器行》唐·杜甫）

   斗酒**十**千恣欢谑（《将进酒》唐·李白）

   传之七**十**有二代（《韩碑》唐·李商隐）

   已忍伶俜**十**年事（《宿府》唐·杜甫）

   将军得名三**十**载（《韦讽录事宅观曹将军画马图》唐·杜甫）

   行百里者半九**十**（《赠元发弟放言》宋·黄庭坚）

2. **十**觞亦不醉（《赠卫八处士》唐·杜甫）

   三**十**鬓添霜（《解秋十首·其三》唐·元稹）

   方宅**十**余亩（《归园田居·其一》晋·陶渊明）

   一举累**十**觞（《赠卫八处士》唐·杜甫）

   百里半九**十**（《宿章戴》宋·程俱）

"百"字组句

1. 七言诗句

2. 五言诗句

答案（仅举一例）

1. 百年都是几多时（《遣悲怀·其三》唐·元稹）
   八百诸侯会孟津（《武王》宋·王十朋）
   空山百鸟散还合（《听董大弹胡笳声兼寄语弄房给事》唐·李颀）
   南朝四百八十寺（《江南春》唐·杜牧）
   夜深静卧百虫绝（《山石》唐·韩愈）
   众里寻他千百度（《青玉案·元夕》宋·辛弃疾）
   台前过雁盈千百（《怀鹿门县名离合·其一》唐·皮日休）

2. 百尺散风雨（《瀑布》宋·朱熹）
   半百已华颠（《岁除吟》宋·邵雍）
   树杪百重泉（《送梓州李使君》唐·王维）
   吏禄三百石（《观刈麦》唐·白居易）
   何事黄金百（《数名诗》南北朝·虞羲）

"千"字组句

1. 七言诗句

2. 五言诗句

答案（仅举一例）

1. 千项芙蕖放棹嬉（《夏日田园杂兴·其十》宋·范成大）

   三千弟子标青史（《经曲阜城》唐·刘沧）

   石壁千重树万重（《竹枝词》唐·李涉）

   斗酒十千恣欢谑（《将进酒》唐·李白）

   横眉冷对千夫指（《自嘲》近现代·鲁迅）

   夜深斜搭秋千索（《夜深》唐·韩偓）

   金樽清酒斗十千（《行路难·其一》唐·李白）

2. 千山鸟飞绝（《江雪》唐·柳宗元）

   三千客路长（《哭金路分应·其二》宋·文天祥）

   昂昂千岁鹤（《反招隐》宋·朱继芳）

   往事越千年（《浪淘沙·北戴河》现代·毛泽东）

   销愁斗几千（《风雨》唐·李商隐）

"万"字组句

1. 七言诗句

2. 五言诗句

答案（仅举一例）

1. 万里浮云阴且晴（《听董大弹胡笳声兼寄语弄房给事》唐·李颀）

   百万雄师过大江（《七律·人民解放军占领南京》现代·毛泽东）

   心轻万事皆鸿毛（《送陈章甫》唐·李颀）

   蜩螗千万沸斜阳（《夏日田园杂兴·其十二》宋·范成大）

   草绿湖南万里情（《别严士元》唐·刘长卿）

   腹中贮书一万卷（《送陈章甫》唐·李颀）

   此皆骑战一敌万（《韦讽录事宅观曹将军画马图》唐·杜甫）

2. 万古青蒙蒙（《与高适薛据登慈恩寺浮图》唐·岑参）

   千万人间事（《归田》唐·元稹）

   千秋万岁名（《梦李白·其二》唐·杜甫）

   随山将万转（《青溪》唐·王维）

   雕戈提十万（《挽李尚书·其一》宋·刘克庄）

"亿"字组句

1. 七言诗句

亿						
	亿					
		亿				
			亿			
				亿		
					亿	
						亿

2. 五言诗句

亿				
	亿			
		亿		
			亿	
				亿

答案（仅举一例）

1. 亿万苍生性命存（《过鸿沟》唐·韩愈）
   六亿神州尽舜尧（《送瘟神·其二》现代·毛泽东）
   尧年亿万如天远（《元日词·御阁》宋·晏殊）
   人民五亿不团圆（《浣溪沙·和柳亚子先生》现代·毛泽东）
   历代兴亡亿万心（《吟叙》唐·周昙）
   胡取禾三百亿兮（《诗经·伐檀》）
   若为化得身千亿（《与浩初上人同看山寄京华亲故》唐·柳宗元）

2. 亿万起锱铢（《宝丰仓秋纳·其三》宋·孔武仲）
   任亿千万里（《水龙吟》宋·李曾伯）
   大笑亿千场（《短歌行》唐·李白）
   还将万亿寿（《除夜有怀》唐·杜审言）
   刹尘千万亿（《缘识·其二十五》宋·赵炅）

"春"字组句

1. 七言诗句

2. 五言诗句

答案（仅举一例）

1. 春色满园关不住（《游园不值》宋·叶绍翁）
   青春作伴好还乡（《闻官军收河南河北》唐·杜甫）
   湖上春来似画图（《春题湖上》唐·白居易）
   好鸟迎春歌后院（《题东谿公幽居》唐·李白）
   忽逢江上春归燕（《捣衣篇》唐·李白）
   多栽红药待春还（《秋日题窦员外崇德里新居》唐·刘禹锡）
   万紫千红总是春（《春日》宋·朱熹）

2. 春帆细雨来（《送翰林张司马南海勒碑》唐·杜甫）
   城春草木深（《春望》唐·杜甫）
   兰叶春葳蕤（《感遇·其一》唐·张九龄）
   绿水藏春日（《宴陶家亭子》唐·李白）
   潮满九江春（《巫山高》唐·沈佺期）

"夏"字组句

1. 七言诗句

2. 五言诗句

答案（仅举一例）

1. 夏水欲满君山青（《石鱼湖上醉歌》唐·元结）

   初夏圆荷点翠钱（《宫词·其二十》宋·赵佶）

   山入夏来差觉老（《离建》宋·巩丰）

   明当朱夏万方瞻（《寿昌节赋得红云表夏日》唐·栖白）

   绿树阴浓夏日长（《山亭夏日》唐·高骈）

   留得黄丝织夏衣（《夏日田园杂兴·其五》宋·范成大）

   淮南老屋颇宜夏（《次韵旷翁四时村居乐·其二》宋·艾性夫）

2. 夏日长抱饥（《怨诗楚调示庞主簿邓治中》晋·陶渊明）

   清夏景还移（《偶书·其二》唐·司空图）

   但惜夏日长（《观刈麦》唐·白居易）

   滔滔孟夏兮（《怀沙》战国·屈原）

   荷香销晚夏（《晚泊江镇》唐·骆宾王）

"秋"字组句

1. 七言诗句

2. 五言诗句

答案（仅举一例）

1. 秋芳初结白芙蓉（《题元八溪居》唐·白居易）
   清秋幕府井梧寒（《宿府》唐·杜甫）
   春花秋月何时了（《虞美人》南唐·李煜）
   夜飞延秋门上呼（《哀王孙》唐·杜甫）
   白兔捣药秋复春（《把酒问月》唐·李白）
   苇花深处睡秋声（《秋事》唐·吴融）
   峨眉山月半轮秋（《峨眉山月歌》唐·李白）

2. 秋风万里动（《巩北秋兴寄崔明允》唐·岑参）
   千秋万岁名（《梦李白·其二》唐·杜甫）
   津亭秋月夜（《江亭夜月送别·其一》唐·王勃）
   兴是清秋发（《秋登兰山寄张五》唐·孟浩然）
   菊气入新秋（《晚泊江镇》唐·骆宾王）

"冬"字组句

1. 七言诗句

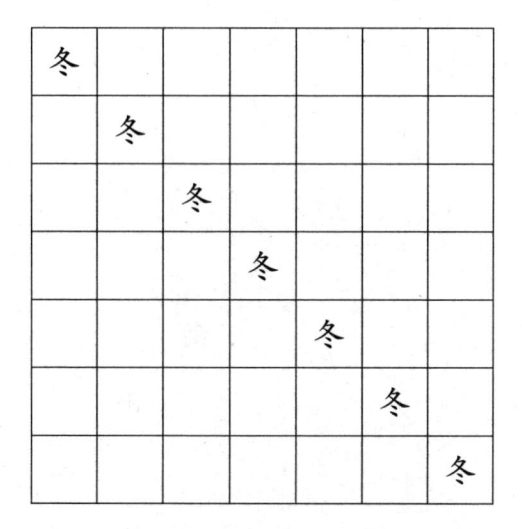

冬						
	冬					
		冬				
			冬			
				冬		
					冬	
						冬

2. 五言诗句

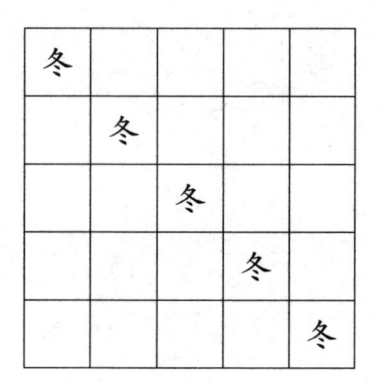

冬				
	冬			
		冬		
			冬	
				冬

答案（仅举一例）

1. 冬后剪花飞素彩（《蝶恋花·观雪作》宋·吕胜己）
严冬凛凛霜雪天（《西湖四景》宋·程安仁）
五色冬笼甚可夸（《济源寒食·其七》唐·孟郊）
疑是经冬雪未销（《早梅》唐·张谓）
春花秋月冬冰雪（《读张文潜诗二首·其一》宋·杨万里）
邯郸驿里逢冬至（《邯郸冬至夜思家》唐·白居易）
谁怜苦志已三冬（《与从弟瑾同下第后出关言别·其四》唐·卢纶）

2. 冬岭秀寒松（《四时》晋·陶渊明）
严冬不肃杀（《孟冬蒲津关河亭作》唐·吕温）
盘蔬冬春杂（《人日城南登高》唐·韩愈）
使节春冬换（《江行》宋·王安石）
且如今年冬（《兵车行》唐·杜甫）

"雨"字组句

1. 七言诗句

雨						
	雨					
		雨				
			雨			
				雨		
					雨	
						雨

2. 五言诗句

雨				
	雨			
		雨		
			雨	
				雨

答案（仅举一例）

1. 雨足郊原草木柔（《清明》宋·黄庭坚）
细雨湿衣看不见（《别严士元》唐·刘长卿）
数点雨声风约住（《蝶恋花·改徐冠卿词》宋·贺铸）
暮归冲雨寒无睡（《九日和韩魏公》宋·苏洵）
折桐花上雨初干（《春日湖上·其二》宋·武衍）
软草平莎过雨新（《浣溪沙》宋·苏轼）
石破天惊逗秋雨（《李凭箜篌引》唐·李贺）

2. 雨暗初疑夜（《南歌子·寓意》宋·苏轼）
好雨知时节（《春夜喜雨》唐·杜甫）
春路雨添花（《好事近·梦中作》宋·秦观）
画船听雨眠（《菩萨蛮》唐·韦庄）
箭飞如疾雨（《同卢记室从军》南北朝·庾信）

"雪"字组句

1. 七言诗句

雪						
	雪					
		雪				
			雪			
				雪		
					雪	
						雪

2. 五言诗句

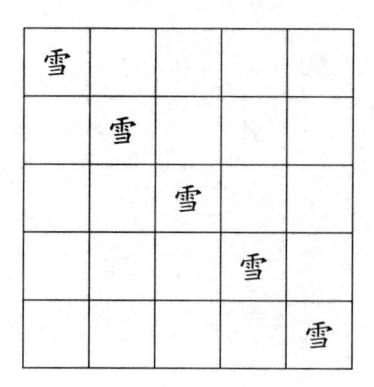

雪				
	雪			
		雪		
			雪	
				雪

答案（仅举一例）

1. 雪却输梅一段香（《雪梅·其一》宋·卢梅坡）
   是雪是梅浑不辨（《烛下和雪折梅》宋·杨万里）
   去时雪满天山路（《白雪歌送武判官归京》唐·岑参）
   马毛带雪汗气蒸（《走马川行奉送出师西征》唐·岑参）
   起看长剑雪花明（《会友》元·王冕）

   黄云陇底白雪飞（《古意》唐·李颀）
   日暮诗成天又雪（《雪梅·其二》宋·卢梅坡）

2. 雪洗房尘静（《水调歌头·和庞佑父》宋·张孝祥）
   霰雪白纷纷（《秦中吟》唐·白居易）
   纷纷雪积身（《杳杳寒山道》唐·寒山）
   偃卧松雪间（《商山四皓》唐·李白）
   遥知不是雪（《梅花》宋·王安石）

"风"字组句

1. 七言诗句

2. 五言诗句

答案（仅举一例）

1. 风掣红旗冻不翻（《白雪歌送武判官归京》唐·岑参）

   霜风初高鹰隼击（《秋雨叹》宋·陆游）

   塞上风云接地阴（《秋兴·其一》唐·杜甫）

   四月南风大麦黄（《送陈章甫》唐·李颀）

   塞下秋来风景异（《渔家傲·秋思》宋·范仲淹）

   忽如一夜春风来（《白雪歌送武判官归京》唐·岑参）

   诗界千年靡靡风（《读陆放翁集》清·梁启超）

2. 风烟望五津（《送杜少府之任蜀州》唐·王勃）

   东风落如糁（《春日西湖寄谢法曹歌》宋·欧阳修）

   浪白风初起（《相送》南北朝·何逊）

   日暮秋风起（《三闾庙》唐·戴叔伦）

   长歌吟松风（《下终南山过斛斯山人宿置酒》唐·李白）

"霜"字组句

1. 七言诗句

霜						
	霜					
		霜				
			霜			
				霜		
					霜	
						霜

2. 五言诗句

霜				
	霜			
		霜		
			霜	
				霜

答案（仅举一例）

1. 霜风初高鹰隼击（《秋雨叹》宋·陆游）

   微霜凄凄簟色寒（《长相思·其一》唐·李白）

   一斗霜鳞换浊醪（《钓侣二章·其一》唐·皮日休）

   昨夜微霜初渡河（《送魏万之京》唐·李颀）

   鸳鸯瓦冷霜华重（《长恨歌》唐·白居易）

   梧桐半死清霜后（《鹧鸪天》宋·贺铸）

   青枫叶赤天雨霜（《寄韩谏议》唐·杜甫）

2. 霜毛满鬓多（《舟中览镜》宋·王十朋）

   为霜当凤戒（《沩露亭》元·范梈）

   暮宿霜桐枝（《赠梅圣俞》宋·欧阳修）

   余响入霜钟（《听蜀僧浚弹琴》唐·李白）

   收田畏早霜（《咏廿四气诗·寒露九月节》唐·元稹）

"雷"字组句

1. 七言诗句

2. 五言诗句

答案（仅举一例）

1. 雷吼嚇成三日聋（《送浮屠宗立东游·其一》宋·王之道）

   冻雷惊笋欲抽芽（《戏答元珍》宋·欧阳修）

   来如雷霆收震怒（《观公孙大娘弟子舞剑器行》唐·杜甫）

   柳外轻雷池上雨（《临江仙》宋·欧阳修）

   隐隐一声雷不惊（《离建》宋·巩丰）

   家童鼻息已雷鸣（《临江仙》宋·苏轼）

2. 雷鼓动山川（《塞下曲·其四》唐·卢纶）

   一雷惊蛰始（《观田家》唐·韦应物）

   晓来雷雨过（《赠实际英上人》宋·吕江）

   欲语羞雷同（《前出塞·其九》唐·杜甫）

   平地一声雷（《喜迁莺》唐·韦庄）

   九州生气恃风雷（《己亥杂诗·其一二五》清·龚自珍）

"电"字组句

1. 七言诗句

电						
	电					
		电				
			电			
				电		
					电	
						电

2. 五言诗句

电				
	电			
		电		
			电	
				电

答案（仅举一例）

1. 电闪旌旗日月高（《送毛伯温》明·朱厚熜）

   掣电终归十二闲（《再和制帅·其三》宋·王之望）

   遥看电跃龙为马（《驾幸新丰温泉宫献诗三首·其一》唐·上官婉儿）

   两三条电欲为雨（《松寺》唐·卢延让）

   已有还无电火销（《寄禅师》唐·韩偓）

   三十万年如电掣（《一壶歌·其三》宋·陆游）

   排空驭气奔如电（《长恨歌》唐·白居易）

2. 电焰驱龙马（《侍从徐国公殿下军行诗》南北朝·庾信）

   雷电不敢伐（《古松》唐·齐己）

   击海电空明（《祷雨》宋·胡寅）

   欻（xū）如飞电来（《望庐山瀑布水·其一》唐·李白）

   过雨频飞电（《咏廿四气诗·夏至五月中》唐·元稹）

"云"字组句

1. 七言诗句

2. 五言诗句

答案（仅举一例）

1. 云来气接巫峡长（《古柏行》唐·杜甫）
   暑云泼墨送惊雷（《题画卷》宋·范成大）
   敢告云山从此始（《琴歌》唐·李颀）
   响遏行云横碧落（《闻笛》唐·赵嘏）
   星月掩映云曈昽（《谒衡岳庙遂宿岳寺题门楼》唐·韩愈）
   有时空望孤云高（《送陈章甫》唐·李颀）
   抛却青云归白云（《题崔常侍济上别墅》唐·白居易）

2. 云霞出海曙（《和晋陵陆丞早春游望》唐·杜审言）
   残云收夏暑（《六月十三日水亭送华阴王少府还县》唐·岑参）
   神山云海中（《范参政挽词·其二》宋·陆游）
   日暮黄云高（《巩北秋兴寄崔明允》唐·岑参）
   涯口度新云（《巩城东庄道中作》唐·储光羲）

"江"字组句

1. 七言诗句

江						
	江					
		江				
			江			
				江		
					江	
						江

2. 五言诗句

江				
	江			
		江		
			江	
				江

答案（仅举一例）

1. 江头宫殿锁千门（《哀江头》唐·杜甫）
   春江潮水连海平（《春江花月夜》唐·张若虚）
   扬子江头杨柳春（《淮上与友人别》唐·郑谷）
   寂寂寒江明月心（《芙蓉楼送辛渐·其二》唐·王昌龄）
   影入平羌江水流（《峨眉山月歌》唐·李白）
   人随沙路向江村（《夜归鹿门山歌》唐·孟浩然）
   长想吴江与蜀江（《使东川·嘉陵江·其一》唐·元稹）

2. 江山如有待（《后游》唐·杜甫）
   大江溯轻舟（《送杨氏女》唐·韦应物）
   疾风江上起（《江上遇疾风》唐·张九龄）
   梅柳渡江春（《和晋陵陆丞早春游望》唐·杜审言）
   龟蛇锁大江（《菩萨蛮·黄鹤楼》现代·毛泽东）

"河"字组句

1. 七言诗句

2. 五言诗句

答案（仅举一例）

1. 河上仙翁去不回（《九日登望仙台呈刘明府》唐·崔曙）
   天河下洗烟尘清（《秋雨叹》宋·陆游）
   闻道河阳近乘胜（《恨别》唐·杜甫）
   不据山河据平地（《韩碑》唐·李商隐）
   可怜无定河边骨（《陇西行》唐·陈陶）
   自从献宝朝河宗（《韦讽录事宅观曹将军画马图》唐·杜甫）
   尽道隋亡为此河（《汴河怀古·其二》唐·皮日休）

2. 河声入海遥（《秋日赴阙题潼关驿楼》唐·许浑）
   关河无尽处（《路》唐·玄宝）
   曲尽河星稀（《下终南山过斛斯山人宿置酒》唐·李白）
   渐觉山河复〔《雪消得寒字》宋·史浩（一作史嵩之）〕
   家住孟津河（《杂诗·其一》唐·王维）

"湖"字组句

1. 七言诗句

湖						
	湖					
		湖				
			湖			
				湖		
					湖	
						湖

2. 五言诗句

湖				
	湖			
		湖		
			湖	
				湖

答案（仅举一例）

1. 湖海相逢迁阔好（《古杭道中》宋·赵时韶）

   五湖烟水独忘机（《利州南渡》唐·温庭筠）

   草绿湖南万里情（《别严士元》唐·刘长卿）

   溪水出湖青接天（《怀詹伯远》元末明初·谢应芳）

   败衲依然湖海阔（《听雨诗》宋·苏泂）

   终来不似西湖好（《雪坡以雨阻山行有诗因亦次韵》宋·施枢）

   梦随秋雁到东湖（《戏呈孔毅父》宋·黄庭坚）

2. 湖月照我影（《梦游天姥吟留别》唐·李白）

   江湖多风波（《梦李白·其二》唐·杜甫）

   春风湖上泮（《同魏进道晚过湖上》宋·韩维）

   归老江湖边（《贼退示官吏》唐·元结）

   高峡出平湖（《水调歌头·游泳》现代·毛泽东）

"海"字组句

1. 七言诗句

海						
	海					
		海				
			海			
				海		
					海	
						海

2. 五言诗句

海				
	海			
		海		
			海	
				海

答案（仅举一例）

1. 海畔风吹冻泥裂（《从军行》唐·陈羽）
   碧海青天夜夜心（《嫦娥》唐·李商隐）
   忽闻海上有仙山（《长恨歌》唐·白居易）
   㸌如江海凝清光（《观公孙大娘弟子舞剑器行》唐·杜甫）
   影落长江海共深（《次韵欧阳叔向水中月》宋·王庭圭）
   边庭流血成海水（《兵车行》唐·杜甫）
   波涛万顷珠沉海（《千秋岁》宋·黄庭坚）

2. 海上风雨至（《郡斋雨中与诸文士燕集》唐·韦应物）
   平海夕漫漫（《早寒江上有怀》唐·孟浩然）
   烟篷海浦心（《送陆务观编修监镇江郡归会稽待阙》宋·范成大）
   云霞出海曙（《和晋陵陆丞早春游望》唐·杜审言）
   白日沧西海（《离愤·其五》明·李梦阳）

"水"字组句

1. 七言诗句

2. 五言诗句

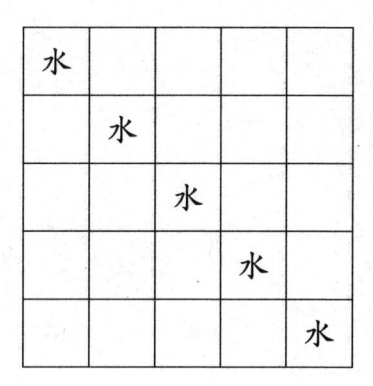

答案（仅举一例）

1. 水村山郭酒旗风（《江南春》唐·杜牧）
好水好山看不足（《池州翠微亭》宋·岳飞）
钱塘水府抵城根（《途中言事寄居远上人》唐·方干）
春来江水绿如蓝（《忆江南·其一》唐·白居易）
乳鸭池塘水浅深（《初夏游张园》宋·戴复古）
无复射蛟江水中（《韦讽录事宅观曹将军画马图》唐·杜甫）
春来遍是桃花水（《桃源行》唐·王维）

2. 水落鱼梁浅（《与诸子登岘山》唐·孟浩然）
掬水月在手（《春山夜月》唐·于良史）
流处水花急（《月》唐·李商隐）
鸥眠起水惊（《遣行·其六》唐·元稹）
每逐青溪水（《青溪》唐·王维）

"石"字组句

1. 七言诗句

石						
	石					
		石				
			石			
				石		
					石	
						石

2. 五言诗句

石				
	石			
		石		
			石	
				石

答案（仅举一例）

1. 石破天惊逗秋雨（《李凭箜篌引》唐·李贺）
   触石端来慰枯槁（《次韵曹子方》宋·毛滂）
   沙口石冻马蹄脱（《轮台歌奉送封大夫出师西征》唐·岑参）
   心非木石岂无感（《拟行路难·其四》南北朝·鲍照）
   浪打天门石壁开（《横江词·其四》唐·李白）
   借与门前磐石坐（《夏日田园杂兴·其九》宋·范成大）
   柯如青铜根如石（《古柏行》唐·杜甫）

2. 石壁横翠色（《商山四皓》唐·李白）
   裂石响惊弦（《八声甘州》宋·辛弃疾）
   清泉石上流（《山居秋暝》唐·王维）
   根空带石危（《赋得垂柳映斜溪诗》南北朝·张正见）
   苦调凄金石（《省试湘灵鼓瑟》唐·钱起）

"山"字组句

1. 七言诗句

山						
	山					
		山				
			山			
				山		
					山	
						山

2. 五言诗句

山				
	山			
		山		
			山	
				山

答案（仅举一例）

1. 山回路转不见君（《白雪歌送武判官归京》唐·岑参）
   钟山只隔数重山（《泊船瓜洲》宋·王安石）
   力拔山兮气盖世（《垓下歌》秦·项羽）
   红树青山日欲斜（《丰乐亭游春·其三》宋·欧阳修）
   都做北邙山下尘（《山坡羊·北邙山怀古》元·张养浩）
   去时雪满天山路（《白雪歌送武判官归京》唐·岑参）
   人心自是错看山（《竞秀阁》宋·王十朋）

2. 山貌日高古（《宣城青溪》唐·李白）
   在山泉水清（《佳人》唐·杜甫）
   起行山随身（《山中吟赠徐十二》清·祝湘珩）
   雷鼓动山川（《塞下曲·其四》唐·卢纶）
   落日满秋山（《归嵩山作》唐·王维）

"花"字组句

1. 七言诗句

花						
	花					
		花				
			花			
				花		
					花	
						花

2. 五言诗句

花				
	花			
		花		
			花	
				花

答案（仅举一例）

1. 花径不曾缘客扫（《客至》唐·杜甫）
   春花秋月何时了（《虞美人》南唐·李煜）
   柳暗花明又一村（《游山西村》宋·陆游）
   泪眼问花花不语（《蝶恋花》宋·欧阳修）
   间关莺语花底滑（《琵琶行》唐·白居易）
   年年不带看花眼（《伤春》宋·杨万里）
   未随流落水边花（《玉楼春》宋·辛弃疾）

2. 花催欲别人（《退居漫题·其三》唐·司空图）
   折花逢驿使（《赠范晔诗》南北朝·陆凯）
   色黯花草死（《感情》唐·白居易）
   寒梅著花未（《杂诗·其二》唐·王维）
   春路雨添花（《好事近·梦中作》宋·秦观）

"草"字组句

1. 七言诗句

草						
	草					
		草				
			草			
				草		
					草	
						草

2. 五言诗句

草				
	草			
		草		
			草	
				草

答案（仅举一例）

1. 草长莺飞二月天（《村居》清·高鼎）
   浅草才能没马蹄（《钱塘湖春行》唐·白居易）
   长郊草色绿无涯（《丰乐亭游春·其三》宋·欧阳修）
   马思边草拳毛动（《始闻秋风》唐·刘禹锡）
   雨足郊原草木柔（《清明》宋·黄庭坚）
   落日解鞍芳草岸（《青玉案》元·黄公绍）
   胡人落泪向边草（《听董大弹胡笳声兼寄语弄房给事》唐·李颀）

2. 草枯鹰眼疾（《观猎》唐·王维）
   细草微风岸（《旅夜书怀》唐·杜甫）
   塘边草杂红（《送江水曹还远馆》南北朝·谢朓）
   色黯花草死（《感情》唐·白居易）
   池塘生春草（《登池上楼》南北朝·谢灵运）

"树"字组句

1. 七言诗句

2. 五言诗句

答案（仅举一例）

1. 树木犹为人爱惜（《古柏行》唐·杜甫）
   岭树重遮千里目（《登柳州城楼寄漳汀封连四州刺史》唐·柳宗元）
   关城树色催寒近（《送魏万之京》唐·李颀）
   霜凄万树风入衣（《琴歌》唐·李颀）
   石壁千重树万重（《竹枝词》唐·李涉）
   碧玉妆成一树高（《咏柳》唐·贺知章）
   鹿门月照开烟树（《夜归鹿门山歌》唐·孟浩然）

2. 树色随山迥（《秋日赴阙题潼关驿楼》唐·许浑）
   红树远连霞（《临江仙》宋·欧阳修）
   徒言树桃李（《感遇·其七》唐·张九龄）
   巢禽投树尽（《暝》宋·梅尧臣）
   鸟宿池边树（《题李凝幽居》唐·贾岛）

"木"字组句

1. 七言诗句

2. 五言诗句

答案（仅举一例）

1. 木奴何处避雌黄（《浣溪沙》宋·苏轼）
   树木犹为人爱惜（《古柏行》唐·杜甫）
   心非木石岂无感（《拟行路难·其四》南北朝·鲍照）
   苍茫古木连穷巷（《老将行》唐·王维）
   金粟堆前木已拱（《观公孙大娘弟子舞剑器行》唐·杜甫）
   迸泉飒飒飞木末（《听董大弹胡笳声兼寄语弄房给事》唐·李颀）
   山林深处寿高木（《赞前人第四子良汉周岁》宋·陈著）

2. 木末径微微（《反招隐》宋·朱继芳）
   草木当更新（《孟冬蒲津关河亭作》唐·吕温）
   人在木兰舟（《楚江怀古·其一》唐·马戴）
   城春草木深（《春望》唐·杜甫）
   清辉淡水木（《同从弟销南斋玩月忆山阴崔少府》唐·王昌龄）

"叶"字组句

1. 七言诗句

叶						
	叶					
		叶				
			叶			
				叶		
					叶	
						叶

2. 五言诗句

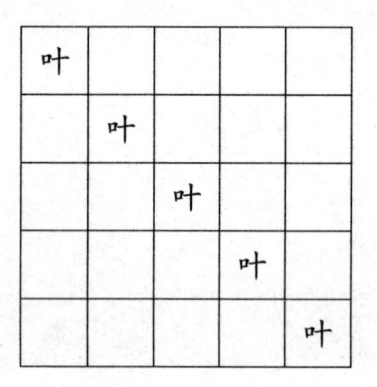

叶				
	叶			
		叶		
			叶	
				叶

答案（仅举一例）

1. 叶底黄鹂一两声（《破阵子·春景》宋·晏殊）
   香叶终经宿鸾凤（《古柏行》唐·杜甫）
   青枫叶赤天雨霜（《寄韩谏议》唐·杜甫）
   四郊秋叶惊摵摵（《听董大弹胡笳声兼寄语弄房给事》唐·李颀）
   秋雨梧桐叶落时（《长恨歌》唐·白居易）
   月露谁教桂叶香（《无题》唐·李商隐）
   偶逢新语书红叶（《晚秋病中》唐·王建）

2. 叶垂知月朗（《泻露亭》元·范椁）
   兰叶春葳蕤（《感遇·其一》唐·张九龄）
   花稀叶阴薄（《和微之四月一日作》唐·白居易）
   开门落叶深（《秋寄从兄贾岛》唐·无可）
   塞迥翻榆叶（《侍从徐国公殿下军行诗》南北朝·庾信）

"鸟"字组句

1. 七言诗句

鸟						
	鸟					
		鸟				
			鸟			
				鸟		
					鸟	
						鸟

2. 五言诗句

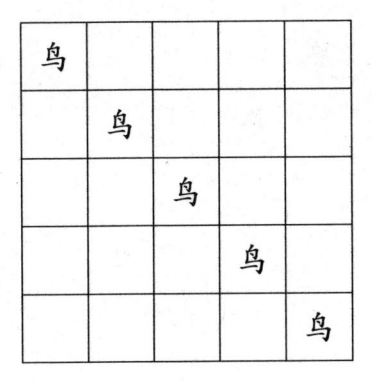

鸟				
	鸟			
		鸟		
			鸟	
				鸟

答案（仅举一例）

1. 鸟得辞笼不择林（《除忠州寄谢崔相公》唐·白居易）
   猿鸟犹疑畏简书（《筹笔驿》唐·李商隐）
   溪中鸟鸣春景旦（《陈翃郎中北亭送侯釗侍御赋得带冰流歌》唐·卢纶）
   空山百鸟散还合（《听董大弹胡笳声兼寄语弄房给事》唐·李颀）
   龙媒去尽鸟呼风（《韦讽录事宅观曹将军画马图》唐·杜甫）
   西当太白有鸟道（《蜀道难》唐·李白）
   看君马去疾如鸟（《武威送刘判官赴碛西行军》唐·岑参）

2. 鸟宿池边树（《题李凝幽居》唐·贾岛）
   翔鸟鸣北林（《咏怀·其一》晋·阮籍）
   恨别鸟惊心（《春望》唐·杜甫）
   青云羡鸟飞（《寄左省杜拾遗》唐·岑参）
   处处闻啼鸟（《春晓》唐·孟浩然）

"兽"字组句

1. 七言诗句

2. 五言诗句

答案（仅举一例）

1. 兽心犹办死报主（《义马冢》宋·艾性夫）
鸟兽鸣以号群兮（《九章·悲回风》战国·屈原）
朝炉兽炭腾红焰（《初冬》宋·陆游）
万里禽兽皆遮罗（《石鼓歌》唐·韩愈）
乌飞莫渡兽莫临（《韶州武溪亭》宋·郭祥正）
秋日荒凉石兽危（《岳鄂王墓》元·赵孟頫）

山颠怪石如蹲兽（《涂中杂兴·其五》宋·李洪）

2. 兽形云不一（《秋思》唐·白居易）
百兽谐金石（《帝京篇·其八》唐·李世民）
草密兽蹄多（《离颍州道间》宋·李曾伯）
蹊汀走兽稀（《苦雨诗》南北朝·鲍照）
瑞脑消金兽（《醉花阴》宋·李清照）

"虫"字组句

1. 七言诗句

虫						
	虫					
		虫				
			虫			
				虫		
					虫	
						虫

2. 五言诗句

虫				
	虫			
		虫		
			虫	
				虫

答案（仅举一例）

1. 虫声冬思苦于秋（《冬夜闻虫》唐·白居易）
   乱虫秋意有先声（《入山》元·刘因）
   岁晚虫鸣寒露草（《留别崔澣秀才昆仲》唐·刘沧）
   开户暗虫犹打窗（《水斋》唐·李商隐）
   霜草苍苍虫切切（《村夜》唐·白居易）
   夜深静卧百虫绝（《山石》唐·韩愈）
   枳落莎渠急夜虫（《小园秋夕》宋·刘筠）

2. 虫来啮桃根（《鸡鸣》汉乐府）
   因虫长草多（《题著禅师》唐·杜荀鹤）
   苍苍虫网遍（《团扇歌》唐·刘禹锡）
   灯下草虫鸣（《秋夜独坐》唐·王维）
   露草覆寒虫（《江乡故人偶集客舍》唐·戴叔伦）

"鱼"字组句

1. 七言诗句

2. 五言诗句

答案（仅举一例）

1. 鱼龙潜跃水成文（《春江花月夜》唐·张若虚）
   老鱼跳波瘦蛟舞（《李凭箜篌引》唐·李贺）
   洗兵鱼海云迎阵（《凯歌·其四》唐·岑参）
   深涧游鱼乐不知（《山中五绝句·涧中鱼》唐·白居易）
   烟潭共爱鱼方乐（《和沈书记同访林处士》宋·范仲淹）
   鸥凫长傍钓鱼船（《怀詹伯远》元末明初·谢应芳）
   侍女金盘脍鲤鱼（《洛阳女儿行》唐·王维）

2. 鱼丽晓复前（《学古诗三首·其一》南北朝·何逊）
   池鱼思故渊（《归园田居·其一》晋·陶渊明）
   水落鱼梁浅（《与诸子登岘山》唐·孟浩然）
   门系钓鱼船（《旅宿》唐·杜牧）
   坳堂可钓鱼（《庶几堂》宋·刘敞）

"酒"字组句

1. 七言诗句

酒						
	酒					
		酒				
			酒			
				酒		
					酒	
						酒

2. 五言诗句

酒				
	酒			
		酒		
			酒	
				酒

答案（仅举一例）

1. 酒肉如山鼓吹喧（《梦范参政》宋·陆游）
美酒一杯声一曲（《听安万善吹觱篥歌》唐·李颀）
渐伏酒魔休放醉（《寄题庐山旧草堂兼呈二林寺道侣》唐·白居易）
东门沽酒饮我曹（《送陈章甫》唐·李颀）
脸上残霞酒半消（《鹧鸪天》宋·李吕）
不能废人运酒舫（《石鱼湖上醉歌》唐·元结）
筵上芳樽今日酒（《别宜春赴举》唐·卢肇）

2. 酒星不在天（《月下独酌·其二》唐·李白）
美酒聊共挥（《下终南山过斛斯山人宿置酒》唐·李白）
归家酒债多（《赠刘都使》唐·李白）
驱儿罗酒浆（《赠卫八处士》唐·杜甫）
更醉君家酒（《虞美人》宋·陈与义）

"肉"字组句

1. 七言诗句

肉						
	肉					
		肉				
			肉			
				肉		
					肉	
						肉

2. 五言诗句

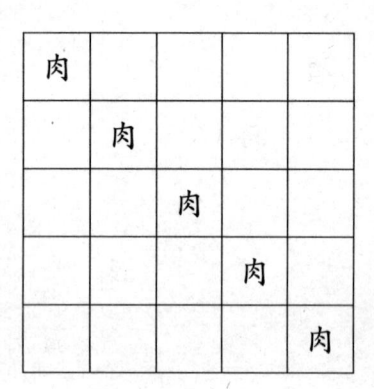

肉				
	肉			
		肉		
			肉	
				肉

答案（仅举一例）

1. 肉身安得钻天手（《上大望州钻天三里·其二》宋·王十朋）
   酒肉如山鼓吹喧（《梦范参政》宋·陆游）
   食无肉兮出无友（《六无吟》宋·刘黻）
   干惟画肉不画骨（《丹青引赠曹将军霸》唐·杜甫）
   敢向朱门肉食夸（《官舍岁暮感怀书事·其三》宋·张耒）
   管城子无食肉相（《戏呈孔毅父》宋·黄庭坚）
   翻遭网罗俎其肉（《燕衔泥》唐·韦应物）

2. 肉色退红娇（《题所赁宅牡丹花》唐·王建）
   无肉令人瘦（《于潜僧绿筠轩》宋·苏轼）
   应烦肉食谋（《次韵李彦达客舍秋怀》宋·张纲）
   渐与骨肉远（《巴山道中除夜有怀》唐·崔涂）
   宁可食无肉（《于潜僧绿筠轩》宋·苏轼）

"日"字组句

1. 七言诗句

日						
	日					
		日				
			日			
				日		
					日	
						日

2. 五言诗句

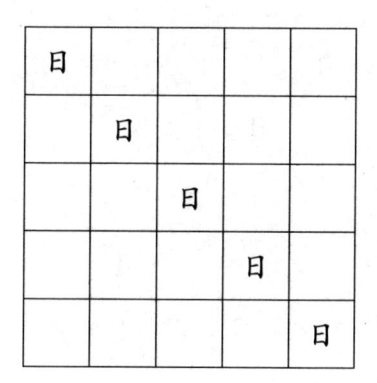

日				
	日			
		日		
			日	
				日

答案（仅举一例）

1. 日出江花红胜火（《忆江南·其一》唐·白居易）

   落日解鞍芳草岸（《青玉案》元·黄公绍）

   雨淋日炙野火燎（《石鼓歌》唐·韩愈）

   罢官昨日今如何（《送陈章甫》唐·李颀）

   红树青山日欲斜（《丰乐亭游春·其三》宋·欧阳修）

   醉卧不知白日暮（《送陈章甫》唐·李颀）

   明妃西嫁无来日（《王昭君·其一》唐·李白）

2. 日暮黄云高（《巩北秋兴寄崔明允》唐·岑参）

   尽日珠帘卷（《蝶恋花》宋·张先）

   山貌日高古（《宣城青溪》唐·李白）

   浮云终日行（《梦李白·其二》唐·杜甫）

   春秋多佳日（《移居·其二》晋·陶渊明）

"月"字组句

1. 七言诗句

2. 五言诗句

答案（仅举一例）

1. 月照花林皆似霰（《春江花月夜》唐·张若虚）

   四月南风大麦黄（《送陈章甫》唐·李颀）

   鹿门月照开烟树（《夜归鹿门山歌》唐·孟浩然）

   卷帷望月空长叹（《长相思·其一》唐·李白）

   香雾空蒙月转廊（《海棠》宋·苏轼）

   寂寂寒江明月心（《芙蓉楼送辛渐·其一》唐·王昌龄）

   织女机丝虚夜月（《秋兴·其七》唐·杜甫）

2. 月是故乡明（《月夜忆舍弟》唐·杜甫）

   明月来相照（《竹里馆》唐·王维）

   掬水月在手（《春山夜月》唐·于良史）

   流波将月去（《春江花月夜·其一》隋·杨广）

   长安一片月（《子夜四时歌·秋歌》唐·李白）

"星"字组句

1. 七言诗句

星						
	星					
		星				
			星			
				星		
					星	
						星

2. 五言诗句

星				
	星			
		星		
			星	
				星

答案（仅举一例）

1. 星宫之君醉琼浆（《寄韩谏议》唐·杜甫）

   残星几点雁横塞（《长安晚秋》唐·赵嘏）

   掎（jǐ）摭（zhí）星宿遗羲娥（《石鼓歌》唐·韩愈）

   夜不见星朝蔽日（《偶书·其二》宋·张耒）

   四座无言星欲稀（《琴歌》唐·李颀）

   聊持宝剑动星文（《老将行》唐·王维）

   干戈寥落四周星（《过零丁洋》宋·文天祥）

2. 星垂平野阔（《旅夜书怀》唐·杜甫）

   曙星海中出（《边城将·其三》南北朝·吴均）

   归军星散营（《新安吏》唐·杜甫）

   烬火孤星灭（《独夜伤怀赠呈张侍御》唐·元稹）

   裁金巧作星（《美女篇》南北朝·萧纲）

"夜"字组句

1. 七言诗句

夜						
	夜					
		夜				
			夜			
				夜		
					夜	
						夜

2. 五言诗句

夜				
	夜			
		夜		
			夜	
				夜

答案（仅举一例）

1. 夜深篱落一灯明（《夜书所见》宋·叶绍翁）
   岁夜高堂列明烛（《听安万善吹觱篥歌》唐·李颀）
   子规夜半犹啼血（《送春》宋·王令）
   小楼一夜听春雨（《临安春雨初霁》宋·陆游）
   轮台城头夜吹角（《轮台歌奉送封大夫出师西征》唐·岑参）
   度却醒时一夜愁（《宿醉》唐·元稹）
   嘶酸雏雁失群夜（《听董大弹胡笳声兼寄语弄房给事》唐·李颀）

2. 夜来风雨声（《春晓》唐·孟浩然）
   寒夜无被眠（《怨诗楚调示庞主簿邓治中》晋·陶渊明）
   香刹夜忘归（《宿龙兴寺》唐·綦毋潜）
   松月生夜凉（《宿业师山房待丁大不至》唐·孟浩然）
   情人怨遥夜（《望月怀远》唐·张九龄）

"天"字组句

1. 七言诗句

天						
	天					
		天				
			天			
				天		
					天	
						天

2. 五言诗句

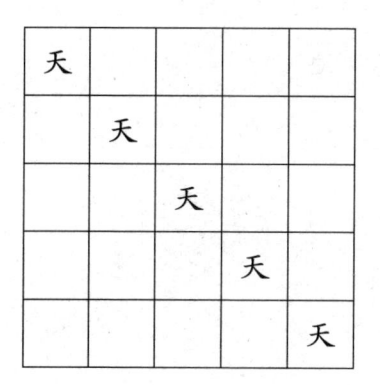

天				
	天			
		天		
			天	
				天

答案（仅举一例）

1. 天街小雨润如酥（《早春呈水部张十八员外·其一》唐·韩愈）
   在天愿作比翼鸟（《长恨歌》唐·白居易）
   浪打天门石壁开（《横江词·其四》唐·李白）
   角声满天秋色里（《雁门太守行》唐·李贺）
   了却君王天下事（《破阵子·为陈同甫赋壮词以寄之》宋·辛弃疾）
   长河浪头连天黑（《送陈章甫》唐·李颀）
   火树银花不夜天（《浣溪沙》现代·柳亚子）

2. 天地一沙鸥（《旅夜书怀》唐·杜甫）
   望天低吴楚（《百字令》元·萨都剌）
   石容天倾侧（《宣城青溪》唐·李白）
   长歌楚天碧（《溪居》唐·柳宗元）
   难于上青天（《蜀道难》唐·李白）

"地"字组句

1. 七言诗句

地						
	地					
		地				
			地			
				地		
					地	
						地

2. 五言诗句

地				
	地			
		地		
			地	
				地

答案（仅举一例）

1. 地似人心总不平（《晚眺》唐·罗隐）
  遍地英雄下夕烟（《七律·到韶山》现代·毛泽东）
  中庭地白树栖鸦（《十五夜望月寄杜郎中》唐·王建）
  随风满地石乱走（《走马川行奉送出师西征》唐·岑参）
  住近湓江地低湿（《琵琶行》唐·白居易）
  漂泊西南天地间（《咏怀古迹·其一》唐·杜甫）
  指点六朝形胜地（《百字令》元·萨都剌）

2. 地束惊流满（《西塞山》唐·韦应物）
  落地为兄弟（《杂诗》晋·陶渊明）
  岂伊地气暖（《感遇·其七》唐·张九龄）
  闲身陆地仙（《书幸》宋·陆游）
  江南瘴疠地（《梦李白·其一》唐·杜甫）

"东"字组句

1. 七言诗句

2. 五言诗句

答案（仅举一例）

1. 东风好作阳和使（《春郊》唐·钱起）
辽东小妇年十五（《古意》唐·李颀）
快阁东西倚晚晴（《登快阁》宋·黄庭坚）
洞庭之东江水西（《登岳阳楼·其一》宋·陈与义）
路人举首东南望（《登云龙山》宋·苏轼）
乐极哀来月东出（《观公孙大娘弟子舞剑器行》唐·杜甫）
弟兄羁旅各西东（《望月有感》唐·白居易）

2. 东皋薄暮望（《野望》唐·王绩）
关东有义士（《蒿里行》汉·曹操）
开我东阁门（《木兰诗》北朝民歌）
白水暮东流（《新安吏》唐·杜甫）
二气各西东（《咏廿四气诗·夏至五月中》唐·元稹）

"西"字组句

1. 七言诗句

	西					
		西				
			西			
				西		
					西	
						西
						西

2. 五言诗句

西				
	西			
		西		
			西	
				西

答案（仅举一例）

1. 西山白雪三城戍（《野望》唐·杜甫）
   淮西有贼五十载（《韩碑》唐·李商隐）
   夕阳西下几时回（《浣溪沙》宋·晏殊）
   金莎岭西看看没（《关山月》唐·王建）
   上将拥旄西出征（《轮台歌奉送封大夫出师西征》唐·岑参）
   横空千里雄西域（《过阴山和人韵·其三》元·耶律楚材）
   单于已在金山西（《轮台歌奉送封大夫出师西征》唐·岑参）

2. 西施宁久微（《西施咏》唐·王维）
   城西雪霰来（《寒食宿先天寺无可上人房》唐·方干）
   牛渚西江夜（《夜泊牛渚怀古》唐·李白）
   际夜转西壑（《春泛若耶溪》唐·綦毋潜）
   鱼戏莲叶西（《江南》汉乐府）

"南"字组句

1. 七言诗句

2. 五言诗句

答案（仅举一例）

1. 南极老人应寿昌（《寄韩谏议》唐·杜甫）

   淮南老屋颇宜夏（《次韵旷翁四时村居乐·其二》宋·艾性夫）

   四月南风大麦黄（《送陈章甫》唐·李颀）

   若到江南赶上春（《卜算子·送鲍浩然之浙东》）宋·王观

   承恩数上南熏殿（《丹青引赠曹将军霸》唐·杜甫）

   路人举首东南望（《登云龙山》宋·苏轼）

   与君方棹看淮南（《上巳日雁叉阻风呈宋彦起一首》宋·王阮）

2. 南国秀余芳（《赠刘都使》唐·李白）

   江南有丹橘（《感遇·其七》唐·张九龄）

   高卧南斋时（《同从弟销南斋玩月忆山阴崔少府》唐·王昌龄）

   了不知南北（《好事近·梦中作》宋·秦观）

   鱼戏莲叶南（《江南》汉乐府）

"北"字组句

1. 七言诗句

北						
	北					
		北				
			北			
				北		
					北	
						北

2. 五言诗句

北				
	北			
		北		
			北	
				北

答案（仅举一例）

1. 北风卷地白草折（《白雪歌送武判官归京》唐·岑参）
南北欢盟有本原（《谒寇忠悯祠堂·其一》宋·李纲）
都做北邙山下尘（《山坡羊·北邙山怀古》元·张养浩）
轮台城北旄头落（《轮台歌奉送封大夫出师西征》唐·岑参）
依依还似北归人（《惠崇春江晚景·其二》宋·苏轼）
玉京群帝集北斗（《寄韩谏议》唐·杜甫）
回车叱牛牵向北（《卖炭翁》唐·白居易）

2. 北山白云里（《秋登兰山寄张五》唐·孟浩然）
幡北灯花动（《寒食宿先天寺无可上人房》唐·方干）
樽发北山石（《霸陵篇》明·屠应埈）
翔鸟鸣北林（《咏怀·其一》晋·阮籍）
了不知南北（《好事近·梦中作》宋·秦观）

"中"字组句

1. 七言诗句

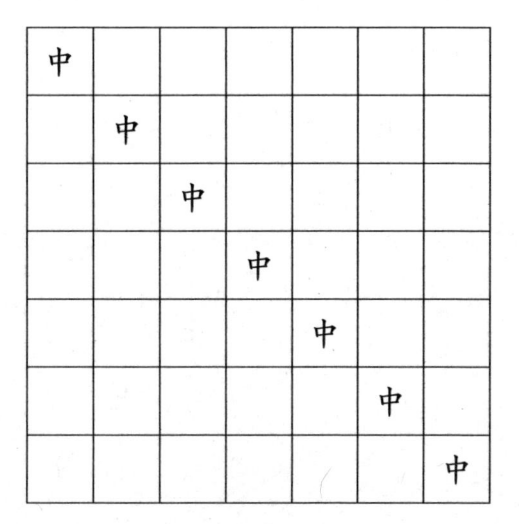

2. 五言诗句

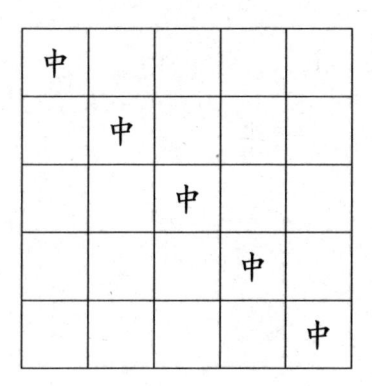

答案（仅举一例）

1. 中秋谁与共孤光（《西江月》宋·苏轼）
   穴中蝼蚁岂能逃（《送毛伯温》明·朱厚熜）
   阻风中酒过年年（《宿蓬船》唐·韦庄）
   开元之中常引见（《丹青引赠曹将军霸》唐·杜甫）
   南风吹雨中宵雷（《戏题西湖中鱼》宋·刘攽）
   鸦黄粉白车中出（《长安古意》唐·卢照邻）
   收篙停棹坐船中（《舟过安仁》宋·杨万里）

2. 中有尺素书（《饮马长城窟行》汉乐府）
   泽中生乔松（《咏怀·其二十九》晋·阮籍）
   恩情中道绝（《怨歌行》汉·班婕妤）
   疏雨过中条（《秋日赴阙题潼关驿楼》唐·许浑）
   须知五月中（《咏廿四气诗·夏至五月中》唐·元稹）

"上"字组句

1. 七言诗句

2. 五言诗句

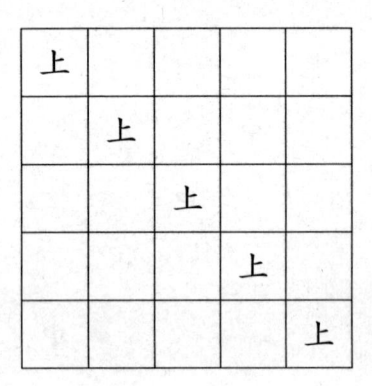

答案（仅举一例）

1. 上林繁花照眼新（《听安万善吹觱篥歌》唐·李颀）

   雪上空留马行处（《白雪歌送武判官归京》唐·岑参）

   誓将上雪列圣耻（《韩碑》唐·李商隐）

   拆桐花上雨初干（《春日湖上·其二》宋·武衍）

   手卷真珠上玉钩（《摊破浣溪沙》南唐·李璟）

   自去自来堂上燕（《江村》唐·杜甫）

   闲来垂钓碧溪上（《行路难·其一》唐·李白）

2. 上林花满枝（《宫中题》唐·李昂）

   堂上启阿母（《孔雀东南飞》汉乐府）

   入门上家堂（《孔雀东南飞》汉乐府）

   刀枪面上痕（《不如来饮酒·其四》唐·白居易）

   雨来沾席上（《陪诸贵公子丈八沟携妓纳凉晚际遇雨·其二》唐·杜甫）

"下"字组句

1. 七言诗句

下						
	下					
		下				
			下			
				下		
					下	
						下

2. 五言诗句

下				
	下			
		下		
			下	
				下

答案（仅举一例）

1. 下有渌水之波澜（《长相思·其一》唐·李白）
   烛下看花遍有思（《雨夜独酌》宋·杨万里）
   将军下笔开生面（《丹青引赠曹将军霸》唐·杜甫）
   座中泣下谁最多（《琵琶行》唐·白居易）
   遍地英雄下夕烟（《七律·到韶山》现代·毛泽东）
   不见全牛可下刀（《戏赠水牯庵》宋·黄庭坚）
   野鹿呦呦走堂下（《听董大弹胡笳声兼寄语弄房给事》唐·李颀）

2. 下窥指高鸟（《与高适薛据登慈恩寺浮图》唐·岑参）
   松下问童子（《寻隐者不遇》唐·贾岛）
   赤日下城圆（《学古诗三首·其一》南北朝·何逊）
   艳色天下重（《西施咏》唐·王维）
   采菊东篱下（《饮酒·其五》晋·陶渊明）

"左"字组句

1. 七言诗句

左						
	左					
		左				
			左			
				左		
					左	
						左

2. 五言诗句

左				
	左			
		左		
			左	
				左

答案（仅举一例）

1. 左骖殪（yì）兮右刃伤（《国殇》战国·屈原）
   江左名山不足夸（《过阴山和人韵·其三》元·耶律楚材）
   去岁左迁夜郎道（《自汉阳病酒归寄王明府》唐·李白）
   直须江左谢夫人（《雪后寻梅偶得绝句·其七》宋·陆游）
   路不周以左转兮（《离骚》战国·屈原）
   今日垂杨生左肘（《老将行》唐·王维）
   舞蝶游蜂迷道左（《谒金门》宋·吕胜己）

2. 左顾凌鲜卑（《善哉行·其二》汉·曹操）
   江左占形胜（《水调歌头·多景楼》宋·陆游）
   湖光左右通（《洪园洗心堂饮中偶成》宋·洪咨夔）
   控弦破左的（《白马篇》三国·魏·曹植）
   琅邪倾侧左（《善哉行·其二》汉·曹操）

"右"字组句

1. 七言诗句

2. 五言诗句

答案（仅举一例）

1. 右披昔年陪俊赏（《和芍药》宋·廖行之）

   左右回身看不彻（《舟过城门村清晓雨止日出·其四》宋·杨万里）

   左铤右铤生旋风（《田使君美人舞如莲花北铤歌》唐·岑参）

   图书左右任披翻（《西轩春坐》宋·王迈）

   口角流沫右手胝（《韩碑》唐·李商隐）

   但恨无过王右军（《丹青引赠曹将军霸》唐·杜甫）

   对影成三谁左右（《木兰花/玉楼春·月下》宋·莫将）

2. 右发摧月支（《白马篇》三国·魏·曹植）

   左右洗青壁（《望庐山瀑布水·其一》唐·李白）

   不养右军鹅（《闲居作·其五》唐·张祜）

   诗原左右逢（《次韵米元章壮观》宋·饶节）

   才出时人右（《题魏万成江亭》唐·刘长卿）

"前"字组句

1. 七言诗句

2. 五言诗句

答案（仅举一例）

1. 前月浮梁买茶去（《琵琶行》唐·白居易）

   门前冷落鞍马稀（《琵琶行》唐·白居易）

   鹤伴前溪栽白杏（《和袭美怀锡山药名离合·其一》唐·陆龟蒙）

   公归上前勉书策（《送范舍人还朝》宋·陆游）

   后有韦讽前支遁（《韦讽录事宅观曹将军画马图》唐·杜甫）

   兰舟无赖寄前汀（《与人约访林处士阻雨因寄》宋·范仲淹）

   雪拥蓝关马不前（《左迁至蓝关示侄孙湘》唐·韩愈）

2. 前不见古人（《登幽州台歌》唐·陈子昂）

   床前两小女（《北征》唐·杜甫）

   同忆前年腊（《寒食宿先天寺无可上人房》唐·方干）

   天明登前途（《石壕吏》唐·杜甫）

   来日绮窗前（《杂诗·其二》唐·王维）

"后"字组句

1. 七言诗句

后						
	后					
		后				
			后			
				后		
					后	
						后

2. 五言诗句

后				
	后			
		后		
			后	
				后

答案（仅举一例）

1. 后有韦讽前支遁（《韦讽录事宅观曹将军画马图》唐·杜甫）
卧后清宵细细长（《无题》唐·李商隐）
可怜后主还祠庙（《登楼》唐·杜甫）
何须身后千载名（《行路难·其三》唐·李白）
料敌谋攻后出师（《题筹笔驿》宋·文彦博）
柚子环堤屋后松（《访南昌别业有怀古林先生》明·庞嵩）
归来饱饭黄昏后（《牧童》唐·吕岩）

2. 后不见来者（《登幽州台歌》唐·陈子昂）
阵后云逾直（《侍从徐国公殿下军行诗》南北朝·庾信）
仍期后月游（《湖中寄王侍御》唐·丘为）
寂寞身后事（《梦李白·其二》唐·杜甫）
岸暗乌栖后（《秋池·其一》唐·白居易）

"里"字组句

1. 七言诗句

里						
	里					
		里				
			里			
				里		
					里	
						里

2. 五言诗句

里				
	里			
		里		
			里	
				里

答案（仅举一例）

1. 里面看山山不见（《登罗浮山·其三》宋·吴泳）

   众里寻他千百度（《青玉案·元夕》宋·辛弃疾）

   除梦里有时曾去（《宴山亭·北行见杏花》宋·赵佶）

   横空千里雄西域（《过阴山和人韵·其三》元·耶律楚材）

   国子先生里行立（《送叶任道教授之官静江》宋·叶适）

   愁云惨淡万里凝（《白雪歌送武判官归京》唐·岑参）

   角声满天秋色里（《雁门太守行》唐·李贺）

2. 里中有三坟（《梁甫吟》汉乐府）

   千里其如何（《同从弟销南斋玩月忆山阴崔少府》唐·王昌龄）

   渺万里层云（《摸鱼儿·雁丘词》金·元好问）

   秋风万里动（《巩北秋兴寄崔明允》唐·岑参）

   转头向户里（《孔雀东南飞》汉乐府）

"内"字组句

1. 七言诗句

内						
	内					
		内				
			内			
				内		
					内	
						内

2. 五言诗句

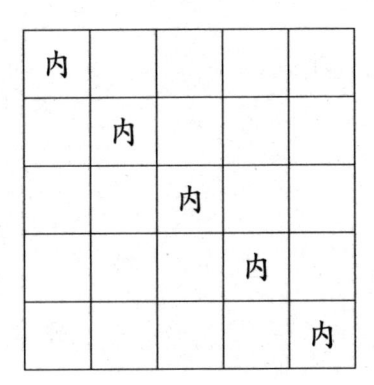

内				
	内			
		内		
			内	
				内

答案（仅举一例）

1. 内府殷红玛瑙盘（《韦讽录事宅观曹将军画马图》唐·杜甫）
   庙内老人识神意（《谒衡岳庙遂宿岳寺题门楼》唐·韩愈）
   曾陪内宴宴昭阳（《霓裳羽衣舞歌》唐·白居易）
   西宫南内多秋草（《长恨歌》唐·白居易）
   想形容兮内摧伤（《思亲诗》晋·嵇康）
   尚有威名海内传（《王思道碑堂下作》唐·刘禹锡）
   贤愚共在浮生内（《题谢公东山障子》唐·白居易）

2. 内厚质正兮（《怀沙》战国·屈原）
   满内而外扬（《九章·思美人》战国·屈原）
   儿童内外亲（《留别宋处士》唐·戴叔伦）
   自小阙内训（《送杨氏女》唐·韦应物）
   药裹衣巾内（《周参政惠书唁及亡儿开·其一》宋·李石）

203

"外"字组句

1. 七言诗句

2. 五言诗句

答案（仅举一例）

1. 外物寂中谁似我（《山居示灵澈上人》唐·皎然）
   帘外春寒赐锦袍（《春宫曲》唐·王昌龄）
   仪曹外郎载笔随（《韩碑》唐·李商隐）
   还从物外起田园（《桃源行》唐·王维）
   但怪得竹外疏花（《暗香》宋·姜夔）
   长乐钟声花外尽（《赠阙下裴舍人》唐·钱起）
   萧萧远树疏林外（宋·寇准《书河上亭壁·其三》）

2. 外物不能侵（《哭崔常侍晦叔》唐·白居易）
   户外一峰秀（《题义公禅房》唐·孟浩然）
   谈性外诸经（《春晚喜悟禅师自琉璃上方见过》唐·无可）
   孤鸿号外野（《咏怀·其一》晋·阮籍）
   住处钟鼓外（《原上新居·其十》唐·王建）

"高"字组句

1. 七言诗句

高						
	高					
		高				
			高			
				高		
					高	
						高

2. 五言诗句

高				
	高			
		高		
			高	
				高

答案（仅举一例）

1. 高楼送客不能醉（《芙蓉楼送辛渐·其一》唐·王昌龄）
   碑高三丈字如斗（《韩碑》唐·李商隐）
   何故高楼鼓角悲（《至扬州·其三》宋·文天祥）
   明月楼高休独倚（《苏幕遮》宋·范仲淹）
   肯放淮南高卧人（《李贾二大夫谏拜命后寄杨八寿州》唐·刘禹锡）
   销磨岁月成高位（《喜入新年自咏》唐·白居易）
   有时空望孤云高（《送陈章甫》唐·李颀）

2. 高明逼神恶（《感遇·其四》唐·张九龄）
   天高云去尽（《观作桥成月夜舟中有述还呈李司马》唐·杜甫）
   危楼高百尺（《夜宿山寺》唐·李白）
   尽日凭高目（《西平乐》宋·柳永）
   睡到日头高（《满庭芳·失鸡》明·王磐）

"低"字组句

1. 七言诗句

低						
	低					
		低				
			低			
				低		
					低	
						低

2. 五言诗句

低				
	低			
		低		
			低	
				低

答案（仅举一例）

1. 低回似恨横塘雨（《惜春词》唐·温庭筠）

   高低采削材如一（《度烂溪》宋·韦骧）

   不肯低头在草莽（《送陈章甫》唐·李颀）

   一路高低不记盘（《题报恩寺上方》唐·方干）

   逢郎欲语低头笑（《采莲曲》唐·白居易）

   住近湓江地低湿（《琵琶行》唐·白居易）

   千朵万朵压枝低（《江畔独步寻花·其六》唐·杜甫）

2. 低空有断云（《别房太尉墓》唐·杜甫）

   高低有万寻（《登香炉峰顶》唐·白居易）

   秦桑低绿枝（《春思》唐·李白）

   骑火高低影（《早送举人入试》唐·白居易）

   回首白云低（《咏华山》宋·寇准）

"酸"字组句

1. 七言诗句

2. 五言诗句

答案（仅举一例）

1. 酸风苦雨并无端（《明发祁门悟法寺溪行险绝·其六》宋·杨万里）
   嘶酸雏雁失群夜（《听董大弹胡笳声兼寄语弄房给事》唐·李颀）
   东关酸风射眸子（《金铜仙人辞汉歌》唐·李贺）
   君歌声酸辞且苦（《八月十五夜赠张功曹》唐·韩愈）
   减却新诗酸却酒（《次韵龚养正中秋无月·其二》宋·范成大）
   炊烟不起自酸辛（《田间麦秀因成绝句》宋·王炎）
   风砂捲地鼻生酸（《道中不见山水》宋·汪梦斗）

2. 酸分含笑香（《修鹰爪花架》宋·王十朋）
   心酸苦泪零（《九日哭子柔弟》宋·周必大）
   谁知酸与甜（《九日·其二》宋·苏辙）
   抚迹犹酸辛（《自京赴奉先县咏怀五百字》唐·杜甫）
   橘老尚多酸（《山墅·其五》宋·方岳）

"甜"字组句

1. 七言诗句

甜						
	甜					
		甜				
			甜			
				甜		
					甜	
						甜

2. 五言诗句

甜				
	甜			
		甜		
			甜	
				甜

答案（仅举一例）

1. 甜满中边一夜冰（《从昭祖乞糖霜》宋·邓肃）

   蜜甜忘却十年苦（《送浮屠宗立东游·其一》宋·王之道）

   村酒甜酸市酒浑（《秋兴·其二》宋·陆游）

   甘露太甜非正味（《府酒五绝·辨味》唐·白居易）

   造物要令甜在后（《郡圃有荔支名白蜜者熟最晚戏成一绝》宋·王十朋）

   朱柑绿橘半甜时（《与毛令方尉游西菩提寺·其二》宋·苏轼）

   为谁辛苦为谁甜（《蜂》唐·罗隐）

2. 甜酿雪清泉（《次韵竺梅潭老境》宋·陈著）

   酸甜在橘中（《看柑》宋·叶适）

   既能甜似蜜（《萍》唐·李峤）

   琼液酸甜足（《与沈杨二舍人合老同食敕赐樱桃玩物感恩因成十四韵》唐·白居易）

   生怜白蜜甜（《诗三百三首·其七十六》唐·寒山）

"苦"字组句

1. 七言诗句

苦						
	苦					
		苦				
			苦			
				苦		
					苦	
						苦

2. 五言诗句

苦				
	苦			
		苦		
			苦	
				苦

答案（仅举一例）

1. 苦心岂免容蝼蚁（《古柏行》唐·杜甫）
辛苦遭逢起一经（《过零丁洋》宋·文天祥）
借问苦心爱者谁（《韦讽录事宅观曹将军画马图》唐·杜甫）
但道困苦乞为奴（《哀王孙》唐·杜甫）
李斯税驾苦不早（《行路难·其三》唐·李白）
亚相勤王甘苦辛（《轮台歌奉送封大夫出师西征》唐·岑参）
天长路远魂飞苦（《长相思·其一》唐·李白）

2. 苦调凄金石（《省试湘灵鼓瑟》唐·钱起）
甘苦齐结实（《北征》唐·杜甫）
器漏苦不密（《临终诗》汉·孔融）
君子多苦心（《善哉行·其三》汉·曹操）
饥劬（qú）不自苦（《观田家》唐·韦应物）

"辣"字组句

1. 七言诗句

2. 五言诗句

答案（仅举一例）

1. <u>辣</u>皱人眉性最良（《食姜》宋·王十朋）
   筛<u>辣</u>捣香篘（chōu）腊酒（《岁暮》宋·陆游）
   食如<u>辣</u>玉兼甜冰（《食生菜》宋·白玉蟾）
   捣香筛<u>辣</u>入瓶盆（《新酿桂酒》宋·苏轼）
   逐臣心地<u>辣</u>无疑（《秦镜》清·王季珠）
   似是根株食<u>辣</u>虫（《秋花十咏·蓼花》元·方一夔）
   姜桂到老性愈<u>辣</u>（《谢惠椒酱等物·其一》宋·谢枋得）

2. <u>辣</u>性似俎徕（《肃翁饷石门芥菜》宋·刘克庄）
   酒<u>辣</u>偏相称（《春笋诗》明·李流芳）
   春盘<u>辣</u>芥花（《西园·其二》清·屈大均）
   酸咸苦<u>辣</u>具（《六咏诗·无我》明·憨山大师）
   受性老弥<u>辣</u>（《记小圃花果·桂花》宋·刘克庄）

"咸"字组句

1. 七言诗句

2. 五言诗句

答案（仅举一例）

1. 咸酸独觉水中味（《次韵费同叔解嘲·其一》宋·魏了翁）
   酸咸嗜好虽殊禀（《次赵解元韵·其一》宋·陈造）
   此去咸阳五千里（《渡辽水》唐·王建）
   愿依彭咸之遗则（《离骚》战国·屈原）
   从臣才艺咸第一（《石鼓歌》唐·韩愈）
   千乘万骑入咸阳（《忆昔·其一》唐·杜甫）

   独悲世俗异酸咸（《残春》宋·陆游）

2. 咸言意气高（《塞下曲》唐·王昌龄）
   酸咸苦辣具（《六咏诗·无我》明·憨山大师）
   行人咸息驾（《咏美人春游诗》南北朝·江淹）
   殷受命咸宜（《诗经·玄鸟》）
   池塘海雨咸（《李氏小池亭十二韵》唐·韦庄）

211

"淡"字组句

1. 七言诗句

淡						
	淡					
		淡				
			淡			
				淡		
					淡	
						淡

2. 五言诗句

淡				
	淡			
		淡		
			淡	
				淡

答案（仅举一例）

1. 淡黄衫子裁春縠（《麦秀两岐》唐·和凝）

   冷淡不关蜂蝶梦（《清源分司林檎花》明·于谦）

   故应淡薄无人管（《亭竹·其二》宋·陈渊）

   意匠惨淡经营中（《丹青引赠曹将军霸》唐·杜甫）

   朵朵花开淡墨痕（《墨梅》元·王冕）

   菱荇花香淡淡风（《朱坡故少保杜公池亭》唐·许浑）

   惟爱松筠多冷淡（《和浔阳宰感旧绝句·其三》唐·李中）

2. 淡菜生寒日（《画角东城》唐·李贺）

   惨淡随回纥（《北征》唐·杜甫）

   清辉淡水木（《同从弟销南斋玩月忆山阴崔少府》唐·王昌龄）

   暗暗淡淡紫（《菊》唐·李商隐）

   云溪花淡淡（《行次盐亭县聊题四韵奉简严遂州蓬州两使君咨议诸昆季》唐·杜甫）

"大"字组句

1. 七言诗句

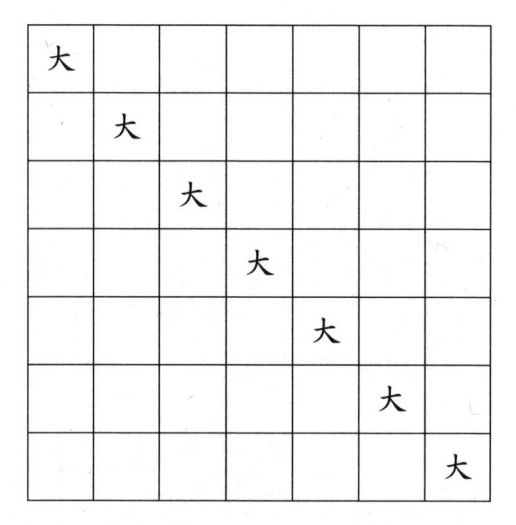

大						
	大					
		大				
			大			
				大		
					大	
						大

2. 五言诗句

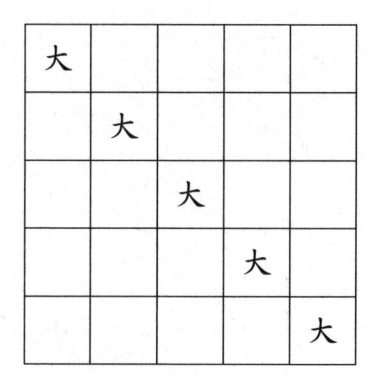

大				
	大			
		大		
			大	
				大

答案（仅举一例）

1. 大荒沉沉飞雪白（《听董大弹胡笳声兼寄语弄房给事》唐·李颀）
老大嫁作商人妇（《琵琶行》唐·白居易）
三军大呼阴山动（《轮台歌奉送封大夫出师西征》唐·岑参）
古来材大难为用（《古柏行》唐·杜甫）
四月南风大麦黄（《送陈章甫》唐·李颀）
城上高楼接大荒（《登柳州城楼寄漳汀封连四州》唐·柳宗元）
莫道官忙身老大（《早春呈水部张十八员外·其二》唐·韩愈）

2. 大雪压青松（《青松》现代·陈毅）
外大国是疆（《诗经·长发》）
方知大蕃地（《郡斋雨中与诸文士燕集》唐·韦应物）
鳞鳞居大厦（《陶者》宋·梅尧臣）
域中诗价大（《吊杜工部坟》唐·齐己）

"小"字组句

1. 七言诗句

小						
	小					
		小				
			小			
				小		
					小	
						小

2. 五言诗句

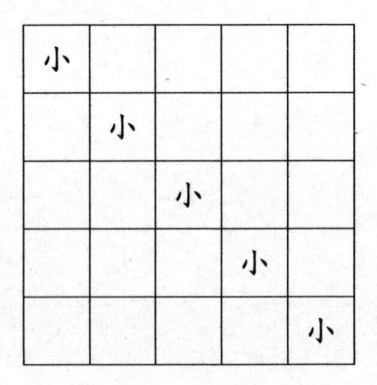

小				
	小			
		小		
			小	
				小

答案（仅举一例）

1. 小楼一夜听春雨（《临安春雨初霁》宋·陆游）
   少小虽非投笔吏（《望蓟门》唐·祖咏）
   情怀小样杜陵诗（《干戈》宋·王中）
   金泥帐小教谁共（《鹧鸪天》宋·李吕）
   荷花深处小船通（《采莲曲》唐·白居易）
   公退斋戒坐小阁（《韩碑》唐·李商隐）
   花褪残红青杏小（《蝶恋花·春景》宋·苏轼）

2. 小摘药苗稀（《反招隐》宋·朱继芳）
   城小贼不屠（《贼退示官吏》唐·元结）
   金簇小蜻蜓（《江城子》宋·张泌）
   泽兰侵小径（《郊兴》唐·王勃）
   尚觉窥天小（《蛙》宋·赵希迈）

"来"字组句

1. 七言诗句

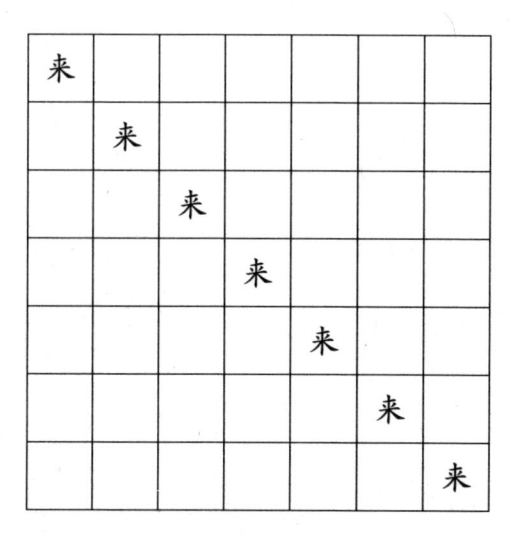

来						
	来					
		来				
			来			
				来		
					来	
						来

2. 五言诗句

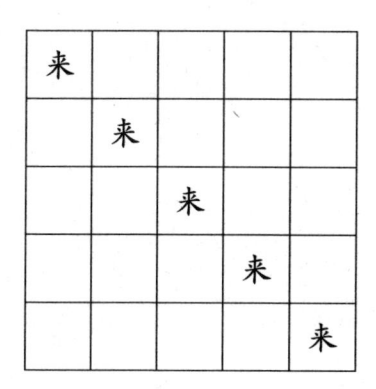

来				
	来			
		来		
			来	
				来

答案（仅举一例）

1. 来如雷霆收震怒（《观公孙大娘弟子舞剑器行》唐·杜甫）

   较来何重亦何轻（《用李梦发韵》宋·王之道）

   以火来照所见稀（《山石》唐·韩愈）

   松竹健来唯欠语（《秋事》唐·吴融）

   深山窃听来妖精（《听董大弹胡笳声兼寄语弄房给事》唐·李颀）

   长飙风中自来往（《听安万善吹觱篥歌》唐·李颀）

   不知转入此中来（唐·白居易《大林寺桃花》）

2. 来从楚国游（《渡荆门送别》唐·李白）

   年来未觉新（《同洛阳李少府观永乐公主入蕃》唐·孙逖）

   明月来相照（《竹里馆》唐·王维）

   却顾所来径（《下终南山过斛斯山人宿置酒》唐·李白）

   为有暗香来（《早梅》宋·王安石）

"去"字组句

1. 七言诗句

去						
	去					
		去				
			去			
				去		
					去	
						去

2. 五言诗句

去				
	去			
		去		
			去	
				去

答案（仅举一例）

1. 去年杏花今又折（《因省风俗访道士侄不见题壁》唐·韦应物）
   自去自来堂上燕（《江村》唐·杜甫）
   龙媒去尽鸟呼风（《韦讽录事宅观曹将军画马图》唐·杜甫）
   芳菲歇去何须恨（《三月晦日偶题》宋·秦观）
   尽是刘郎去后栽（《玄都观桃花》唐·刘禹锡）
   鹅鸭不知春去尽（《春日》宋·晁冲之）
   颠狂柳絮随风去（《漫兴·其五》唐·杜甫）

2. 去马嘶春草（《答王卿送别》唐·韦应物）
   休去倚危栏（《摸鱼儿》宋·辛弃疾）
   风卷去来云（《晚渡渲沱敬赠魏大》唐·卢照邻）
   蕤宾移去后（《咏廿四气诗·夏至五月中》唐·元稹）
   流波将月去（《春江花月夜·其一》隋·杨广）

"快"字组句

1. 七言诗句

快						
	快					
		快				
			快			
				快		
					快	
						快

2. 五言诗句

快				
	快			
		快		
			快	
				快

答案（仅举一例）

1. 快剑砍断生蛟鼍（《石鼓歌》唐·韩愈）
   尽快意时仍起舞（《林下五吟·其三》宋·邵雍）
   生须快意阙前知（《赠石先生》宋·陈师道）
   相逢且快眼前事（《途中逢友人》唐·李咸用）
   别有优游快活人（《快活》唐·白居易）
   投笔急装须快士（《秋雨叹》宋·陆游）
   莫贪顺路行时快（《和邵尧夫韵示儿侄》宋·王洋）

2. 快人由为叹（《善哉行·其二》汉·曹操）
   疏快颇宜人（《宾至/有客》唐·杜甫）
   从放快飞鸣（《鹦鹉》唐·白居易）
   微风尚快襟（《十一月》宋·孔平仲）
   我闻亦一快（《和单君范古意·猎》宋·陈著）

"慢"字组句

1. 七言诗句

慢						
	慢					
		慢				
			慢			
				慢		
					慢	
						慢

2. 五言诗句

慢				
	慢			
		慢		
			慢	
				慢

答案（仅举一例）

1. 慢脸娇娥纤复秾（《田使君美人舞如莲花北鋋歌》唐·岑参）

   懒慢江河放逐臣（《竟陵僦舍仍有小园景物颇佳》宋·张耒）

   轻拢慢捻抹复挑（《琵琶行》唐·白居易）

   景迟风慢暮春情（《残春曲》唐·白居易）

   五更军角慢吹霜（《越中言事·其二》唐·方干）

   不暖不寒慢慢风（《嘉陵夜有怀·其二》唐·白居易[一作吴融]）

   社公雨足东风慢（《点绛唇》宋·寇准）

2. 慢行成酩酊（《自喜》唐·李商隐）

   懒慢致蹉跎（《春日即事·其一》唐·耿湋）

   菱歌慢慢声（《江馆》唐·王建）

   荆门远慢州（《酬许五康佐》唐·元稹）

   有汉姓傲慢（《诗三百三首·其七十六》唐·寒山）

"生"字组句

1. 七言诗句

2. 五言诗句

答案（仅举一例）

1. 生存相别尚如此（《梦范参政》宋·陆游）
   人生如此自可乐（《山石》唐·韩愈）
   恋所生兮泪流襟（《思亲诗》晋·嵇康）
   万代先生号素王（《经曲阜城》唐·刘沧）
   日照香炉生紫烟（《望庐山瀑布》唐·李白）
   事夫誓拟同生死（《节妇吟》唐·张籍）
   舟人夜语觉潮生（《晚次鄂州》唐·卢纶）

2. 生当作人杰（《夏日绝句》宋·李清照）
   人生不相见（《赠卫八处士》唐·杜甫）
   泽中生乔松（《咏怀·其四十九》晋·阮籍）
   欣欣此生意（《感遇·其一》唐·张九龄）
   畏向玉阶生（《杂诗·其一》唐·王维）

"死"字组句

1. 七言诗句

死						
	死					
		死				
			死			
				死		
					死	
						死

2. 五言诗句

死				
	死			
		死		
			死	
				死

答案（仅举一例）

1. 死亦相寻越女舟（《赵广德送松江蟹》宋·高似孙）
   蹈死救人人免死（《徐有功》宋·王十朋）
   尔今死去侬收葬（《红楼梦·第二十七回·葬花吟》清·曹雪芹）
   十生九死到官所（《八月十五夜赠张功曹》唐·韩愈）
   语不惊人死不休（《江上值水如海势聊短述》唐·杜甫）
   表曰臣愈昧死上（《韩碑》唐·李商隐）
   人生自古谁无死（《过零丁洋》宋·文天祥）

2. 死亦为鬼雄（《夏日绝句》宋·李清照）
   半死落岩桐（《途中述怀》唐·李百药）
   抱柱死不疑（《泊姑熟江口邀刁景纯相见》宋·梅尧臣）
   生人为死别（《苦哉行·其五》唐·戎昱）
   色黯花草死（《感情》唐·白居易）

"有"字组句

1. 七言诗句

有						
	有					
		有				
			有			
				有		
					有	
						有

2. 五言诗句

有				
	有			
		有		
			有	
				有

答案（仅举一例）

1. 有耳莫洗颍川水（《行路难·其三》唐·李白）
   我有迷魂招不得（《致酒行》唐·李贺）
   主人有酒欢今夕（《琴歌》唐·李颀）
   翁翁岂有甘心事（《至扬州·其三》宋·文天祥）
   一弹一十有八拍（《听董大弹胡笳声兼寄语弄房给事》唐·李颀）
   将往复旋如有情（《听董大弹胡笳声兼寄语弄房给事》唐·李颀）
   绝域苍茫更何有（《燕歌行》唐·高适）

2. 有悲则有情（《咏怀·其七十》晋·阮籍）
   深有乘槎兴（《发山阳》宋·孔平仲）
   绝代有佳人（《佳人》唐·杜甫）
   落花如有意（《江南曲》唐·储光羲）
   头上何所有（《丽人行》唐·杜甫）

"无"字组句

1. 七言诗句

2. 五言诗句

答案（仅举一例）

1. 无复射蛟江水中（《韦讽录事宅观曹将军画马图》唐·杜甫）
   功无与让恩不訾（《韩碑》唐·李商隐）
   野渡无人舟自横（《滁州西涧》唐·韦应物）
   见此争无一句诗（《题峡中石上》唐·白居易）
   春去自应无觅处（《惜春》宋·王安石）
   多情却似总无情（《赠别·其二》唐·杜牧）
   五陵佳气无时无（《哀王孙》唐·杜甫）

2. 无悲亦无思（《咏怀·其七十》晋·阮籍）
   人无再少年（《续侄溥赏酴醾劝酒·其一》宋·陈著）
   阔狭无数丈（《登香炉峰顶》唐·白居易）
   但使愿无违（《归园田居·其三》晋·陶渊明）
   能饮一杯无（《问刘十九》唐·白居易）

第3章 诗词句子填空

单句填空

请根据提示，用含有与标题相关词语的诗句填空。

四季有冷暖

1. ＿＿＿＿＿＿，登高赋新诗。(《移居·其二》晋·陶渊明)
2. ＿＿＿＿＿＿，寒夜无被眠。(《怨诗楚调示庞主簿邓治中》晋·陶渊明)
3. ＿＿＿＿＿＿，园柳变鸣禽。(《登池上楼》南北朝·谢灵运)
4. 草杂今古色，＿＿＿＿＿＿。(《旦发青林》南北朝·孔稚珪)
5. ＿＿＿＿＿＿，菊气入新秋。(《晚泊江镇》唐·骆宾王)
6. 野火烧不尽，＿＿＿＿＿＿。(《赋得古原草送别》唐·白居易)
7. 力尽不知热，＿＿＿＿＿＿。(《观刈麦》唐·白居易)
8. 残暑蝉催尽，＿＿＿＿＿＿。(《宴散》唐·白居易)
9. ＿＿＿＿＿＿，不知转入此中来。(《大林寺桃花》唐·白居易)
10. ＿＿＿＿＿＿，不辨仙源何处寻。(《桃源行》唐·王维)
11. 荒城临古渡，＿＿＿＿＿＿。(《归嵩山作》唐·王维)
12. 残云收夏暑，＿＿＿＿＿＿。(《六月十三日水亭送华阴王少府还县》唐·岑参)
13. ＿＿＿＿＿＿，日暮黄云高。(《巩北秋兴寄崔明允》唐·岑参)
14. ＿＿＿＿＿＿，嫦娥孤栖与谁邻？(《把酒问月》唐·李白)
15. ＿＿＿＿＿＿，野渡无人舟自横。(《滁州西涧》唐·韦应物)
16. ＿＿＿＿＿＿，楼台倒影入池塘。(《山亭夏日》唐·高骈)
17. ＿＿＿＿＿＿，何以见阳春？(《孟冬蒲津关河亭作》唐·吕温)
18. 萧萧远树疏林外，＿＿＿＿＿＿。(《书河上亭壁·其三》宋·寇准)
19. 芳菲歇去何须恨，＿＿＿＿＿＿。(《三月晦日偶题》宋·秦观)
20. ＿＿＿＿＿＿，一片池塘好。(《梦》宋·吕本中)
21. ＿＿＿＿＿＿，千万和春住。(《卜算子·送鲍浩然之浙东》宋·王观)
22. ＿＿＿＿＿＿。满地残阳，翠色和烟老。(《苏幕遮·草》宋·

梅尧臣）

23. 不信芳春厌老人，_____，_____。(《浣溪沙·醉中真》宋·贺铸）

24. _____，费尽莺儿语。(《清平乐·春晚》宋·王安国）

25. _____，争随流水趁桃花。(《春日》宋·晁冲之）

26. _____，不听陈玄只听天。(《读张文潜诗二首·其一》宋·杨万里）

27. _____，深巷明朝卖杏花。(《临安春雨初霁》宋·陆游）

28. 欲说还休，_____！(《丑奴儿·书博山道中壁》宋·辛弃疾）

◆ 答案：1.春秋多佳日　2.夏日长抱饥　3.池塘生春草　4.岩留冬夏霜　5.荷香销晚夏　6.春风吹又生　7.但惜夏日长　8.新秋雁戴来　9.长恨春归无觅处　10.春来遍是桃花水　11.落日满秋山　12.新雨带秋岚　13.秋风万里动　14.白兔捣药秋复春　15.春潮带雨晚来急　16.绿树阴浓夏日长　17.严冬不肃杀　18.一半秋山带夕阳　19.夏木阴阴正可人　20.觉来春已去　21.若到江南赶上春　22.落尽梨花春又了　23.老人几度送余春　惜春行乐莫辞频　24.留春不住　25.鹈鹕不知春去尽　26.春花秋月冬冰雪　27.小楼一夜听春雨　28.却道天凉好个秋

自然有风情

1. _____，胡迭而微？(《诗经·柏舟》）

2. 会当凌绝顶，_____。(《望岳》唐·杜甫）

3. _____，江船火独明。(《春夜喜雨》唐·杜甫）

4. _____，出山泉水浊。(《佳人》唐·杜甫）

5. _____，江迥月来迟。(《观作桥成月夜舟中有述还呈李司马》唐·杜甫）

6. _____，空翠湿人衣。(《山中》唐·王维）

7. _____，风正一帆悬。(《次北固山下》唐·王湾）

8. 孤舟蓑笠翁，_____。(《江雪》唐·柳宗元）

9. _____，千树万树梨花开。(《白雪歌送武判官归京》唐·岑参）

10. 细雨湿衣看不见，_____。(《别严士元》唐·刘长卿）

11. 巨灵咆哮擘两山，_____。(《西岳云台歌送丹丘子》唐·李白)

12. 疏影横斜水清浅，_____。(《山园小梅》宋·林逋)

13. _____，小舟撑出柳阴来。(《春游湖》宋·徐俯)

14. _____，堕絮飞无影。(《剪牡丹·舟中闻双琵琶》宋·张先)

15. _____，隔墙送过秋千影。(《青门引》宋·张先)

16. _____，朦胧淡月云来去。(《蝶恋花·改徐冠卿词》宋·贺铸)

17. _____，马蹄催趁月明归。(《池州翠微亭》宋·岳飞)

18. 泉眼无声惜细流，_____。(《小池》宋·杨万里)

19. _____？为有源头活水来。(《观书有感》宋·朱熹)

20. _____，载不动许多愁！(《武陵春·春晚》宋·李清照)

21. 休去倚危栏，斜阳正在、_____。(《摸鱼儿》宋·辛弃疾)

◆答案：1. 日居月诸 2. 一览众山小 3. 野径云俱黑 4. 在山泉水清 5. 天高云去尽 6. 山路元无雨 7. 潮平两岸阔 8. 独钓寒江雪 9. 忽如一夜春风来 10. 闲花落地听无声 11. 洪波喷箭射东海 12. 暗香浮动月黄昏 13. 春雨断桥人不渡 14. 柳径无人 15. 那堪更被明月 16. 数点雨声风约住 17. 好水好山看不足 18. 树阴照水爱晴柔 19. 问渠那得清如许 20. 只恐双溪舴艋舟 21. 烟柳断肠处

纸上动物园

1. _____，声闻于天。(《诗经·鹤鸣》)

2. _____，鸟鸣山更幽。(《入若耶溪》南北朝·王籍)

3. _____，轻舟已过万重山。(《早发白帝城》唐·李白)

4. 落日照大旗，_____。(《后出塞·其二》唐·杜甫)

5. 山从人面起，_____。(《送友人入蜀》唐·李白)

6. _____，微风燕子斜。(《水槛遣心二首·其一》唐·杜甫)

7. 自去自来堂上燕，_____。(《江村》唐·杜甫)

8. 同学少年多不贱，_____。(《秋兴·其三》唐·杜甫)

9. 我有迷魂招不得，_____。(《致酒行》唐·李贺)

10. 山回路转不见君，_____。(《白雪歌送武判官归京》唐·岑参)

11. 九月天山风似刀，_____。(《赵将军歌》唐·岑参)

12. _____，蜡炬成灰泪始干。(《无题》唐·李商隐)

13. _____，当时七夕笑牵牛。(《马嵬》唐·李商隐)

14. _____，雪尽马蹄轻。(《观猎》唐·王维)

15. _____，万径人踪灭。(《江雪》唐·柳宗元)

16. _____，黑云牛马形。(《汴河阻风》唐·孟云卿)

17. 马思边草拳毛动，_____。(《始闻秋风》唐·刘禹锡)

18. _____，长笛一声人倚楼。(《长安晚秋》唐·赵嘏)

19. _____，疲马入城迟。(《暝》宋·梅尧臣)

20. 明月别枝惊鹊，_____。(《西江月·夜行黄沙道中》宋·辛弃疾)

21. 叠嶂西驰，_____，众山欲东。(《沁园春》宋·辛弃疾)

22. 开门半山月，_____。(《早行》元·方夔)

23. _____，收帆好在顺风时。(《示儿》清·袁枚)

◆ 答案：1.鹤鸣于九皋 2.蝉噪林逾静 3.两岸猿声啼不住 4.马鸣风萧萧 5.云傍马头生 6.细雨鱼儿出 7.相亲相近水中鸥 8.五陵裘马自轻肥 9.雄鸡一声天下白 10.雪上空留马行处 11.城南猎马缩寒毛 12.春蚕到死丝方尽 13.此日六军同驻马 14.草枯鹰眼疾 15.千山鸟飞绝 16.白雾鱼龙气 17.雕眄青云睡眼开 18.残星几点雁横塞 19.巢禽投树尽 20.清风半夜鸣蝉 21.万马回旋 22.立马一庭霜 23.骑马莫轻平地上

植物万花筒

1. _____，来去逐船流。(《江南曲》唐·储光羲)

2. 江山如有待，_____。(《后游》唐·杜甫)

3. _____，危樯独夜舟。(《旅夜书怀》唐·杜甫)

4. 天寒翠袖薄，_____。(《佳人》唐·杜甫)

5. 颠狂柳絮随风去，_____。(《漫兴·其五》唐·杜甫)

6. _____，浅草才能没马蹄。(《钱塘湖春行》唐·白居易)

7. _____，一寸相思一寸灰。(《无题》唐·李商隐)

8. _____，疑是经冬雪未销。(《早梅》唐·张谓)

9. 中庭地白树栖鸦，_____。(《十五夜望月寄杜郎中》唐·

王建)

10. ＿＿＿＿＿＿＿，轻沙走马路无尘。(《浣溪沙》宋·苏轼)

11. ＿＿＿＿＿＿＿，人约黄昏后。(《生查子·元夕》宋·欧阳修)

12. ＿＿＿＿＿＿＿，似曾相识燕归来。(《浣溪沙》宋·晏殊)

13. 倚楼无语欲销魂，＿＿＿＿＿＿。(《踏莎行》宋·寇准)

14. ＿＿＿＿＿＿＿，头白鸳鸯失伴飞。(《鹧鸪天》宋·贺铸)

15. ＿＿＿＿＿＿＿，独立蒙蒙细雨中。(《春寒》宋·陈与义)

16. ＿＿＿＿＿＿＿，到黄昏、点点滴滴。(《声声慢》宋·李清照)

17. 拂窗桐叶下，＿＿＿＿＿＿。(《六七月之交山中凉甚》宋·陆游)

18. ＿＿＿＿＿＿＿，全有雪精神。(《临江仙·探梅》宋·辛弃疾)

19. 剩水残山无态度，＿＿＿＿＿＿、料理成风月。(《贺新郎》宋·辛弃疾)

20. ＿＿＿＿＿＿＿，早有蜻蜓立上头。(《小池》唐·杨万里)

21. ＿＿＿＿＿＿＿，月在梧桐缺处明。(《秋夜》宋·朱淑真)

22. ＿＿＿＿＿＿＿，小桥流水人家，古道西风瘦马。(《天净沙·秋思》元·马致远)

23. ＿＿＿＿＿＿＿，十里稻花香。(《红楼梦·第十八回·杏帘在望》清·曹雪芹)

◆ 答案：1. 落花如有意 2. 花柳自无私 3. 细草微风岸 4. 日暮倚修竹 5. 轻薄桃花逐水流 6. 乱花渐欲迷人眼 7. 春心莫共花争发 8. 不知近水花先发 9. 冷露无声湿桂花 10. 软草平莎过雨新 11. 月上柳梢头 12. 无可奈何花落去 13. 长空黯淡连芳草 14. 梧桐半死清霜后 15. 海棠不惜胭脂色 16. 梧桐更兼细雨 17. 绕舍稻花香 18. 更无花态度 19. 被疏梅 20. 小荷才露尖尖角 21. 铺床凉满梧桐月 22. 枯藤老树昏鸦 23. 一畦春韭绿

数字集结号

1. 一之日觱发，＿＿＿＿＿＿。(《诗经·七月》)

2. ＿＿＿＿＿＿，常怀千岁忧。(《古诗十九首·生年不满百》汉)

3. 盛年不重来，＿＿＿＿＿＿。(《杂诗·其一》晋·陶渊明)

4. ＿＿＿＿＿＿，化为绕指柔。(《重赠卢谌》晋·刘琨)

5. ＿＿＿＿＿＿，更上一层楼。(《登鹳雀楼》唐·王之涣)

6. 丑女来效颦，_____。(《古风·其三十五》唐·李白)

7. _____，老病有孤舟。(《登岳阳楼》唐·杜甫)

8. _____，下笔如有神。(《奉赠韦左丞丈二十二韵》唐·杜甫)

9. _____，萧条异代不同时。(《咏怀古迹·其二》唐·杜甫)

10. 新松恨不高千尺，_____。(《将赴成都草堂途中有作先寄严郑公·其四》唐·杜甫)

11. _____，病树前头万木春。(《酬乐天扬州初逢席上见赠》唐·刘禹锡)

12. _____，步行夺得胡马骑。(《老将行》唐·王维)

13. _____，霜刃未曾试。(《剑客》唐·贾岛)

14. _____，三峰火云蒸。(《出关经华岳寺访法华云公》唐·岑参)

15. _____，五月粜新谷。(《伤田家》唐·聂夷中)

16. _____，坐看青竹变琼枝。(《对雪》唐·高骈)

17. _____，不思量，自难忘。(《江城子》宋·苏轼)

18. _____，无处话凄凉。(《江城子》宋·苏轼)

19. _____，明月如霜，照见人如画。(《蝶恋花·密州上元》宋·苏轼)

20. _____。念两处风情，万重烟水。(《卜算子慢·江枫渐老》宋·柳永)

21. _____，八千里路云和月。(《满江红》宋·岳飞)

22. 全家都在西风里，_____。(《都门秋思》清·黄景仁)

◆ 答案：1. 二之日栗烈 2. 生年不满百 3. 一日难再晨 4. 何意百炼刚 5. 欲穷千里目 6. 还家惊四邻 7. 亲朋无一字 8. 读书破万卷 9. 怅望千秋一洒泪 10. 恶竹应须斩万竿 11. 沉舟侧畔千帆过 12. 少年十五二十时 13. 十年磨一剑 14. 五月山雨热 15. 二月卖新丝 16. 六出飞花入户时 17. 十年生死两茫茫 18. 千里孤坟 19. 灯火钱塘三五夜 20. 脉脉人千里 21. 三十功名尘与土 22. 九月衣裳未剪裁

生活调色板

1. _____，草木黄落兮雁南归。(《秋风辞》汉·刘彻)

2. _____，黄河入海流。(《登鹳雀楼》唐·王之涣)

3. ＿＿＿＿＿＿＿＿，北风吹雁雪纷纷。（《别董大》唐·高适）

4. ＿＿＿＿＿＿＿，春来发几枝。（《相思》唐·王维）

5. 桃红复含宿雨，＿＿＿＿＿＿＿＿。（《田园乐·其六》唐·王维）

6. ＿＿＿＿＿＿＿＿，将登太行雪满山。（《行路难·其一》唐·李白）

7. ＿＿＿＿＿＿＿，青山犹哭声。（《新安吏》唐·杜甫）

8. 思家步月清宵立，＿＿＿＿＿＿＿＿。（《恨别》唐·杜甫）

9. 停车坐爱枫林晚，＿＿＿＿＿＿＿＿。（《山行》唐·杜牧）

10. ＿＿＿＿＿＿＿＿，雁点青天字一行。（《江楼晚眺景物鲜奇吟玩成篇寄水部张员外》唐·白居易）

11. 山明水净夜来霜，＿＿＿＿＿＿＿＿。（《秋词·其二》唐·刘禹锡）

12. ＿＿＿＿＿＿＿，秋雨上青苔。（《游休禅师双峰寺》唐·刘长卿）

13. 菡萏香销翠叶残，＿＿＿＿＿＿＿＿。（《浣溪沙》南唐·李璟）

14. 一年好景君须记，＿＿＿＿＿＿＿＿。（《赠刘景文》宋·苏轼）

15. 碧云天，＿＿＿＿＿＿＿，秋色连波，波上寒烟翠。（《苏幕遮》宋·范仲淹）

16. ＿＿＿＿＿＿＿＿，芳心是事可可。（《定风波》宋·柳永）

17. 人静乌鸢自乐，小桥外、＿＿＿＿＿＿＿＿。（《满庭芳·夏日溧水无想山作》宋·周邦彦）

18. ＿＿＿＿＿＿＿＿，雁背夕阳红欲暮。（《玉楼春》宋·周邦彦）

19. 接天莲叶无穷碧，＿＿＿＿＿＿＿＿。（《晓出净慈寺送林子方》宋·杨万里）

20. 惜春长怕花开早，＿＿＿＿＿＿＿＿。（《摸鱼儿》宋·辛弃疾）

21. ＿＿＿＿＿＿＿＿，毕竟东流去。（《菩萨蛮·书江西造口壁》宋·辛弃疾）

22. 我见青山多妩媚，＿＿＿＿＿＿＿＿。（《贺新郎》宋·辛弃疾）

23. ＿＿＿＿＿＿＿＿，白鸟无言定自愁。（《鹧鸪天·鹅湖归病起作》宋·辛弃疾）

24. ＿＿＿＿＿＿＿＿，冒雪何妨色更苍。（《竹》宋·朱淑真）

25. ＿＿＿＿＿＿＿＿，化作春泥更护花。（《己亥杂诗》清·龚自珍）

26. _____，黄菊犹残枝。(《冬晴》宋·陆游)

27. 青山绿水，_____。(《天净沙·秋》元·白朴)

◆ 答案：1. 秋风起兮白云飞 2. 白日依山尽 3. 千里黄云白日曛 4. 红豆生南国 5. 柳绿更带朝烟 6. 欲渡黄河冰塞川 7. 白水暮东流 8. 忆弟看云白日眠 9. 霜叶红于二月花 10. 风翻白浪花千片 11. 数树深红出浅黄 12. 寒潭映白月 13. 西风愁起绿波间 14. 最是橙黄橘绿时 15. 黄叶地 16. 自春来惨绿愁红 17. 新绿溅溅 18. 烟中列岫青无数 19. 映日荷花别样红 20. 何况落红无数 21. 青山遮不住 22. 料青山见我应如是 23. 红莲相倚浑如醉 24. 凌冬不改青坚节 25. 落红不是无情物 26. 丹枫未辞林 27. 白草红叶黄花

食物大拼盘

1. _____，可以乐饥。(《诗经·衡门》)

2. 朝饮木兰之坠露兮，_____。(《离骚》战国·屈原)

3. 弃捐勿复道，_____。(《古诗十九首·行行重行行》汉)

4. _____，人生几何？(《短歌行》汉·曹操)

5. _____，公私仓廪俱丰实。(《忆昔·其二》唐·杜甫)

6. 去年米贵阙军食，_____。(《岁晏行》唐·杜甫)

7. _____，此辈杼轴茅茨空。(《岁晏行》唐·杜甫)

8. _____，路有冻死骨。(《自京赴奉先县咏怀五百字》唐·杜甫)

9. _____，重与细论文？(《春日忆李白》唐·杜甫)

10. _____，灯下草虫鸣。(《秋夜独坐》唐·王维)

11. _____，暮食仍木皮。(《舂陵行》唐·元结)

12. 风老莺雏，_____，午阴嘉树清圆。(《满庭芳·夏日溧水无想山作》宋·周邦彦)

13. _____，且向花间留晚照。(《玉楼春》宋·宋祁)

14. 过雨荷花满院香，_____。(《忆王孙》宋·李重元)

15. _____，尽西风、季鹰归未？(《水龙吟·登建康赏心亭》宋·辛弃疾)

16. 昨夜雨疏风骤，_____。(《如梦令》宋·李清照)

17. _____，怎敌他、晚来风急！(《声声慢》宋·李清照)

18. 流光容易把人抛，_____，_____。(《一剪梅·舟过吴江》宋·蒋捷)

19. _____，终不似，少年游。(《唐多令》宋·刘过)

20. 好是日斜风定后，_____。(《真州绝句》清·王士禛)

◆ 答案：1. 泌之洋洋 2. 夕餐秋菊之落英 3. 努力加餐饭 4. 对酒当歌 5. 稻米流脂粟米白 6. 今年米贱大伤农 7. 高马达官厌酒肉 8. 朱门酒肉臭 9. 何时一尊酒 10. 雨中山果落 11. 朝餐是草根 12. 雨肥梅子 13. 为君持酒劝斜阳 14. 沉李浮瓜冰雪凉 15. 休说鲈鱼堪脍 16. 浓睡不消残酒 17. 三杯两盏淡酒 18. 红了樱桃 绿了芭蕉 19. 欲买桂花同载酒 20. 半江红树卖鲈鱼

战场大比拼

1. _____，首身离兮心不惩。(《国殇》战国·屈原)

2. _____，魂魄毅兮为鬼雄。(《国殇》战国·屈原)

3. _____，擒贼先擒王。(《前出塞·其六》唐·杜甫)

4. 五更鼓角声悲壮，_____。(《阁夜》唐·杜甫)

5. 出师未捷身先死，_____。(《蜀相》唐·杜甫)

6. _____，武皇开边意未已。(《兵车行》唐·杜甫)

7. 男儿何不带吴钩，_____？(《南园·其五》唐·李贺)

8. 欲将轻骑逐，_____。(《和张仆射塞下曲·其三》唐·卢纶)

9. 醉卧沙场君莫笑，_____？(《凉州词》唐·王翰)

10. 但使龙城飞将在，_____。(《出塞》唐·王昌龄)

11. 醉里挑灯看剑，_____。(《破阵子·为陈同甫赋壮词以寄之》宋·辛弃疾)

12. 落日胡尘未断，_____。(《木兰花慢·席上送张仲固帅兴元》宋·辛弃疾)

13. _____，纵死终令汗竹香。(《军中夜感》明·张家玉)

◆ 答案：1. 带长剑兮挟秦弓 2. 身既死兮神以灵 3. 射人先射马 4. 三峡星河影动摇 5. 长使英雄泪满襟 6. 边庭流血成海水 7. 收取关山五十州 8. 大雪满弓刀 9. 古来征战几人回 10. 不教胡马度阴山 11. 梦回吹角连营 12. 西风塞马空肥 13. 裹尸马革英雄事

理想与志趣

1. ＿＿＿＿＿＿，虽九死其犹未悔。(《离骚》战国·屈原)

2. ＿＿＿＿＿＿，苟余情其信芳。(《离骚》战国·屈原)

3. ＿＿＿＿＿＿，岂余心之可惩？(《离骚》战国·屈原)

4. ＿＿＿＿＿＿＿＿＿，固将愁苦而终穷。(《九章·涉江》战国·屈原)

5. 少壮不努力，＿＿＿＿＿。(《长歌行》汉乐府)

6. ＿＿＿＿＿，何不秉烛游？(《古诗十九首·生年不满百》汉)

7. ＿＿＿＿＿＿，直挂云帆济沧海。(《行路难·其一》唐·李白)

8. 致君尧舜上，＿＿＿＿＿。(《奉赠韦左丞丈二十二韵》唐·杜甫)

9. ＿＿＿＿＿，诗成泣鬼神。(《寄李十二白二十韵》唐·杜甫)

10. 别裁伪体亲风雅，＿＿＿＿＿。(《戏为六绝句·其六》唐·杜甫)

11. ＿＿＿＿＿，岂能长少年？(《劝学》唐·孟郊)

12. ＿＿＿＿＿，莫向光阴惰寸功。(《题弟侄书堂》唐·杜荀鹤)

13. ＿＿＿＿＿，只是当时已惘然。(《锦瑟》唐·李商隐)

14. 相思本是无凭语，＿＿＿＿＿。(《鹧鸪天》宋·晏几道)

15. ＿＿＿＿＿，死亦为鬼雄。(《夏日绝句》宋·李清照)

16. 待从头、＿＿＿＿＿，朝天阙。(《满江红》宋·岳飞)

17. ＿＿＿＿＿？留取丹心照汗青。(《过零丁洋》宋·文天祥)

◆ 答案：1. 亦余心之所善兮 2. 不吾知其亦已兮 3. 虽体解吾犹未变兮 4. 吾不能变心而从俗兮 5. 老大徒伤悲 6. 昼短苦夜长 7. 长风破浪会有时 8. 再使风俗淳 9. 笔落惊风雨 10. 转益多师是汝师 11. 青春须早为 12. 少年辛苦终身事 13. 此情可待成追忆 14. 莫向花笺费泪行 15. 生当作人杰 16. 收拾旧山河 17. 人生自古谁无死

视角全方位

1. 微君之躬，＿＿＿＿＿！(《诗经·式微》)

2. ＿＿＿＿＿，饮石泉兮荫松柏。(《九歌·山鬼》战国·屈原)

3. 孟冬寒气至，＿＿＿＿＿。(《古诗十九首·孟冬寒气至》汉)

4. ＿＿＿＿＿，忽复乘舟梦日边。(《行路难·其一》唐·李白)

233

5. 大鹏一日同风起，_____。(《上李邕》唐·李白)

6. 永夜角声悲自语，_____？(《宿府》唐·杜甫)

7. _____，终日坎壈缠其身。(《丹青引赠曹将军霸》唐·杜甫)

8. _____，树杪百重泉。(《送梓州李使君》唐·王维)

9. _____，云深不知处。(《寻隐者不遇》唐·贾岛)

10. _____，天涯若比邻。(《送杜少府之任蜀州》唐·王勃)

11. _____，铜雀春深锁二乔。(《赤壁》唐·杜牧)

12. _____，道是无晴却有晴。(《竹枝词》唐·刘禹锡)

13. _____，飞入寻常百姓家。(《乌衣巷》唐·刘禹锡)

14. _____，逢草逢花报发生。(《春郊》唐·钱起)

15. _____？恰似一江春水向东流。(《虞美人》南唐·李煜)

16. 不识庐山真面目，_____。(《题西林壁》宋·苏轼)

17. _____，露寒人远鸡相应。(《蝶恋花·早行》宋·周邦彦)

18. _____，谁复挑灯夜补衣！(《鹧鸪天》宋·贺铸)

19. _____，数峰清瘦出云来。(《初见嵩山》宋·张耒)

20. 昨夜西风凋碧树，_____，望尽天涯路。(《蝶恋花》宋·晏殊)

21. 沉恨细思，不如桃杏，_____。(《一丛花令》宋·张先)

22. _____，绝知此事要躬行。(《冬夜读书示子聿》宋·陆游)

23. _____，纵横水绕；_____，高下云堆。(《沁园春·斗酒彘肩》宋·刘过)

24. 怪来一夜蛙声歇，_____。(《绝句》宋·吴涛)

25. 楚虽三户能亡秦，_____？(《金错刀行》宋·陆游)

26. 不念英雄江左老，_____。(《满江红》宋·辛弃疾)

27. 一心中国梦，_____。(《德祐二年岁旦·其一》宋·郑思肖)

◆ 答案：1.胡为乎泥中 2.山中人兮芳杜若 3.北风何惨栗 4.闲来垂钓碧溪上 5.扶摇直上九万里 6.中天月色好谁看 7.但看古来盛名下 8.山中一夜雨 9.只在此山中 10.海内存知己 11.东风不与周郎便 12.东边日出西边雨 13.旧时王谢堂前燕 14.东风好作阳和使 15.问君能有几多愁 16.只缘身在此山中 17.楼上阑干横斗柄 18.空床卧听南窗雨 19.日暮北风吹雨去 20.独上高楼 21.犹解嫁东风 22.纸上得

来终觉浅　23. 爱东西双涧　两峰南北　24. 又作东风十日寒　25. 岂有堂堂中国空无人
26. 用之可以尊中国　27. 万古下泉诗

叠字妙无比

1. _____，悠悠我心。（《诗经·子衿》）

2. _____，洞庭波兮木叶下。（《九歌·湘夫人》战国·屈原）

3. 死别已吞声，_____。（《梦李白》唐·杜甫）

4. _____？天地一沙鸥。（《旅夜书怀》唐·杜甫）

5. 无边落木萧萧下，_____。（《登高》唐·杜甫）

6. 漠漠水田飞白鹭，_____。（《积雨辋川庄作》唐·王维）

7. 年年岁岁花相似，_____。（《代悲白头翁》唐·刘希夷）

8. 不笑复不语，_____。（《闺怨》唐·薛维翰）

9. 两情若是久长时，_____！（《鹊桥仙》宋·秦观）

10. _____，共饮长江水。（《卜算子》宋·李子仪）

11. 千古兴亡多少事？悠悠。_____。（《南乡子·登京口北固亭有怀》宋·辛弃疾）

12. _____，青草池塘处处蛙。（《约客》宋·赵师秀）

13. _____，野田禾稻半枯焦。（《水浒传·第十六回》明·施耐庵）

◆ 答案：1. 青青子衿　2. 袅袅兮秋风　3. 生别常恻恻　4. 飘飘何所似　5. 不尽长江滚滚来　6. 阴阴夏木啭黄鹂　7. 岁岁年年人不同　8. 珠泪纷纷落　9. 又岂在朝朝暮暮　10. 日日思君不见君　11. 不尽长江滚滚流　12. 黄梅时节家家雨　13. 赤日炎炎似火烧

三才天地人

1. _____，曷其有极？（《诗经·鸨羽》）

2. _____，在水一方。（《诗经·蒹葭》）

3. 今夕何夕，_____。（《诗经·绸缪》）

4. _____，忽如远行客。（《古诗十九首·青青陵上柏》汉）

5. _____，岁月忽已晚。（《古诗十九首·行行重行行》汉）

6. _____，明朝散发弄扁舟。（《宣州谢朓楼饯别校书叔云》唐·李白）

7. _____，江水江花岂终极？（《哀江头》唐·杜甫）

8. _____，动如参与商。（《赠卫八处士》唐·杜甫）

9. 冠盖满京华，_____。（《梦李白·其二》唐·杜甫）

10. _____，但闻人语响。（《鹿柴》唐·王维）

11. _____，深山何处钟？（《过香积寺》唐·王维）

12. 在天愿作比翼鸟，_____。（《长恨歌》唐·白居易）

13. 秦时明月汉时关，_____。（《出塞》唐·王昌龄）

14. 日暮乡关何处是？_____。（《黄鹤楼》唐·崔颢）

15. 莫愁前路无知己，_____？（《别董大》唐·高适）

16. _____，月有阴晴圆缺，此事古难全。（《水调歌头》宋·苏轼）

17. 孤村到晓犹灯火，_____。（《夜行》宋·晁冲之）

18. 衣带渐宽终不悔，_____。（《蝶恋花》宋·柳永）

19. 三见柳绵飞，_____。（《菩萨蛮》宋·魏夫人）

20. _____，霎时厮见何妨！（《风流子》宋·周邦彦）

21. 余花落处，_____。（《点绛唇》宋·林逋）

22. 炙翻四海波，_____。（《苦热》宋·韩琦）

23. 江头未是风波恶，_____。（《鹧鸪天·送人》宋·辛弃疾）

24. _____？曹刘。生子当如孙仲谋。（《南乡子·登京口北固亭有怀》宋·辛弃疾）

25. _____，竞夸轻俊。（《双双燕·咏燕》宋·史达祖）

26. _____，何事秋风悲画扇。（《木兰花令·拟古决绝词》清·纳兰性德）

◆ 答案：1. 悠悠苍天 2. 所谓伊人 3. 见此良人 4. 人生天地间 5. 思君令人老 6. 人生在世不称意 7. 人生有情泪沾臆 8. 人生不相见 9. 斯人独憔悴 10. 空山不见人 11. 古木无人径 12. 在地愿为连理枝 13. 万里长征人未还 14. 烟波江上使人愁 15. 天下谁人不识君 16. 人有悲欢离合 17. 知有人家夜读书 18. 为伊消得人憔悴 19. 离人犹未归 20. 天便教人 21. 满地和烟雨 22. 天地入烹煮 23. 别有人间行路难 24. 天下英雄谁敌手 25. 爱贴地争飞 26. 人生若只如初见

236

足迹遍神州

1. _____，夜半钟声到客船。(《枫桥夜泊》唐·张继)

2. _____，西望长安不见家。(《黄鹤楼闻笛》唐·李白)

3. 西忆故人不可见，_____。(《江夏赠韦南陵冰》唐·李白)

4. 秋风吹不尽，_____。(《子夜四时歌·秋歌》唐·李白)

5. 狂风吹我心，_____。(《金乡送韦八之西京》唐·李白)

6. 秋风吹渭水，_____。(《忆江上吴处士》唐·贾岛)

7. _____，闺中只独看。(《月夜》唐·杜甫)

8. 遥怜小儿女，_____。(《月夜》唐·杜甫)

9. 三月三日天气新，_____。(《丽人行》唐·杜甫)

10. 爷娘妻子走相送，_____。(《兵车行》唐·杜甫)

11. _____，一半勾留是此湖。(《春题湖上》唐·白居易)

12. 争得大裘长万丈，_____。(《新制绫袄成感而有咏》唐·白居易)

13. 新丰美酒斗十千，_____。(《少年行》唐·王维)

14. _____，飞来飞去落谁家。(《代悲白头翁》唐·刘希夷)

15. _____，故人何惜一行书？(《玉关寄长安李主簿》唐·岑参)

16. 何处路最难？_____。(《送张秘书充刘相公通汴河判官便赴江外觐省》唐·岑参)

17. _____？只在马蹄下。(《忆长安曲二章寄庞㴶》唐·岑参)

18. _____，为瑞不宜多。(《雪》唐·罗隐)

19. _____，秋似洛阳春。(《始安秋日》唐·宋之问)

20. 但令归有日，_____。(《度大庾岭》唐·宋之问)

21. 楼观沧海日，_____。(《灵隐寺》唐·宋之问)

22. 天下三分明月夜，_____。(《忆扬州》唐·徐凝)

23. _____，戍人犹在玉关西。(《捣练子·砧面莹》宋·贺铸)

24. 暖风熏得游人醉，_____。(《题临安邸》宋·林升)

25.＿＿＿＿＿＿＿＿，可怜无数山。(《菩萨蛮·书江西造口壁》宋·辛弃疾)

26.＿＿＿＿＿＿＿＿，多少工夫织得成。(《莺梭》宋·刘克庄)

27.＿＿＿＿＿＿＿＿，泥水桥边衰草，渺渺唤人愁。(《水调歌头·和庞佑父》宋·张孝祥)

28.＿＿＿＿＿＿＿＿，杭州西湖天下无。(《题王润和尚西湖图》明·刘基)

29.＿＿＿＿＿＿＿＿，大风驱之云不流。(《送邵横庵之秦中》清·程可则)

◆ 答案：1.姑苏城外寒山寺 2.一为迁客去长沙 3.东风吹梦到长安 4.总是玉关情 5.西挂咸阳树 6.落叶满长安 7.今夜鄜州月 8.未解忆长安 9.长安水边多丽人 10.尘埃不见咸阳桥 11.未能抛得杭州去 12.与君都盖洛阳城 13.咸阳游侠多少年 14.洛阳城东桃李花 15.东去长安万里余 16.最难在长安 17.长安何处在 18.长安有贫者 19.桂林风景异 20.不敢恨长沙 21.门对浙江潮 22.二分无赖是扬州 23.寄到玉关应万里 24.直把杭州作汴州 25.西北望长安 26.洛阳三月花如锦 27.赤壁矶头落照 28.大江之南风景殊 29.五月火云烧幽州

成语取精华

1. 彼采萧兮，＿＿＿＿＿＿，＿＿＿＿＿＿！(《诗经·采葛》)

2. 有匪君子，＿＿＿＿＿＿，＿＿＿＿＿＿。(《诗经·淇奥》)

3. ＿＿＿＿＿＿，可以攻玉。(《诗经·鹤鸣》)

4. ＿＿＿＿＿＿，鸡鸣不已。(《诗经·风雨》)

5. ＿＿＿＿＿＿，拖船一何苦。(《丁督护歌》唐·李白)

6. ＿＿＿＿＿＿，一日看尽长安花。(《登科后》唐·孟郊)

7. ＿＿＿＿＿＿，纷纷轻薄何须数。(《贫交行》唐·杜甫)

8. 花近高楼伤客心，＿＿＿＿＿＿。(《登楼》唐·杜甫)

9. 洛阳亲友如相问，＿＿＿＿＿＿。(《芙蓉楼送辛渐》唐·王昌龄)

10. 瀚海阑干百丈冰，＿＿＿＿＿＿。(《白雪歌送武判官归京》唐·岑参)

11. ＿＿＿＿＿＿，江枫渔火对愁眠。(《枫桥夜泊》唐·张继)

12. ＿＿＿＿＿＿，除却巫山不是云。(《离思》唐·元稹)

13. 空腹有诗衣有结，＿＿＿＿＿＿。(《浣溪沙》宋·苏轼)

14. _____，欲语泪先流。(《武陵春·春晚》宋·李清照)

15. _____，柳暗花明又一村。(《游山西村》宋·陆游)

◆ 答案：1. 一日不见 如三秋分 2. 如切如磋 如琢如磨 3. 他山之石 4. 风雨如晦 5. 吴牛喘月时 6. 春风得意马蹄疾 7. 翻手为云覆手雨 8. 万方多难此登临 9. 一片冰心在玉壶 10. 愁云惨淡万里凝 11. 月落乌啼霜满天 12. 曾经沧海难为水 13. 湿薪如桂米如珠 14. 物是人非事事休 15. 山重水复疑无路

联句填空

1. 颜真卿诗云:"黑发不知勤学早,白首方悔读书迟。"在《长歌行》中,与其意思相近的诗句是:"＿＿＿＿＿,＿＿＿＿＿。"

2. 汉乐府《长歌行》中比喻光阴一去不复返的诗句是:"＿＿＿＿＿＿＿,＿＿＿＿＿？"

3. 曹操《龟虽寿》一诗中,用比喻手法表达诗人年老却壮志犹存的诗句是"＿＿＿＿＿,＿＿＿＿＿。"

4. 李白《送友人》中形容友人行踪飘忽不定,表达自己对友人的依依不舍之情,即景取喻的诗句是:"＿＿＿＿＿,＿＿＿＿＿。"

5. 李白的《黄鹤楼送孟浩然之广陵》一诗,字面上没有提到"情"字,但却通过景物描写透出了朋友间依依惜别之情,这两句诗是:"＿＿＿＿＿,＿＿＿＿＿。"

6. 在我国传统文化中,人们常以月寄情。如李白在《闻王昌龄左迁龙标遥有此寄》中以"＿＿＿＿＿,＿＿＿＿＿"两句,把对友人的怀念之情托付给明月。

7. 李白在《行路难·其一》中表现了对理想执着追求,对未来充满希望的诗句是:＿＿＿＿＿,＿＿＿＿＿。

8. 李白《梦游天姥吟留别》中表现诗人蔑视权贵的诗句是:＿＿＿＿＿,＿＿＿＿＿!

9. 忧国忧民的杜甫在《闻官军收河南河北》一诗中,用"＿＿＿＿＿,＿＿＿＿＿"来表达自己听到捷报后喜极而歌、开怀畅饮和急于返乡的情态。

---

1. 少壮不努力,老大徒伤悲。 2. 百川东到海,何时复西归? 3. 老骥伏枥,志在千里。 4. 浮云游子意,落日故人情。 5. 孤帆远影碧空尽,唯见长江天际流。 6. 我寄愁心与明月,随君直到夜郎西。 7. 长风破浪会有时,直挂云帆济沧海。 8. 安能摧眉折腰事权贵,使我不得开心颜! 9. 白日放歌须纵酒,青春作伴好还乡。

10. 《茅屋为秋风所破歌》中，杜甫由自身贫寒推己及人地想到他人的困苦，表现诗人博大胸襟的著名诗句是：_____，_____，_____。

11. 孟浩然在《早寒江上有怀》中抒发作者思念家乡和亲人的诗句是："_____，_____。"

12. 杜甫诗"吴楚东南坼，乾坤日夜浮"形象地描绘出洞庭湖的壮阔之美，孟浩然《望洞庭湖赠张丞相》中的"_____，_____"与杜诗有异曲同工之妙。

13. 我们想达到某个目的，又苦于没有途径，可以引用孟浩然《望洞庭湖赠张丞相》中的诗句是："_____，_____。"

14. 孟浩然《过故人庄》一诗中表现对朋友、对乡村依恋之情的句子是："_____，_____。"

15. 岑参《白雪歌送武判官归京》中将诗人因朋友离去而产生的无限惆怅之情抒写到了极致的两句诗是：_____，_____。

16. 岑参在《白雪歌送武判官归京》中以梨花喻雪的名句是：_____，_____。

17. 杜牧在《泊秦淮》中讽喻晚唐统治者醉生梦死、荒淫误国的诗句是：_____，_____。

18. 白居易在《钱塘湖春行》中，借助莺燕的活动传达了春天来临的信息，也透露着诗人的喜悦之情，这两句诗是：_____，_____。

19. 王昌龄在《出塞》中有"秦时明月汉时关，万里长征人未还"，这两句诗用的手法与《琵琶行》中的"_____，_____"相同。

---

10. 安得广厦千万间，大庇天下寒士俱欢颜，风雨不动安如山。 11. 乡泪客中尽，孤帆天际看。 12. 气蒸云梦泽，波撼岳阳城。 13. 欲济无舟楫，端居耻圣明。 14. 待到重阳日，还来就菊花。 15. 山回路转不见君，雪上空留马行处。 16. 忽如一夜春风来，千树万树梨花开。 17. 商女不知亡国恨，隔江犹唱后庭花。 18. 几处早莺争暖树，谁家新燕啄春泥。 19. 主人下马客在船，举酒欲饮无管弦。

20. 五月是收割小麦的时节，这不由得使我们想到白居易在《观刈麦》中描写割麦者辛苦劳作情景的诗句："＿＿＿＿＿，＿＿＿＿＿。"

21. 白居易《卖炭翁》中的"可怜身上衣正单，心忧炭贱愿天寒"刻画了卖炭翁虽然衣服单薄，但仍希望天气更冷一些，只为炭能卖个好价钱的复杂矛盾心理；《观刈麦》中也有反映劳动者这种复杂矛盾的心理的诗句：＿＿＿＿＿＿，＿＿＿＿＿。

22. 王维的《汉江临眺》中"＿＿＿＿＿，＿＿＿＿＿"两句以苍茫山色烘托水势的浩瀚，如电影镜头般展现了汉江的山光水色。

23. 来到桂林，行舟漓江，这里的景色好美呀。这样的山围绕着这样的水，这样的水倒映着这样的山，再加上空中云雾迷蒙，山间绿树红花，江上竹筏小舟，让人觉得像是走进了连绵不断的画卷，真是"＿＿＿＿＿，＿＿＿＿＿"。

24. 刘禹锡在《酬乐天扬州初逢席上见赠》中表达他虽感惆怅，却也达观的心绪。23年的贬谪生活，并没有使他消沉颓唐，现在也常以此句说明新事物必将取代旧事物。这两句诗是：＿＿＿＿＿，＿＿＿＿＿。

25. 刘禹锡的《秋词》中表达诗人豪迈乐观之情、抒发志向的诗句是："＿＿＿＿＿，＿＿＿＿＿。"

26. 人们常引用李商隐《无题》中"＿＿＿＿＿，＿＿＿＿＿"的诗句来赞颂那些献身事业的人。

27. 王湾在《次北固山下》一诗中描绘江水在涨潮时水面宽阔、帆船顺风而行的诗句是：＿＿＿＿＿，＿＿＿＿＿。

28. 王湾的《次北固山下》一诗中，表现时序变迁，新旧交替这一自然规律的诗句是：＿＿＿＿＿，＿＿＿＿＿。

---

20. 足蒸暑土气，背灼炎天光。 21. 力尽不知热，但惜夏日长。 22. 江流天地外，山色有无中。 23. 身行碧波上，人在画中游。 24. 沉舟侧畔千帆过，病树前头万木春。 25. 晴空一鹤排云上，便引诗情到碧霄。 26. 春蚕到死丝方尽，蜡炬成灰泪始干。 27. 潮平两岸阔，风正一帆悬。 28. 海日生残夜，江春入旧年。

29. 王绩的《野望》中，最能表现诗人孤独抑郁心情的诗句是："_____，_____。"

30. 王绩在《野望》一诗中描写放牧和打猎的人各自随愿而归的诗句是："_____，_____。"

31. 苏轼在《水调歌头》中望着明月遥祝兄弟平安，现在人们也常常用来祝福亲友的名句是：_____，_____。

32. 苏轼的《江城子·密州出猎》文笔豪迈奔放，有江河一泻千里的气概。词中表达作者渴望得到重用的愿望，于豪迈之外稍含不满之意的两句是：_____，_____？

33. 劝他人要老当益壮，珍惜时间，可引用苏轼《浣溪沙》中的词句：_____？_____。_____！

34. 王安石的《登飞来峰》中与"会当凌绝顶，一览众山小"有异曲同工之妙的登顶名句是：_____，_____。

35. 晏殊《浣溪沙》的上片中的"一曲新词酒一杯，去年天气旧亭台"两句构成"新"与"旧"的对比，下片构成"来"与"去"的对比，直抒伤感情绪的句子是：_____，_____。

36. 梅尧臣的《鲁山山行》中与"鸟鸣山更幽"意境类似的诗句是："_____？_____。"

37. 陆游在《十一月四日风雨大作》中，直接表现其爱国情怀的诗句是：_____，_____。

38. 陆游在《十一月四日风雨大作》中把现实与梦境自然联系起来以抒发强烈爱国之情的句子是：_____，_____。

39. 李清照《醉花阴》中形容人极度悲伤愁苦的千古名句是：_____，_____，_____。

---

29. 相顾无相识，长歌怀采薇。　30. 牧人驱犊返，猎马带禽归。　31. 但愿人长久，千里共婵娟。　32. 持节云中，何日遣冯唐？　33. 谁道人生无再少？门前流水尚能西。休将白发唱黄鸡！　34. 不畏浮云遮望眼，自缘身在最高层。　35. 无可奈何花落去，似曾相识燕归来。　36. 人家在何许？云外一声鸡。　37. 僵卧孤村不自哀，尚思为国戍轮台。　38. 夜阑卧听风吹雨，铁马冰河入梦来。　39. 莫道不销魂，帘卷西风，人比黄花瘦。

40. 李清照在《声声慢》写到"梧桐更兼细雨，到黄昏、点点滴滴"，通过黄昏之景写心中难以排解的忧愁。姜夔《扬州慢·淮左名都》中的"＿＿＿＿＿＿，＿＿＿＿＿＿。＿＿＿＿＿＿＿"与其有异曲同工之妙。

41. 杨万里的《晓出净慈寺送林子方》一诗通过生动描绘杭州西湖夏季时的不胜美景，表达了作者对西湖六月美景的赞美之情，其中透出作者送别友人时欢快之情的经典诗句是：＿＿＿＿＿＿＿，＿＿＿＿＿＿＿。

42. 辛弃疾在《破阵子·为陈同甫赋壮词以寄之》一词中描写战斗场面激烈，赞颂义军所向披靡的句子是：＿＿＿＿＿＿，＿＿＿＿＿＿。

43. 文天祥《过零丁洋》一诗中运用比喻的修辞手法来表现宋朝国势危亡、个人身世坎坷的诗句是：＿＿＿＿＿＿，＿＿＿＿＿＿。

44. 文天祥在《过零丁洋》一诗中，巧借两个情感色彩的地名与他的心情暗合，表现他"昨日"与"眼前"独有的怆然与凄苦。在诗史上堪称绝对、绝唱的两句诗是：＿＿＿＿＿＿，＿＿＿＿＿＿。

45. 文天祥的名句"＿＿＿＿＿＿？＿＿＿＿＿＿"与孟子"舍生取义"的精神是一脉相承的。

46. 马致远在《天净沙·秋思》中渲染萧条、冷落、凄凉气氛的写景的句子是：＿＿＿＿＿＿，＿＿＿＿＿＿，＿＿＿＿＿＿。

47. 在中国文学几千年的发展中，每个时代都有各自的文学经典，均有独领风骚的一代宗师，这正如清代诗人赵翼《论诗》中所云：＿＿＿＿＿＿，＿＿＿＿＿＿。

48. 龚自珍在《己亥杂诗（其五）》中表现其仍愿报效国家并蕴含哲理的名句是：＿＿＿＿＿＿，＿＿＿＿＿＿。

---

40. 渐黄昏，清角吹寒。都在空城。 41. 接天莲叶无穷碧，映日荷花别样红。 42. 马作的卢飞快，弓如霹雳弦惊。 43. 山河破碎风飘絮，身世浮沉雨打萍。 44. 惶恐滩头说惶恐，零丁洋里叹零丁。 45. 人生自古谁无死？留取丹心照汗青。 46. 枯藤老树昏鸦，小桥流水人家，古道西风瘦马。 47. 江山代有才人出，各领风骚数百年。 48. 落红不是无情物，化作春泥更护花。

补全诗词

1. 《诗经·关雎》

    关关雎鸠，在河之洲。窈窕淑女，_____。

    参差荇菜，左右流之。窈窕淑女，_____。

    求之不得，寤寐思服。悠哉悠哉，辗转反侧。

    参差荇菜，左右采之。窈窕淑女，_____。

    参差荇菜，左右芼（mào）之。窈窕淑女，_____。

2. 《诗经·木瓜》

    投我以木瓜，_____。匪报也，永以为好也！

    投我以木桃，_____。匪报也，永以为好也！

    投我以木李，_____。匪报也，永以为好也！

3. 《垓下歌》秦·项羽

    _____，_____。骓不逝兮可奈何，虞兮虞兮奈若何！

4. 《大风歌》汉·刘邦

    大风起兮云飞扬，_____，_____！

5. 《江南》汉乐府

    江南可采莲，莲叶何田田。鱼戏莲叶间。

    _____，_____，_____，_____。

6. 《七步诗》三国·魏·曹植

    煮豆持作羹，漉菽以为汁。萁在釜下燃，豆在釜中泣。

    _____，_____？

7. 《饮酒·其一》晋·陶渊明

    衰荣无定在，彼此更共之。邵生瓜田中，宁似东陵时！

    _____，_____。

    达人解其会，逝将不复疑。忽与一樽酒，日夕欢相持。

---

1. 君子好逑　寤寐求之　琴瑟友之　钟鼓乐之　2. 报之以琼琚　报之以琼瑶　报之以琼玖　3. 力拔山兮气盖世，时不利兮骓不逝。　4. 威加海内兮归故乡，安得猛士兮守四方！
5. 鱼戏莲叶东，鱼戏莲叶西，鱼戏莲叶南，鱼戏莲叶北。　6. 本自同根生，相煎何太急？
7. 寒暑有代谢，人道每如兹。

8. 《饮酒·其五》晋·陶渊明

　　结庐在人境，而无车马喧。问君何能尔？心远地自偏。
　　采菊东篱下，悠然见南山。山气日夕佳，飞鸟相与还。
　　_____，_____。

9. 《归园田居·其一》晋·陶渊明

　　少无适俗韵，性本爱丘山。误落尘网中，一去三十年。
　　羁鸟恋旧林，池鱼思故渊。开荒南野际，守拙归园田。
　　方宅十余亩，草屋八九间。_____，_____。
　　暧暧远人村，依依墟里烟。狗吠深巷中，鸡鸣桑树颠。
　　_____，_____。久在樊笼里，复得返自然。

10. 《归园田居·其三》晋·陶渊明

　　种豆南山下，草盛豆苗稀。晨兴理荒秽，带月荷锄归。
　　道狭草木长，夕露沾我衣。_____，_____。

11. 《敕勒歌》北朝民歌

　　敕勒川，阴山下。天似穹庐，笼盖四野。
　　_____，_____，_____。

12. 《悯农·其一》唐·李绅

　　_____，秋收万颗子。四海无闲田，_____。

13. 《悯农·其二》唐·李绅

　　锄禾日当午，汗滴禾下土。_____，_____。

14. 《登鹳雀楼》唐·王之涣

　　白日依山尽，黄河入海流。_____，_____。

15. 《出塞》唐·王之涣

　　黄河远上白云间，一片孤城万仞山。_____，_____。

---

8. 此中有真意，欲辨已忘言。　9. 榆柳荫后檐，桃李罗堂前。　户庭无尘杂，虚室有余闲。
10. 衣沾不足惜，但使愿无违。　11. 天苍苍，野茫茫，风吹草低见牛羊。　12. 春种一粒粟　农夫犹饿死　13. 谁知盘中餐，粒粒皆辛苦。　14. 欲穷千里目，更上一层楼。
15. 羌笛何须怨杨柳，春风不度玉门关。

第 3 章 诗词句子填空

16. 《春晓》唐·孟浩然

　　_____，_____。夜来风雨声，花落知多少。

17. 《黄鹤楼送孟浩然之广陵》唐·李白

　　_____，_____。孤帆远影碧空尽，唯见长江天际流。

18. 《望庐山瀑布》唐·李白

　　日照香炉生紫烟，遥看瀑布挂前川。_____，_____。

19. 《早发白帝城》唐·李白

　　朝辞白帝彩云间，千里江陵一日还。_____，_____。

20. 《赠汪伦》唐·李白

　　李白乘舟将欲行，忽闻岸上踏歌声。_____，_____。

21. 《望天门山》唐·李白

　　天门中断楚江开，碧水东流至此回。_____，_____。

22. 《静夜思》唐·李白

　　床前明月光，疑是地上霜。_____，_____。

23. 《夜宿山寺》唐·李白

　　_____，_____。不敢高声语，恐惊天上人。

24. 《秋浦歌》唐·李白

　　_____，_____。不知明镜里，何处得秋霜。

25. 《子夜四时歌·秋歌》唐·李白

　　_____，_____。秋风吹不尽，总是玉关情。何日平胡虏，良人罢远征。

26. 《送友人》唐·李白

　　青山横北郭，白水绕东城。此地一为别，孤蓬万里征。

　　_____，_____。挥手自兹去，萧萧班马鸣。

---

16. 春眠不觉晓，处处闻啼鸟。　17. 故人西辞黄鹤楼，烟花三月下扬州。　18. 飞流直下三千尺，疑是银河落九天。　19. 两岸猿声啼不住，轻舟已过万重山。　20. 桃花潭水深千尺，不及汪伦送我情。　21. 两岸青山相对出，孤帆一片日边来。　22. 举头望明月，低头思故乡。　23. 危楼高百尺，手可摘星辰。　24. 白发三千丈，缘愁似个长。　25. 长安一片月，万户捣衣声。　26. 浮云游子意，落日故人情。

27.《塞下曲·其一》唐·李白
五月天山雪，无花只有寒。笛中闻折柳，春色未曾看。
_____，_____。愿将腰下剑，直为斩楼兰。

28.《赠孟浩然》唐·李白
吾爱孟夫子，风流天下闻。_____，_____。
醉月频中圣，迷花不事君。高山安可仰，徒此揖清芬。

29.《登金陵凤凰台》唐·李白
凤凰台上凤凰游，凤去台空江自流。吴宫花草埋幽径，晋代衣冠成古丘。
_____，_____。总为浮云能蔽日，长安不见使人愁。

30.《绝句》唐·杜甫
_____，_____。窗含西岭千秋雪，门泊东吴万里船。

31.《春夜喜雨》唐·杜甫
_____，_____。随风潜入夜，润物细无声。
野径云俱黑，江船火独明。晓看红湿处，花重锦官城。

32.《望岳》唐·杜甫
岱宗夫如何？齐鲁青未了。造化钟神秀，阴阳割昏晓。
荡胸生曾云，决眦入归鸟。_____，_____。

33.《春望》唐·杜甫
_____，_____。感时花溅泪，恨别鸟惊心。
烽火连三月，家书抵万金。白头搔更短，浑欲不胜簪。

34.《戏为六绝句·其一》唐·杜甫
庾信文章老更成，凌云健笔意纵横。今人嗤点流传赋，_____。

35.《戏为六绝句·其二》唐·杜甫
王杨卢骆当时体，轻薄为文哂未休。_____，_____。

27.晓战随金鼓，宵眠抱玉鞍。 28.红颜弃轩冕，白首卧松云。 29.三山半落青天外，二水中分白鹭洲。 30.两个黄鹂鸣翠柳，一行白鹭上青天。 31.好雨知时节，当春乃发生。 32.会当凌绝顶，一览众山小。 33.国破山河在，城春草木深。 34.不觉前贤畏后生。 35.尔曹身与名俱灭，不废江河万古流。

36. 《戏为六绝句·其六》唐·杜甫

　　未及前贤更勿疑，递相祖述复先谁。_____，_____。

37. 《江畔独步寻花·其一》唐·杜甫

　　江上被花恼不彻，_____。走觅南邻爱酒伴，经旬出饮独空床。

38. 《江畔独步寻花·其六》唐·杜甫

　　黄四娘家花满蹊，千朵万朵压枝低。_____，_____。

39. 《咏鹅》唐·骆宾王

　　鹅，鹅，鹅，曲项向天歌。_____，_____。

40. 《于易水送别》唐·骆宾王

　　此地别燕丹，壮士发冲冠。_____，_____。

41. 《在狱咏蝉》唐·骆宾王

　　西陆蝉声唱，南冠客思侵。那堪玄鬓影，来对白头吟。
_____，_____。无人信高洁，谁为表予心。

42. 《蝉》唐·虞世南

　　垂缕（ruí）饮清露，流响出疏桐。_____，_____。

43. 《蝉》唐·李商隐

　　_____，_____。五更疏欲断，一树碧无情。
薄宦梗犹泛，故园芜已平。烦君最相警，我亦举家清。

44. 《登乐游原》唐·李商隐

　　向晚意不适，驱车登古原。_____，_____。

45. 《无题》唐·李商隐

　　相见时难别亦难，东风无力百花残。_____，_____。
晓镜但愁云鬓改，夜吟应觉月光寒。蓬山此去无多路，青鸟殷勤为探看。

36.别裁伪体亲风雅，转益多师是汝师。　　37.无处告诉只颠狂　　38.留连戏蝶时时舞，自在娇莺恰恰啼。　　39.白毛浮绿水，红掌拨清波。　　40.昔时人已没，今日水犹寒。　　41.露重飞难进，风多响易沉。　　42.居高声自远，非是藉秋风。　　43.本以高难饱，徒劳恨费声。　　44.夕阳无限好，只是近黄昏。　　45.春蚕到死丝方尽，蜡炬成灰泪始干。

46. 《无题》唐·李商隐

　　昨夜星辰昨夜风，画楼西畔桂堂东。_____，_____。

　　隔座送钩春酒暖，分曹射覆蜡灯红。嗟余听鼓应官去，走马兰台类转蓬。

47. 《锦瑟》唐·李商隐

　　锦瑟无端五十弦，一弦一柱思华年。_____，_____。

　　沧海月明珠有泪，蓝田日暖玉生烟。此情可待成追忆，只是当时已惘然。

48. 《风》唐·李峤

　　解落三秋叶，能开二月花。_____，_____。

49. 《送杜少府之任蜀州》唐·王勃

　　城阙辅三秦，风烟望五津。与君离别意，同是宦游人。

　　_____，_____。无为在歧路，儿女共沾巾。

50. 《赋得古原草送别》唐·白居易

　　_____，_____。野火烧不尽，春风吹又生。

　　远芳侵古道，晴翠接荒城。又送王孙去，萋萋满别情。

51. 《暮江吟》唐·白居易

　　_____，_____。可怜九月初三夜，露似真珠月似弓。

52. 《大林寺桃花》唐·白居易

　　人间四月芳菲尽，山寺桃花始盛开。_____，_____。

53. 《长相思》唐·白居易

　　汴水流，泗水流，流到瓜州古渡头。吴山点点愁。

　　____，____，_____。月明人倚楼。

54. 《忆江南·其一》唐·白居易

　　江南好，风景旧曾谙。_____，_____。能不忆江南？

46.身无彩凤双飞翼，心有灵犀一点通。　47.庄生晓梦迷蝴蝶，望帝春心托杜鹃。
48.过江千尺浪，入竹万竿斜。　49.海内存知己，天涯若比邻。　50.离离原上草，一岁一枯荣。　51.一道残阳铺水中，半江瑟瑟半江红。　52.长恨春归无觅处，不知转入此中来。　53.思悠悠，恨悠悠，恨到归时方始休。　54.日出江花红胜火，春来江水绿如蓝。

第 3 章　诗词句子填空

55.《忆江南·其二》唐·白居易

　　_____，_____。山寺月中寻桂子，郡亭枕上看潮头。何日更重游？

56.《忆江南·其三》唐·白居易

　　_____，_____。吴酒一杯春竹叶，吴娃双舞醉芙蓉。早晚复相逢！

57.《登幽州台歌》唐·陈子昂

　　_____，_____。念天地之悠悠，独怆然而涕下！

58.《清明》唐·杜牧

　　_____，_____。借问酒家何处有？牧童遥指杏花村。

59.《山行》唐·杜牧

　　远上寒山石径斜，白云生处有人家。_____，_____。

60.《江南春》唐·杜牧

　　_____，_____。南朝四百八十寺，多少楼台烟雨中。

61《秋夕》唐·杜牧

　　银烛秋光冷画屏，轻罗小扇扑流萤。_____，_____。

62.《泊秦淮》唐·杜牧

　　烟笼寒水月笼沙，夜泊秦淮近酒家。_____，_____。

63.《题乌江亭》唐·杜牧

　　胜败兵家事不期，包羞忍耻是男儿。_____，_____。

64.《过华清宫·其一》唐·杜牧

　　长安回望绣成堆，山顶千门次第开。_____，_____。

55.江南忆，最忆是杭州。　56.江南忆，其次忆吴宫。　57.前不见古人，后不见来者。　58.清明时节雨纷纷，路上行人欲断魂。　59.停车坐爱枫林晚，霜叶红于二月花。　60.千里莺啼绿映红，水村山郭酒旗风。　61.天阶夜色凉如水，卧看牵牛织女星。　62.商女不知亡国恨，隔江犹唱后庭花。　63.江东子弟多才俊，卷土重来未可知。　64.一骑红尘妃子笑，无人知是荔枝来。

中国诗词寻字觅句

65. 《过华清宫·其二》唐·杜牧
    新丰绿树起黄埃，数骑渔阳探使回。_____，舞破中原始下来。

66. 《过华清宫·其三》唐·杜牧
    _____，倚天楼殿月分明。云中乱拍禄山舞，风过重峦下笑声。

67. 《赠别·其一》唐·杜牧
    娉娉袅袅十三余，豆蔻梢头二月初。_____，_____。

68. 《赠别·其二》唐·杜牧
    多情却似总无情，唯觉樽前笑不成。_____，_____。

69. 《别董大·其一》唐·高适
    _____，北风吹雁雪纷纷。莫愁前路无知己，_____。

70. 《别董大·其二》唐·高适
    六翮飘飖私自怜，一离京洛十余年。丈夫贫贱应未足，_____。

71. 《回乡偶书·其一》唐·贺知章
    _____，_____。儿童相见不相识，笑问客从何处来？

72. 《回乡偶书·其二》唐·贺知章
    _____，_____。唯有门前镜湖水，春风不改旧时波。

73. 《早春呈水部张十八员外·其一》唐·韩愈
    _____，_____。最是一年春好处，绝胜烟柳满皇都。

74. 《早春呈水部张十八员外·其二》唐·韩愈
    莫道官忙身老大，即无年少逐春心。凭君先到江头看，_____？

75. 《咏柳》唐·贺知章
    _____，_____。不知细叶谁裁出？二月春风似剪刀。

76. 《相思》唐·王维
    红豆生南国，春来发几枝。_____，_____。

65.霓裳一曲千峰上　66.万国笙歌醉太平　67.春风十里扬州路，卷上珠帘总不如　68.蜡烛有心还惜别，替人垂泪到天明。　69.千里黄云白日曛　天下谁人不识君　70.今日相逢无酒钱　71.少小离家老大回，乡音无改鬓毛衰　72.离别家乡岁月多，近来人事半消磨。　73.天街小雨润如酥，草色遥看近却无。　74.柳色如今深未深　75.碧玉妆成一树高，万条垂下绿丝绦。　76.愿君多采撷，此物最相思。

77. 《鹿柴》唐·王维

　　_____，_____。返景入深林，复照青苔上。

78. 《送别/山中送别/送友》唐·王维

　　_____，_____。春草明年绿，王孙归不归。

79. 《九月九日忆山东兄弟》唐·王维

　　_____，_____。遥知兄弟登高处，遍插茱萸少一人。

80. 《送元二使安西/渭城曲》唐·王维

　　渭城朝雨浥轻尘，客舍青青柳色新。_____，_____。

81. 《杂诗·其一》唐·王维

　　_____，_____。常有江南船，寄书家中否。

82. 《杂诗·其二》唐·王维

　　_____，_____。来日绮窗前，寒梅著花未。

83. 《杂诗·其三》唐·王维

　　已见寒梅发，_____。心心视春草，畏向玉阶生。

84. 《鸟鸣涧》唐·王维

　　人闲桂花落，夜静春山空。_____，_____。

85. 《终南别业》唐·王维

　　中岁颇好道，晚家南山陲。兴来每独往，胜事空自知。_____，_____。偶然值林叟，谈笑无还期。

86. 《山居秋暝》唐·王维

　　空山新雨后，天气晚来秋。明月松间照，清泉石上流。_____，_____。随意春芳歇，王孙自可留。

87. 《枫桥夜泊》唐·张继

　　_____，_____。姑苏城外寒山寺，夜半钟声到客船。

---

77. 空山不见人，但闻人语响。　78. 山中相送罢，日暮掩柴扉。　79. 独在异乡为异客，每逢佳节倍思亲。　80. 劝君更尽一杯酒，西出阳关无故人。　81. 家住孟津河，门对孟津口。　82. 君自故乡来，应知故乡事。　83. 复闻啼鸟声　84. 月出惊山鸟，时鸣春涧中。　85. 行到水穷处，坐看云起时。　86. 竹喧归浣女，莲动下渔舟。　87. 月落乌啼霜满天，江枫渔火对愁眠。

88. 《竹枝词·其一》唐·刘禹锡

　　杨柳青青江水平，闻郎江上踏歌声。＿＿＿＿＿＿＿＿，＿＿＿＿＿＿＿＿。

89. 《乌衣巷》唐·刘禹锡

　　朱雀桥边野草花，乌衣巷口夕阳斜。＿＿＿＿＿＿＿＿，＿＿＿＿＿＿＿＿。

90. 《凉州词》唐·王翰

　　＿＿＿＿＿＿＿＿，＿＿＿＿＿＿＿＿。醉卧沙场君莫笑，古来征战几人回！

91. 《江雪》唐·柳宗元

　　千山鸟飞绝，万径人踪灭。＿＿＿＿＿＿＿＿，＿＿＿＿＿＿＿＿。

92. 《寻隐者不遇》唐·贾岛

　　松下问童子，言师采药去。＿＿＿＿＿＿＿＿，＿＿＿＿＿＿＿＿。

93. 《题诗后》唐·贾岛

　　＿＿＿＿＿＿＿＿，＿＿＿＿＿＿＿＿。知音如不赏，归卧故山秋。

94. 《望月怀远》唐·张九龄

　　＿＿＿＿＿＿＿＿，＿＿＿＿＿＿＿＿。情人怨遥夜，竟夕起相思。

　　灭烛怜光满，披衣觉露滋。不堪盈手赠，还寝梦佳期。

95. 《出塞》唐·王昌龄

　　秦时明月汉时关，万里长征人未还。＿＿＿＿＿＿＿＿，＿＿＿＿＿＿＿＿。

96. 《黄鹤楼》唐·崔颢

　　昔人已乘黄鹤去，此地空余黄鹤楼。黄鹤一去不复返，白云千载空悠悠。

　　＿＿＿＿＿＿＿＿，＿＿＿＿＿＿＿＿。日暮乡关何处是？烟波江上使人愁。

97. 《渔歌子》唐·张志和

　　＿＿＿＿＿＿＿＿，＿＿＿＿＿＿＿＿。青箬笠，绿蓑衣，斜风细雨不须归。

98. 《蜂》唐·罗隐

　　不论平地与山尖，无限风光尽被占。＿＿＿＿＿＿＿＿，＿＿＿＿＿＿＿＿？

---

88. 东边日出西边雨，道是无晴却有晴。　89. 旧时王谢堂前燕，飞入寻常百姓家。
90. 葡萄美酒夜光杯，欲饮琵琶马上催。　91. 孤舟蓑笠翁，独钓寒江雪。　92. 只在此山中，云深不知处。　93. 两句三年得，一吟双泪流。　94. 海上生明月，天涯共此时。　95. 但使龙城飞将在，不教胡马度阴山。　96. 晴川历历汉阳树，芳草萋萋鹦鹉洲。　97. 西塞山前白鹭飞，桃花流水鳜鱼肥。　98. 采得百花成蜜后，为谁辛苦为谁甜？

第3章 诗词句子填空

99. 《自遣》唐·罗隐
   得即高歌失即休，多愁多恨亦悠悠。_____，_____。

100. 《小儿垂钓》唐·胡令能
   蓬头稚子学垂纶，侧坐莓苔草映身。_____，_____。

101. 《逢雪宿芙蓉山主人》唐·刘长卿
   _____，_____。柴门闻犬吠，风雪夜归人。

102. 《别严士元》唐·刘长卿
   春风倚棹阖闾城，水国春寒阴复晴。_____，_____。
   日斜江上孤帆影，草绿湖南万里情。东道若逢相识问，青袍今日误儒生。

103. 《偈》唐·神秀
   _____，_____。时时勤拂拭，勿使惹尘埃。

104. 《相见欢》南唐·李煜
   无言独上西楼，月如钩。寂寞梧桐深院锁清秋。
   _____，_____，_____。别是一般滋味在心头。

105. 《虞美人》南唐·李煜
   春花秋月何时了？往事知多少。小楼昨夜又东风，故国不堪回首月明中。
   _____，_____。问君能有几多愁？恰似一江春水向东流。

106. 《画》宋·无名氏
   远看山有色，近听水无声。_____，_____。

107. 《山村咏怀》宋·邵雍
   一去二三里，烟村四五家。_____，_____。

108. 《梅花》宋·王安石
   墙角数枝梅，凌寒独自开。_____，_____。

99.今朝有酒今朝醉，明日愁来明日愁。 100.路人借问遥招手，怕得鱼惊不应人。 101.日暮苍山远，天寒白屋贫。 102.细雨湿衣看不见，闲花落地听无声。 103.身是菩提树，心如明镜台。 104.剪不断，理还乱，是离愁。 105.雕栏玉砌应犹在，只是朱颜改。 106.春去花还在，人来鸟不惊。 107.亭台六七座，八九十枝花。 108.遥知不是雪，为有暗香来。

255

109.《泊船瓜洲》宋·王安石

　　京口瓜洲一水间，钟山只隔数重山。＿＿＿＿＿＿，＿＿＿＿＿＿？

110.《叠题乌江亭》宋·王安石

　　百战疲劳壮士哀，中原一败势难回。＿＿＿＿＿＿，＿＿＿＿＿＿？

111.《江上渔者》宋·范仲淹

　　江上往来人，但爱鲈鱼美。＿＿＿＿＿＿，＿＿＿＿＿＿。

112.《蚕妇》宋·张俞

　　昨日入城市，归来泪满巾。＿＿＿＿＿＿，＿＿＿＿＿＿。

113.《陶者》宋·梅尧臣

　　陶尽门前土，屋上无片瓦。＿＿＿＿＿＿，＿＿＿＿＿＿。

114.《喜》宋·汪洙

　　久旱逢甘雨，他乡遇故知。＿＿＿＿＿＿，＿＿＿＿＿＿。

115.《生查子·元夕》宋·欧阳修

　　去年元夜时，花市灯如昼。＿＿＿＿＿＿，＿＿＿＿＿＿。
　　今年元夜时，月与灯依旧。不见去年人，泪湿春衫袖。

116.《劝学诗》宋·赵恒

　　富家不用买良田，＿＿＿＿＿＿。安居不用架高堂，＿＿＿＿＿＿。
　　出门莫恨无人随，＿＿＿＿＿＿。娶妻莫恨无良媒，＿＿＿＿＿＿。
　　男儿欲遂平生志，＿＿＿＿＿＿。

117.《饮湖上初晴后雨·其一》宋·苏轼

　　朝曦迎客艳重冈，＿＿＿＿＿＿。此意自佳君不会，一杯当属水仙王。

118.《饮湖上初晴后雨·其二》宋·苏轼

　　水光潋滟晴方好，山色空蒙雨亦奇。＿＿＿＿＿＿，＿＿＿＿＿＿。

109.春风又绿江南岸，明月何时照我还？　110.江东子弟今虽在，肯与君王卷土来？
111.君看一叶舟，出没风波里。　112.遍身罗绮者，不是养蚕人。　113.十指不沾泥，鳞鳞居大厦。　114.洞房花烛夜，金榜题名时。　115.月上柳梢头，人约黄昏后。
116.书中自有千钟粟　书中自有黄金屋　书中车马多如簇　书中有女颜如玉　六经勤向窗前读　117.晚雨留人入醉乡　118.欲把西湖比西子，淡妆浓抹总相宜。

119. 《题西林壁》宋·苏轼

横看成岭侧成峰，远近高低各不同。_____，_____。

120. 《水调歌头》宋·苏轼

_____？_____。不知天上宫阙，今夕是何年。我欲乘风归去，又恐琼楼玉宇，高处不胜寒。起舞弄清影，何似在人间。

转朱阁，低绮户，照无眠。不应有恨，何事长向别时圆？_____，_____，_____。但愿人长久，千里共婵娟。

121. 《念奴娇·赤壁怀古》宋·苏轼

大江东去，浪淘尽，千古风流人物。故垒西边，人道是，三国周郎赤壁。_____，_____，_____。江山如画，一时多少豪杰。

遥想公瑾当年，小乔初嫁了，雄姿英发。_____，_____，_____。故国神游，多情应笑我，早生华发。人生如梦，一樽还酹江月。

122. 《蝶恋花·春景》宋·苏轼

花褪残红青杏小，燕子飞时，绿水人家绕。枝上柳绵吹又少，_____。

墙里秋千墙外道，墙外行人，墙里佳人笑。笑渐不闻声渐悄，_____。

123. 《定风波》宋·苏轼

莫听穿林打叶声，何妨吟啸且徐行。竹杖芒鞋轻胜马，谁怕？_____。

料峭春风吹酒醒，微冷，山头斜照却相迎。回首向来萧瑟处，归去！_____。

---

119. 不识庐山真面目，只缘身在此山中。 120. 明月几时有？把酒问青天。 人有悲欢离合，月有阴晴圆缺，此事古难全。 121. 乱石穿空，惊涛拍岸，卷起千堆雪。 羽扇纶巾，谈笑间，樯橹灰飞烟灭。 122. 天涯何处无芳草 多情却被无情恼 123. 一蓑烟雨任平生 也无风雨也无晴

124.《雨霖铃》宋·柳永

寒蝉凄切，对长亭晚，骤雨初歇。都门帐饮无绪，留恋处，兰舟催发。_____，_____。念去去，千里烟波，暮霭沉沉楚天阔。

多情自古伤离别，更那堪，冷落清秋节！今宵酒醒何处？_____，_____。此去经年，应是良辰好景虚设。便纵有千种风情，更与何人说？

125.《卜算子·送鲍浩然之浙东》宋·王观

_____，_____。欲问行人去那边？眉眼盈盈处。

才始送春归，又送君归去。_____，_____。

126.《卜算子》宋·李之仪

_____，_____。日日思君不见君，共饮长江水。

此水几时休？此恨何时已？只愿君心似我心，定不负相思意。

127.《鹊桥仙》宋·秦观

纤云弄巧，飞星传恨，银汉迢迢暗度。金风玉露一相逢，便胜却人间无数。

柔情似水，佳期如梦，忍顾鹊桥归路。_____，_____？

128.《满江红》宋·岳飞

怒发冲冠，凭栏处、潇潇雨歇。抬望眼、仰天长啸，壮怀激烈。三十功名尘与土，八千里路云和月。_____、_____，_____。

靖康耻，犹未雪。臣子恨，何时灭。驾长车，踏破贺兰山缺。_____，_____。待从头、收拾旧山河，朝天阙。

129.《池州翠微亭》宋·岳飞

经年尘土满征衣，得得寻芳上翠微。_____，马蹄催趁月明归。

130.《题临安邸》宋·林升

山外青山楼外楼，西湖歌舞几时休？_____，_____。

124.执手相看泪眼，竟无语凝噎。 杨柳岸，晓风残月。 125.水是眼波横，山是眉峰聚。若到江南赶上春，千万和春住。 126.我住长江头，君住长江尾。 127.两情若是久长时，又岂在朝朝暮暮？ 128.莫等闲、白了少年头，空悲切。 壮志饥餐胡虏肉，笑谈渴饮匈奴血。 129.好水好山看不足 130.暖风熏得游人醉，直把杭州作汴州。

258

131. 《游园不值》宋·叶绍翁

　　应怜屐齿印苍苔，小扣柴扉久不开。_____，_____。

132. 《夏日绝句》宋·李清照

　　_____，_____。至今思项羽，不肯过江东。

133. 《丑奴儿·书博山道中壁》宋·辛弃疾

　　_____，_____。爱上层楼，为赋新词强说愁。

　　而今识尽愁滋味，欲说还休。_____，_____！

134. 《西江月·夜行黄沙道中》宋·辛弃疾

　　明月别枝惊鹊，清风半夜鸣蝉。稻花香里说丰年，听取蛙声一片。

　　七八个星天外，两三点雨山前。_____，_____。

135. 《清平乐·村居》宋·辛弃疾

　　茅檐低小，溪上青青草。醉里吴音相媚好，白发谁家翁媪？

　　_____，_____。最喜小儿亡赖，溪头卧剥莲蓬。

136. 《南乡子·登京口北固亭有怀》宋·辛弃疾

　　何处望神州？满眼风光北固楼。千古兴亡多少事？悠悠。_____

_____。

　　年少万兜鍪，坐断东南战未休。天下英雄谁敌手？曹刘。_____

_____。

137. 《永遇乐·京口北固亭怀古》宋·辛弃疾

　　_____，_____，_____。舞榭歌台，风流总被雨打风吹去。斜阳草树，寻常巷陌，人道寄奴曾住。想当年，金戈铁马，气吞万里如虎。

　　元嘉草草，封狼居胥，赢得仓皇北顾。四十三年，望中犹记，烽火扬州路。可堪回首，佛狸祠下，一片神鸦社鼓。_____，_____，_____？

131.春色满园关不住，一枝红杏出墙来。　132.生当作人杰，死亦为鬼雄。　133.少年不识愁滋味，爱上层楼。欲说还休，却道"天凉好个秋"！　134.旧时茅店社林边，路转溪桥忽见。　135.大儿锄豆溪东，中儿正织鸡笼。　136.不尽长江滚滚流　生子当如孙仲谋　137.千古江山，英雄无觅，孙仲谋处。　凭谁问，廉颇老矣，尚能饭否？

138.《扬州慢》宋·姜夔

淮左名都,竹西佳处,解鞍少驻初程。_____,_____。自胡马窥江去后,废池乔木,犹厌言兵。渐黄昏,清角吹寒,都在空城。

杜郎俊赏,算而今、重到须惊。纵豆蔻词工,青楼梦好,难赋深情。二十四桥仍在,波心荡、冷月无声。_____,_____?

139.《冬夜读书示子聿》宋·陆游

古人学问无遗力,少壮工夫老始成。_____,_____。

140.《示儿》宋·陆游

死去元知万事空,但悲不见九州同。_____,_____。

141.《游山西村》宋·陆游

莫笑农家腊酒浑,丰年留客足鸡豚。_____,_____。
箫鼓追随春社近,衣冠简朴古风存。从今若许闲乘月,拄杖无时夜叩门。

142.《卜算子·咏梅》宋·陆游

驿外断桥边,寂寞开无主。已是黄昏独自愁,更著风和雨。

无意苦争春,一任群芳妒。_____,_____。

143.《钗头凤》宋·陆游

_____,_____,_____。东风恶,欢情薄。一怀愁绪,几年离索。错,错,错!

春如旧,人空瘦,泪痕红浥鲛绡透。桃花落,闲池阁。山盟虽在,锦书难托。莫,莫,莫!

144.《钗头凤》宋·唐婉

_____,_____,_____。晓风干,泪痕残。欲笺心事,独语斜阑。难难难!

人成各,今非昨,病魂常似秋千索。角声寒,夜阑珊。怕人寻问,咽泪装欢。瞒瞒瞒!

138.过春风十里,尽荠麦青青。 念桥边红药,年年知为谁生? 139.纸上得来终觉浅,绝知此事要躬行。 140.王师北定中原日,家祭无忘告乃翁。 141.山重水复疑无路,柳暗花明又一村。 142.零落成泥碾作尘,只有香如故。 143.红酥手,黄縢酒,满城春色宫墙柳。 144.世情薄,人情恶,雨送黄昏花易落。

145.《小池》宋·杨万里

_____，_____。小荷才露尖尖角，早有蜻蜓立上头。

146.《过零丁洋》宋·文天祥

辛苦遭逢起一经，干戈寥落四周星。_____，_____。
惶恐滩头说惶恐，零丁洋里叹零丁。人生自古谁无死？留取丹心照汗青。

147.《天净沙·秋思》元·马致远

枯藤老树昏鸦，小桥流水人家，古道西风瘦马。

_____，_____。

148.《天净沙·秋》元·白朴

孤村落日残霞，轻烟老树寒鸦，一点飞鸿影下。_____，_____。

149.《墨梅》元·王冕

我家洗砚池边树，朵朵花开淡墨痕。_____，_____。

150.《石灰吟》明·于谦

_____，_____。粉骨碎身浑不怕，要留清白在人间。

151.《明日歌》明·钱福

明日复明日，明日何其多？我生待明日，万事成蹉跎。
_____，_____。朝看水东流，暮看日西坠。
百年明日能几何？请君听我明日歌。

152.《临江仙》明·杨慎

滚滚长江东逝水，浪花淘尽英雄。是非成败转头空。_____，
_____。

白发渔樵江渚上，惯看秋月春风。一壶浊酒喜相逢。_____，
_____。

145.泉眼无声惜细流，树阴照水爱晴柔。　146.山河破碎风飘絮，身世浮沉雨打萍。
147.夕阳西下，断肠人在天涯。　148.青山绿水，白草红叶黄花。　149.不要人夸颜色好，只留清气满乾坤。　150.千锤万凿出深山，烈火焚烧若等闲。　151.世人若被明日累，春去秋来老将至。　152.青山依旧在，几度夕阳红。　古今多少事，都付笑谈中。

261

153.《满庭芳·失鸡》明·王磐

平生淡薄，鸡儿不见，童子休焦。家家都有闲锅灶，任意烹煎。

_____，_____，_____。

免终朝报晓，睡到日头高。

154.《木兰花令·拟古决绝词柬友》清·纳兰性德

_____，_____。等闲变却故人心，却道故人心易变。

骊山语罢清宵半，泪雨霖铃终不怨。何如薄幸锦衣郎，比翼连枝当日愿。

155.《回前诗》清·曹雪芹

浮生着甚苦奔忙，盛席华筵终散场。悲喜千般同幻渺，古今一梦尽荒唐。

漫言红袖啼痕重，更有情痴抱恨长。_____，_____。

156.《竹石》清·郑板桥

咬定青山不放松，立根原在破岩中。_____，_____。

157.《苔》清·袁枚

白日不到处，青春恰自来。_____，_____。

158.《己亥杂诗·其一二五》清·龚自珍

九州生气恃风雷，万马齐喑究可哀。_____，_____。

159.《村居》清·高鼎

_____，_____。儿童散学归来早，忙趁东风放纸鸢。

153.煮汤的贴他三枚火烧，穿炒的助他一把胡椒，倒省了我开东道。 154.人生若只如初见，何事秋风悲画扇。 155.字字看来皆是血，十年辛苦不寻常。 156.千磨万击还坚劲，任尔东西南北风。 157.苔花如米小，也学牡丹开。 158.我劝天公重抖擞，不拘一格降人才。 159.草长莺飞二月天，拂堤杨柳醉春烟。

第4章 飞花令

"飞花令"原本是古人饮酒时的一个助兴游戏,得名于唐代诗人韩翃《寒食》中的名句"春城无处不飞花"。古代的"飞花令"要求对令人所对出的诗句要和行令人吟出的诗句格律一致,而且对规定好的字出现的位置同样有严格的要求。如今的"飞花令"更多是作为一种以诗词为载体的互动性语言文字游戏,以央视的《中国诗词大会》为代表,选择出"飞"的主题字,要求参加者轮流说出一联含有这个主题字的诗词,对字的位置、诗句格律并没有限制,更适合现代的诗词爱好者参与游戏。含有一个主题字的通常称为"单字飞花令",含有两个或两个以上主题字的,称为"超级飞花令"。游戏参与者按要求轮流说出诗句,不能重复,说不出的人为负者。

诗词之"春"

1. ＿＿＿＿＿＿＿＿，卉木萋萋。（《诗经·出车》）
2. ＿＿＿＿＿＿＿＿，万物生光辉。（《长歌行》汉乐府）
3. ＿＿＿＿＿＿＿＿，园柳变鸣禽。（《登池上楼》南北朝·谢灵运）
4. ＿＿＿＿＿＿＿＿，杂英满芳甸。（《晚登三山还望京邑》南北朝·谢朓）
5. ＿＿＿＿＿＿＿＿＿＿，走傍寒梅访消息。（《早春寄王汉阳》唐·李白）
6. ＿＿＿＿＿＿＿＿，发我枝上花。（《落日忆山中》唐·李白）
7. 东风洒雨露，＿＿＿＿＿＿＿＿。（《送郗昂谪巴中》唐·李白）
8. 日长唯鸟雀，＿＿＿＿＿＿＿＿。（《春远》唐·杜甫）
9. 侵陵雪色还萱草，＿＿＿＿＿＿＿＿。（《腊日》唐·杜甫）
10. 江浦雷声喧昨夜，＿＿＿＿＿＿＿＿＿＿＿＿。（《遣闷戏呈路十九曹长》唐·杜甫）
11. 朝来新火起新烟，＿＿＿＿＿＿＿＿＿＿。（《清明》唐·杜甫）
12. ＿＿＿＿＿＿＿＿，故穿庭树作飞花。（《春雪》唐·韩愈）
13. ＿＿＿＿＿＿＿＿，不须惆怅怨芳时。（《叹花》唐·杜牧）
14. ＿＿＿＿＿＿＿＿，水上鸳鸯浴。（《菩萨蛮》唐·韦庄）
15. ＿＿＿＿＿＿＿＿，月移花影上栏杆。（《春夜》宋·王安石）

◆ 答案：1. 春日迟迟　2. 阳春布德泽　3. 池塘生春草　4. 喧鸟覆春洲　5. 闻道春还未相识　6. 东风随春归　7. 会入天地春　8. 春远独柴荆　9. 漏泄春光有柳条　10. 春城雨色动微寒。　11. 湖色春光净客船　12. 白雪却嫌春色晚　13. 自是寻春去较迟　14. 桃花春水渌　15. 春色恼人眠不得

"春""风"送暖

1. ＿＿＿＿＿＿＿＿，何事入罗帏？（《春思》唐·李白）
2. ＿＿＿＿＿＿＿＿？别殿饶芳草。（《嘲春风》唐·温庭筠）
3. ＿＿＿＿＿＿＿＿，白日落梁州。（《书边事》唐·张乔）
4. ＿＿＿＿＿＿＿＿，吹向玉阶飞。（《左掖梨花》唐·丘为）
5. 夜月人何待，＿＿＿＿＿＿＿＿。（《题苏小小墓》唐·张祜）
6. 候晓起徒驭，＿＿＿＿＿＿＿＿。（《早发杭州泛富春江寄陆三十一郎公佐》

唐·权德舆）

7. 今年欢笑复明年，_____。（《琵琶行》唐·白居易）

8. _____，半作障泥半作帆。（《隋宫》唐·李商隐）

9. _____，纵复芳菲不可留。（《留辞》唐·刘长卿）

10. 酷怜风月为多情，_____。（《寄人·其二》唐·张泌）

11. 黄犊山南又山北，_____。（《次韵程弟·其五》宋·方岳）

12. _____，且作人间长寿仙。（《鹧鸪天》宋·李廌）

13. _____，春在溪头荠菜花。（《鹧鸪天》宋·辛弃疾）

14. _____？_____，杨花篱落。（《醉江月·感旧再和前韵》宋·何梦桂）

15. 白发渔樵江渚上，_____。（《临江仙》明·杨慎）

◆ 答案：1. 春风不相识　2. 春风何处好　3. 春风对青冢　4. 春风且莫定　5. 春风鸟为吟　6. 春江多好风　7. 秋月春风等闲度　8. 春风举国裁宫锦　9. 春风已遣归心促　10. 还到春时别恨生　11. 犁春犹有古人风　12. 从今把定春风笑　13. 城中桃李愁风雨　14. 问春何去？乱随风飞坠　15. 惯看秋月春风

"春""雨"含情

1. _____，当春乃发生。（《春夜喜雨》唐·杜甫）

2. _____，新炊间黄粱。（《赠卫八处士》唐·杜甫）

3. _____，秋雨梧桐叶落时。（《长恨歌》唐·白居易）

4. 玉容寂寞泪阑干，_____。（《长恨歌》唐·白居易）

5. 云里帝城双凤阙，_____。（《奉和圣制从蓬莱向兴庆阁道中留春雨中春望之作应制》唐·王维）

6. 桃李春风一杯酒，_____。（《寄黄几复》宋·黄庭坚）

7. 垂地寒云吞大漠，_____。（《水墨松石》唐·方干）

8. 何事晚来微雨后，_____。（《蜀中春日》唐·郑谷）

9. _____，舟撼清流夜雨寒。（《平绿轩》宋·王用亨）

10. _____，谁把繁阴为扫除。（《又和》宋·韦骧）

11. _____，雨余蹄道水如杯。（《春日田园杂兴》宋·范成大）

12. _____，_____，罗衾不耐五更寒。(《浪淘沙令》南唐·李煜)

13. _____，_____，梅子青时节。(《千秋岁》宋·张先)

14. 春又过，_____。(《谒金门》宋·吕胜己)

15. 鸳鸯渚，_____。(《谒金门》宋·张元干)

◆ 答案：1. 好雨知时节　2. 夜雨剪春韭　3. 春风桃李花开日　4. 梨花一枝春带雨　5. 雨中春树万人家　6. 江湖夜雨十年灯　7. 过江春雨入全吴　8. 锦江春学曲江春　9. 犁耕宿雨春风暖　10. 惟愁南国春多雨　11. 步屧(xiè)寻春有好怀　12. 帘外雨潺潺，春意阑珊　13. 惜春更把残红折，雨轻风色暴　14. 那更雨摧风挫　15. 春涨一江花雨

诗词之"夏"

1. _____，草木莽莽。(《怀沙》战国·屈原)

2. _____，绿槐阴满地。(《府西亭纳凉归》唐·白居易)

3. 柳色蔼春余，_____。(《资圣寺送甘二》唐·王维)

4. 佛寺连野水，_____。(《野寺后池寄友》唐·张籍)

5. _____，还乡秋雁飞。(《送李侍御》唐·宋之问)

6. 易觉春光老，_____。(《驻紫霞观》唐·方干)

7. _____，为我生凉风。(《夏日集裴录事北亭避暑》唐·皎然)

8. 色浓春草在，_____。(《夏日同崔使君论登城楼赋得远山》唐·皎然)

9. 白头身偶在，_____。(《偶书·其二》唐·司空图)

10. 百里长堤上，_____。(《次韵袁伯长舟中杂书·其一》元·贡奎)

11. _____，人马饥虺兮筋力单。(《胡笳十八拍》汉·蔡文姬)

12. 石鱼湖，似洞庭，_____。(《石鱼湖上醉歌》唐·元结)

13. 两堤杨柳先春绿，_____。(《题阮希圣东湖·其三》宋·刘浚)

14. 菲菲红紫送春去，_____。(《金丝桃》宋·吕本中)

15. 今年幸甚蚕桑熟，_____。(《夏日田园杂兴·其五》宋·范成大)

◆ 答案：1. 滔滔孟夏兮　2. 夏浅蝉未多　3. 槐阴清夏首　4. 池幽夏景清　5. 去国夏

云断　6. 难消夏昼长　7. 前林夏雨歇　8. 峰起夏云归　9. 清夏景还移　10. 茏葱夏木清　11. 风霜凛凛兮春夏寒　12. 夏水欲满君山青　13. 十里芙蓉入夏香　14. 独自黄葩夏日闲　15. 留得黄丝织夏衣

"夏""热"难耐

1. 力尽不知热，_____。(《观刈麦》唐·白居易)

2. _____，身热汗如泉。(《状江南·季夏》唐·范灯)

3. 人皆苦炎热，_____。(《戏足柳公权联句》宋·苏轼)

4. _____，如逢晚秋霜。(《重午菊有花遂与菖蒲同采》宋·朱翌)

5. _____，宵寒不似秋。(《归至三衢怀芸庄兄留京》宋·萧立之)

6. 春在已愁热，_____。(《和仲良春晚即事·其二》宋·杨万里)

7. _____，寒梅暑亦开。(《七月二十三日题李亨之墨梅》宋·杨万里)

8. _____，临池憩午凉。(《池亭纳凉》明·朱高炽)

9. 人皆炎热之畏，_____。(《使臣李汝发写平园真求赞》宋·周必大)

10. _____，到此清风忽满襟。(《早行·其二》宋·吴芾)

11. _____，水来不少热更多。(《大雨水忧三堰决坏且念吾挺之在病无与共此忧者因走笔为问·其一》宋·李石)

12. 试数六宵还五雨，_____。(《暮雨既霁将儿辈登多稼亭》宋·杨万里)

13. _____，若到秋高何似生。(《夏夜诚斋望月》宋·杨万里)

14. _____，那知秋热政无端。(《新秋盛热》宋·杨万里)

15. _____，秋凉老眼又偏醒。(《秋夕不寐·其二》宋·杨万里)

◆ 答案：1. 但惜夏日长　2. 江南季夏天　3. 我爱夏日长　4. 洗去仲夏热　5. 午热犹疑夏　6. 夏来还解凉　7. 夏热秋逾甚　8. 夏日多炎热　9. 我爱夏日之长　10. 行人九夏热如火　11. 秋夏之交天雨水　12. 坐令夏热作秋清　13. 只今夏热已如此　14. 度夏今年未觉难　15. 夏热通宵睡不成

"夏""雨"绵绵

1. _____，雨余草木繁。(《始夏南园思旧里》唐·韦应物)

2. _____，闲院绿阴生。(《答端》唐·韦应物)

3. _____，社雨报年登。(《假中对雨，呈县中僚友》唐·韦应物)

4. _____，为我生凉风。(《夏日集裴录事北亭避暑》唐·皎然)

5. _____，碧岭横春虹。(《赋终南山用风字韵应诏》唐·杨师道)

6. 风吹古木晴天雨，_____。(《江楼夕望招客》唐·白居易)

7. _____，小楼腰褥怕单轻。(《友封体》唐·元稹)

8. _____，晓作狂霖晚又晴。(《暴雨》唐·韦庄)

9. 岩溜喷空晴似雨，_____。(《题报恩寺上方》唐·方干)

10. _____，雨收残水入天河。(《新晴》唐·王建)

11. _____，绿莎细软不妨行。(《效赵学士体成口号十章献开府太师·其八》宋·司马光)

12. _____，停云荣木老渊明。(《春夏之交风雨弥旬耳目所触即事十绝·其三》宋·汪莘)

13. _____，梅子空黄无雨来。(《端午》宋·汪梦斗)

14. _____，_____，绿苔绕地初遍。(《声声慢·凤林园词》宋·吴则礼)

15. _____，一洗北尘昏。(《水调歌头·登甘露寺多景楼望淮有感》宋·程珌)

◆ 答案：1.夏首云物变 2.郊园夏雨歇 3.残莺知夏浅 4.前林夏雨歇 5.白云飞夏雨 6.月照平沙夏夜霜 7.雨送浮凉夏簟清 8.江村入夏多雷雨 9.林萝碍日夏多寒 10.夏夜新晴星较少 11.首夏清和新雨晴 12.夏雨春风穷管仲 13.榴花未见已夏半 14.林塘朱夏，雨过斑斑 15.孟夏正须雨

诗词之"秋"

1. 残暑蝉催尽，_____。(《宴散》唐·白居易)

2. 荒城临古渡，_____。(《归嵩山作》唐·王维)

3. _____，砧杵夜千家。(《酬程延秋夜即事见赠》唐·韩翃)

4. _____，苍然满关中。(《与高适薛据登慈恩寺浮图》唐·岑参)

5. 别离在今晨，_____？(《送杨氏女》唐·韦应物)

6. _____，散步咏凉天。(《秋夜寄邱员外》唐·韦应物)

7. _____，城阙夜千重。(《江乡故人偶集客舍》唐·戴叔伦)

8. 月槛移孤影，_____。(《古寺老松》唐·齐己)

9. _____，对此可以酣高楼。(《宣州谢朓楼饯别校书叔云》唐·李白)

10. 龙吟虎啸一时发，_____。(《听安万善吹觱篥歌》唐·李颀)

11. 先拂声弦后角羽，_____。(《听董大弹胡笳声兼寄语弄房给事》唐·李颀)

12. 年年七夕渡瑶轩，_____。(《七夕》唐·崔涂)

13. 晴窗早觉爱朝曦，_____。(《冬景》宋·刘克庄)

14. 坳石天然印曲流，_____。(《流杯池》宋·方信孺)

15. 欲说还休，_____！(《丑奴儿·书博山道中壁》宋·辛弃疾)

◆ 答案：1. 新秋雁戴来　2. 落日满秋山　3. 星河秋一雁　4. 秋色从西来　5. 见尔当何秋　6. 怀君属秋夜　7. 天秋月又满　8. 秋亭卓一峰　9. 长风万里送秋雁　10. 万籁百泉相与秋　11. 四郊秋叶惊摵（sè）摵　12. 谁道秋期有泪痕　13. 竹外秋声渐作威　14. 飞觞寂寞几春秋　15. 却道天凉好个秋

"秋""风"萧瑟

1. _____，总是玉关情。(《子夜四时歌·秋歌》唐·李白)

2. _____，水寒风似刀。(《塞下曲》唐·王昌龄)

3. 居高声自远，_____。(《蝉》唐·虞世南)

4. 惟将两鬓雪，_____。(《立秋前一日览镜》唐·李益)

5. 魄堪寒夜月，_____。(《西施吟》宋·何云)

6. _____，草木黄落兮雁南归。(《秋风辞》汉·刘彻)

7. _____，草木摇落露为霜。(《燕歌行·其一》三国·魏·曹丕)

8. 君不见吴中张翰称达生，_____。(《行路难·其三》唐·李白)

9. 萧索风高洙泗上，_____。(《经曲阜城》唐·刘沧)

10. _____，阴气晦昧无清风。(《谒衡岳庙遂宿岳寺题门楼》

唐·韩愈）

11.＿＿＿＿＿＿，不卷征帆任晚风。（《自孟津舟西上雨中作》唐·韦庄）

12.＿＿＿＿＿＿，日斜闲啄岸边苔。（《鹤》宋·欧阳修）

13. 萧萧梧叶送寒声，＿＿＿＿＿＿。（《夜书所见》宋·叶绍翁）

14.＿＿＿＿＿＿，梦回寒月照人孤。（《金陵驿·其二》宋·文天祥）

15.＿＿＿＿＿＿，金凤花残满地红。（《南乡子》南唐·冯延巳）

◆ 答案：1. 秋风吹不尽 2. 饮马渡秋水 3. 非是藉秋风 4. 明日对秋风 5. 香亦扑秋风 6. 秋风起兮白云飞 7. 秋风萧瑟天气凉 8. 秋风忽忆江东行 9. 秋山明月夜苍苍 10. 我来正逢秋雨节 11. 秋烟漠漠雨濛濛 12. 万里秋风天外意 13. 江上秋风动客情 14. 老去秋风吹我恶 15. 细雨泣秋风

望穿"秋""水"

1.＿＿＿＿＿＿，江水清且深。（《古绝句》汉）

2.＿＿＿＿＿＿，寒水送荆轲。（《拟咏怀诗·其二十六》南北朝·庾信）

3. 鸿雁几时到，＿＿＿＿＿＿。（《天末怀李白》唐·杜甫）

4. 寒山转苍翠，＿＿＿＿＿＿。（《辋川闲居赠裴秀才迪》唐·王维）

5.＿＿＿＿＿＿，水寒风似刀。（《塞下曲》唐·王昌龄）

6. 若非巾柴车，＿＿＿＿＿＿。（《寻西山隐者不遇》唐·丘为）

7.＿＿＿＿＿＿，风静夜猿哀。（《巫山高》隋·李孝贞）

8.＿＿＿＿＿＿，吴江水兮鲈鱼肥。（《思吴江歌》晋·张翰）

9.＿＿＿＿＿＿，濯足洞庭望八荒。（《寄韩谏议》唐·杜甫）

10.＿＿＿＿＿＿，焉得置之贡玉堂？（《寄韩谏议》唐·杜甫）

11. 汉口夕阳斜渡鸟，＿＿＿＿＿＿。（《自夏口至鹦鹉洲夕望岳阳寄源中丞》唐·刘长卿）

12.＿＿＿＿＿＿，光射寒潭晓未沉。（《次韵欧阳叔向水中月》宋·王庭圭）

13.＿＿＿＿＿＿，旧游空在。（《秋霁》宋·周密）

14.＿＿＿＿＿＿，相对盈盈里。（《卜算子》宋·吴潜）

270

15. 浣花溪上见卿卿，_____，黛眉轻。(《江城子》宋·张泌)

◆ 答案：1. 日暮秋云阴 2. 秋风别苏武 3. 江湖秋水多 4. 秋水日潺湲 5. 饮马渡秋水 6. 应是钓秋水 7. 天寒秋水急 8. 秋风起兮佳景时 9. 美人娟娟隔秋水 10. 美人胡为隔秋水 11. 洞庭秋水远连天 12. 魄随秋水流无尽 13. 欲寄远情秋水隔 14. 秋水横边簇远山 15. 脸波秋水明

诗词之"冬"

1. 我有旨蓄，_____。(《诗经·谷风》)

2. _____，未休关西卒。(《兵车行》唐·杜甫)

3. 江南有丹橘，_____。(《感遇·其七》唐·张九龄)

4. 岭外音书断，_____。(《渡汉江》唐·宋之问)

5. _____，杀夺几无遗。(《舂陵行》唐·元结)

6. _____，谁笑腹空虚。(《勤学》宋·汪洙)

7. 一曲闲千古，_____。(《题琴书清隐图》宋·汪真)

8. 星霜残腊过，_____。(《春寒·其一》宋·张耒)

9. 吴中霜雪晚，_____。(《冬晴》宋·陆游)

10. 君家瓮瓮今应满，_____。(《济源寒食·其七》唐·孟郊)

11. _____，银山玉树相钩连。(《西湖四景》宋·程安仁)

12. 春有百花秋有月，_____。(《颂古》宋·释绍昙)

13. _____，腊前陨璞抛团块。(《蝶恋花·观雪作》宋·吕胜己)

14. 蛾眉亭上，_____。(《蓦山溪·采石值雪》宋·李之仪)

15. 看几番、神奇臭腐，_____。(《贺新郎·寄辛幼安和见怀韵》宋·陈亮)

◆ 答案：1. 亦以御冬 2. 且如今年冬 3. 经冬犹绿林 4. 经冬复历春 5. 去冬山贼来 6. 三冬今足用 7. 三冬惜寸阴 8. 霰雪一冬频 9. 初冬正佳时 10. 五色冬笼甚可夸 11. 严冬凛凛霜雪天 12. 夏有凉风冬有雪 13. 冬后剪花飞素彩 14. 今日交冬至 15. 夏裘冬葛

"寒""冬"凛冽

1. _____，北风何惨栗。(《古诗十九首·孟冬寒气至》汉)

2. ＿＿＿＿＿＿，寒风西北吹。（《梅花落》南北朝·吴均）

3. ＿＿＿＿＿＿，寒云掩落晖。（《大同十一月庚戌诗》南北朝·萧纲）

4. 昼夜沦雾雨，＿＿＿＿＿＿。（《登翻车岘》南北朝·鲍照）

5. ＿＿＿＿＿＿，唯有岁寒知。（《赋得临池竹应制》唐·虞世南）

6. ＿＿＿＿＿＿，此夜如何其。（《早觉有感》唐·吕温）

7. 江天寒意少，＿＿＿＿＿＿。（《江南遇雨》唐·张鼎）

8. ＿＿＿＿＿＿，能守岁寒心。（《园中杂咏橘树诗》隋·李孝贞）

9. ＿＿＿＿＿＿，败叶与林齐。（《山中冬思·其一》唐·鲍溶）

10. 下有万玉虬，＿＿＿＿＿＿。（《次刘秀野蔬食十三诗韵·新笋》宋·朱熹）

11. ＿＿＿＿＿＿，悲风入闺霜依庭。（《燕歌行》南北朝·谢灵运）

12. ＿＿＿＿＿＿，沉吟久坐坐北堂。（《夜坐吟》唐·李白）

13. 寒灯一点静相照，＿＿＿＿＿＿。《寄常父·其一》宋·孔平仲）

14. ＿＿＿＿＿＿，春亦有、幽兰相逐。（《真珠帘·栽竹》宋·王质）

15. 天寒岁欲暮，＿＿＿＿＿＿，苦心停欲度。（《月节折杨柳歌十三首·十二月歌》魏晋·无名氏）

◆答案：1. 孟冬寒气至 2. 终冬十二月 3. 是节严冬景 4. 冬夏结寒霜 5. 欲识凌冬性 6. 严冬寒漏长 7. 冬月雨仍飞 8. 自有凌冬质 9. 山深先冬寒 10. 三冬卧寒土 11. 孟冬初寒节气成 12. 冬夜夜寒觉夜长 13. 风雪打窗冬夜长 14. 冬有寒梅闲相伴 15. 春秋及冬夏

"冬""雪"飘飘

1. ＿＿＿＿＿＿，正月已闻雷。（《闻雷》唐·白居易）

2. ＿＿＿＿＿＿，积雪凝苍翠。（《赠从弟司库员外𬘭》唐·王维）

3. 自古承春早，＿＿＿＿＿＿。（《早梅》唐·朱庆馀）

4. ＿＿＿＿＿＿，庭昏未夕阴。（《苏氏别业》唐·祖咏）

5. 春至苔为叶，＿＿＿＿＿＿。（《古木卧平沙》唐·王泠然）

6. ＿＿＿＿＿＿，松短没蓬蒿。（《送丁正臣通判复州》宋·司马光）

7. 秋桂月中藏影，＿＿＿＿＿＿。（《题丹晨书院壁》宋·白玉蟾）

8. 驯犀生处南方热，＿＿＿＿＿＿。（《驯犀》唐·白居易）

9. ＿＿＿＿＿＿，尽在刺桐花下行。（《南岭路》唐·朱庆馀）

10. 不知近水花先发，＿＿＿＿＿＿。（《早梅》唐·张谓）

11. 落日风沙长暝早，＿＿＿＿＿＿。（《朔中即事》唐·李频）

12. ＿＿＿＿，庭户凝霜雪。（《清平乐》南唐·冯延巳）

13. 袖手看飞雪，＿＿＿＿。（《水调歌头·赠汪秀才》宋·张元干）

14. ＿＿＿＿，是天心未肯，化工非拙。（《念奴娇·催雪》宋·朱淑真）

15. ＿＿＿＿，万花纷谢一时稀。（《七律·冬云》现代·毛泽东）

◆ 答案：1. 穷冬不见雪　2. 清冬见远山　3. 严冬斗雪开　4. 竹覆经冬雪　5. 冬来雪作花　6. 冬温少霜雪　7. 冬梅雪里飘香　8. 秋无白露冬无雪　9. 经冬来往不踏雪　10. 疑是经冬雪未销　11. 穷冬雨雪转春迟　12. 深冬寒月　13. 高卧过残冬　14. 冬晴无雪　15. 雪压冬云白絮飞

诗词谈"天"

1. 山貌日高古，＿＿＿＿＿＿。（《宣城青溪》唐·李白）

2. ＿＿＿＿＿＿，君子意如何？（《天末怀李白》唐·杜甫）

3. ＿＿＿＿＿＿，疑误有新知。（《凉思》唐·李商隐）

4. ＿＿＿＿＿＿，转影入池清。（《栽松》唐·刘得仁）

5. 别来沧海事，＿＿＿＿。（《喜见外弟又言别》唐·李益）

6. ＿＿＿＿，去世法舟轻。（《送僧归日本》唐·钱起）

7. 欲祭疑君在，＿＿＿＿。（《没蕃故人》唐·张籍）

8. ＿＿＿＿，城阙夜千重。（《江乡故人偶集客舍》唐·戴叔伦）

9. 江上几人在？＿＿＿＿。（《送人东游》唐·温庭筠）

10. ＿＿＿＿＿＿，枯松倒挂倚绝壁。（《蜀道难》唐·李白）

11. ＿＿＿＿＿＿，势拔五岳掩赤城。（《梦游天姥吟留别》唐·李白）

12. 晨摇玉佩趋金殿，＿＿＿＿＿＿。（《酬郭给事》唐·王维）

13. ＿＿＿＿＿＿，草色遥看近却无。（《早春呈水部张十八员外·其一》唐·韩愈）

14. 寂寂江山摇落处，＿＿＿＿＿＿。（《长沙过贾谊宅》唐·刘长卿）

273

15.＿＿＿＿＿＿，败叶纷随碧水驰。(《有所思》现代·毛泽东)

◆ 答案：1. 石容天倾侧 2. 凉风起天末 3. 天涯占梦数 4. 霜天残月在 5. 语罢暮天钟 6. 浮天沧海远 7. 天涯哭此时 8. 天秋月又满 9. 天涯孤棹还 10. 连峰去天不盈尺 11. 天姥连天向天横 12. 夕奉天书拜琐闱 13. 天街小雨润如酥 14. 怜君何事到天涯 15. 青松怒向苍天发

诗词说"地"

1. ＿＿＿＿＿？聚敛魂魄无贤愚。(《蒿里》汉乐府)

2. ＿＿＿＿＿？松门何代丘？(《乐大夫挽词·其二》唐·骆宾王)

3. 岚横秋塞雄，＿＿＿＿＿。(《西塞山》唐·韦应物)

4. ＿＿＿＿＿，桂子落空坛。(《送关小师还金陵》唐·皎然)

5. ＿＿＿＿＿，自有岁寒心。(《感遇·其七》唐·张九龄)

6. 高秋禾黍多，＿＿＿＿＿。(《田西边》唐·刘驾)

7. ＿＿＿＿＿，终岁不闻丝竹声。(《琵琶行》唐·白居易)

8. ＿＿＿＿＿，黄芦苦竹绕宅生。(《琵琶行》唐·白居易)

9. ＿＿＿＿＿，惊破霓裳羽衣曲。(《长恨歌》唐·白居易)

10. ＿＿＿＿＿，翠翘金雀玉搔头。(《长恨歌》唐·白居易)

11. 排空驭气奔如电，＿＿＿＿＿。(《长恨歌》唐·白居易)

12. 细雨湿衣看不见，＿＿＿＿＿。(《别严士元》唐·刘长卿)

13. ＿＿＿＿＿，凉州胡人为我吹。(《听安万善吹觱篥歌》唐·李颀)

14. ＿＿＿＿＿，花柳无私春色偏。(《春日田园杂兴》宋·方德麟)

15. 江上一帆愁，梦犹寻，＿＿＿＿。(《蓦山溪·至宜州作寄赠陈湘》宋·黄庭坚)

◆ 答案：1. 蒿里谁家地 2. 蒿里谁家地 3. 地束惊流满 4. 蕉花铺净地 5. 岂伊地气暖 6. 无地放羊马 7. 浔阳地僻无音乐 8. 住近湓江地低湿 9. 渔阳鼙鼓动地来 10. 花钿委地无人收 11. 升天入地求之遍 12. 闲花落地听无声 13. 流传汉地曲转奇 14. 犁锄相踵地力尽 15. 歌梁舞地

谈"天"说"地"

1. 地理南溟阔，_____。(《献寄旧府开封公》唐·李商隐）

2. _____，千秋尚凛然。(《蜀先主庙》唐·刘禹锡）

3. 中州唯此地，_____。(《称心寺中岛》唐·方干）

4. _____，园林似却春。(《夏雨》唐·王驾）

5. 无限山河泪，_____？(《别云间》明·夏完淳）

6. _____，独怆然而涕下！(《登幽州台歌》唐·陈子昂）

7. 地崩山摧壮士死，_____。(《蜀道难》唐·李白）

8. 支离东北风尘际，_____。(《咏怀古迹·其一》唐·杜甫）

9. _____，到此踌躇不能去。(《长恨歌》唐·白居易）

10. 在天愿作比翼鸟，_____。(《长恨歌》唐·白居易）

11. _____，此恨绵绵无绝期。(《长恨歌》唐·白居易）

12. _____，天假神柄专其雄。(《谒衡岳庙遂宿岳寺题门楼》唐·韩愈）

13. _____，云烟衮衮出毫端。(《书苏道士江行图后·其一》宋·史弥宁）

14. _____，不知何者是吾身？(《偶作》宋·辛弃疾）

15. _____，老翅几回寒暑。(《摸鱼儿·雁丘词》金·元好问）

◆ 答案：1. 天文北极高 2. 天地英雄气 3. 上界别无天 4. 天地如蒸湿 5. 谁言天地宽 6. 念天地之悠悠 7. 然后天梯石栈方钩连 8. 漂泊西南天地间 9. 天旋地转回龙驭 10. 在地愿为连理枝 11. 天长地久有时尽 12. 火维地荒足妖怪 13. 叟也胸中天地宽 14. 一气同生天地人 15. 天南地北双飞客

诗词之"中"

1. _____，似类亲父子。(《上留田行》汉乐府）

2. _____，万世未可期。(《咏怀·其四十九》晋·阮籍）

3. 声疏饮露后，_____。(《赋新题得寒树晚蝉疏诗》南北朝·张正见）

4. _____，令严夜寂寥。(《后出塞·其一》唐·杜甫）

5. _____，何以守王城？(《新安吏》唐·杜甫）

275

6. ＿＿＿＿＿＿＿＿，义往难复留。(《送杨氏女》唐·韦应物)

7. 波澜誓不起，＿＿＿＿＿＿＿＿。(《烈女操》唐·孟郊)

8. 长恨春归无觅处，＿＿＿＿＿＿＿＿。(《大林寺桃花》唐·白居易)

9. ＿＿＿＿＿＿＿＿，日夜经过赵李家。(《洛阳女儿行》唐·王维)

10. 五岳祭秩皆三公，＿＿＿＿＿＿＿＿。(《谒衡岳庙遂宿岳寺题门楼》唐·韩愈)

11. 世人解听不解赏，＿＿＿＿＿＿＿＿。(《听安万善吹觱篥歌》唐·李颀)

12. 诗思浮沉樯影里，＿＿＿＿＿＿＿＿。(《月夜舟中》宋·戴复古)

13. 叹隙中驹，＿＿＿＿，＿＿＿＿。(《行香子·述怀》宋·苏轼)

14. 四十三年，＿＿＿＿＿＿，烽火扬州路。(《永遇乐·京口北固亭怀古》宋·辛弃疾)

15. ＿＿＿＿＿＿＿＿，江阔云低，断雁叫西风。(《虞美人·听雨》宋·蒋捷)

◆ 答案：1. 里中有啼儿 2. 泽中生乔松 3. 唱绝断弦中 4. 中天悬明月 5. 中男绝短小 6. 对此结中肠 7. 妾心井中水 8. 不知转入此中来 9. 城中相识尽繁华 10. 四方环镇嵩当中 11. 长飙风中自来往 12. 梦魂摇曳橹声中 13. 石中火，梦中身 14. 望中犹记 15. 壮年听雨客舟中

诗词之"国"

1. 辩之不早，＿＿＿＿＿＿＿。(《偶书·其三》宋·邵雍)

2. ＿＿＿＿＿＿＿＿，愤惋复何有？(《前出塞·其三》唐·杜甫)

3. 违此乡山别，＿＿＿＿＿＿＿＿。(《遂州南江别乡曲故人》唐·陈子昂)

4. ＿＿＿＿＿＿＿＿，万里贡榴花。(《感石榴二十韵》唐·元稹)

5. ＿＿＿＿＿＿＿＿，还乡秋雁飞。(《送李侍御》唐·宋之问)

6. ＿＿＿＿＿＿＿＿，常得君王带笑看。(《清平调·其一》唐·李白)

7. ＿＿＿＿＿＿＿＿，倚天楼殿月分明。(《过华清宫·其三》唐·杜牧)

8. ＿＿＿＿＿＿＿＿，潮打空城寂寞回。(《石头城》唐·刘禹锡)

9. 来时欢笑去时哀，＿＿＿＿＿＿＿＿。(《和三乡诗》唐·韦冰)

10. 霍嫖姚，＿＿＿＿＿＿，天子将之平朔漠。(《胡无人》唐·贯休)

11. _____，底用人间紫共黄。(《牡丹》宋·郑刚中)

12. _____，花王从此浪收名。(《和芍药》宋·廖行之)

13. 我欲因之梦寥廓，_____。(《七律·答友人》现代·毛泽东)

14. 算何止、_____，暂回眸、万人断肠。(《柳腰轻》宋·柳永)

15. _____，一个西施也得。(《杏花天·嘲牡丹》宋·辛弃疾)

◆ 答案：1. 国破家亡 2. 丈夫誓许国 3. 长谣去国愁 4. 何年安石国 5. 去国夏云断 6. 名花倾国两相欢 7. 万国笙歌醉太平 8. 山围故国周遭在 9. 家国迢迢向越台 10. 赵充国 11. 既全国色与天香 12. 国色要须归第一 13. 芙蓉国里尽朝晖 14. 倾国倾城 15. 若教解语倾人国

诗满"中""国"

1. _____，以绥四方。(《诗经·民劳》)

2. _____，以为民逑。(《诗经·民劳》)

3. _____，俾民忧泄。(《诗经·民劳》)

4. _____，国无有残。(《诗经·民劳》)

5. _____，万古下泉诗。(《德祐二年岁旦·其一》宋·郑思肖)

6. _____，赐名大国虢与秦。(《丽人行》唐·杜甫)

7. _____，不用无端更乱华。(《赠译经僧》唐·韩愈)

8. 江娥啼竹素女愁，_____。(《李凭箜篌引》唐·李贺)

9. 何处偏伤万国心？_____。(《昆仑使者》唐·李贺)

10. 夜掩朝开多异香，_____？(《优钵罗花歌》唐·岑参)

11. 未离海底千山墨，_____。(《咏月诗》宋·赵匡胤)

12. _____，本朝前日可嗟轻。(《闻富并州入相》宋·王令)

13. 九世旧雠犹有憾，_____？(《嘉定间赠丁寺丞煜使房》宋·陈宓)

14. _____，竿上无钩可钓贤。(《三衢道中》宋·华岳)

15. _____，虎狼虽猛那胜德？(《战城南》宋·陆游)

16. 尧舜尚不有百蛮，_____？(《送范舍人还朝》宋·陆游)

17. 楚虽三户能亡秦，_____？(《金错刀行》宋·陆游)

18. 小楼昨夜又东风，_____。(《虞美人》南唐·李煜)

19. 不念英雄江左老，_____。(《满江红》宋·辛弃疾)

20. _____，沉沉一线穿南北。(《菩萨蛮·黄鹤楼》现代·毛泽东)

◆ 答案：1. 惠此中国　2. 惠此中国　3. 惠此中国　4. 惠此中国　5. 一心中国梦　6. 就中云幕椒房亲　7. 只今中国方多事　8. 李凭中国弹箜篌　9. 中天夜久高明月　10. 何不生彼中国兮生西方　11. 才到中天万国明　12. 中国自今应更重　13. 百年中国岂无人　14. 囊中有药难医国　15. 逆胡欺天负中国　16. 此贼何能穴中国　17. 岂有堂堂中国空无人　18. 故国不堪回首月明中　19. 用之可以尊中国　20. 茫茫九派流中国

诗词之"家"

1. 东门之栗，_____。(《诗经·东门之墠（shàn）》)

2. 远梦归侵晓，_____。(《旅宿》唐·杜牧)

3. _____，耕种从此起。(《观田家》唐·韦应物)

4. 平生自有分，_____。(《喜外弟卢纶见宿》唐·司空曙)

5. _____，野径入桑麻。(《寻陆鸿渐不遇》唐·皎然)

6. 扣门无犬吠，_____。(《寻陆鸿渐不遇》唐·皎然)

7. _____，夷歌数处起渔樵。(《阁夜》唐·杜甫)

8. 云里帝城双凤阙，_____。(《奉和圣制从蓬莱向兴庆阁道中留春雨中春望之作应制》唐·王维)

9. _____，坎轲只得移荆蛮。(《八月十五夜赠张功曹》唐·韩愈)

10. 紫泉宫殿锁烟霞，_____。(《隋宫》唐·李商隐)

11. _____，故垒萧萧芦荻秋。(《西塞山怀古》唐·刘禹锡)

12. 素衣莫起风尘叹，_____。(《临安春雨初霁》宋·陆游)

13. _____，丝毫尘事不相关。(《鹧鸪天》宋·陆游)

14. _____，燕然未勒归无计，羌管悠悠霜满地。(《渔家傲·秋思》宋·范仲淹)

15. 枯藤老树昏鸦，_____，古道西风瘦马。(《天净沙·秋思》元·马致远)

◆ 答案：1. 有践家室　2. 家书到隔年　3. 田家几日闲　4. 况是蔡家亲　5. 移家虽带郭

6. 欲去问西家 7. 野哭千家闻战伐 8. 雨中春树万人家 9. 州家申名使家抑 10. 欲取芜城作帝家 11. 从今四海为家日 12. 犹及清明可到家 13. 家住苍烟落照间 14. 浊酒一杯家万里 15. 小桥流水人家

诗词"国""家"

1. _____，乐无央兮。(《琴歌》汉·霍去病)

2. 辩之不早，_____。(《偶书·其三》宋·邵雍)

3. _____，东家枣树完。(《拟咏怀诗·其二十二》南北朝·庾信)

4. 用人如用己，_____。(《遣兴·其七》唐·元稹)

5. _____，方秋不在家。(《别家后次飞狐西即事》唐·马戴)

6. _____，还家一日程。(《离新郑》宋·吕本中)

7. _____，名家重典刑。(《送祖七侄西归·其二》宋·张栻)

8. _____，作咸阳之布衣。(《王子思归歌》隋·无名氏)

9. _____，三千里地山河。(《破阵子》南唐·李煜)

10. _____，色难腥腐餐枫香。(《寄韩谏议》唐·杜甫)

11. _____，吴人何苦怨西施？(《西施》唐·罗隐)

12. 来时欢笑去时哀，_____。(《和三乡诗》唐·韦冰)

13. _____，洛阳行子空叹息。(《送陈章甫》唐·李颀)

14. _____，赋到沧桑句便工。(《题遗山诗》清·赵翼)

15. _____，岂因祸福避趋之？(《赴戍登程口占示家人·其一》清·林则徐)

◆ 答案：1. 国家安宁 2. 国破家亡 3. 南国美人去 4. 理国如理家 5. 去国频回首 6. 去国三年恨 7. 故国非乔木 8. 去千乘之家国 9. 四十年来家国 10. 国家成败吾岂敢 11. 家国兴亡自有时 12. 家国迢迢向越台 13. 郑国游人未及家 14. 国家不幸诗家幸 15. 苟利国家生死以

诗台点"烛"

1. 昼短苦夜长，_____？(《古诗十九首·生年不满百》汉)

2. 日入室中暗，_____。(《归园田居·其五》晋·陶渊明)

3. _____，相对如梦寐。(《羌村·其一》唐·杜甫)

279

4. 新帘裙透影，_____。(《感石榴二十韵》唐·元稹)

5. 我愿君王心，_____。(《咏田家/伤田家》唐·聂夷中)

6. _____，通宵莫掩扉。(《京中守岁》唐·丁仙芝)

7. _____，金榜题名时。(《喜》宋·汪洙)

8. _____，敲门唤不应。(《元宵雨十六日晴·其二》宋·李洪)

9. _____，轻罗小扇扑流萤。(《秋夕》唐·杜牧)

10. _____，替人垂泪到天明。(《赠别·其二》唐·杜牧)

11. _____，美酒一杯声一曲。(《听安万善吹觱篥歌》唐·李颀)

12. 我不识君曾梦见，_____。(《书林逋诗后》宋·苏轼)

13. _____，霏霏凉露沾衣。(《夜飞鹊·道宫别情》宋·周邦彦)

14. 少年听雨歌楼上，_____。(《虞美人·听雨》宋·蒋捷)

15. 借问瘟君欲何往，_____。(《送瘟神·其二》现代·毛泽东)

◆ 答案：1. 何不秉烛游 2. 荆薪代明烛 3. 夜阑更秉烛 4. 疏牖烛笼纱 5. 化作光明烛 6. 守岁多然烛 7. 洞房花烛夜 8. 秉烛游还懒 9. 银烛秋光冷画屏 10. 蜡烛有心还惜别 11. 岁夜高堂列明烛 12. 瞳子了然光可烛 13. 铜盘烛泪已流尽 14. 红烛昏罗帐 15. 纸船明烛照天烧

诗界明"灯"

1. _____，月半明时。(《折桂令·春情》元·徐再思)

2. 今夕复何夕，_____。(《赠卫八处士》唐·杜甫)

3. _____，篷声夜雨船。(《送僧东游》唐·温庭筠)

4. _____，城西雪霰来。(《寒食宿先天寺无可上人房》唐·方干)

5. 今年元夜时，_____。(《生查子·元夕》宋·欧阳修)

6. _____，卷帷望月空长叹。(《长相思·其一》唐·李白)

7. 夕殿萤飞思悄然，_____。(《长恨歌》唐·白居易)

8. 移船相近邀相见，_____。(《琵琶行》唐·白居易)

9. _____，此夕闻君谪九江。(《闻乐天授江州司马》唐·元稹)

10. 红楼隔雨相望冷，_____。(《春雨》唐·李商隐)

280

11. 烟浪溅篷寒不睡，_____。(《钓侣二章·其二》唐·皮日休)

12. 月落星稀天欲明，_____。(《闺情》唐·李端)

13. 寒雨似从心上滴，_____。(《不寐》宋·陆游)

14. 收泪语，_____，玉钗横枕边。(《更漏子》唐·牛峤)

15. 绕床饥鼠，_____。(《清平乐·独宿博山王氏庵》宋·辛弃疾)

◆ 答案：1. 灯半昏时 2. 共此灯烛光 3. 灯影秋江寺 4. 幡北灯花动 5. 月与灯依旧 6. 孤灯不明思欲绝 7. 孤灯挑尽未成眠 8. 添酒回灯重开宴 9. 残灯无焰影幢幢 10. 珠箔飘灯独自归 11. 更将枯蚌点渔灯 12. 孤灯未灭梦难成 13. 孤灯偏向枕边明 14. 背灯眠 15. 蝙蝠翻灯舞

诗词很"火"

1. 长旗临广武，_____。(《侍从徐国公殿下军行》南北朝·庾信)

2. 追兵待都护，_____。(《学古诗三首·其一》南北朝·何逊)

3. _____，仙桃正发花。(《清明日宴梅道士房》唐·孟浩然)

4. 绿蚁新醅酒，_____。(《问刘十九》唐·白居易)

5. _____，炎气徒相逼。(《啄木曲》唐·白居易)

6. _____，两鬓苍苍十指黑。(《卖炭翁》唐·白居易)

7. _____，三光朝念蕊珠篇。(《白发》唐·白居易)

8. _____，九微片片飞花琐。(《洛阳女儿行》唐·王维)

9. 居延城外猎天骄，_____。(《出塞》唐·王维)

10. _____，谁复著手为摩挲？(《石鼓歌》唐·韩愈)

11. _____，终古垂杨有暮鸦。(《隋宫》唐·李商隐)

12. _____，黄昏饮马傍交河。(《古从军行》唐·李颀)

13. _____，海畔云山拥蓟城。(《望蓟门》唐·祖咏)

14. 潮落夜江斜月里，_____。(《题金陵渡》唐·张祜)

15. _____，步入烟霄孔翠迎。(《鹧鸪天·上元启醮》宋·张孝祥)

◆ 答案：1. 烽火照成皋 2. 烽火望祁连 3. 丹灶初开火 4. 红泥小火炉 5. 莫近红炉火 6. 满面尘灰烟火色 7. 八戒夜持香火印 8. 春窗曙灭九微火 9. 白草连山野火烧 10. 牧童

敲火牛砺角　11.于今腐草无萤火　12.白日登山望烽火　13.沙场烽火侵胡月　14.两三星火是瓜州　15.驿传风火龙鸾舞

"灯""火"辉煌

1. 笙歌归院落，_____。(《宴散》唐·白居易)

2. 皋桥夜沽酒，_____？(《夜归》唐·白居易)

3. 烬火孤星灭，_____。(《独夜伤怀赠呈张侍御》唐·元稹)

4. _____，寒觉薄帏空。(《景申秋·其四》唐·元稹)

5. 香炉宿火灭，_____。(《郡斋卧疾绝句》唐·韦应物)

6. 村店烟火动，_____。(《早行》唐·王观)

7. _____，无烟烬火同。(《金灯》唐·卢殷)

8. _____，星河一道水中央。(《江楼夕望招客》唐·白居易)

9. _____，正是男儿读书时。(《劝学诗》唐·颜真卿)

10. 官事归来衣雪埋，_____。(《书斋谩兴·其二》唐·翁承赞)

11. _____，知有人家夜读书。(《夜行》宋·晁冲之)

12. 名不显时心不朽，_____。(《夜读》明·唐寅)

13. 烂游胜赏，_____，鼎沸笙箫。(《人月圆》宋·杨无咎)

14. _____，明月如霜，照见人如画。(《蝶恋花·密州上元》宋·苏轼)

15. 众里寻他千百度，蓦然回首，那人却在，_____。(《青玉案·元夕》宋·辛弃疾)

◆ 答案：1.灯火下楼台　2.灯火是谁家　3.残灯寸焰明　4.病憎灯火暗　5.兰灯宵影微　6.渔家灯烛幽　7.有月长灯在　8.灯火万家城四畔　9.三更灯火五更鸡　10.儿童灯火小茅斋　11.孤村到晓犹灯火　12.再挑灯火看文章　13.高低灯火　14.灯火钱塘三五夜　15.灯火阑珊处

诗国寻"梦"

1. _____，明我长相忆。(《梦李白·其一》唐·杜甫)

2. _____，情亲见君意。(《梦李白·其二》唐·杜甫)

3. _____，夜深前殿按歌声。(《后宫词》唐·白居易)

4. ＿＿＿＿＿＿，书被催成墨未浓。(《无题》唐·李商隐)

5. ＿＿＿＿＿＿，小姑居处本无郎。(《无题》唐·李商隐)

6. 远路应悲春晼晚，＿＿＿＿＿＿。(《春雨》唐·李商隐)

7. 尚想旧情怜婢仆，＿＿＿＿＿＿。(《遣悲怀·其二》唐·元稹)

8. 江雨霏霏江草齐，＿＿＿＿＿＿。(《金陵图》唐·韦庄)

9. ＿＿＿＿＿＿，碧天如水夜云轻。(《瑶瑟怨》唐·温庭筠)

10. 书托雁，＿＿＿＿＿，觉来江月斜。(《更漏子》唐·牛峤)

11. ＿＿＿＿＿＿，花底离情三月雨。(《玉楼春·春恨》宋·晏殊)

12. ＿＿＿＿＿，弄晴时，声声只道不如归。(《鹧鸪天》宋·晏几道)

13. 柔情似水，＿＿＿＿＿＿，忍顾鹊桥归路。(《鹊桥仙》宋·秦观)

14. 尘缘较短，＿＿＿＿＿＿，酒阑歌散。(《齐天乐·吴兴郡宴遇旧人》宋·刘澜)

15. 风一更，雪一更，＿＿＿＿＿＿。(《长相思》清·纳兰性德)

◆ 答案：1. 故人入我梦 2. 三夜频梦君 3. 泪湿罗巾梦不成 4. 梦为远别啼难唤 5. 神女生涯原是梦 6. 残宵犹得梦依稀 7. 也曾因梦送钱财 8. 六朝如梦鸟空啼 9. 冰簟银床梦不成 10. 梦归家 11. 楼头残梦五更钟 12. 惊梦觉 13. 佳期如梦 14. 怪一梦轻回 15. 聒碎乡心梦不成

诗词追"风"

1. ＿＿＿＿＿＿，静夜致清凉。(《竹扇诗》汉·班固)

2. 影照龙门水，＿＿＿＿＿＿。(《赋得威凤栖梧诗》南北朝·张正见)

3. ＿＿＿＿＿＿，曲尽河星稀。(《下终南山过斛斯山人宿置酒》唐·李白)

4. ＿＿＿＿＿＿，抚事煎百虑。(《羌村·其二》唐·杜甫)

5. ＿＿＿＿＿＿，君子意如何？(《天末怀李白》唐·杜甫)

6. 芽新才绽日，＿＿＿＿＿＿。(《生春·其九》唐·元稹)

7. 谁知林栖者，＿＿＿＿＿＿。(《感遇·其一》唐·张九龄)

8. 千里其如何，＿＿＿＿＿＿。(《同从弟销南斋玩月忆山阴崔少府》唐·王昌龄)

9. 潮平两岸阔，＿＿＿＿＿＿。(《次北固山下》唐·王湾)

10. _____，惊猿攀玉折。(《山雪》唐·皎然)

11. 悠悠迟日晚，_____。(《御沟新柳》唐·刘遵古)

12. 铃与铎，_____。(《兵要望江南》唐·易静)

13. _____，吹皱一池春水。(《谒金门》南唐·冯延巳)

14. _____，荒烟埋恨，碑铭残缺应难认。(《山坡羊·北邙山怀古》元·张养浩)

15. _____，等闲谈笑，称意即相宜。(《少年游》清·纳兰性德)

◆ 答案：1. 来风堪避暑 2. 声入洞庭风 3. 长歌吟松风 4. 萧萧北风劲 5. 凉风起天末 6. 草短未含风 7. 闻风坐相悦 8. 微风吹兰杜 9. 风正一帆悬 10. 狂风卷絮回 11. 袅袅好风频 12. 风息自然鸣 13. 风乍起 14. 悲风成阵 15. 寻常风月

诗空腾"云"

1. _____，石壁横翠色。(《商山四皓》唐·李白)

2. _____，隐者自怡悦。(《秋登兰山寄张五》唐·孟浩然)

3. 清溪深不测，_____。(《宿王昌龄隐居》唐·常建)

4. _____，未得报恩不能归。(《古意》唐·李颀)

5. 醉卧不知白日暮，_____。(《送陈章甫》唐·李颀)

6. _____，战场白骨缠草根。(《轮台歌奉送封大夫出师西征》唐·岑参)

7. _____，月出寒通雪山白。(《古柏行》唐·杜甫)

8. _____，清风吹空月舒波。(《八月十五夜赠张功曹》唐·韩愈)

9. _____，虽有绝顶谁能穷？(《谒衡岳庙遂宿岳寺题门楼》唐·韩愈)

10. 夜投佛寺上高阁，_____。(《谒衡岳庙遂宿岳寺题门楼》唐·韩愈)

11. 回看天际下中流，_____。(《渔翁》唐·柳宗元)

12. 有个离人凝泪眼，_____。(《蝶恋花》宋·张先)

13. _____，刚论隐豹冥鸿。(《临江仙》宋·王千秋)

284

14. 一尊搔首东窗里，_____，此时风味。(《贺新郎》宋·辛弃疾)

15. 君应有语：_____，千山暮雪，只影向谁去？(《摸鱼儿·雁丘词》金·元好问)

◆ 答案：1. 云窗拂青霭 2. 北山白云里 3. 隐处唯孤云 4. 黄云陇底白雪飞 5. 有时空望孤云高 6. 房塞兵气连云屯 7. 云来气接巫峡长 8. 纤云四卷天无河 9. 喷云泄雾藏半腹 10. 星月掩映云瞳昽 11. 岩上无心云相逐 12. 淡烟芳草连云远 13. 野鹤孤云元自在 14. 想渊明停云诗就 15. 渺万里层云

诗空驾"雾"

1. _____，众鸟相与飞。(《咏贫士·其一》晋·陶渊明)

2. 虽无玄豹姿，_____。(《之宣城郡出新林浦向板桥》南北朝·谢朓)

3. 飞虹眺卷河，_____。(《白云诗》南北朝·鲍照)

4. 凄凄去亲爱，_____。(《初发扬子寄元大校书》唐·韦应物)

5. _____，城鸦鸣稍去。(《早朝》唐·王维)

6. _____，向日误轻埃。(《浮尘子·其三》唐·元稹)

7. _____，江涵万里天。(《池州》宋·郑许)

8. 叛陆离其上下兮，_____。(《远游》战国·屈原)

9. 回头下望人寰处，_____。(《长恨歌》唐·白居易)

10. _____，碣石潇湘无限路。(《春江花月夜》唐·张若虚)

11. _____，淘金女伴满江隈。(《浪淘沙·其六》唐·刘禹锡)

12. _____，晓霞晖，梁间双燕飞。(《更漏子》唐·毛文锡)

13. 留得浅红三两朵，_____。(《谒金门》宋·吕胜己)

14. 薇老首阳，芝深商谷，_____。(《望海潮·寄别浔郡鲁教谕子振李训道宗深》宋·陈德武)

15. 今日欢呼孙大圣，_____。(《七律·和郭沫若同志》现代·毛泽东)

◆ 答案：1. 朝霞开宿雾 2. 终隐南山雾 3. 泛雾弄轻弦 4. 泛泛入烟雾 5. 槐雾暗不开 6. 因风吹薄雾 7. 崒没千重雾 8. 游惊雾之流波 9. 不见长安见尘雾 10. 斜月沉沉

藏海雾 11.日照澄洲江雾开 12.宵雾散 13.竹梢烟雾锁 14.时遥雾拥云平 15.只缘妖雾又重来

诗空飞"雨"

1. 守穷者贫贱，_____。(《善哉行·其二》汉·曹操)

2. 灯影秋江寺，_____。(《送僧东游》唐·温庭筠)

3. 新鬼烦冤旧鬼哭，_____。(《兵车行》唐·杜甫)

4. _____，小弦切切如私语。(《琵琶行》唐·白居易)

5. 行宫见月伤心色，_____。(《长恨歌》唐·白居易)

6. 春风桃李花开日，_____。(《长恨歌》唐·白居易)

7. 玉容寂寞泪阑干，_____。(《长恨歌》唐·白居易)

8. 女娲炼石补天处，_____。(《李凭箜篌引》唐·李贺)

9. _____，闲花落地听无声。(《别严士元》唐·刘长卿)

10. _____，著麦苗风柳映堤。(《杂诗》唐·无名氏)

11. _____，寒食游人尽出关。(《春日湖上·其二》宋·武衍)

12. 海棠不惜胭脂色，_____。(《春寒》宋·陈与义)

13. _____，春意阑珊，罗衾不耐五更寒。(《浪淘沙令》南唐·李煜)

14. _____，破纸窗间自语。(《清平乐·独宿博山王氏庵》宋·辛弃疾)

15. _____，到黄昏、点点滴滴。(《声声慢》宋·李清照)

◆ 答案：1.悒叹泪如雨 2.篷声夜雨船 3.天阴雨湿声啾啾 4.大弦嘈嘈如急雨 5.夜雨闻铃肠断声 6.秋雨梧桐叶落时 7.梨花一枝春带雨 8.石破天惊逗秋雨 9.细雨湿衣看不见 10.尽寒食雨草萋萋 11.折桐花上雨初干 12.独立蒙蒙细雨中 13.帘外雨潺潺 14.屋上松风吹急雨 15.梧桐更兼细雨

"风""云"变幻

1. _____，威加海内兮归故乡，安得猛士兮守四方！(《大风歌》汉·刘邦)

2. _____，草木黄落兮雁南归。(《秋风辞》汉·刘彻)

3. 五味风雨集，_____。(《公燕诗》三国·魏·阮瑀)

4. 寒风振山冈，_____。(《咏怀·其十一》晋·阮籍)

5. 居山四望阻，_____。(《山斋独坐赠薛内史·其一》隋·杨素)

6. _____，富无饥寒忧。(《秦中吟·歌舞》唐·白居易)

7. _____，花叶自相摧。(《送春曲·其一》唐·刘禹锡)

8. 白云飞兮江上阻，_____。(《示云麾弟》南北朝·萧统)

9. _____，安得猛士兮守四方。(《胡无人行》唐·李白)

10. 江间波浪兼天涌，_____。(《秋兴·其一》唐·杜甫)

11. 猿鸟犹疑畏简书，_____。(《筹笔驿》唐·李商隐)

12. 寰海沸兮争战苦，_____。(《鸿门宴》唐·王毂)

13. 道通天地有形外，_____。(《偶成》宋·程颢)

14. 江左沉酣求名者，岂识浊醪妙理，回首叫、_____。(《贺新郎》宋·辛弃疾)

15. _____，都做北邙山下尘。(《山坡羊·北邙山怀古》元·张养浩)

◆ 答案：1. 大风起兮云飞扬 2. 秋风起兮白云飞 3. 杯酌若浮云 4. 玄云起重阴 5. 风云竟朝夕 6. 贵有风云兴 7. 风云日已改 8. 北流分兮山风举 9. 但歌大风云飞扬 10. 塞上风云接地阴 11. 风云常为护储胥 12. 风云愁兮会龙虎 13. 思入风云变态中 14. 云飞风起 15. 把风云庆会消磨尽

"风""雨"无阻

1. _____，萧瑟动寒林。(《幽州夜饮》唐·张说)

2. _____，逍遥池阁凉。(《郡斋雨中与诸文士燕集》唐·韦应物)

3. 巅崖出飞泉，_____。(《瀑布》宋·朱熹)

4. 园林芳事歇，_____。(《晚春即事》元·黄庚)

5. _____，飞雪迎春到。(《卜算子·咏梅》现代·毛泽东)

6. 幽音变调忽飘洒，_____。(《听董大弹胡笳声兼寄语弄房给事》唐·李颀)

7. 仙台初见五城楼，_____。(《同题仙游观》唐·韩翃)

8. 安得广厦千万间，大庇天下寒士俱欢颜，_____。(《茅屋为

秋风所破歌》唐·杜甫）

9. 峙山融川取世界，_____。(《题祝生画》宋·朱熹）

10. _____，朦胧淡月云来去。(《蝶恋花·改徐冠卿词》宋·贺铸）

11. 留客醉花迎晓日，金盏溢，_____。(《渔家傲》宋·欧阳修）

12. _____，莫送断肠红，斜枝倚。(《蓦山溪·至宜州作寄赠陈湘》宋·黄庭坚）

13. _____，已归燕子，未入人家。(《眼儿媚·春情》宋·冯伟寿）

14. 回首向来萧瑟处，归去，_____！(《定风波》宋·苏轼）

15. 秋娘渡与泰娘桥，_____，_____。(《一剪梅·舟过吴江》宋·蒋捷）

◆ 答案：1. 凉风吹夜雨 2. 海上风雨至 3. 百尺散风雨 4. 风雨暗荒城 5. 风雨送春归 6. 长风吹林雨堕瓦 7. 风物凄凄宿雨收 8. 风雨不动安如山 9. 咳云唾雨呼雷风 10. 数点雨声风约住 11. 却忧风雨飘零疾 12. 今年风雨 13. 社前风雨 14. 也无风雨也无晴 15. 风又飘飘，雨又萧萧

腾"云"驾"雾"

1. _____，云雾窈窕。(《飞龙篇》三国·魏·曹植）

2. 绣衣金缕，_____。(《河传·其三》唐·韦庄）

3. 月夜三江静，_____。(《夜泊巴陵诗》南北朝·朱超）

4. 秋昏塞外云，_____。(《饮马长城窟行》隋·杨广）

5. _____，清辉玉臂寒。(《月夜》唐·杜甫）

6. _____，飞鸟不可越。(《寄微之·其一》唐·白居易）

7. _____，游子几时还？(《普安建阴题壁》唐·王勃）

8. 江上风烟积，_____。(《别人·其二》唐·王勃）

9. 故人渺何际，_____。(《焦岸早行和陆四》唐·王勃）

10. _____，云暗玉坛空。(《秋日仙游观赠道士》唐·王勃）

11. 云间迷树影，_____。(《易阳早发》唐·王勃）

12. _____，归心浦溆悬。(《沙苑南渡头》唐·王昌龄）

13. ＿＿＿＿＿＿，云昏大漠沙。(《和边城秋气早》唐·李义府)

14. ＿＿＿＿＿＿，犹有六朝僧。(《江行望匡庐》唐·钱珝)

15. ＿＿＿＿＿＿，算人间知己吾和汝。(《贺新郎·别友》现代·毛泽东)

◆ 答案：1. 晨游泰山 2. 雾薄云轻 3. 云雾四边收 4. 雾暗关山月 5. 香雾云鬟湿 6. 间之以云雾 7. 山川云雾里 8. 山幽云雾多 9. 乡关云雾浮 10. 雾浓金灶静 11. 雾里失峰形 12. 秋雾连云白 13. 雾暗长川景 14. 只疑云雾窟 15. 过眼滔滔云共雾

诗空飘"雪"

1. ＿＿＿＿＿＿，能饮一杯无？(《问刘十九》唐·白居易)

2. 孤舟蓑笠翁，＿＿＿＿＿＿。(《江雪》唐·柳宗元)

3. ＿＿＿＿＿＿，风多杂鼓声。(《从军行》唐·杨炯)

4. ＿＿＿＿＿＿，不待岁寒催。(《宿山居》唐·朱庆馀)

5. 路出寒云外，＿＿＿＿＿＿。(《李端公》唐·卢纶)

6. 终南阴岭秀，＿＿＿＿＿＿。(《终南望余雪》唐·祖咏)

7. ＿＿＿＿＿＿，孤独异乡春。(《巴山道中除夜有怀》唐·崔涂)

8. 更无花态度，＿＿＿＿＿＿。(《临江仙·探梅》宋·辛弃疾)

9. ＿＿＿＿＿＿，南浦清江万里桥。(《野望》唐·杜甫)

10. ＿＿＿＿＿＿，三边曙色动危旌。(《望蓟门》唐·祖咏)

11. ＿＿＿＿＿＿，万里黄河绕黑山。(《征人怨》唐·柳中庸)

12. ＿＿＿＿＿＿，受降城外月如霜。(《夜上受降城闻笛》唐·李益)

13. ＿＿＿＿＿＿，五花连钱旋作冰，幕中草檄砚水凝。(《走马川行奉送出师西征》唐·岑参)

14. ＿＿＿＿＿＿，昨夜月明依旧开。(《次韵雪后书事·其一》宋·朱熹)

15. ＿＿＿＿＿＿，者稀又过四双年。(《病中复脚痛终日倦坐遣闷》宋·杨万里)

◆ 答案：1. 晚来天欲雪 2. 独钓寒江雪 3. 雪暗凋旗画 4. 堪惊双鬓雪 5. 人归暮雪时 6. 积雪浮云端 7. 乱山残雪夜 8. 全有雪精神 9. 西山白雪三城戍 10. 万里寒光生积雪 11. 三春白雪归青冢 12. 回乐峰前沙似雪 13. 马毛带雪汗气蒸 14. 前时雪压无寻处 15. 满眼生花雪满颠

"雨""雪"霏霏

1. 今我来思，_____。(《诗经·采薇》)

2. 今我来思，_____。(《诗经·出车》)

3. 北风其凉，_____。(《诗经·北风》)

4. 北风其喈，_____。(《诗经·北风》)

5. _____，军行入高山。(《前出塞·其七》唐·杜甫)

6. _____，独立君始悟。(《听弹风入松阕赠杨补阙》唐·王昌龄)

7. 洒尽穷途泪，_____。(《毗陵遇辕文》明·夏完淳)

8. 风雨送春归，_____。(《卜算子·咏梅》现代·毛泽东)

9. 黄河捧土尚可塞，_____。(《北风行》唐·李白)

10. 渡头轻雨洒寒梅，_____。(《松滋渡望峡中》唐·刘禹锡)

11. 野云万里无城郭，_____。(《古从军行》唐·李颀)

12. 濛濛暮雨春鸡唱，_____。(《尹喜宅》唐·韦庄)

13. _____，春雨和风湿画屏。(《奉和观察郎中春暮忆花言怀见寄四韵之什》唐·韦庄)

14. 几为芳菲眠细草，_____。(《咏酒》唐·翁绶)

15. 雨淋麟阁名臣画，_____。(《南北史感遇·其一》唐·司空图)

◆ 答案：1.雨雪霏霏 2.雨雪载涂 3.雨雪其雱 4.雨雪其霏 5.驱马天雨雪 6.空山多雨雪 7.关河雨雪深 8.飞雪迎春到 9.北风雨雪恨难裁 10.云际溶溶雪水来 11.雨雪纷纷连大漠 12.漠漠寒芜雪兔跳 13.落花带雪埋芳草 14.曾因雨雪上高楼 15.雪卧龙庭猛将碑

诗词之"冰"

1. 笼香销尽火，_____。(《寒闺夜》唐·白居易)

2. 雪岭无人迹，_____。(《从军行》唐·卢纶)

3. _____，燥湿更相息。(《古意·其二》宋·李纲)

4. 禽语惊幽枕，_____。(《雪后·其一》宋·陆游)

5. _____，将登太行雪满山。(《行路难·其一》唐·李白)

6. _____，愁云惨淡万里凝。(《白雪歌送武判官归京》唐·岑参)

7. _____，彩丝穿取当银铮。(《稚子弄冰》宋·杨万里)

8. _____，云栖水宿本腥仙。(《幽居感兴》宋·杨万里)

9. 夜阑卧听风吹雨，_____。(《十一月四日风雨大作·其二》宋·陆游)

10. 石涧寒泉空有梦，_____。(《苦热》宋·陆游)

11. _____，籍籍名家第一人。(《知郡姚驾部十月三日生日》宋·孔平仲)

12. _____，捧心西子玉为魂。(《红楼梦·第三十七回·咏白海棠》清·曹雪芹)

13. 应念岭表经年，孤光自照，_____。(《念奴娇·过洞庭》宋·张孝祥)

14. 沟壑皆平，乾坤如画，_____。(《念奴娇·催雪》宋·朱淑真)

15. _____，犹有花枝俏。(《卜算子·咏梅》现代·毛泽东)

◆ 答案：1. 巾泪滴成冰 2. 冰河足雁声 3. 君看冰炭姿 4. 冰消涨野塘 5. 欲渡黄河冰塞川 6. 瀚海阑干百丈冰 7. 稚子金盆脱晓冰 8. 葛制冰餐消几钱 9. 铁马冰河入梦来 10. 冰壶团扇欲无功 11. 冰为清洁玉为淳 12. 出浴太真冰作影 13. 肝胆皆冰雪 14. 更吐冰轮洁 15. 已是悬崖百丈冰

诗词之"霜"

1. 人寿几何，_____。(《短歌行》晋·陆机)

2. 不知明镜里，_____？(《秋浦歌》唐·李白)

3. 麻姑垂两鬓，_____。(《短歌行》唐·李白)

4. 齿伤朝水冷，_____。(《不如来饮酒·其一》唐·白居易)

5. 岂念百草死，_____。(《解秋·其八》唐·元稹)

6. _____，与君长相思。(《宇文秀才斋中海柳咏》唐·孟郊)

7. 娟娟空山月，_____。(《秋日不可见》宋·王安石)

8. _____，襟暗野日初。(《晓登子城》宋·杨万里)

9. 开门半山月，_____。(《早行》元·方夔)

10. _____，水边闲坐一绳床。(《秋池》唐·白居易)

11. ＿＿＿＿＿＿＿，水萤穿竹不停飞。(《宿山寺》唐·项斯)

12. ＿＿＿＿＿＿＿，月落南园树影秋。(《晓望吴城有感》宋·陈深)

13. ＿＿＿＿＿＿＿，粉蝶如知合断魂。(《山园小梅·其一》宋·林逋)

14. ＿＿＿＿＿＿＿，浅碧鳞鳞露远洲。(《南乡子·重九涵辉楼呈徐君猷》宋·苏轼)

15. 浊酒一杯家万里，燕然未勒归无计，＿＿＿＿＿＿＿＿＿＿。(《渔家傲·秋思》宋·范仲淹)

◆ 答案：1. 逝如朝霜 2. 何处得秋霜 3. 一半已成霜 4. 貌苦夜霜严 5. 但念霜满头 6. 霜风清飕飕 7. 照我冠上霜 8. 鞋响新霜后 9. 立马一庭霜 10. 洗浪清风透水霜 11. 山果经霜多自落 12. 霜寒古寺钟声早 13. 霜禽欲下先偷眼 14. 霜降水痕收 15. 羌管悠悠霜满地

"冰"天"雪"地

1. ＿＿＿＿＿＿＿，纷纷霰雪落。(《苦寒行》南北朝·谢灵运)

2. 雪花开六出，＿＿＿＿＿＿＿。(《郊行值雪诗》南北朝·庾信)

3. ＿＿＿＿＿＿＿，饥餐天上雪。(《苏武》唐·李白)

4. 捷报春信来，＿＿＿＿＿＿＿。(《次韵朱晦翁十梅·寒梅》宋·王炎)

5. 之子方热中，＿＿＿＿＿＿＿。(《茉莉花》宋·许开)

6. 或为辽东帽，＿＿＿＿＿＿＿。(《正气歌》宋·文天祥)

7. ＿＿＿＿＿＿＿，谁见人啼花照户。(《杂曲·其一》南北朝·江总)

8. ＿＿＿＿＿＿＿，将登太行雪满山。(《行路难·其一》唐·李白)

9. ＿＿＿＿＿＿＿，＿＿＿＿＿＿＿，幕中草檄砚水凝。(《走马川行奉送出师西征》唐·岑参)

10. ＿＿＿＿＿＿＿，依倚春风笑野棠。(《与微之同赋梅花得香字·其三》宋·王安石)

11. ＿＿＿＿＿＿＿，不听陈玄只听天。(《读张文潜诗二首·其一》宋·杨万里)

12. ＿＿＿＿＿＿＿，不同桃李混芳尘。(《白梅》元·王冕)

13. 风蒲猎猎小池塘，过雨荷花满院香，＿＿＿＿＿＿＿。(《忆王孙·夏

词》宋·李重元）

14. 应念岭表经年，孤光自照，＿＿＿＿＿＿。(《念奴娇·过洞庭》宋·张孝祥）

15. 北国风光，＿＿＿＿＿＿，＿＿＿＿＿＿。(《沁园春·雪》现代·毛泽东）

◆ 答案：1. 岁岁层冰合 2. 冰珠映九光 3. 渴饮月窟冰 4. 不知冰雪寒 5. 濯濯冰雪花 6. 清操厉冰雪 7. 关山陇月春雪冰 8. 欲渡黄河冰塞川 9. 马毛带雪汗气蒸 10. 婵娟一种如冰雪 11. 春花秋月冬冰雪 12. 冰雪林中著此身 13. 沉李浮瓜冰雪凉 14. 肝胆皆冰雪 15. 千里冰封，万里雪飘

诗坛惊"雷"

1. ＿＿＿＿＿＿，在南山之阳。(《诗经·殷其雷》)

2. ＿＿＿＿＿＿，在南山之侧。(《诗经·殷其雷》)

3. ＿＿＿＿＿＿，在南山之下。(《诗经·殷其雷》)

4. 我有亲父兄，＿＿＿＿＿＿。(《孔雀东南飞》汉乐府）

5. 众人贵苟得，＿＿＿＿＿＿。(《前出塞·其九》唐·杜甫）

6. ＿＿＿＿＿＿，箭驰入窈窕。(《入庐山仰望瀑布水》唐·张九龄）

7. 燎火如奔电，＿＿＿＿＿＿。(《巫山高》隋·李孝贞）

8. 飞湍瀑流争喧豗，＿＿＿＿＿＿。(《蜀道难》唐·李白）

9. 翠巘（yǎn）绝高尖插汉，＿＿＿＿＿＿。(《瀑布泉》唐·刘禹锡）

10. 蜜甜忘却十年苦，＿＿＿＿＿＿。(《送浮屠宗立东游·其一》宋·王之道）

11. ＿＿＿＿＿＿，日斜扶得醉翁回。(《春日田园杂兴》宋·范成大）

12. 吉日初开种稻包，＿＿＿＿＿＿。(《春日田园杂兴》宋·范成大）

13. ＿＿＿＿＿＿，万马齐喑究可哀。(《己亥杂诗·其一二五》清·龚自珍）

14. ＿＿＿＿＿＿，便有精生白骨堆。(《七律·和郭沫若同志》现代·毛泽东）

15. ＿＿＿＿，旌旗奋，是人寰。(《水调歌头·重上井冈山》现代·毛泽东）

◆ 答案：1. 殷其雷 2. 殷其雷 3. 殷其雷 4. 性行暴如雷 5. 欲语羞雷同 6. 雷吼何

喷薄 7. 坠石似惊雷 8. 砯（pīng）崖转石万壑雷 9. 碧潭无底搅轰雷 10. 雷吼嚇成三日聋 11. 社下烧钱鼓似雷 12. 南山雷动雨连宵 13. 九州生气恃风雷 14. 一从大地起风雷 15. 风雷动

诗苑游"山"

1. 会当凌绝顶，_____。（《望岳》唐·杜甫）

2. _____，世事两茫茫。（《赠卫八处士》唐·杜甫）

3. _____，须尽丘壑美。（《送崔九》唐·裴迪）

4. _____，云傍马头生。（《送友人入蜀》唐·李白）

5. 好为庐山谣，_____。（《庐山谣寄卢侍御虚舟》唐·李白）

6. _____，山月随人归。（《下终南山过斛斯山人宿置酒》唐·李白）

7. 别君去兮何时还？且放白鹿青崖间，_____。（《梦游天姥吟留别》唐·李白）

8. 盂兰清晓过平都，_____。（《登平都访仙·其一》唐·吕岩）

9. _____，雪上空留马行处。（《白雪歌送武判官归京》唐·岑参）

10. _____，池成不让饮龙川。（《侍宴》唐·沈佺期）

11. _____，鬓云欲度香腮雪。（《菩萨蛮》唐·温庭筠）

12. 萧萧远树疏林外，_____。（《书河上亭壁·其三》宋·寇准）

13. 峰峦如聚，波涛如怒，_____。（《山坡羊·潼关怀古》元·张养浩）

14. 天遥地远，_____，知他故宫何处?（《宴山亭·北行见杏花》宋·赵佶）

15. 君应有语：渺万里层云，_____，只影向谁去？（《摸鱼儿·雁丘词》金·元好问）

◆ 答案：1. 一览众山小 2. 明日隔山岳 3. 归山深浅去 4. 山从人面起 5. 兴因庐山发 6. 暮从碧山下 7. 须行即骑访名山 8. 天下名山总不如 9. 山回路转不见君 10. 山出尽如鸣凤岭 11. 小山重叠金明灭 12. 一半秋山带夕阳 13. 山河表里潼关路 14. 万水千山 15. 千山暮雪

诗坛戏"水"

1. ＿＿＿＿＿＿，声入洞庭风。（《赋得威凤栖梧》南北朝·张正见）

2. ＿＿＿＿＿＿，无使蛟龙得。（《梦李白·其一》唐·杜甫）

3. 归来景常晏，＿＿＿＿＿＿。（《观田家》唐·韦应物）

4. ＿＿＿＿＿＿，悲风过洞庭。（《省试湘灵鼓瑟》唐·钱起）

5. 若非巾柴车，＿＿＿＿＿＿。（《寻西山隐者不遇》唐·丘为）

6. ＿＿＿＿＿＿，芝兰要满庭。（《送祖七侄西归·其二》宋·张栻）

7. 山林乾坤静，＿＿＿＿＿＿。（《送三山林溶孙归省》宋·文天祥）

8. ＿＿＿＿＿＿，热不息恶木阴。（《猛虎行》晋·陆机）

9. ＿＿＿＿＿＿，别意与之谁短长？（《金陵酒肆留别》唐·李白）

10. 自从献宝朝河宗，＿＿＿＿＿＿。（《韦讽录事宅观曹将军画马图》唐·杜甫）

11. ＿＿＿＿＿＿，濯足洞庭望八荒。（《寄韩谏议》唐·杜甫）

12. ＿＿＿＿＿＿，焉得置之贡玉堂？（《寄韩谏议》唐·杜甫）

13. 铜炉华烛烛增辉，＿＿＿＿＿＿。（《琴歌》唐·李颀）

14. 石鱼湖，似洞庭，＿＿＿＿＿＿。（《石鱼湖上醉歌》唐·元结）

15. ＿＿＿＿＿＿，溪头高卧自威风。（《卧虎山》宋·王十朋）

◆ 答案：1. 影照龙门水 2. 水深波浪阔 3. 饮犊西涧水 4. 流水传潇浦 5. 应是钓秋水 6. 菽水知何病 7. 菽水日月长 8. 渴不饮盗泉水 9. 请君试问东流水 10. 无复射蛟江水中 11. 美人娟娟隔秋水 12. 美人胡为隔秋水 13. 初弹渌水后楚妃 14. 夏水欲满君山青 15. 不放众山随逝水

"山""水"情怀

1. ＿＿＿＿＿＿，山岛竦峙。（《观沧海》汉·曹操）

2. ＿＿＿＿＿＿，出山泉水浊。（《佳人》唐·杜甫）

3. 丘园共谁卜？＿＿＿＿＿＿？（《哭崔常侍晦叔》唐·白居易）

4. ＿＿＿＿＿＿，风尘厌洛京。（《自洛之越》唐·孟浩然）

5. 云林谢家宅，＿＿＿＿＿＿。（《送宣城路录事》唐·韦应物）

6. 当筵意气凌九霄，星离雨散不终朝，＿＿＿＿＿＿。（《忆旧游寄谯

郡元参军》唐·李白）

7. 专掌图书无过地，_____。（《闲行》唐·白居易）

8. _____，看月寻花把酒杯。（《忆晦叔》唐·白居易）

9. _____，辞家终拟长游衍。（《桃源行》唐·王维）

10. _____，白银盘里一青螺。（《望洞庭》唐·刘禹锡）

11. 烟销日出不见人，_____。（《渔翁》唐·柳宗元）

12. 如练如霜在何处？_____。（《八月望夕雨》唐·徐凝）

13. 欲写情怀难一一，_____。（《和江南提刑王国博见寄》宋·魏野）

14. _____，马蹄催趁月明归。（《池州翠微亭》宋·岳飞）

15. _____，被疏梅、料理成风月。（《贺新郎》宋·辛弃疾）

◆ 答案：1. 水何澹澹 2. 在山泉水清 3. 山水共谁寻 4. 山水寻吴越 5. 山水敬亭祠 6. 分飞楚关山水遥 7. 遍寻山水自由身 8. 游山弄水携诗卷 9. 出洞无论隔山水 10. 遥望洞庭山水翠 11. 欸乃一声山水绿 12. 吴山越水万重云 13. 拟寻山水隔千千 14. 好水好山看不足 15. 剩水残山无态度

诗词之"江"

1. _____，春风花草香。（《绝句二首·其一》唐·杜甫）

2. 月落乌啼霜满天，_____。（《枫桥夜泊》唐·张继）

3. _____，海上明月共潮生。（《春江花月夜》唐·张若虚）

4. 滟滟随波千万里，_____。（《春江花月夜》唐·张若虚）

5. _____，月照花林皆似霰。（《春江花月夜》唐·张若虚）

6. _____，皎皎空中孤月轮。（《春江花月夜》唐·张若虚）

7. _____？江月何年初照人？（《春江花月夜》唐·张若虚）

8. 人生代代无穷已，_____。（《春江花月夜》唐·张若虚）

9. _____，但见长江送流水。（《春江花月夜》唐·张若虚）

10. 江水流春去欲尽，_____。（《春江花月夜》唐·张若虚）

11. 不知乘月几人归？_____。（《春江花月夜》唐·张若虚）

12. _____，枫叶荻花秋瑟瑟。（《琵琶行》唐·白居易）

13. 醉不成欢惨将别，_____。（《琵琶行》唐·白居易）

14. 东船西舫悄无言，_____。（《琵琶行》唐·白居易）

15. 年年后浪推前浪，_____。（《洪都》现代·毛泽东）

◆ 答案：1. 迟日江山丽 2. 江枫渔火对愁眠 3. 春江潮水连海平 4. 何处春江无月明 5. 江流宛转绕芳甸 6. 江天一色无纤尘 7. 江畔何人初见月 8. 江月年年望相似 9. 不知江月待何人 10. 江潭落月复西斜 11. 落月摇情满江树 12. 浔阳江头夜送客 13. 别时茫茫江浸月 14. 唯见江心秋月白 15. 江草江花处处鲜

诗词长"河"

1. _____，绵绵思远道。（《饮马长城窟行》汉乐府）

2. 欲归家无人，_____。（《悲歌》汉乐府）

3. _____，犹得备晨炊。（《石壕吏》唐·杜甫）

4. _____，门对孟津口。（《杂诗·其一》唐·王维）

5. _____，风雪有行人。（《路》唐·玄宝）

6. _____，体如轻风动流波。（《白纻曲》南北朝·刘铄）

7. _____，奔流到海不复回。（《将进酒》唐·李白）

8. _____，便至四十西营田。（《兵车行》唐·杜甫）

9. _____，一片孤城万仞山。（《出塞》唐·王之涣）

10. 迟迟钟鼓初长夜，_____。（《长恨歌》唐·白居易）

11. _____，乌头虽黑有白时。（《潜别离》唐·白居易）

12. _____，浪淘风簸自天涯。（《浪淘沙·其一》唐·刘禹锡）

13. _____，同到牵牛织女家。（《浪淘沙·其一》唐·刘禹锡）

14. 班姬此夕愁无限，_____。（《七夕》唐·崔颢）

15. 别馆月，_____。（《道州月叹》唐·吕温）

◆ 答案：1. 青青河边草 2. 欲渡河无船 3. 急应河阳役 4. 家住孟津河 5. 关河无尽处 6. 状似明月泛云河 7. 君不见黄河之水天上来 8. 或从十五北防河 9. 黄河远上白云间 10. 耿耿星河欲曙天 11. 河水虽浊有清日 12. 九曲黄河万里沙 13. 如今直上银河去 14. 河汉三更看斗牛 15. 犁牛冰河金山雪

大"江"大"河"

1. _____，江树远含情。(《送杜审言》唐·宋之问)
2. _____，江山半旧游。(《江南逢故人》唐·张祜)
3. 京洛遥天外，_____。(《登途怀友人》唐·吴融)
4. _____，水馆折莲花。(《驿中七夕》宋·徐铉)
5. 尔曹身与名俱灭，_____。(《戏为六绝句·其二》唐·杜甫)
6. 何处好风偏似雪，_____。(《柳絮》唐·刘禹锡)
7. _____，贾客瞻风无渡河。(《夜泊润州江口》唐·刘言史)
8. _____，烟埋河朔去间关。(《次韵奉酬李质夫》宋·王安石)
9. 王杨卢骆青冥上，_____。(《题窦伯山小隐诗·其五》宋·王质)
10. _____，直疑乘兴到银河。(《巴陵界中作》宋·孔武仲)
11. _____，天阔日月争西东。(《山中》宋·王令)
12. 天河秋来有时见，_____。(《杨白花一首》宋·王阮)
13. _____，一江烟浪古今愁。(《寄杜北山》宋·王镃)
14. _____，分明冷浸星河。(《西江月》唐·欧阳炯)
15. 冠剑不随君去，_____。(《何满子》宋·孙光宪)

◆ 答案：1. 河桥不相送 2. 河洛多尘事 3. 江河战鼓间 4. 江天望河汉 5. 不废江河万古流 6. 隋河堤上古江津 7. 秋江欲起白头波 8. 雪涨江南归浩荡 9. 不废江河废尔曹 10. 曲曲秋江滟滟波 11. 地宽江河竞摇荡 12. 秋江人去无还期 13. 千里关河乡国梦 14. 月映长江秋水 15. 江河还共恩深

"江""山"如画

1. 情通万里外，_____。(《答庞参军》晋·陶渊明)
2. 山烟涵树色，_____。(《日夕出富阳浦口和朗公》南北朝·何逊)
3. _____，花柳自无私。(《后游》唐·杜甫)
4. 风月自清夜，_____。(《日暮》唐·杜甫)
5. _____，终防市井喧。(《园》唐·杜甫)
6. _____，我辈复登临。(《与诸子登岘山》唐·孟浩然)

7. 山顶东西寺，_____。(《界石守风望天竺灵隐二寺》唐·皎然)

8. _____，繁华古帝都。(《金陵》唐·王贞白)

9. 明朝望眼遮，_____。(《登古峰岭望夔州》宋·王十朋)

10. _____，云雨荒台岂梦思。(《咏怀古迹·其二》唐·杜甫)

11. _____，怜君何事到天涯。(《长沙过贾谊宅》唐·刘长卿)

12. 文物六朝兴废地，_____。(《上元怀古》唐·张祜)

13. _____，却打船头向北行。(《扬州寻张籍不见》唐·王建)

14. _____，今古悠悠空浪花。(《垓下怀古》唐·栖一)

15. 布被秋宵梦觉，_____。(《清平乐·独宿博山王氏庵》宋·辛弃疾)

◆ 答案：1. 形迹滞江山　2. 江水映霞晖　3. 江山如有待　4. 江山非故园　5. 始为江山静　6. 江山留胜迹　7. 江中旦暮潮　8. 六代江山在　9. 江山见无由　10. 江山故宅空文藻　11. 寂寂江山摇落处　12. 江山万里帝王都　13. 西江水阔吴山远　14. 拔山力尽乌江水　15. 眼前万里江山

壮丽"山""河"

1. 高山峨峨，_____。(《怨旷思惟歌》汉·王昭君)

2. _____，山坏由猿穴。(《临终诗》汉·孔融)

3. 泰山成砥砺，_____。(《咏怀·其三十八》晋·阮籍)

4. _____，城春草木深。(《春望》唐·杜甫)

5. _____，存没意多违。(《同德精舍旧居伤怀》唐·韦应物)

6. 和根都斫却，_____。(《题丘芳仲月林》宋·朱继芳)

7. _____，方知世界宽。(《雪消得寒字》宋·史浩[一作史嵩之])

8. 古来英雄士，_____。(《绝句》明·刘基)

9. _____，长戈利矛日可麾。(《韩碑》唐·李商隐)

10. 今年五月咸阳关，_____。(《黄金台》唐·无名氏)

11. _____，身世浮沉雨打萍。(《过零丁洋》宋·文天祥)

12. 四十年来家国，_____。(《破阵子》南唐·李煜)

13. 待从头、_____，朝天阙。(《满江红》宋·岳飞)

14. 乘风好去，长空万里，_____。(《太常引·建康中秋夜为吕叔潜赋》宋·辛弃疾)

15. _____，画角声中，牧马频来去。(《蝶恋花·出塞》清·纳兰性德)

◆ 答案：1. 河水泱泱 2. 河溃蚁孔端 3. 黄河为裳带 4. 国破山河在 5. 山河不可望 6. 还我旧山河 7. 渐觉山河复 8. 各已归山河 9. 不据山河据平地 10. 秦家城外悲河山 11. 山河破碎风飘絮 12. 三千里地山河 13. 收拾旧山河 14. 直下看山河 15. 今古河山无定据

"川"流不息

1. _____，阴山下。(《敕勒歌》北朝民歌)

2. _____，惜逝忽若浮。(《咏怀·其六十二》晋·阮籍)

3. 关山三五月，_____。(《关山月》南北朝·徐陵)

4. _____，嘉鲂得所荐。(《李都尉陵从军》南北朝·江淹)

5. 相送临高台，_____。(《临高台送黎拾遗》唐·王维)

6. _____，凄凉满空洲。(《东归晚次潼关怀古》唐·岑参)

7. 枫叶红霞举，_____。(《状江南·季秋》唐·刘蕃)

8. 霰雪催残腊，_____。(《腊日·其四》宋·张耒)

9. _____，有口莫食首阳蕨。(《行路难·其三》唐·李白)

10. _____，芳草萋萋鹦鹉洲。(《黄鹤楼》唐·崔颢)

11. 誓令疏勒出飞泉，_____。(《老将行》唐·王维)

12. 茂陵不见封侯印，_____。(《苏武庙》唐·温庭筠)

13. _____，云尽遥天霁色空。(《留别崔澣秀才昆仲》唐·刘沧)

14. _____，故园三十二年前。(《七律·到韶山》现代·毛泽东)

15. _____：逝者如斯夫！(《水调歌头·游泳》现代·毛泽东)

◆ 答案：1. 敕勒川 2. 孔圣临长川 3. 客子忆秦川 4. 悠悠清水川 5. 川原杳何极 6. 川上多往事 7. 苍芦白浪川 8. 山川对浩歌 9. 有耳莫洗颍川水 10. 晴川历历汉阳树 11. 不似颍川空使酒 12. 空向秋波哭逝川 13. 川分远岳秋光静 14. 别梦依稀咒逝川 15. 子在川上曰

名"山"大"川"

1. _____，维其劳矣。(《诗经·渐渐之石》)

2. _____，曷其没矣？(《诗经·渐渐之石》)

3. _____，山冢崒（suì）崩。(《诗经·十月之交》)

4. _____，如冈如陵，_____，以莫不增。(《诗经·天保》)

5. _____，忽在天一方。(《成都府》唐·杜甫)

6. _____，长望泪沾巾。(《送孙二》唐·王维)

7. 故人江海别，_____。(《云阳馆与韩绅宿别》唐·司空曙)

8. 醉和金甲舞，_____。(《塞下曲·其四》唐·卢纶)

9. 嬉游不可极，_____。(《汉江宴别》唐·宋之问)

10. 霰雪催残腊，_____。(《腊日·其四》宋·张耒)

11. 谁谓波澜才一水，_____。(《秋江送别·其二》唐·王勃)

12. _____，胡骑凭陵杂风雨。(《燕歌行》唐·高适)

13. 兰堂坐久心弥感，_____。(《水墨松石》唐·方干)

14. _____，自古金陵道，少年看却老。(《醉花间》南唐·冯延巳)

15. _____，细寻思、旧游如梦。(《夜行船·忆昔西都欢纵》宋·欧阳修)

◆ 答案：1. 山川悠远 2. 山川悠远 3. 百川沸腾 4. 如山如阜 如川之方至 5. 我行山川异 6. 山川何寂寞 7. 几度隔山川 8. 雷鼓动山川 9. 留恨此山川 10. 山川对浩歌 11. 已觉山川是两乡 12. 山川萧条极边土 13. 不道山川是画图 14. 山川风景好 15. 伊川山水洛川花

诗词之"湖"

1. _____，菡萏发荷花。(《子夜四时歌·夏歌》唐·李白)

2. _____，桃花水气春。(《彭蠡湖晚归》唐·白居易)

3. 尺素能相报，_____？(《送姚八归江南》唐·刘长卿)

4. _____，好登湖上楼。(《湖中寄王侍御》唐·丘为)

5. _____，春风不改旧时波。(《回乡偶书·其二》唐·贺知章)

6. 日斜江上孤帆影，_____。(《别严士元》唐·刘长卿)

7. _____，豚栅鸡栖半掩扉。(《社日》唐·王驾)

8. 只闻丞相夷三族，_____。(《上元怀古》唐·张祜)

9. _____，见尽扶桑水到枯。(《湘妃庙》唐·李群玉)

10. _____，淡妆浓抹总相宜。(《饮湖上初晴后雨·其二》宋·苏轼)

11. 山外青山楼外楼，_____？(《题临安邸》宋·林升)

12. _____，黄尘满袖欲盟鸥。(《雪》宋·刘克庄)

13. 休休莫，_____，不是鸱夷错。(《点绛唇》宋·吴潜)

14. 明朝事与孤烟冷，_____、风雨愁人。(《渡江云三犯·西湖清明》宋·吴文英)

15. 更立西江石壁，截断巫山云雨，_____。(《水调歌头·游泳》现代·毛泽东)

◆ 答案：1. 镜湖三百里 2. 彭蠡湖天晚 3. 湖山若个忧 4. 日月湖水上 5. 唯有门前镜湖水 6. 草绿湖南万里情 7. 鹅湖山下稻粱肥 8. 不见扁舟泛五湖 9. 少将风月怨平湖 10. 欲把西湖比西子 11. 西湖歌舞几时休 12. 也欲访梅湖畔去 13. 五湖烟浪 14. 做满湖 15. 高峡出平湖

诗词之"海"

1. 枯桑知天风，_____。(《饮马长城窟行》汉乐府)

2. 高树多悲风，_____。(《野田黄雀行》三国·魏·曹植)

3. 浮云今可驾，_____。(《出境游山·其一》唐·王勃)

4. _____，农夫犹饿死。(《悯农·其一》唐·李绅)

5. 迷津欲有问，_____。(《早寒江上有怀》唐·孟浩然)

6. 君不见黄河之水天上来，_____。(《将进酒》唐·李白)

7. _____，古来白骨无人收！(《兵车行》唐·杜甫)

8. _____，武皇开边意未已。(《兵车行》唐·杜甫)

9. _____，山在虚无缥缈间。(《长恨歌》唐·白居易)

10. 春江潮水连海平，_____。(《春江花月夜》唐·张若虚)

11. _____，碣石潇湘无限路。(《春江花月夜》唐·张若虚)

12. _____，秣马龙堆月照营。（《凯歌·其四》唐·岑参）

13. _____，友朋情比未为深。（《和友人喜相遇·其十》唐·李咸用）

14. 月从海底转天心，_____。（《次韵欧阳叔向水中月》宋·王庭圭）

15. _____，深浅拂，天生红粉真无匹。（《渔家傲》宋·欧阳修）

◆ 答案：1. 海水知天寒 2. 海水扬其波 3. 沧海自成尘 4. 四海无闲田 5. 平海夕漫漫 6. 奔流到海不复回 7. 君不见青海头 8. 边庭流血成海水 9. 忽闻海上有仙山 10. 海上明月共潮生 11. 斜月沉沉藏海雾 12. 洗兵鱼海云迎阵 13. 任说天长海影沉 14. 影落长江海共深 15. 惟有海棠梨第一

诗词"江""湖"

1. _____，舟楫恐失坠。（《梦李白·其二》唐·杜甫）

2. 鸿雁几时到，_____。（《天末怀李白》唐·杜甫）

3. _____，潮来天地青。（《送邢桂州》唐·王维）

4. _____，清江不可涉。（《越女》唐·王昌龄）

5. 将家就鱼麦，_____。（《贼退示官吏》唐·元结）

6. _____，一纸故人书。（《周参政惠书喑及亡儿开·其一》宋·李石）

7. _____，家书动隔年。（《乍归·其二》宋·刘克庄）

8. 风月随长笛，_____。（《诗酒》宋·陆游）

9. _____，点点白鸥明。（《次韵袁伯长舟中杂书·其一》元·贡奎）

10. 与君何日出屯蒙，_____。（《忆微之》唐·白居易）

11. _____，楚腰纤细掌中轻。（《遣怀》唐·杜牧）

12. 怅望残春万般意，_____。（《岳阳楼》唐·元稹）

13. _____，江送潮头涌漫波。（《和乐天早春见寄》唐·元稹）

14. 桃李春风一杯酒，_____。（《寄黄几复》宋·黄庭坚）

15. _____，四山声作海涛翻。（《十一月四日风雨大作·其一》宋·陆游）

◆ 答案：1. 江湖多风波 2. 江湖秋水多 3. 日落江湖白 4. 湖上水渺漫 5. 归老江湖边

6. 江湖慰寂寞　7. 却忆江湖上　8. 江湖入短蓑　9. 江湖眼前阔　10. 鱼恋江湖鸟厌笼　11. 落魄江湖载酒行　12. 满椀湖水入西江　13. 湖添水色消残雪　14. 江湖夜雨十年灯　15. 风卷江湖雨暗村

五"湖"四"海"

1. ＿＿＿＿＿＿＿，长揖谢公卿。（《自洛之越》唐·孟浩然）

2. 城边楼枕海，＿＿＿＿＿＿。（《送任郎中出守明州》唐·岑参）

3. ＿＿＿＿＿＿＿，州城浸海云。（《送羽林长孙将军赴歙州》唐·岑参）

4. ＿＿＿＿＿＿＿，日照海山秋。（《送李评事游越》唐·张籍）

5. 高秋海天阔，＿＿＿＿＿＿。（《越州怀古》唐·张祜）

6. 石帆摇海上，＿＿＿＿＿＿。（《游禹穴回出若邪》唐·宋之问）

7. 海树青丛短，＿＿＿＿＿＿。（《寄钱塘罗给事》唐·齐己）

8. 海门山叠翠，＿＿＿＿＿＿。（《送狄参军赴杭州》唐·马戴）

9. 风尘非昔友，＿＿＿＿＿＿。（《毗陵遇辕文》明·夏完淳）

10. ＿＿＿＿＿＿＿＿＿，何似君情与妾心？（《浪淘沙》唐·白居易）

11. 斗笠为帆扇作舟，＿＿＿＿＿＿＿＿。（《绝句·其四》唐·吕岩）

12. ＿＿＿＿＿＿＿＿，老来无喜亦无忧。（《听雨诗》宋·苏泂）

13. ＿＿＿＿＿＿＿＿，江山不厌往来频。（《古杭道中》宋·赵时韶）

14. ＿＿＿＿＿＿＿＿，江山如作老诗人。（《闲居感怀和屏山韵》宋·赵时韶）

15. ＿＿＿＿＿＿＿＿，关塞如今风景，剪烛看吴钩。（《水调歌头·和庞佑父》宋·张孝祥）

◆ 答案：1. 扁舟泛湖海　2. 郭里树侵湖　3. 驿舫宿湖月　4. 露沾湖草晚　5. 色落湖山影　6. 天镜落湖中　7. 湖山翠点疏　8. 湖岸郡藏云　9. 湖海变知音　10. 借问江湖与海水　11. 五湖四海任遨游　12. 败衲依然湖海阔　13. 湖海相逢迂阔好　14. 湖海到今无剑客　15. 湖海平生豪气

百"川"入"海"

1. ＿＿＿＿＿＿＿，大海所以深。（《周五声调曲·其九》南北朝·庾信）

2. ＿＿＿＿＿＿＿，何时复西归？（《长歌行》汉乐府）

3. 涂山万国仰，_____。(《从籍田应衡阳王教作诗·其一》南北朝·张正见)

4. _____，心闲游川鱼。(《游南阳白水登石激作》唐·李白)

5. _____，帆影挂清川。(《送二季之江东》唐·李白)

6. 云嶂天涯尽，_____。(《郡江南上别孙侍御》唐·张九龄)

7. 百川有余水，_____。(《寄崔纯亮》唐·孟郊)

8. _____，东海无虚盈。(《赠卢嵩》唐·韦应物)

9. 烟霞浓浸海，_____。(《晚望》唐·贯休)

10. _____，可泛济川航。(《重忆山居·平泉源》唐·李德裕)

11. 三川北虏乱如麻，_____。(《永王东巡歌·其二》唐·李白)

12. 月晕天风雾不开，_____。(《横江词·其六》唐·李白)

13. _____，山势川形阔复长。(《江楼夕望招客》唐·白居易)

14. 孤云独鸟川光暮，_____。(《同皇甫冉登重玄阁》唐·李嘉祐)

15. _____，平沙莽莽黄入天。(《走马川行奉送出师西征》唐·岑参)

◆ 答案：1. 百川俱会　2. 百川东到海　3. 沧海百川归　4. 目送去海云　5. 云峰出远海　6. 川途海县穷　7. 大海无满波　8. 百川注东海　9. 川岳阔连天　10. 从兹东向海　11. 四海南奔似永嘉　12. 海鲸东蹙百川回　13. 海天东望夕茫茫　14. 万井千山海色秋　15. 君不见走马川行雪海边

诗海泛"波"

1. _____，无使蛟龙得。(《梦李白·其一》唐·杜甫)

2. _____，舟楫恐失坠。(《梦李白·其二》唐·杜甫)

3. _____，奔凑如朝东。(《与高适薛据登慈恩寺浮图》唐·岑参)

4. _____，妾心井中水。(《烈女操》唐·孟郊)

5. _____，蝉休露满枝。(《凉思》唐·李商隐)

6. _____，冥冥日沉夕。(《夕次盱眙县》唐·韦应物)

7. _____，沿洄安得住。(《初发扬子寄元大校书》唐·韦应物)

8. _____，鸟亦罢其鸣。(《听董大弹胡笳声兼寄语弄房给事》唐·李颀）

9. _____，荷花深处小船通。(《采莲曲》唐·白居易）

10. 观经鸿都尚填咽，_____。(《石鼓歌》唐·韩愈）

11. 纤云四卷天无河，_____。(《八月十五夜赠张功曹》唐·韩愈）

12. _____，月露谁教桂叶香？(《无题》唐·李商隐）

13. 今日龙钟人共老，_____。(《江州重别薛六柳八二员外》唐·刘长卿）

14. 浣花溪上见卿卿，_____，黛眉轻。(《江城子》宋·张泌）

15. _____，横箫自向船中坐。(《吹箫出峡图》元·王冕）

◆ 答案：1. 水深波浪阔 2. 江湖多风波 3. 连山若波涛 4. 波澜誓不起 5. 客去波平槛 6. 浩浩风起波 7. 世事波上舟 8. 川为静其波 9. 菱叶萦波荷飐（zhǎn）风 10. 坐见举国来奔波 11. 清风吹空月舒波 12. 风波不信菱枝弱 13. 愧君犹遣慎风波 14. 脸波秋水明 15. 波涛汹涌都不知

诗海冲"浪"

1. 平生不可定，_____。(《学古诗三首·其一》南北朝·何逊）

2. 主人若不顾，_____。(《赠刘都使》唐·李白）

3. _____，入竹万竿斜。(《风》唐·李峤）

4. _____，悬崖逆斗风。(《买舟》宋·沈说）

5. _____，直挂云帆济沧海。(《行路难·其一》唐·李白）

6. _____，水边闲坐一绳床。(《秋池》唐·白居易）

7. 南歌未有东西分，_____。(《酬乐天得微之诗知通州事因成·其三》唐·元稹）

8. _____，楚客相思益渺然。(《自夏口至鹦鹉洲夕望岳阳寄源中丞》唐·刘长卿）

9. _____，津口停舟渡不得。(《送陈章甫》唐·李颀）

10. _____，不能废人运酒舫。(《石鱼湖上醉歌》唐·元结）

11. _____，更将枯蚌点渔灯。（《钓侣二章·其二》唐·皮日休）

12. _____，舟人夜语觉潮生。（《晚次鄂州》唐·卢纶）

13. _____，雁逆高风下苇洲。（《送庐阜僧归山阳》唐·李中）

14. _____，不见全牛可下刀。（《戏赠水牯庵》宋·黄庭坚）

15. 把酒酹滔滔，_____。（《菩萨蛮·黄鹤楼》现代·毛泽东）

◆ 答案：1. 空信苍浪天 2. 明发钓沧浪 3. 过江千尺浪 4. 溯水斜分浪 5. 长风破浪会有时 6. 洗浪清风透水霜 7. 敢唱沧浪一字歌 8. 汀洲无浪复无烟 9. 长河浪头连天黑 10. 长风连日作大浪 11. 烟浪溅篷寒不睡 12. 估客昼眠知浪静 13. 鱼行细浪分沙觜 14. 华亭浪说吹毛剑 15. 心潮逐浪高

"波""浪"滔天

1. 月光随浪动，_____。（《月半夜泊鹊尾诗》南北朝·刘孝绰）

2. _____，危微苦惊浪。（《浮萍诗》南北朝·冯元兴）

3. _____，无使蛟龙得。（《梦李白·其一》唐·杜甫）

4. 鳞次冠烟霞，_____。（《叠石》唐·李德裕）

5. 昨暝逗南陵，_____。（《江南曲·其三》唐·丁仙芝）

6. _____，吴楚会风烟。（《池州》宋·郑许）

7. _____，塞上风云接地阴。（《秋兴·其一》唐·杜甫）

8. 莲池旧是无波水，_____。（《寻西明寺僧不在》唐·元稹）

9. 城西门前滟滪堆，_____。（《竹枝词·其六》唐·刘禹锡）

10. _____，南湖今与北湖平。（《暴雨》唐·韦庄）

11. 江豚江豚尔何物，_____。（《江豚歌》宋·王禹偁）

12. _____，君山一点凝烟。（《临江仙》五代·牛希济）

13. _____，嗟往者兮未还，惜行人兮将去。（《江上词·其四》宋·王令）

14. 明日下扁舟，_____。（《菩萨蛮·己未五月十七日赠无住道人》宋·叶梦得）

15. 堆来枕上愁何状，_____。（《虞美人·枕上》现代·毛泽东）

◆ 答案：1. 山影逐波流 2. 脆弱恶风波 3. 水深波浪阔 4. 蝉联叠波浪 5. 风声波浪

阻 6.湘潭送波浪 7.江间波浪兼天涌 8.莫逐狂风起浪心 9.年年波浪不能摧 10.波浪不知深几许 11.吐浪喷波身突兀 12.洞庭波浪飐晴天 13.风滔滔兮浪波苦 14.沧波莫浪游 15.江海翻波浪

诗海行"船"

1. 欲归家无人，_____。(《悲歌》汉乐府)

2. 野径云俱黑，_____。(《春夜喜雨》唐·杜甫)

3. 沙明连浦月，_____。(《夜泊旅望》唐·白居易)

4. _____，寄书家中否？(《杂诗·其一》唐·王维)

5. 灯影秋江寺，_____。(《送僧东游》唐·温庭筠)

6. 窗含西岭千秋雪，_____。(《绝句》唐·杜甫)

7. _____，举酒欲饮无管弦。(《琵琶行》唐·白居易)

8. _____，添酒回灯重开宴。(《琵琶行》唐·白居易)

9. _____，唯见江心秋月白。(《琵琶行》唐·白居易)

10. 去来江口守空船，_____。(《琵琶行》唐·白居易)

11. _____，一市春风酒并垆。(《送杨秘丞通判扬州》宋·司马光)

12. 醉后不知天在水，_____。(《题龙阳县青草湖》元·唐珙)

13. 好借鸱夷盛酒去，_____。(《招韩伯清泛湖·其二》元·张翥)

14. 荷叶五寸荷花娇，_____。(《荷花》清·石涛)

15. 重到西泠，记芳园载酒，_____。(《秋霁》宋·周密)

◆ 答案：1.欲渡河无船 2.江船火独明 3.帆白满船霜 4.常有江南船 5.篷声夜雨船 6.门泊东吴万里船 7.主人下马客在船 8.移船相近邀相见 9.东船西舫悄无言 10.绕船月明江水寒 11.万商落日船交尾 12.满船清梦压星河 13.玉箫吹上画船头 14.贴波不碍画船摇 15.画船横笛

诗海泛"舟"

1. _____，无所喝流声。(《棹歌行》南北朝·刘孝绰)

2. 渔父知世患，_____。(《咏怀·其六十二》晋·阮籍)

3. 烟澹月濛濛，_____。(《江夜舟行》唐·白居易)

4. 风鸣两岸叶，_____。(《宿桐庐江寄广陵旧游》唐·孟浩然)

5. 居然同物化，_____？(《乐大夫挽词·其二》唐·骆宾王)

6. 桃花迷旧路，_____。(《送姚八归江南》唐·刘长卿)

7. _____，倏忽遍三吴。(《送邵兴宗之丹阳》宋·刘敞 [一作司马光])

8. 新添水槛供垂钓，_____。(《江上值水如海势聊短述》唐·杜甫)

9. _____？何处相思明月楼？(《春江花月夜》唐·张若虚)

10. 吴姬越艳楚王妃，_____。(《采莲曲·其一》唐·王昌龄)

11. _____，江南江北互相望。(《秋江送别·其二》唐·王勃)

12. _____，羡君归老向东吴。(《维扬送友还苏州》唐·崔颢)

13. 只闻丞相夷三族，_____。(《上元怀古》唐·张祜)

14. 犁耕宿雨春风暖，_____。(《平绿轩》宋·王用亨)

15. 那回归去，荡云雪、_____。(《庆宫春》宋·姜夔)

◆ 答案：1. 舟子行催棹　2. 乘流泛轻舟　3. 舟行夜色中　4. 月照一孤舟　5. 何处欲藏舟　6. 萍叶荡归舟　7. 扁舟乘长风　8. 故着浮槎替入舟　9. 谁家今夜扁舟子　10. 争弄莲舟水湿衣　11. 归舟归骑俨成行　12. 渚畔鲈鱼舟上钓　13. 不见扁舟泛五湖　14. 舟撼清流夜雨寒　15. 孤舟夜发

诗词观"日"

1. 夸父诞宏志，_____。(《读山海经·其九》晋·陶渊明)

2. _____，握手泪如霰。(《李都尉陵从军》南北朝·江淹)

3. _____，鸟散空林寂。(《山斋独坐赠薛内史·其一》隋·杨素)

4. _____，汗滴禾下土。(《悯农·其二》唐·李绅)

5. _____，马鸣风萧萧。(《后出塞·其二》唐·杜甫)

6. _____，蝉鸣枫树黄。(《解秋十首·其三》唐·元稹)

7. _____，人谁感至精？(《感遇·其三》唐·张九龄)

8. _____，清辉照衣裳。(《阙题》唐·刘眘虚)

9. _____，衰疾多时似瘦仙。(《白发》唐·白居易)

10. _____，道是无晴却有晴。(《竹枝词》唐·刘禹锡)

11. _____，北风吹雁雪纷纷。(《别董大·其一》唐·高适)

12. 丈夫贫贱应未足，_____。(《别董大·其二》唐·高适)

13. 飞来山上千寻塔，_____。(《登飞来峰》宋·王安石)

14. _____，眼见四朝全盛时。(《插花吟》宋·邵雍)

15. _____，绿酒一杯歌一遍。(《长命女》南唐·冯延巳)

◆ 答案：1. 乃与日竞走 2. 日暮浮云滋 3. 日出远岫明 4. 锄禾日当午 5. 落日照大旗 6. 日暮江上立 7. 日夕怀空意 8. 幽映每白日 9. 歌吟终日如狂叟 10. 东边日出西边雨 11. 千里黄云白日曛 12. 今日相逢无酒钱 13. 闻说鸡鸣见日升 14. 身经两世太平日 15. 春日宴

诗词赏"月"

1. _____，何时可掇？(《短歌行》汉·曹操)

2. _____，潮水带星来。(《春江花月夜·其一》隋·杨广)

3. _____，犹疑照颜色。(《梦李白·其一》唐·杜甫)

4. 滴泪胡风起，_____。(《王昭君》唐·李中)

5. _____，人约黄昏后。(《生查子·元夕》宋·欧阳修)

6. 钩帘得清景，_____。(《发山阳》宋·孔平仲)

7. _____，树密显高枝。(《咏四面云山》清·玄烨)

8. 俱怀逸兴壮思飞，_____。(《宣州谢朓楼饯别校书叔云》唐·李白)

9. 人攀明月不可得，_____。(《把酒问月》唐·李白)

10. _____，车走雷声语未通。(《无题》唐·李商隐)

11. 来是空言去绝踪，_____。(《无题》唐·李商隐)

12. _____，月在梧桐缺处明。(《秋夜》宋·朱淑真)

13. _____，隔墙送过秋千影。(《青门引》宋·张先)

14. 起来独自绕阶行，人悄悄，_____。(《小重山》宋·岳飞)

15. _____，酒入愁肠，化作相思泪。(《苏幕遮》宋·范仲淹)

310

◆ 答案：1.明明如月 2.流波将月去 3.落月满屋梁 4.宽心汉月圆 5.月上柳梢头 6.风月满淮流 7.亭遥先得月 8.欲上青天揽明月 9.月行却与人相随 10.扇裁月魄羞难掩 11.月斜楼上五更钟 12.铺床凉满梧桐月 13.那堪更被明月 14.帘外月胧明 15.明月楼高休独倚

"日""月"同辉

1. _____，照临下土。(《诗经·日月》)

2. _____，下土是冒。(《诗经·日月》)

3. _____，出自东方。(《诗经·日月》)

4. _____，东方自出。(《诗经·日月》)

5. _____，胡迭而微？(《诗经·柏舟》)

6. 灵象运天机，_____。(《诗》晋·张载)

7. 山林乾坤静，_____。(《送三山林溶孙归省》宋·文天祥)

8. 青冥浩荡不见底，_____。(《梦游天姥吟留别》唐·李白)

9. _____，青枫叶赤天雨霜。(《寄韩谏议》唐·杜甫)

10. _____，五溪衣服共云山。(《咏怀古迹·其一》唐·杜甫)

11. 玄宗回马杨妃死，_____。(《马嵬坡》唐·郑畋)

12. _____，血流垓下定龙蛇。(《垓下怀古》唐·栖一)

13. _____，砚中旗影动龙蛇。(《廷试》宋·夏竦)

14. 黄金甲锁雷霆印，_____。(《送天师》明·朱权)

15. 为有牺牲多壮志，_____。(《七律·到韶山》现代·毛泽东)

◆ 答案：1.日居月诸 2.日居月诸 3.日居月诸 4.日居月诸 5.日居月诸 6.日月如激电 7.菽水日月长 8.日月照耀金银台 9.鸿飞冥冥日月白 10.三峡楼台淹日月 11.云雨难忘日月新 12.弓断阵前争日月 13.殿上衮衣明日月 14.红锦韬缠日月符 15.敢教日月换新天

诗空摘"星"

1. 子兴视夜，_____。(《诗经·女曰鸡鸣》)

2. 危楼高百尺，_____。(《夜宿山寺》唐·李白)

3. 长歌吟松风，_____。(《下终南山过斛斯山人宿置酒》唐·

李白）

  4. 岂意贼难料，_____。（《新安吏》唐·杜甫）

  5. 捧月三更断，_____。（《咏云》唐·李商隐）

  6. 水木深不极，_____。（《称心寺中岛》唐·方干）

  7. 明月皎皎照我床，_____。（《燕歌行·其一》三国·魏·曹丕）

  8. _____，致君尧舜焉肯朽。（《可叹》唐·杜甫）

  9. _____，玉楼宴罢醉和春。（《长恨歌》唐·白居易）

  10. 迟迟钟鼓初长夜，_____。（《长恨歌》唐·白居易）

  11. 天阶夜色凉如水，_____。（《秋夕》唐·杜牧）

  12. _____，孤灯未灭梦难成。（《闺情》唐·李端）

  13. 穷愁昼夜阴如一，_____。（《偶书·其二》宋·张耒）

  14. 醉后不知天在水，_____。（《题龙阳县青草湖》元·唐珙）

  15. _____，两三点雨山前。（《西江月·夜行黄沙道中》宋·辛弃疾）

◆ 答案：1. 明星有烂　2. 手可摘星辰　3. 曲尽河星稀　4. 归军星散营　5. 藏星七夕明　6. 似将星汉连　7. 星汉西流夜未央　8. 死为星辰终不灭　9. 金屋妆成娇侍夜　10. 耿耿星河欲曙天　11. 卧看牵牛织女星　12. 月落星稀天欲明　13. 夜不见星朝蔽日　14. 满船清梦压星河　15. 七八个星天外

诗词之"光"

  1. _____，举袖弄双针。（《七夕穿针诗》南北朝·刘孝威）

  2. 今夕复何夕，_____。（《赠卫八处士》唐·杜甫）

  3. _____，穷巷牛羊归。（《渭川田家》唐·王维）

  4. 淑气催黄鸟，_____。（《和晋陵陆丞早春游望》唐·杜审言）

  5. 松际露微月，_____。（《宿王昌龄隐居》唐·常建）

  6. _____，难消夏昼长。（《驻紫霞观》唐·方干）

  7. _____，微阳下楚丘。（《楚江怀古·其一》唐·马戴）

  8. 贵戚权门得笔迹，_____。（《韦讽录事宅观曹将军画马图》

唐·杜甫）

9. 来如雷霆收震怒，_____。（《观公孙大娘弟子舞剑器行》唐·杜甫）

10. _____，鬼物图画填青红。（《谒衡岳庙遂宿岳寺题门楼》唐·韩愈）

11. 夜深静卧百虫绝，_____。（《山石》唐·韩愈）

12. 荐诸太庙比郜鼎，_____？（《石鼓歌》唐·韩愈）

13. _____，堪向青编万古扬。（《献贺捷诗》唐·勾龙逢）

14. _____，红了樱桃，绿了芭蕉。（《一剪梅·舟过吴江》宋·蒋捷）

15. 飒爽英姿五尺枪，_____。（《为女民兵题照》现代·毛泽东）

◆ 答案：1. 向光抽一缕 2. 共此灯烛光 3. 斜光照墟落 4. 晴光转绿蘋 5. 清光犹为君 6. 易觉春光老 7. 露气寒光集 8. 始觉屏障生光辉 9. 罨如江海凝清光 10. 粉墙丹柱动光彩 11. 清月出岭光入扉 12. 光价岂止百倍过 13. 武功盖世光前后 14. 流光容易把人抛 15. 曙光初照演兵场

"风""光"无限

1. 浮云翳日光，_____。（《杂诗》三国·魏·曹植）

2. 天寒光转白，_____。（《关山月》南北朝·王褒）

3. _____，长风响树枝。（《咏廿四气诗·小雪十月中》唐·元稹）

4. _____，来看广陵春。（《赠李儋侍御》唐·韦应物）

5. _____，逢君上客稀。（《宴郑伯玙宅》唐·张谓）

6. 山水不相厌，_____。（《游山呈景仁》宋·司马光）

7. 不论平地与山尖，_____。（《蜂》唐·罗隐）

8. 三月正当三十日，_____。（《三月晦日送春》唐·贾岛）

9. _____，空中露气湿流光。（《月》唐·方干）

10. 毕竟西湖六月中，_____。（《晓出净慈寺送林子方》宋·杨万里）

11. 天生一个仙人洞，_____。（《为李进同志题所摄庐山仙人洞

照》现代·毛泽东）

12. _____，縠皱波纹迎客棹。(《玉楼春》宋·宋祁）

13. 何处望神州？_____。(《南乡子·登京口北固亭有怀》宋·辛弃疾）

14. _____，不为登高，只觉魂销。(《采桑子·九日》清·纳兰性德）

15. _____，千里冰封，万里雪飘。(《沁园春·雪》现代·毛泽东）

◆ 答案：1. 悲风动地起 2. 风多晕欲生 3. 满月光天汉 4. 风光山郡少 5. 正月风光好 6. 风光难豫期 7. 无限风光尽被占 8. 风光别我苦吟身 9. 海上风云摇皓影 10. 风光不与四时同 11. 无限风光在险峰 12. 东城渐觉风光好 13. 满眼风光北固楼 14. 佳时倍惜风光别 15. 北国风光

诗空赏"云"

1. 红颜弃轩冕，_____。(《赠孟浩然》唐·李白）

2. _____，游子久不至。(《梦李白·其二》唐·杜甫）

3. _____，妆成上锦车。(《新春》唐·刘方平）

4. _____，春风拂槛露华浓。(《清平调·其一》唐·李白）

5. 庾信文章老更成，_____。(《戏为六绝句·其一》唐·杜甫）

6. _____，芙蓉帐暖度春宵。(《长恨歌》唐·白居易）

7. _____，仙乐风飘处处闻。(《长恨歌》唐·白居易）

8. 黄埃散漫风萧索，_____。(《长恨歌》唐·白居易）

9. _____，其中绰约多仙子。(《长恨歌》唐·白居易）

10. _____，花冠不整下堂来。(《长恨歌》唐·白居易）

11. _____，青枫浦上不胜愁。(《春江花月夜》唐·张若虚）

12. _____，秋日平原好射雕。(《出塞》唐·王维）

13. _____，直待凌云始道高。(《小松》唐·杜荀鹤）

14. _____，寒江欲暮，怕过清明燕子时。(《沁园春·用梁权郡韵饯春》宋·方岳）

15. 暖酥消，_____，终日厌厌倦梳裹。(《定风波》宋·柳永）

◆ 答案：1. 白首卧松云　2. 浮云终日行　3. 眠罢梳云髻　4. 云想衣裳花想容　5. 凌云健笔意纵横　6. 云鬟花颜金步摇　7. 骊宫高处入青云　8. 云栈萦纡登剑阁　9. 楼阁玲珑五云起　10. 云鬟半偏新睡觉　11. 白云一片去悠悠　12. 暮云空碛时驱马　13. 时人不识凌云木　14. 立尽碧云　15. 腻云𩯭（duǒ）

"云""海"茫茫

1. ＿＿＿＿＿＿＿＿，江海思无穷。（《曲池之水》南北朝·谢朓）

2. ＿＿＿＿＿＿＿＿，明月落河滨。（《送吕外兵诗》南北朝·吴均）

3. 明月出天山，＿＿＿＿＿＿＿＿。（《关山月》唐·李白）

4. ＿＿＿＿＿＿＿＿，心闲游川鱼。（《游南阳白水登石激作》唐·李白）

5. ＿＿＿＿＿＿＿＿，苍茫宫观平。（《登瓦官阁》唐·李白）

6. 驿舫宿湖月，＿＿＿＿＿＿＿＿。（《送羽林长孙将军赴歙州》唐·岑参）

7. 兰桡殊未返，＿＿＿＿＿＿＿＿。（《忆江上吴处士》唐·贾岛）

8. 琼树世尘外，＿＿＿＿＿＿＿＿。（《范参政挽词·其二》宋·陆游）

9. 辽东海北剪长鲸，＿＿＿＿＿＿＿＿。（《纪辽东·其一》隋·杨广）

10. 横江馆前津吏迎，＿＿＿＿＿＿＿＿。（《横江词·其五》唐·李白）

11. ＿＿＿＿＿＿＿＿，秣马龙堆月照营。（《凯歌·其四》唐·岑参）

12. ＿＿＿＿＿＿＿＿，还将别业对林泉。（《解六合丞还》唐·王绩）

13. ＿＿＿＿＿＿＿＿，群仙出没空明中。（《登州海市》宋·苏轼）

14. ＿＿＿＿＿＿＿＿，道山绛阙知何处？（《水龙吟》宋·苏轼）

15. ＿＿＿＿＿＿＿＿，民爱比春流不断。（《离亭宴·公择别吴兴·般涉调》宋·张先）

◆ 答案：1. 浮云自西北　2. 白云浮海际　3. 苍茫云海间　4. 目送去海云　5. 寥廓云海晚　6. 州城漫海云　7. 消息海云端　8. 神山云海中　9. 风云万里清　10. 向余东指海云生　11. 洗兵鱼海云迎阵　12. 我家沧海白云边　13. 东方云海空复空　14. 古来云海茫茫　15. 千里恩深云海浅

诗园赏"花"

1. ＿＿＿＿＿＿＿＿，细草当阶积。（《山斋独坐赠薛内史·其一》隋·杨素）

2. 醉月频中圣，＿＿＿＿＿＿＿＿。（《赠孟浩然》唐·李白）

3. 来日绮窗前，_____？（《杂诗·其二》唐·王维）

4. 解落三秋叶，_____。（《风》唐·李峤）

5. 去年元夜时，_____。（《生查子·元夕》宋·欧阳修）

6. 一朵忽先变，_____。（《梅花》宋·陈亮）

7. 浔阳江头夜送客，_____。（《琵琶行》唐·白居易）

8. _____，幽咽泉流冰下难。（《琵琶行》唐·白居易）

9. _____，往往取酒还独倾。（《琵琶行》唐·白居易）

10. 江流宛转绕芳甸，_____。（《春江花月夜》唐·张若虚）

11. _____，可怜春半不还家。（《春江花月夜》唐·张若虚）

12. 去年花里逢君别，_____。（《寄李儋元锡》唐·韦应物）

13. _____，独立疏篱趣未穷。（《寒菊/画菊》宋·郑思肖）

14. _____，丝丝天棘出莓墙。（《春暮游小园》宋·王淇）

15. _____，一种相思，两处闲愁。（《一剪梅》宋·李清照）

◆ 答案：1. 落花入户飞 2. 迷花不事君 3. 寒梅著花未 4. 能开二月花 5. 花市灯如昼 6. 百花皆后香 7. 枫叶荻花秋瑟瑟 8. 间关莺语花底滑 9. 春江花朝秋月夜 10. 月照花林皆似霰 11. 昨夜闲潭梦落花 12. 今日花开又一年 13. 花开不并百花丛 14. 开到荼蘼花事了 15. 花自飘零水自流

诗园踏"草"

1. _____，惜与故人违。（《留别王侍御维》唐·孟浩然）

2. 何物最先知？_____。（《春雨后》唐·孟郊）

3. 白云依静渚，_____。（《寻南溪常山道人隐居》唐·刘长卿）

4. 风枝惊暗鹊，_____。（《江乡故人偶集客舍》唐·戴叔伦）

5. _____，离别正堪悲。（《李端公》唐·卢纶）

6. _____，处处伴愁颜。（《贼平后送人北归》唐·司空曙）

7. _____，故人殊未来。（《章台夜思》唐·韦庄）

8. _____，蝌蚪自滋生。（《蛙》宋·赵希迈）

9. 金粟堆前木已拱，_____。（《观公孙大娘弟子舞剑器行》唐·杜甫）

10. ＿＿＿＿＿＿＿＿，终古垂杨有暮鸦。(《隋宫》唐·李商隐)

11. 虏塞兵气连云屯，＿＿＿＿＿＿。(《轮台歌奉送封大夫出师西征》唐·岑参)

12. ＿＿＿＿＿＿，寒林空见日斜时。(《长沙过贾谊宅》唐·刘长卿)

13. ＿＿＿＿＿＿，汉使断肠对归客。(《听董大弹胡笳声兼寄语弄房给事》唐·李颀)

14. 疏松影落空坛静，＿＿＿＿＿＿。(《同题仙游观》唐·韩翃)

15. 三分春事二分休，＿＿＿＿＿＿。(《听雨诗》宋·苏泂)

◆ 答案：1. 欲寻芳草去 2. 虚庭草争出 3. 春草闭闲门 4. 露草覆寒虫 5. 故关衰草遍 6. 寒禽与衰草 7. 芳草已云暮 8. 闲池草色青 9. 瞿塘石城草萧瑟 10. 于今腐草无萤火 11. 战场白骨缠草根 12. 秋草独寻人去后 13. 胡人落泪向边草 14. 细草香闲小洞幽 15. 造化明明百草头

诗林植"树"

1. ＿＿＿＿＿＿，百草丰茂。(《观沧海》汉·曹操)

2. ＿＿＿＿＿＿，千山响杜鹃。(《送梓州李使君》唐·王维)

3. 山中一夜雨，＿＿＿＿＿＿。(《送梓州李使君》唐·王维)

4. 孤帆带孤屿，＿＿＿＿＿＿。(《杂言重送皇甫侍御曾》唐·皎然)

5. ＿＿＿＿＿＿，疲马入城迟。(《暝》宋·梅尧臣)

6. 君臣已与时际会，＿＿＿＿＿＿。(《古柏行》唐·杜甫)

7. ＿＿＿＿＿＿，行尽青溪不见人。(《桃源行》唐·王维)

8. ＿＿＿＿＿＿，近入千家散花竹。(《桃源行》唐·王维)

9. ＿＿＿＿＿＿，百般红紫斗芳菲。(《晚春》唐·韩愈)

10. 鸾翔凤翥众仙下，＿＿＿＿＿＿。(《石鼓歌》唐·韩愈)

11. ＿＿＿＿＿＿，万条垂下绿丝绦。(《咏柳》唐·贺知章)

12. 泉眼无声惜细流，＿＿＿＿＿＿。(《小池》宋·杨万里)

13. 水痕深，花信足，＿＿＿＿＿＿。(《祝英台近》宋·张炎)

14. 长记曾携手处，＿＿＿＿＿＿、西湖寒碧。(《暗香》宋·姜夔)

15. ＿＿＿＿＿＿，小桥流水人家，古道西风瘦马。(《天净沙·秋思》元·

马致远）

◆ 答案：1. 树木丛生　2. 万壑树参天　3. 树杪百重泉　4. 远水连远树　5. 巢禽投树尽　6. 树木犹为人爱惜　7. 坐看红树不知远　8. 遥看一处攒云树　9. 草树知春不久归　10. 珊瑚碧树交枝柯　11. 碧玉妆成一树高　12. 树阴照水爱晴柔　13. 寂寞汉南树　14. 千树压　15. 枯藤老树昏鸦

诗词有"木"

1. _____，不可休思。（《诗经·汉广》）
2. 新家孟城口，_____。（《孟城坳》唐·王维）
3. _____，北风江上寒。（《早寒江上有怀》唐·孟浩然）
4. _____，时有水禽鸣。（《野寺后池寄友》唐·张籍）
5. 猿啼洞庭树，_____。（《楚江怀古·其一》唐·马戴）
6. 写啭清弦里，_____。（《莺》唐·李峤）
7. _____，高泉尽日飞。（《登雪窦僧家》唐·方干）
8. 渴不饮盗泉水，_____。（《猛虎行》晋·陆机）
9. 山寂寂兮无人，_____。（《送友人归山歌·其一》唐·王维）
10. 君臣已与时际会，_____。（《古柏行》唐·杜甫）
11. 苍茫古木连穷巷，_____。（《老将行》唐·王维）
12. 青枫江上秋帆远，_____。（《送李少府贬峡中王少府贬长沙》唐·高适）
13. 江上月明胡雁过，_____。（《江州重别薛六柳八二员外》唐·刘长卿）
14. _____，十年征戍忆辽阳。（《古意呈补阙乔知之》唐·沈佺期）
15. _____，溪傍山石烂如泥。（《度烂溪》宋·韦骧）

◆ 答案：1. 南有乔木　2. 古木余衰柳　3. 木落雁南渡　4. 繁木荫芙蕖　5. 人在木兰舟　6. 迁乔暗木中　7. 众木随僧老　8. 热不息恶木阴　9. 又苍苍兮多木　10. 树木犹为人爱惜　11. 寥落寒山对虚牖　12. 白帝城边古木疏　13. 淮南木落楚山多　14. 九月寒砧催木叶　15. 独木为桥度烂溪

诗词造"林"

1. 有鹙在梁，_____。（《诗经·白华》）

2. 自顾无长策，_____。（《酬张少府》唐·王维）

3. 北土非吾愿，_____。（《秦中感秋寄远上人》唐·孟浩然）

4. _____，开轩览物华。（《清明日宴梅道士房》唐·孟浩然）

5. 野烟含夕渚，_____。（《夜兴》唐·王勃）

6. 闲依农圃邻，_____。（《溪居》唐·柳宗元）

7. _____，闻风坐相悦。（《感遇·其一》唐·张九龄）

8. 凉月挂层峰，_____。（《山中夜宿》唐·顾况）

9. 天地如蒸湿，_____。（《夏雨》唐·王驾）

10. 熊咆龙吟殷岩泉，_____。（《梦游天姥吟留别》唐·李白）

11. 江流宛转绕芳甸，_____。（《春江花月夜》唐·张若虚）

12. _____，春城紫禁晓阴阴。（《赠阙下裴舍人》唐·钱起）

13. _____，人间何必仕公卿？（《致政李祠部》宋·郑獬）

14. _____，薇蕨清风生瑞芝。（《赞前人第四子良汉周岁》宋·陈著）

15. 平冈细草鸣黄犊，_____。（《鹧鸪天》宋·辛弃疾）

◆ 答案：1. 有鹙在林　2. 空知返旧林　3. 东林怀我师　4. 林卧愁春尽　5. 山月照秋林　6. 偶似山林客　7. 谁知林栖者　8. 萝林落叶重　9. 园林似却春　10. 栗深林兮惊层巅　11. 月照花林皆似霰　12. 二月黄鹂飞上林　13. 林下已能忘岁月　14. 山林深处寿高木　15. 斜日寒林点暮鸦

植"树"造"林"

1. 下有采薇士，_____。（《咏怀·其九》晋·阮籍）

2. 湛湛长江水，_____。（《咏怀·其十一》晋·阮籍）

3. 春岸桃花水，_____。（《南征》唐·杜甫）

4. 日暮秋风起，_____。（《过三闾庙》唐·戴叔伦）

5. 暮隔碧云海，_____。（《鹦鹉》唐·张祜）

6. 漠漠穷尘地，_____。（《题苏小小墓》唐·张祜）

7. _____，草合废宫深。(《赋得馆娃宫送王山人游江东》唐·卢纶)

8. _____，巫山巫峡气萧森。(《秋兴·其一》唐·杜甫)

9. _____，只教桃柳占年芳。(《石榴树》唐·白居易)

10. 每看阙下丹青树，_____。(《西省对花忆忠州东坡新花树因寄题东楼》唐·白居易)

11. _____，有时飞向新林宿。(《有鸟二十章·其八》唐·元稹)

12. _____，风过长林杂花起。(《江南曲·其六》唐·刘希夷)

13. _____，路旁处处足清阴。(《早行·其二》宋·吴芾)

14. 不知春色归何处，_____。(《桃源忆故人》宋·王之道)

15. _____，道是梅花，不是梅花。(《一剪梅·客中新雪》宋·方岳)

◆ 答案：1. 上有嘉树林 2. 上有枫树林 3. 云帆枫树林 4. 萧萧枫树林 5. 春依红树林 6. 萧萧古树林 7. 苍苍枫树林 8. 玉露凋伤枫树林 9. 见说上林无此树 10. 每看阙下丹青树 11. 可怜树上百鸟儿 12. 月明芳树群鸟飞 13. 此地惟多古树林 14. 但见茂林芳树 15. 园林晓树愍横斜

"树""木"丛生

1. _____，百草丰茂。(《观沧海》汉·曹操)

2. _____，北风声正悲。(《苦寒行》汉·曹操)

3. _____，兄弟还相忘。(《鸡鸣》汉乐府)

4. 胡地多飚风，_____。(《古歌》汉乐府)

5. 今日大风寒，_____，严霜结庭兰。(《孔雀东南飞》汉乐府)

6. _____，清池激长流。(《赠王粲诗》三国·魏·曹植)

7. _____，绕屋树扶疏。(《读山海经·其一》晋·陶渊明)

8. 曾城填华屋，_____。(《成都府》唐·杜甫)

9. _____，始闻叩柴荆。(《羌村·其三》唐·杜甫)

10. 徒言树桃李，_____？(《感遇·其七》唐·张九龄)

11. _____，人在木兰舟。(《楚江怀古·其一》唐·马戴)

12. _____，江山如故人。(《金山寺》宋·王安石)

13. 下视楼台处，_____。(《游杭州圣果寺》宋•王安石)

14. 君臣已与时际会，_____。(《古柏行》唐•杜甫)

15. _____，莫愁何在，_____。(《永遇乐•次韵吊青楼》宋•高观国)

◆ 答案：1. 树木丛生　2. 树木何萧瑟　3. 树木身相代　4. 树木何修修　5. 寒风摧树木　6. 树木发春华　7. 孟夏草木长　8. 季冬树木苍　9. 驱鸡上树木　10. 此木岂无阴　11. 猿啼洞庭树　12. 树木有春意　13. 空多树木苍　14. 树木犹为人爱惜　15. 木兰艇子　谩系寒江烟树

"花""草"为伴

1. 塘边草杂红，_____。(《送江水曹还远馆》南北朝•谢朓)

2. _____，芳草尚抽绿。(《杨叛儿》南北朝•萧衍)

3. _____，花叶百种色。(《襄阳蹋铜蹄歌•其二》南北朝•萧衍)

4. _____，对月想边秋。(《有所思》南北朝•张正见)

5. 拂草如连蝶，_____。(《咏雪诗》南北朝•裴子野)

6. 落花入户飞，_____。(《山斋独坐赠薛内史•其一》隋•杨素)

7. 迟日江山丽，_____。(《绝句二首•其一》唐•杜甫)

8. 况经梅雨来，_____。(《感情》唐•白居易)

9. 林花扫更落，_____。(《春中喜王九相寻/晚春》唐•孟浩然)

10. 君不见春鸟初至时，_____。(《拟行路难•其十七》南北朝•鲍照)

11. 洛阳梨花落如雪，_____。(《燕歌行》南北朝•萧子显)

12. _____，晋代衣冠成古丘。(《登金陵凤凰台》唐•李白)

13. _____，浅草才能没马蹄。(《钱塘湖春行》唐•白居易)

14. 春风春雨满春山，_____。(《雨中过春山》宋•韩淲)

15. 风雨瓢泉夜半，_____，老子已菟裘。(《水调歌头•送杨民瞻》宋•辛弃疾)

◆ 答案：1. 树际花犹白　2. 桃花初发红　3. 草树非一香　4. 看花忆塞草　5. 落树似飞花　6. 细草当阶积　7. 春风花草香　8. 色黯花草死　9. 径草踏还生　10. 百草含青俱作花

11. 河边细草细如茵　12. 吴宫花草埋幽径　13. 乱花渐欲迷人眼　14. 桃李梨花草树间　15. 花草雪楼春到

"草""木"有情

1. 无草不死,_____。(《诗经·小雅·谷风》)

2. 树木丛生,_____。(《观沧海》汉·曹操)

3. 滔滔孟夏兮,_____。(《怀沙》战国·屈原)

4. _____,夕露沾我衣。(《归园田居·其三》晋·陶渊明)

5. _____,园木空自凋。(《己酉岁九月九日》晋·陶渊明)

6. 轻风摧劲草,_____。(《杂诗·其四》晋·张协)

7. 国破山河在,_____。(《春望》唐·杜甫)

8. _____,何求美人折?(《感遇·其一》唐·张九龄)

9. 覆阵乌鸢起,_____。(《从军行》唐·卢纶)

10. 竟日风沙急,_____。(《塞下感怀》唐·朱庆馀)

11. _____,恐美人之迟暮。(《离骚》战国·屈原)

12. 秋风萧瑟天气凉,_____。(《燕歌行·其一》三国·魏·曹丕)

13. _____,兵戈阻绝老江边。(《恨别》唐·杜甫)

14. 漫漫汗汗一笔耕,_____。(《范山人画山水歌》唐·顾况)

15. 回车庙古丹青老,_____。(《秋日经太行·其一》明·于谦)

◆ 答案：1. 无木不萎　2. 百草丰茂　3. 草木莽莽　4. 道狭草木长　5. 蔓草不复荣　6. 凝霜竦高木　7. 城春草木深　8. 草木有本心　9. 烧山草木明　10. 临秋草木残　11. 惟草木之零落兮　12. 草木摇落露为霜　13. 草木变衰行剑外　14. 一草一木栖神明　15. 碗子城荒草木稀

诗词飘"香"

1. 可怜零落蕊,_____。(《题所赁宅牡丹花》唐·王建)

2. 一朵忽先变,_____。(宋·陈亮《梅花》)

3. _____,宝扇迎归九华帐。(《洛阳女儿行》唐·王维)

4. _____,碧文圆顶夜深缝。(《无题》唐·李商隐)

5. 风波不信菱枝弱，_____？（《无题》唐·李商隐）

6. 收得山丹红蕊粉，_____。（《宫词·其四十一》唐·王建）

7. 疏松影落空坛静，_____。（《同题仙游观》唐·韩翃）

8. 云髻罢梳还对镜，_____。（《宫词》唐·薛逢）

9. _____，拟托良媒益自伤。（《贫女》唐·秦韬玉）

10. _____，本资民用反为殃。（《入京》明·于谦）

11. 万人丛中一握手，_____。（《投宋于庭》清·龚自珍）

12. _____，杏花红，月明杨柳风。（《更漏子》唐·牛峤）

13. _____，几度春深豆蔻梢。（《鹧鸪天》宋·李吕）

14. _____，花时爱与愁相续。（《东坡引》宋·辛弃疾）

15. 零落成泥碾作尘，_____。（宋·陆游《卜算子·咏梅》）

◆ 答案：1. 收取作香烧 2. 百花皆后香 3. 罗帷送上七香车 4. 凤尾香罗薄几重 5. 月露谁教桂叶香 6. 镜前洗却麝香黄 7. 细草香闲小洞幽 8. 罗衣欲换更添香 9. 蓬门未识绮罗香 10. 绢帕麻菇与线香 11. 使我衣袖三年香 12. 香阁掩 13. 一从恨满丁香结 14. 起来香腮褪红玉 15. 只有香如故

"花""香"阵阵

1. 月带圆楼影，_____。（《奉和湘东王应令诗·春宵》南北朝·刘孝绰）

2. 迟日江山丽，_____。（《绝句·其一》唐·杜甫）

3. 掬水月在手，_____。（《春山夜月》唐·于良史）

4. _____，觉后战血腥。（《古边卒思归》唐·司马扎）

5. 四山新笋出，_____。（《四月二日·其二》宋·韩淲）

6. 拂窗桐叶下，_____。（《六七月之交山中凉甚》宋·陆游）

7. 雨滋槐叶翠，_____。（《池亭纳凉》明·朱高炽）

8. 一畦春韭绿，_____。（《红楼梦·第十八回·杏帘在望》清·曹雪芹）

9. 茏葱树色分仙阁，_____。（《长安春游》唐·杨巨源）

10. 楸梧叶暗潇潇雨，_____。（《朱坡故少保杜公池亭》唐·许浑）

11. 试问清芳谁第一，_____。(《蜡梅·其二》宋·潘良贵)

12. _____，尊前舞袖影成三。(《月下独酌闻桂香》元·吕诚)

13. _____，梧叶西风影。(《菩萨蛮》宋·高观国)

14. _____，听取蛙声一片。(《西江月·夜行黄沙道中》宋·辛弃疾)

15. 人生易老天难老，岁岁重阳，今又重阳。_____。(《采桑子·重阳》现代·毛泽东)

◆ 答案：1.风飘花树香 2.春风花草香 3.弄花香满衣 4.梦中稻花香 5.一涧野花香 6.绕舍稻花香 7.风过藕花香 8.十里稻花香 9.缥缈花香泛御沟 10.菱荇花香淡淡风 11.蜡梅花冠百花香 12.天上散花香第一 13.桂花香雾冷 14.稻花香里说丰年 15.战地黄花分外香

诗林寻"杨"

1. _____，绮罗不自持。(《春咏诗》南北朝·沈约)

2. _____，袅袅上春中。(《折杨柳》南北朝·张正见)

3. 槐色阴清昼，_____。(《送丘为往唐州》唐·王维)

4. _____，裙妒石榴花。(《和春深·其二十》唐·白居易)

5. _____，芳草滋旧根。(《春遇南使贻赵知音》唐·岑参)

6. _____，娇韵落梅风。(《莺》唐·李峤)

7. 兴来携妓恣经过，_____？(《忆旧游寄谯郡元参军》唐·李白)

8. 此时行乐难再遇，_____。(《忆旧游寄谯郡元参军》唐·李白)

9. _____，青鸟飞去衔红巾。(《丽人行》唐·杜甫)

10. _____，去日隋堤蓼穗红。(《自孟津舟西上雨中作》唐·韦庄)

11. _____，春风先我入皇州。(《寄平甫》宋·王安石)

12. 问春何去？乱随风飞坠，_____。(《酹江月·感旧再和前韵》宋·何梦桂)

13. 年芳易失，_____，谩自惜。(《秋霁》宋·周密)

14.　＿＿＿＿＿＿＿＿＿＿，边城一片离索。(《凄凉犯》宋·姜夔)

15. 我失骄杨君失柳，＿＿＿＿＿＿＿＿＿＿。(《蝶恋花·答李淑一》现代·毛泽东)

◆ 答案：1. 杨柳乱如丝　2. 杨柳半垂空　3. 杨花惹暮春　4. 眉欺杨柳叶　5. 枯杨长新条　6. 声分折杨吹　7. 其若杨花似雪何　8. 西游因献长杨赋　9. 杨花雪落覆白苹　10. 来时楚岸杨花白　11. 坐想摇鞭杨柳路　12. 杨花篱落　13. 段桥几换垂杨色　14. 绿杨巷陌秋风起　15. 杨柳轻扬直上重霄九

诗林觅"柳"

1. 新家孟城口，＿＿＿＿＿＿＿＿＿。(《孟城坳》唐·王维)

2. 浙云近吴见，＿＿＿＿＿＿＿＿＿。(《送沈秀才下第东归》唐·贾岛)

3. ＿＿＿＿＿＿＿，花明草尽长。(《春兴》唐·齐己)

4. ＿＿＿＿＿＿＿，芳芽缀柔柯。(《同魏进道晚过湖上》宋·韩维)

5. ＿＿＿＿＿＿＿，轻薄桃花逐水流。(《漫兴·其五》唐·杜甫)

6. 归来池苑皆依旧，＿＿＿＿＿＿＿＿＿＿。(《长恨歌》唐·白居易)

7. ＿＿＿＿＿＿＿＿＿＿，对此如何不泪垂！(《长恨歌》唐·白居易)

8. 诗家清景在新春，＿＿＿＿＿＿＿＿＿＿。(《城东早春》唐·杨巨源)

9. 犁锄相踵地力尽，＿＿＿＿＿＿＿＿＿＿。(《春日田园杂兴》宋·方德麟)

10. 终来不似西湖好，＿＿＿＿＿＿＿＿＿＿。(《雪坡以雨阻山行有诗因亦次韵》宋·施枢)

11. ＿＿＿＿＿＿＿＿，堕絮飞无影。(《剪牡丹·舟中闻双琵琶》宋·张先)

12. ＿＿＿＿＿＿＿＿，人约黄昏后。(《生查子·元夕》宋·欧阳修)

13. ＿＿＿＿＿＿＿＿，草薰风暖摇征辔。(《踏莎行》宋·欧阳修)

14. ＿＿＿＿＿＿＿＿，碧桃深巷，回首曾行乐。(《醉江月·感旧再和前韵》宋·何梦桂)

15. ＿＿＿＿＿＿＿＿＿＿，帘外潇潇微雨，做轻寒。(《虞美人》宋·苏轼)

◆ 答案：1. 古木余衰柳　2. 汴柳接楚垂　3. 柳暖莺多语　4. 傅傅桥边柳　5. 颠狂柳絮随风去　6. 太液芙蓉未央柳　7. 芙蓉如面柳如眉　8. 绿柳才黄半未匀　9. 花柳无私春色偏　10. 晴雨皆堪傍柳行　11. 柳径无人　12. 月上柳梢头　13. 溪桥柳细　14. 细柳重门　15. 柳丝搭在玉阑干

"杨""柳"依依

1. 昔我往矣，_____。(《诗经·采薇》)
2. 浩浩阳春发，_____。(《歌》汉·张衡)
3. 巫山巫峡长，_____。(《折杨柳》南北朝·萧绎)
4. _____，同向玉窗垂。(《代宛转歌·其二》唐·刘方平)
5. 校猎长杨苑，_____。(《皇帝感词》唐·卢纶)
6. _____，归期暗数芙蓉。(《乌夜啼》宋·卢祖皋)
7. _____，杨花漫漫搅天飞。(《送别诗》隋·无名氏)
8. _____，春风不度玉门关。(《凉州词》唐·王之涣)
9. _____，闻郎江上踏歌声。(《竹枝词·其一》唐·刘禹锡)
10. _____，愿戴儒冠为控弦。(《闻回戈军》唐·韦庄)
11. 日暮笙歌收拾去，_____。(《苏堤清明即事》宋·吴惟信)
12. 沾衣欲湿杏花雨，_____。(《绝句》宋·志南)
13. 草长莺飞二月天，_____。(《村居》清·高鼎)
14. 今宵酒醒何处？_____、晓风残月。(《雨霖铃》宋·柳永)
15. _____，六亿神州尽舜尧。(《送瘟神·其二》现代·毛泽东)

◆ 答案：1. 杨柳依依 2. 杨柳何依依 3. 垂柳复垂柳 4. 愿作杨与柳 5. 屯军细柳营 6. 别恨慵看杨柳 7. 杨柳青青著地垂 8. 羌笛何须怨杨柳 9. 杨柳青青江水平 10. 营中不用栽杨柳 11. 万株杨柳属流莺 12. 吹面不寒杨柳风 13. 拂堤杨柳醉春烟 14. 杨柳岸 15. 春风杨柳万千条

诗林摘"桃"

1. _____，报之以琼瑶。(《诗经·木瓜》)
2. 丹灶初开火，_____。(《清明日宴梅道士房》唐·孟浩然)
3. _____，萍叶荡归舟。(《送姚八归江南》唐·刘长卿)
4. _____，不及汪伦送我情。(《赠汪伦》唐·李白)
5. 人间四月芳菲尽，_____。(《大林寺桃花》唐·白居易)
6. 何处曾经同望月？_____。(《感月悲逝者》唐·白居易)
7. 渔舟逐水爱山春，_____。(《桃源行》唐·王维)

8. _____，不辨仙源何处寻。(《桃源行》唐·王维)

9. 画阁朱楼尽相望，_____。(《洛阳女儿行》唐·王维)

10. _____，洞在清溪何处边？(《桃花溪》唐·张旭)

11. _____，未央前殿月轮高。(《春宫曲》唐·王昌龄)

12. 长笛声中海月飞，_____。(《怀旧夜吟寄赵杞》唐·李中)

13. 雨如梅子初黄日，_____。(《雨中遣怀》宋·陆游)

14. _____，说与凄凉意，愁无际。(《点绛唇·伤感》宋·周邦彦)

15. 细柳重门，_____，回首曾行乐。(《醉江月·感旧再和前韵》宋·何梦桂)

◆ 答案：1. 投我以木桃 2. 仙桃正发花 3. 桃花迷旧路 4. 桃花潭水深千尺 5. 山寺桃花始盛开 6. 樱桃树下后堂前 7. 两岸桃花夹古津 8. 春来遍是桃花水 9. 红桃绿柳垂檐向 10. 桃花尽日随流水 11. 昨夜风开露井桃 12. 桃花零落满庭墀 13. 水似桃花欲动时 14. 凭仗桃根 15. 碧桃深巷

诗林采"李"

1. 南山有杞，_____。(《诗经·南山有台》)

2. _____，报之以琼玖。(《诗经·木瓜》)

3. 瓜田不纳履，_____。(《君子行》汉乐府)

4. 南国有佳人，_____。(《杂诗·其四》三国·魏·曹植)

5. _____，谁能久荧荧？(《咏怀·其十八》晋·阮籍)

6. _____，灼灼有辉光。(《咏怀·其十二》晋·阮籍)

7. _____，成蹊将夭伤。(《咏怀·其四十四》晋·阮籍)

8. _____，二月柳争梅。(《雉子斑》南北朝·江总)

9. 风蒲猎猎小池塘，过雨荷花满院香，_____。(《忆王孙·夏词》宋·李重元)

10. 李白前时原有月，_____。(《把酒对月歌》明·唐寅)

11. _____，月在青天几圆缺？(《把酒对月歌》明·唐寅)

12. 今人犹歌李白诗，_____。(《把酒对月歌》明·唐寅)

13. _____，白与明月安能知！(《把酒对月歌》明·唐寅)

327

14. _____，我今百杯复千首。(《把酒对月歌》明·唐寅)

15. _____，料应月不嫌我丑。(《把酒对月歌》明·唐寅)

◆ 答案：1. 北山有李 2. 投我以木李 3. 李下不正冠 4. 容华若桃李 5. 视彼桃李花 6. 夭夭桃李花 7. 荧荧桃李花 8. 三春桃照李 9. 沉李浮瓜冰雪凉 10. 惟有李白诗能说 11. 李白如今已仙去 12. 明月还如李白时 13. 我学李白对明月 14. 李白能诗复能酒 15. 我愧虽无李白才

"桃""李"芬芳

1. _____，报之以李。(《诗经·抑》)

2. 虫来啮桃根，_____。(《鸡鸣》汉乐府)

3. 榆柳荫后檐，_____。(《归园田居·其一》晋·陶渊明)

4. 嘉树下成蹊，_____。(《咏怀·其三》晋·阮籍)

5. _____，吐花竟不言。(《古风·其二十五》唐·李白)

6. _____，此木岂无阴？(《感遇·其七》唐·张九龄)

7. _____，然后欲忘言。(《梅》唐·韦蟾)

8. _____，秋雨梧桐叶落时。(《长恨歌》唐·白居易)

9. 洞门高阁霭余辉，_____。(《酬郭给事》唐·王维)

10. 林园手种唯吾事，_____。(《代园中老人》唐·耿湋)

11. 故吾思昆仑之琪树，_____。(《彩树歌》唐·陈子昂)

12. _____，江湖夜雨十年灯。(《寄黄几复》宋·黄庭坚)

13. 深深庭院清明过，_____。(《虞美人》宋·苏轼)

14. 林下有孤芳，不匆匆，_____。(《蓦山溪·至宜州作寄赠陈湘》宋·黄庭坚)

15. _____，春在溪头荠菜花。(《鹧鸪天》宋·辛弃疾)

◆ 答案：1. 投我以桃 2. 李树代桃僵 3. 桃李罗堂前 4. 东园桃与李 5. 所以桃李树 6. 徒言树桃李 7. 何须是桃李 8. 春风桃李花开日 9. 桃李阴阴柳絮飞 10. 林桃李成阴归别人 11. 厌桃李之缤纷 12. 桃李春风一杯酒 13. 桃李初红破 14. 成蹊桃李 15. 城中桃李愁风雨

328

诗林一"叶"

1. 明朝挂帆席，_____。(《夜泊牛渚怀古》唐·李白)

2. _____，青楼自管弦。(《风雨》唐·李商隐)

3. _____？寒云路几层？(《北青萝》唐·李商隐)

4. _____，长亭酒一瓢。(《秋日赴阙题潼关驿楼》唐·许浑)

5. _____，自觉老烟波。(《早秋》唐·许浑)

6. _____，灯下白头人。(《喜外弟卢纶见宿》唐·司空曙)

7. 凉月挂层峰，_____。(《山中夜宿》唐·顾况)

8. _____，低低半搭篷。(《买舟》宋·沈说)

9. 鸿飞冥冥日月白，_____。(《寄韩谏议》唐·杜甫)

10. 苦心岂免容蝼蚁，_____。(《古柏行》唐·杜甫)

11. _____，荷花深处小船通。(《采莲曲》唐·白居易)

12. 升堂坐阶新雨足，_____。(《山石》唐·韩愈)

13. _____，难得闲人话白云。(《晚秋病中》唐·王建)

14. _____，酴醾香里柳绵飞。(《春晚》宋·徐玑)

15. _____，葱葱鼠耳翠成双。(《夏日田园杂兴·其八》宋·范成大)

◆ 答案：1. 枫叶落纷纷　2. 黄叶仍风雨　3. 落叶人何在　4. 红叶晚萧萧　5. 淮南一叶下　6. 雨中黄叶树　7. 萝林落叶重　8. 租得身如叶　9. 青枫叶赤天雨霜　10. 香叶终经宿鸾凤　11. 菱叶萦波荷飐(zhǎn)风　12. 芭蕉叶大栀子肥　13. 偶逢新语书红叶　14. 蝌蚪散边荷叶出　15. 槐叶初匀日气凉

诗词之"根"

1. _____，口如含朱丹。(《孔雀东南飞》汉乐府)

2. _____，李树代桃僵。(《鸡鸣》汉乐府)

3. _____，伤根葵不生。(《古诗源·其一》汉)

4. 似叶飘辞树，_____。(《途中题山泉》唐·白居易)

5. _____，不如遭弃捐。(《京兆府新栽莲》唐·白居易)

6. _____，天街雪似盐。(《马诗·其二》唐·李贺)

7. _____，比兴得佳人。（《芷亭》宋·刘敞）

8. _____，凌霜势不摧。（《问栝》宋·文彦博）

9. _____，还我旧山河。（《题丘芳仲月林》宋·朱继芳）

10. _____，天地阔远随飞扬。（《听颖师弹琴》唐·韩愈）

11. _____，心地忘机酒半酣。（《琴酒》唐·白居易）

12. _____，会尽山中寂静源。（《醒闻桧》唐·皮日休）

13. _____，炊烟不起自酸辛。（《田间麦秀因成绝句》宋·王炎）

14. _____，幻化须知花有神。（《送芍药·其一》宋·叶翥）

15. 倚杖月生人影瘦，_____。（《睡起已亭午终日凉甚有赋》宋·陆游）

◆ 答案：1. 指如削葱根 2. 虫来啮桃根 3. 采葵莫伤根 4. 如云断别根 5. 托根非其所 6. 腊月草根甜 7. 移根烦老圃 8. 得地根弥固 9. 和根都斫却 10. 浮云柳絮无根蒂 11. 耳根得听琴初畅 12. 耳根无厌听佳木 13. 老稚缘崖锄草根 14. 栽培元是根宜地 15. 岸巾露透发根凉

"叶"落归"根"

1. _____，根株浮沧海。（《拟古·其九》晋·陶渊明）

2. 桃叶复桃叶，_____。（《桃叶歌·其二》晋·王献之）

3. _____，气浅未成峰。（《赋得题新云诗》南北朝·张正见）

4. 不见松萝上，_____。（《古意诗·其一》南北朝·萧衍）

5. 安知南山桂，_____。（《咏桂》唐·李白）

6. _____，江溪共石根。（《冬深》唐·杜甫）

7. 满庭田地湿，_____。（《早春》唐·白居易）

8. _____，青苔围柱根。（《早寒》唐·白居易）

9. 似叶飘辞树，_____。（《途中题山泉》唐·白居易）

10. 白云从出岫，_____。（《重推后却赴岭外待进止寄元侍郎》唐·刘长卿）

11. _____，斜根拥断蓬。（《山中咏古木》唐·卢纶）

12. 壁泥根长麦，_____。（《闲居作·其四》唐·张祜）

13. 根涵旧山土，_____。(《冯氏书斋小松·其二》唐·王贞白)

14. 有根横水石，_____。(《古木卧平沙》唐·王泠然)

15. 小青衣动桃根起，_____。(《日高卧》唐·白居易)

◆ 答案：1. 柯叶自摧折 2. 桃树连桃根 3. 根危才吐叶 4. 叶落根不移 5. 绿叶垂芳根 6. 花叶随天意 7. 荠叶生墙根 8. 黄叶聚墙角 9. 如云断别根 10. 黄叶已辞根 11. 坠叶鸣丛竹 12. 篱柱叶生杨 13. 叶间近溪云 14. 无叶拂烟霞 15. 嫩绿酷浮竹叶新

诗林听"鸟"

1. _____，白旆央央。(《诗经·六月》)

2. 蝉噪林逾静，_____。(《入若耶溪》南北朝·王籍)

3. 日出远岫明，_____。(《山斋独坐赠薛内史·其一》隋·杨素)

4. _____，江猿啸晚风。(《江夏别宋之悌》唐·李白)

5. 已见寒梅发，_____。(《杂诗·其三》唐·王维)

6. _____，磴叠上鱼鳞。(《出境游山·其一》唐·王勃)

7. _____，因之传远情。(《感遇·其二》唐·张九龄)

8. _____，羌迅高而难当。(《九章·思美人》战国·屈原)

9. 杨花雪落覆白苹，_____。(《丽人行》唐·杜甫)

10. 老去诗篇浑漫兴，_____。(《江上值水如海势聊短述》唐·杜甫)

11. _____，在地愿为连理枝。(《长恨歌》唐·白居易)

12. _____，怅魂夜啸虎行多。(《酬乐天得微之诗知通州事因成·其三》唐·元稹)

13. _____，一派寒冰忽开散。(《陈翊郎中北亭送侯钊侍御赋得带冰流歌》唐·卢纶)

14. 来往白云知岁久，_____。(《送僧·其二》唐·马戴)

15. _____，隔江闻夜笛。(《闻鹊喜·吴山观涛》宋·周密)

◆ 答案：1. 织文鸟章 2. 鸟鸣山更幽 3. 鸟散空林寂 4. 谷鸟吟晴日 5. 复闻啼鸟声 6. 峰斜连鸟翅 7. 持此谢高鸟 8. 因归鸟而致辞兮 9. 青鸟飞去衔红巾 10. 春来花鸟莫深愁 11. 在天愿作比翼鸟 12. 哭鸟昼飞人少见 13. 溪中鸟鸣春景旦 14. 满山猿鸟会

经声　15. 白鸟明边帆影直

诗苑猎"兽"

1. 建旐设旄，_____。(《诗经·车攻》)

2. 义门近横塘，_____。(《长歌行》晋·傅玄)

3. 龙舟移棹晚，_____。(《寄李十二白二十韵》唐·杜甫)

4. 凄凉大同殿，_____。(《北征》唐·杜甫)

5. _____，弓势月初三。(《秋思》唐·白居易)

6. _____，步步比肩行。(《长相思》唐·白居易)

7. 千钟合尧禹，_____。(《帝京篇·其八》唐·李世民)

8. 离骚喻草香，_____。(《七交七首·梅主簿》宋·欧阳修)

9. _____，貂裘狐白相宜。(《忆长安·十一月》唐·刘蕃)

10. _____，草苴比而不芳。(《九章·悲回风》战国·屈原)

11. _____，蛮馆四方犀入苑。(《驯犀·感为政之难终也》唐·白居易)

12. 搜于岐阳骋雄俊，_____。(《石鼓歌》唐·韩愈)

13. _____，水滴铜龙昼漏长。(《宫词》唐·薛逢)

14. 薄雾浓云愁永昼，_____。(《醉花阴》宋·李清照)

15. _____，办金船、羔酒熔脂。(《声声慢·催雪》宋·王沂孙)

◆ 答案：1. 搏兽于敖　2. 兽口出通侯　3. 兽锦夺袍新　4. 寂寞白兽闼　5. 兽形云不一　6. 愿作远方兽　7. 百兽谐金石　8. 诗人识鸟兽　9. 兽炭毡炉正好　10. 鸟兽鸣以号群兮　11. 上嘉人兽俱来远　12. 万里禽兽皆遮罗　13. 锁衔金兽连环冷　14. 瑞脑消金兽　15. 红炉旋添兽炭

诗厩相"马"

1. _____，欲行远道迷。(《奔亡道中·其五》唐·李白)

2. 草枯鹰眼疾，_____。(《观猎》唐·王维)

3. 巢禽投树尽，_____。(《暝》宋·梅尧臣)

4. 开门半山月，_____。(《早行》元·方夔)

5._____,举酒欲饮无管弦。(《琵琶行》唐·白居易)

6. 登山寻水应无力,_____。(《寄题庐山旧草堂兼呈二林寺道侣》唐·白居易)

7._____,秋日平原好射雕。(《出塞》唐·王维)

8._____,汉家将赐霍嫖姚。(《出塞》唐·王维)

9._____,雕盺青云睡眼开。(《始闻秋风》唐·刘禹锡)

10. 出门莫恨无人随,_____。(《劝学诗》宋·赵恒)

11. 酒肉如山鼓吹喧,_____。(《梦范参政》宋·陆游)

12._____,岂若妇女不下堂?(《陇头水》宋·陆游)

13. 九州生气恃风雷,_____。(《己亥杂诗·其一二五》清·龚自珍)

14. 来相召、_____,谢他酒朋诗侣。(《永遇乐》宋·李清照)

15. 曲岸持觞,_____,此地曾轻别。(《念奴娇·书东流村壁》宋·辛弃疾)

◆ 答案:1. 歇马傍春草 2. 雪尽马蹄轻 3. 疲马入城迟 4. 立马一庭霜 5. 主人下马客在船 6. 不似江州司马时 7. 暮云空碛时驱马 8. 玉靶角弓珠勒马 9. 马思边草拳毛动 10. 书中车马多如簇 11. 车马结束有行色 12. 裹尸马革固其常 13. 万马齐喑究可哀 14. 香车宝马 15. 垂杨系马

诗词真"牛"

1._____,松高白鹤眠。(《寻雍尊师隐居》唐·李白)

2._____,青天无片云。(《夜泊牛渚怀古》唐·李白)

3. 斜光照墟落,_____。(《渭川田家》唐·王维)

4. 白雾鱼龙气,_____。(《汴河阻风》唐·孟云卿)

5. 大厦如倾要梁栋,_____。(《古柏行》唐·杜甫)

6._____,谁复著手为摩挲?(《石鼓歌》唐·韩愈)

7. 此日六军同驻马,_____。(《马嵬》唐·李商隐)

8._____,市南门外泥中歇。(《卖炭翁》唐·白居易)

9. 手把文书口称敕,_____。(《卖炭翁》唐·白居易)

10. 半匹红绡一丈绫，_____。(《卖炭翁》唐·白居易)

11. 班姬此夕愁无限，_____。(《七夕》唐·崔颢)

12. 华亭浪说吹毛剑，_____。(《戏赠水牯庵》宋·黄庭坚)

13. _____，高田低田齐下秧。(《题曹兄耕绿轩》宋·方岳)

14. 横眉冷对千夫指，_____。(《自嘲》近现代·鲁迅)

15. 此身今在幻人宫，要将驴佛我，_____。(《临江仙》宋·王千秋)

◆ 答案：1. 花暖青牛卧 2. 牛渚西江夜 3. 穷巷牛羊归 4. 黑云牛马形 5. 万牛回首丘山重 6. 牧童敲火牛砺角 7. 当时七夕笑牵牛 8. 牛困人饥日已高 9. 回车叱牛牵向北 10. 系向牛头充炭直 11. 河汉三更看斗牛 12. 不见全牛可下刀 13. 驾犁叱叱牛力强 14. 俯首甘为孺子牛 15. 分付马牛风

诗词惜"别"

1. _____，生别常恻恻。(《梦李白·其一》唐·杜甫)

2. _____，儿女忽成行。(《赠卫八处士》唐·杜甫)

3. _____，何处还相遇？(《初发扬子寄元大校书》唐·韦应物)

4. _____，鬓丝生几缕。(《长安遇冯著》唐·韦应物)

5. 难作别时心，_____。(《杂言重送皇甫侍御曾》唐·皎然)

6. _____，不似相逢好。(《生查子》宋·晏几道)

7. 飘零疏酒盏，_____。(《千秋岁》宋·秦观)

8. _____？且放白鹿青崖间，须行即骑访名山。(《梦游天姥吟留别》唐·李白)

9. 请君试问东流水，_____？(《金陵酒肆留别》唐·李白)

10. _____，胡骑长驱五六年。(《恨别》唐·杜甫)

11. _____，嘶马出门思故乡。(《送陈章甫》唐·李颀)

12. _____，重见云英掌上身。(《偶题/嘲钟陵妓云英》唐·罗隐)

13. _____，一寸离肠千万结。(《应天长》唐·韦庄)

14. 难相见，_____，又是玉楼花似雪。(《应天长》唐·韦庄)

15. _____，触目柔肠断。(《清平乐》南唐·李煜)

◆ 答案：1. 死别已吞声 2. 昔别君未婚 3. 今朝为此别 4. 昨别今已春 5. 还看别时路 6. 真个别离难 7. 离别宽衣带 8. 别君去兮何时还 9. 别意与之谁短长 10. 洛城一别四千里 11. 青山朝别暮还见 12. 钟陵醉别十余春 13. 别来半岁音书绝 14. 易相别 15. 别来春半

诗词洒"泪"

1. 日暮浮云滋，_____。（《李都尉陵从军》南北朝·江淹）

2. 围腰无一尺，_____。（《王昭君》南北朝·庾信）

3. 歌罢仰天叹，_____。（《羌村·其三》唐·杜甫）

4. 一声何满子，_____。（《何满子》唐·张祜）

5. 忧来思君不敢忘，_____。（《燕歌行·其一》三国·魏·曹丕）

6. 夜深忽梦少年事，_____。（《琵琶行》唐·白居易）

7. _____，夜深前殿按歌声。（《后宫词》唐·白居易）

8. 纱窗日落渐黄昏，_____。（《春怨》唐·刘方平）

9. _____，米粮丝税将奈何？（《陌上桑》元·王冕）

10. _____，背灯眠，玉钗横枕边。（《更漏子》唐·牛峤）

11. _____，乱红飞过秋千去。（《蝶恋花》宋·欧阳修）

12. _____，淡烟芳草连云远。（《蝶恋花》宋·张先）

13. 叶落灞陵如翦，_____。（《玉联环/解连环》宋·张先）

14. 明月楼高休独倚，酒入愁肠，_____。（《苏幕遮》宋·范仲淹）

15. _____，红霞万朵百重衣。（《七律·答友人》现代·毛泽东）

◆ 答案：1. 握手泪如霰 2. 垂泪有千行 3. 四座泪纵横 4. 双泪落君前 5. 不觉泪下沾衣裳 6. 梦啼妆泪红阑干 7. 泪湿罗巾梦不成 8. 金屋无人见泪痕 9. 明朝相对泪滂沱 10. 收泪语 11. 泪眼问花花不语 12. 有个离人凝泪眼 13. 泪沾歌扇 14. 化作相思泪 15. 斑竹一枝千滴泪

"泪"如"雨"下

1. 守穷者贫贱，_____。（《善哉行·其二》汉·曹操）

2. 雷叹一声响，_____。（《有所思》南北朝·萧统）

3. _____，终年共沾衣。（《长亭》唐·司空图）

4. _____，著木木立槁。(《秋怀·其七》宋·陈师道)

5. 诉苍天兮天不闻，_____。(《思亲诗》晋·嵇康)

6. 风号沙宿潇湘浦，_____。(《临江王节士歌》唐·李白)

7. _____，五十年前雨露恩。(《梨园弟子》唐·白居易)

8. _____，梨花一枝春带雨。(《长恨歌》唐·白居易)

9. 岭色千重万重雨，_____。(《听流人水调子》唐·王昌龄)

10. 君歌声酸辞且苦，_____。(《八月十五夜赠张功曹》唐·韩愈)

11. 今为羌笛出塞声，_____。(《古意》唐·李颀)

12. _____，镜鸾分后属何人？(《惆怅诗·其四》唐·王涣)

13. 春雨洒，春雨洒，_____。(《洛阳道》唐·冯著)

14. 骊山语罢清宵半，_____。(《木兰花令·拟古决绝词柬友》清·纳兰性德)

15. 忽报人间曾伏虎，_____。(《蝶恋花·答李淑一》现代·毛泽东)

◆ 答案：1. 惋叹泪如雨 2. 雨泪忽成行 3. 梅雨和乡泪 4. 雨泪落成血 5. 泪如雨兮叹成云 6. 节士悲秋泪如雨 7. 白头垂泪话梨园 8. 玉容寂寞泪阑干 9. 断弦收与泪痕深 10. 不能听终泪如雨 11. 使我三军泪如雨 12. 诀别徐郎泪如雨 13. 周南一望堪泪下 14. 泪雨霖铃终不怨 15. 泪飞顿作倾盆雨

诗苑采"茶"

1. 食罢一觉睡，_____。(《食后》唐·白居易)

2. 驱愁知酒力，_____。(《赠东邻王十三》唐·白居易)

3. _____，腰暖日阳中。(《闲卧寄刘同州》唐·白居易)

4. 薪拾纷纷叶，_____。(《赠灵鹫山道润禅师院》唐·贯休)

5. 诗战蜂腰怯，_____。(《九峰》宋·左纬)

6. _____，霜荔锦幨垂。(《项君先有幽兴堂其子木即以名庵》宋·叶适)

7. 商人重利轻别离，_____。(《琵琶行》唐·白居易)

8. _____，月明沽酒过溪南。[《秋晚怀茅山石涵村舍》唐·许

浑（一作杜牧）]

9. 未须绝迹便餐霞，＿＿＿＿＿＿。（《和邹宣教》宋·邓肃）

10. ＿＿＿＿＿＿，乱山深处长官清。（《新城道中·其二》宋·苏轼）

11. 唤得南村跛童子，＿＿＿＿＿＿。（《题老学庵壁》宋·陆游）

12. ＿＿＿＿＿＿，江山满眼随处游。（《吹箫出峡图》元·王冕）

13. 酒困路长惟欲睡，＿＿＿＿＿＿，敲门试问野人家。（《浣溪沙》宋·苏轼）

14. 芳菲歇，养蚕天气，＿＿＿＿＿＿。（《忆秦娥·暮春》宋·刘克庄）

15. 愁无寐，＿＿＿＿＿＿。（《渔家傲》宋·陆游）

◆ 答案：1. 起来两瓯茶　2. 破睡见茶功　3. 鼻香茶熟后　4. 茶烹滴滴泉　5. 茶分粥面微　6. 春茶翠旗展　7. 前月浮梁买茶去　8. 云暖采茶来岭北　9. 且饮当朝谏议茶　10. 细雨足时茶户喜　11. 煎茶扫地亦随缘　12. 酒壶茶具船上头　13. 日高人渴漫思茶　14. 采茶时节　15. 鬓丝几缕茶烟里

诗坛品"酒"

1. ＿＿＿＿＿＿，与子偕老。（《诗经·女曰鸡鸣》）

2. ＿＿＿＿＿＿，遣兴莫过诗。（《可惜》唐·杜甫）

3. 开轩面场圃，＿＿＿＿＿＿。（《过故人庄》唐·孟浩然）

4. 欢言得所憩，＿＿＿＿＿＿。（《下终南山过斛斯山人宿置酒》唐·李白）

5. ＿＿＿＿＿＿，能更几回眠？（《醉后赠张九旭》唐·高适）

6. 强欲登高去，＿＿＿＿＿＿。（《行军九日思长安故园》唐·岑参）

7. ＿＿＿＿＿＿，已负邻翁期。（《九日石庄阻雨》宋·王观）

8. 头上花枝照酒卮，＿＿＿＿＿＿。（《插花吟》宋·邵雍）

9. ＿＿＿＿＿＿，车马结束有行色。（《梦范参政》宋·陆游）

10. 春日宴，＿＿＿＿＿＿。（《长命女》南唐·冯延巳）

11. 歌再起，人再舞，＿＿＿＿＿＿。（《乌夜啼》宋·辛弃疾）

12. 寒食后，＿＿＿＿＿＿。（《望江南·超然台作》宋·苏轼）

13. 来相召、香车宝马，＿＿＿＿＿＿。（《永遇乐》宋·李清照）

14. 明月楼高休独倚，＿＿＿＿＿＿，化作相思泪。（《苏幕遮》宋·范仲淹）

15.＿＿＿＿＿＿，高咏谁听？(《浪淘沙·过七里泷》现代·夏承焘)

◆ 答案：1. 宜言饮酒　2. 宽心应是酒　3. 把酒话桑麻　4. 美酒聊共挥　5. 床头一壶酒　6. 无人送酒来　7. 掇英泛美酒　8. 酒卮中有好花枝　9. 酒肉如山鼓吹喧　10. 绿酒一杯歌一遍　11. 酒才消　12. 酒醒却咨嗟　13. 谢他酒朋诗侣　14. 酒入愁肠　15. 杯酒劝长庚

饮"酒"品"茶"

1. 清影不宜昏，＿＿＿＿＿＿。(《宿蓝溪对月》唐·白居易)

2. ＿＿＿＿＿＿，破睡见茶功。(《赠东邻王十三》唐·白居易)

3. ＿＿＿＿＿＿，行茶使小娃。(《春尽劝客酒》唐·白居易)

4. 旋碾新茶试，＿＿＿＿＿＿。(《闲居作·其四》唐·张祜)

5. ＿＿＿＿＿＿，谁解助茶香。(《九日与陆处士羽饮茶》唐·皎然)

6. ＿＿＿＿＿＿，山童呼不起。(《闲夜酒醒》唐·皮日休)

7. ＿＿＿＿＿＿，聊以送将归。(《道林寺送莫侍御》唐·张谓)

8. ＿＿＿＿＿＿，茶将野水煎。(《和元八郎中秋居》唐·姚合)

9. 小盏吹醅尝冷酒，＿＿＿＿＿＿。(《北亭招客》唐·白居易)

10. 云暖采茶来岭北，＿＿＿＿＿＿。[《秋晚怀茅山石涵村舍》唐·许浑(一作杜牧)]

11. ＿＿＿＿＿＿，何如今喜折新茶。(《丑年冬》唐·司空图)

12. 昨日东风吹枳花，＿＿＿＿＿＿。(《酬友人春暮寄枳花茶》唐·李郢)

13. 竹窗松户有佳期，＿＿＿＿＿＿。(《与从弟正字从兄兵曹宴集林园》唐·李嘉祐)

14. 春残叶密花枝少，＿＿＿＿＿＿。(《晚春》宋·王安石)

15. 休对故人思故国，＿＿＿＿＿＿，＿＿＿＿＿＿。(《望江南·超然台作》宋·苏轼)

◆ 答案：1. 聊将茶代酒　2. 驱愁知酒力　3. 尝酒留闲客　4. 生开嫩酒尝　5. 俗人多泛酒　6. 酒渴漫思茶　7. 饮茶胜饮酒　8. 酒用林花酿　9. 深炉敲火炙新茶　10. 月明沽酒过溪南　11. 醉日昔闻都下酒　12. 酒醒春晚一瓯茶　13. 美酒香茶慰所思　14. 睡起茶多酒盏疏　15. 且将新火试新茶，诗酒趁年华

诗词之"人"

1. _____，良人其良。(《素履之往》清·戚惠琳)

2. 灰心寄枯宅，_____。(《咏怀·其七十》晋·阮籍)

3. _____，云傍马头生。(《送友人入蜀》唐·李白)

4. _____，动如参与商。(《赠卫八处士》唐·杜甫)

5. _____，未有不阴时。(《人日·其一》唐·杜甫)

6. _____，长歌楚天碧。(《溪居》唐·柳宗元)

7. _____，滞虑洗孤清。(《感遇·其三》唐·张九龄)

8. 销磨岁月成高位，_____。(《喜入新年自咏》唐·白居易)

9. 今朝人日逢人喜，_____。(《乙丑人日》唐·司空图)

10. 芳菲歇去何须恨，_____。(《三月晦日偶题》宋·秦观)

11. 一岁还随一岁来，_____。(《立春日过荐福寺》宋·刘敞)

12. _____，借问蚕姑无个在。(《陌上桑》元·王冕)

13. 闲来写就青山卖，_____。(《言志》明·唐寅)

14. _____，欢也飘零，悲也飘零，都作连江点点萍。(《采桑子》清·王国维)

15. _____，岁岁重阳，今又重阳。(《采桑子·重阳》现代·毛泽东)

◆ 答案：1. 幽人其幽 2. 曷顾人间姿 3. 山从人面起 4. 人生不相见 5. 元日到人日 6. 来往不逢人 7. 幽人归独卧 8. 比类时流是幸人 9. 不料偷生作老人 10. 夏木阴阴正可人 11. 立春人日竞相催 12. 行人来往得清凉 13. 不使人间造孽钱 14. 人生只似风前絮 15. 人生易老天难老

诗词有"物"

1. _____，谁论世上名？(《自洛之越》唐·孟浩然)

2. 林卧愁春尽，_____。(《清明日宴梅道士房》唐·孟浩然)

3. 独有宦游人，_____。(《和晋陵陆丞早春游望》唐·杜审言)

4. _____，夜凉清机发。(《卧闻嵩山钟》唐·宋之问)

5. 基构白石层，_____。(《宿云亭》宋·冯山)

339

6.＿＿＿＿＿＿，且用交里闾。(《晚秋农家·其四》宋·陆游)

7. 声有隐而相感兮，＿＿＿＿＿＿。(《九章·悲回风》战国·屈原)

8. 忆昔霓旌下南苑，＿＿＿＿＿＿。(《哀江头》唐·杜甫)

9. 居人共住武陵源，＿＿＿＿＿＿。(《桃源行》唐·王维)

10. 粉墙丹柱动光彩，＿＿＿＿＿＿。(《谒衡岳庙遂宿岳寺题门楼》唐·韩愈)

11. 雨淋日炙野火燎，＿＿＿＿＿＿。(《石鼓歌》唐·韩愈)

12.＿＿＿＿＿＿，休将文字占时名。(《衡阳与梦得分路赠别》唐·柳宗元)

13.＿＿＿＿＿＿，四座无言星欲稀。(《琴歌》唐·李颀)

14.＿＿＿＿＿＿，饱饮游神向悬圃。(《读李白集》唐·齐己)

15.＿＿＿＿＿＿，尘埃分付与人闲。(《到梅山处·其一》宋·陈著)

◆ 答案：1. 且乐杯中物　2. 开轩览物华　3. 偏惊物候新　4. 物改兴心换　5. 风物青山围　6. 诚知物寡薄　7. 物有纯而不可为　8. 苑中景物生颜色　9. 还从物外起田园　10. 鬼物图画填青红　11. 鬼物守护烦挥(huī)呵　12. 直以慵疏招物议　13. 一声已动物皆静　14. 人间物象不供取　15. 滋味深长在物外

诗词"人""物"

1.＿＿＿＿＿＿，有始必有终。(《壮士篇》晋·张华)

2.＿＿＿＿＿＿，居然田舍翁。(《闲坐》唐·白居易)

3. 物故犹堪用，＿＿＿＿＿＿。(《感旧纱帽》唐·白居易)

4.＿＿＿＿＿＿，始得作闲人。(《无长物》唐·白居易)

5.＿＿＿＿＿＿，春物为谁开？(《寄园林主人》唐·韦庄)

6.＿＿＿＿＿＿，而能与世推移。(《渔父》战国·屈原)

7.＿＿＿＿＿＿，还从物外起田园。(《桃源行》唐·王维)

8.＿＿＿＿＿＿，惟有东风旧相识。(《春日西湖寄谢法曹歌》宋·欧阳修)

9.＿＿＿＿＿＿，草木何妨定短长？(《蜡梅·其二》宋·潘良贵)

10.＿＿＿＿＿＿，青山流水唤人来。(《癸西春暮钟信甫寄诗次其韵·

其二》宋·马廷鸾）

11. 大江东去，浪淘尽，_____。（《念奴娇·赤壁怀古》宋·苏轼）

12. _____，欲语泪先流。（《武陵春·春晚》宋·李清照）

13. 俱往矣，_____，还看今朝。（《沁园春·雪》现代·毛泽东）

14. _____，洞中开宴会，招待出牢人。（《临江仙·赠丁玲》现代·毛泽东）

15. _____？盗跖（zhí）庄蹻（jué）流誉后，更陈王奋起挥黄钺。（《贺新郎·读史》现代·毛泽东）

◆ 答案：1. 人物禀常格 2. 人物何相称 3. 人亡不可逢 4. 只缘无长物 5. 主人常不在 6. 圣人不凝滞于物 7. 居人共住武陵源 8. 异乡物态与人殊 9. 旦评人物尚雌黄 10. 苍狗白衣从物变 11. 千古风流人物 12. 物是人非事事休 13. 数风流人物 14. 保安人物一时新 15. 有多少风流人物

"天""人"合一

1. 悠悠苍天，_____？（《诗经·黍离》）

2. 彼苍者天，_____！（《诗经·黄鸟》）

3. 不愧于人？_____？（《诗经·何人斯》）

4. 母也天只，_____！（《诗经·柏舟》）

5. _____，内外察诸。（《灾来吟》宋·邵雍）

6. 羿昔落九乌，_____。（《古朗月行》唐·李白）

7. _____，符节我所持。（《舂陵行》唐·元结）

8. _____，龙塞始应春。（《同洛阳李少府观永乐公主入蕃》唐·孙逖）

9. _____，剪水作花飞。（《惊雪》唐·陆畅）

10. _____，嗟彼本何事。（《夜行观星》宋·苏轼）

11. _____，哀人生之长勤。（《远游》战国·屈原）

12. _____，计程今日到梁州。（《同李十一醉忆元九》唐·白居易）

13. _____，至理何烦远去寻。（《天地吟》宋·邵雍）

14. 谢却海棠飞尽絮，_____。（《即景》宋·朱淑贞）

15. _____，未应廊庙忘山林。（《谢淮东漕虞寿老宝文察院寄

诗·其二》宋·杨万里）

◆ 答案：1. 此何人哉 2. 歼我良人 3. 不畏于天 4. 不谅人只 5. 天人之间 6. 天人清且安 7. 安人天子命 8. 美人天上落 9. 天人宁许巧 10. 天人不相干 11. 惟天地之无穷兮 12. 忽忆故人天际去 13. 天人之际岂容针 14. 困人天气日初长 15. 早晚故人天上去

诗词之"身"

1. 脚著谢公屐，_____。（《梦游天姥吟留别》唐·李白）

2. _____，事简疏交游。（《座右铭》唐·宗密）

3. 处世闲难得，_____。（《新年呈友》唐·许棠）

4. 欲往从之梁父艰，_____。（《四愁诗》汉·张衡）

5. 欲往从之湘水深，_____。（《四愁诗》汉·张衡）

6. 欲往从之陇阪长，_____。（《四愁诗》汉·张衡）

7. 欲往从之雪雰雰，_____。（《四愁诗》汉·张衡）

8. 吾观自古贤达人，_____。（《行路难·其三》唐·李白）

9. 且乐生前一杯酒，_____？（《行路难·其三》唐·李白）

10. _____，不废江河万古流。（《戏为六绝句·其二》唐·杜甫）

11. _____，一日日知前事非。（《将归渭村先寄舍弟》唐·白居易）

12. 卖炭得钱何所营？_____。（《卖炭翁》唐·白居易）

13. _____，五千貂锦丧胡尘。（《陇西行》唐·陈陶）

14. 一气同生天地人，_____？（《偶作》宋·辛弃疾）

15. _____，要将驴佛我，分付马牛风。（《临江仙》宋·王千秋）

◆ 答案：1. 身登青云梯 2. 身安勤戒定 3. 关身事半空 4. 侧身东望涕沾翰 5. 侧身南望涕沾襟 6. 侧身西望涕沾裳 7. 侧身北望涕沾巾 8. 功成不退皆殒身 9. 何须身后千载名 10. 尔曹身与名俱灭 11. 一年年觉此身衰 12. 身上衣裳口中食 13. 誓扫匈奴不顾身 14. 不知何者是吾身 15. 此身今在幻人宫

诗词有"心"

1. _____，载饥载渴。（《诗经·采薇》）

2. _____，如匪浣衣。(《诗经·柏舟》)

3. _____，于我归处。(《诗经·蜉蝣》)

4. _____，于我归息。(《诗经·蜉蝣》)

5. _____，于我归说。(《诗经·蜉蝣》)

6. 迹与孤云远，_____。(《赠丘员外·其一》唐·韦应物)

7. 私自怜兮何极？_____。(《九辩》战国·宋玉)

8. 改过必生智慧，_____。(《无相颂》唐·慧能)

9. _____，欲自适而不可。(《离骚》战国·屈原)

10. _____，等闲平地起波澜。(《竹枝词·其七》唐·刘禹锡)

11. 眼看菊蕊重阳泪，_____。(《陵园妾》唐·白居易)

12. 识者阅见一生事，_____。(《送蔡山人》唐·高适)

13. 年年桥上行人过，_____？(《咏史诗·豫让桥》唐·胡曾)

14. 辽鹤归来，_____。(《点绛唇·伤感》宋·周邦彦)

15. _____，追忆去年游。(《水调歌头·桂林中秋》宋·张孝祥)

◆ 答案：1. 忧心烈烈 2. 心之忧矣 3. 心之忧矣 4. 心之忧矣 5. 心之忧矣 6. 心将野鹤俱 7. 心怦怦兮谅直 8. 护短心内非贤 9. 心犹豫而狐疑兮 10. 长恨人心不如水 11. 手把梨花寒食心 12. 到处豁然千里心 13. 谁有当时国士心 14. 故乡多少伤心地 15. 赏心亭上唤客

"身""心"一体

1. _____，浩浩如虚舟。(《咏意》唐·白居易)

2. _____，冥然任天造。(《首夏》唐·白居易)

3. 身闲无所为，_____。(《秋池·其一》唐·白居易)

4. 清心为治本，_____。(《书端州郡斋壁》宋·包拯)

5. 带长剑兮挟秦弓，_____。(《国殇》战国·屈原)

6. _____，嗜欲不同兮谁可与语？(《胡笳十八拍》汉·蔡文姬)

7. 我非食生而恶死，_____。(《胡笳十八拍》汉·蔡文姬)

8. _____，岂限长安与洛阳？(《吾土》唐·白居易)

9. 身无彩凤双飞翼，_____。(《无题》唐·李商隐)

343

中国诗词寻字觅句

10. 儿家夫婿心容易，＿＿＿＿＿＿。(《木兰花》唐·欧阳炯)

11. 我生志气谁相许，＿＿＿＿＿＿？(《秋冬思家》宋·许景衡)

12. 转烛飘蓬一梦归，欲寻陈迹怅人非，＿＿＿＿＿＿。(《浣溪沙》南唐·李煜)

13. ＿＿＿＿＿＿，静看草根泉际，吟蚓与飞萤。(《水调歌头·和李似之横山对月》宋·李纲)

14. ＿＿＿＿＿＿，况有清池凉馆。(《西江月》宋·朱熹)

15. 身老江湖，＿＿＿＿＿＿。(《声声慢·和沈时斋八日登高韵》宋·吴文英)

◆ 答案：1. 身心一无系 2. 不如放身心 3. 心闲无所思 4. 直道是身谋 5. 首身离分心不惩 6. 殊俗心异兮身难处 7. 不能捐身兮心有以 8. 身心安处为吾土 9. 心有灵犀一点通 10. 身又不来书不寄 11. 何日身心得自由 12. 天教心愿与身违 13. 但使心安身健 14. 身心无累久轻安 15. 心随飞雁天南

诗词多"情"

1. 语已多，＿＿＿＿＿＿。(《生查子》五代·牛希济)

2. ＿＿＿＿＿＿，略相似。(《贺新郎》宋·辛弃疾)

3. ＿＿＿＿＿＿，热如火。(《我侬词》元·管道升)

4. ＿＿＿＿＿＿，无悲亦无思。(《咏怀·其七十》晋·阮籍)

5. 三夜频梦君，＿＿＿＿＿＿。(《梦李白·其二》唐·杜甫)

6. ＿＿＿＿＿＿，竟夕起相思。(《望月怀远》唐·张九龄)

7. 持此谢高鸟，＿＿＿＿＿＿。(《感遇·其二》唐·张九龄)

8. 忙时向闲处，＿＿＿＿＿＿。(《登天台寺》唐·杜荀鹤)

9. ＿＿＿＿＿＿，梦绕吴峰翠。(《千秋岁·咏夏景》宋·谢逸)

10. ＿＿＿＿＿＿，如列宿之错置。(《九章·昔往日》战国·屈原)

11. ＿＿＿＿＿＿，又蔽而莫之白。(《九章·惜诵》战国·屈原)

12. 思报德兮邈已绝，＿＿＿＿＿＿。(《思亲诗》晋·嵇康)

13. 愁奈何兮悲思多，＿＿＿＿＿＿。(《思亲诗》晋·嵇康)

14. 言迟更速皆应手，＿＿＿＿＿＿。(《听董大弹胡笳声兼寄语弄房给

344

事》唐·李颀）

15. _____，生不相从死相从。(《与冒辟疆》清·董小宛）

◆ 答案：1. 情未了 2. 情与貌 3. 情多处 4. 有悲则有情 5. 情亲见君意 6. 情人怨遥夜 7. 因之传远情 8. 不觉有闲情 9. 情随湘水远 10. 情冤见之日明分 11. 情沉抑而不达兮 12. 感鞠育兮情剥裂 13. 情郁结兮不可化 14. 将往复旋如有情 15. 肠虽已断情未了

诗词有"恨"

1. _____，离杯惜共传。(《云阳馆与韩绅宿别》唐·司空曙）

2. 脸浓花自发，_____。(《题苏小小墓》唐·张祜）

3. _____，人间得盛名。(《过朱协律故山》唐·方干）

4. 学书初学卫夫人，_____。(《丹青引赠曹将军霸》唐·杜甫）

5. 天长地久有时尽，_____。(《长恨歌》唐·白居易）

6. _____，贫贱夫妻百事哀。(《遣悲怀·其二》唐·元稹）

7. _____，更隔蓬山一万重。(《无题》唐·李商隐）

8. 他年锦里经祠庙，_____。(《筹笔驿》唐·李商隐）

9. _____，霄汉长怀捧日心。(《赠阙下裴舍人》唐·钱起）

10. _____，为他人作嫁衣裳。(《贫女》唐·秦韬玉）

11. _____，楼上花枝笑独眠。(《春思》唐·皇甫冉）

12. 惊起却回头，_____。(《卜算子·黄州定慧院寓居作》宋·苏轼）

13. _____，几度春深豆蔻梢。(《鹧鸪天》宋·李吕）

14. _____，恨古人不见吾狂耳。(《贺新郎》宋·辛弃疾）

15. 悲风成阵，_____，碑铭残缺应难认。(《山坡羊·北邙山怀古》元·张养浩）

◆ 答案：1. 更有明朝恨 2. 眉恨柳长深 3. 地下无余恨 4. 但恨无过王右军 5. 此恨绵绵无绝期 6. 诚知此恨人人有 7. 刘郎已恨蓬山远 8. 梁父吟成恨有余 9. 阳和不散穷途恨 10. 苦恨年年压金线 11. 机中锦字论长恨 12. 有恨无人省 13. 一从恨满丁香结 14. 不恨古人吾不见 15. 荒烟埋恨

诗中听"声"

1. 弹筝奋逸响，_____。(《古诗十九首·今日良宴会》汉)
2. _____，音响一何悲。(《古诗十九首·西北有高楼》汉)
3. 舟子行催棹，_____。(《棹歌行》南北朝·刘孝绰)
4. 穷达皆由命，_____？(《天道》五代·冯道)
5. 树色遥藏店，_____。(《早发》唐·韦庄)
6. _____，朝绅仰典型。(《安之朝议哀辞·其一》宋·司马光)
7. 时移音律改，_____？(《和令狐仆射小饮听阮咸》唐·白居易)
8. _____，物有纯而不可为。(《九章·悲回风》战国·屈原)
9. _____，影落杯中五老峰。(《题元八溪居》唐·白居易)
10. 扇裁月魄羞难掩，_____。(《无题》唐·李商隐)
11. _____，江上秋风动客情。(《夜书所见》宋·叶绍翁)
12. 晴窗早觉爱朝曦，_____。(《冬景》宋·刘克庄)
13. _____，半脱骊龙颔下须。(《金陵驿·其一》宋·文天祥)
14. 塞下秋来风景异，衡阳雁去无留意，_____。(《渔家傲·秋思》宋·范仲淹)
15. 宝马雕车香满路，_____，玉壶光转，一夜鱼龙舞。(《青玉案·元夕》宋·辛弃疾)

◆ 答案：1. 新声妙入神 2. 上有弦歌声 3. 无所唱流声 4. 何劳发叹声 5. 泉声暗傍畦 6. 场屋推声价 7. 岂是昔时声 8. 声有隐而相感今 9. 声来枕上千年鹤 10. 车走雷声语未通 11. 萧萧梧叶送寒声 12. 竹外秋声渐作威 13. 空流杜宇声中血 14. 四面边声连角起 15. 凤箫声动

诗中观"色"

1. 落月满屋梁，_____。(《梦李白·其一》唐·杜甫)
2. _____，一似去年时。(《元家花》唐·白居易)
3. _____，西施宁久微。(《西施咏》唐·王维)
4. 道人庭宇静，_____。(《晨诣超师院读禅经》唐·柳宗元)
5. _____，远岳起烟岚。(《二月晦日留别鄠中友人》唐·贾岛)

6. _____，汉广夕阳迟。(《赠别卢司直之闽中》唐·刘长卿)

7. _____，苍然满关中。(《与高适薛据登慈恩寺浮图》唐·岑参)

8. _____，将军下笔开生面。(《丹青引赠曹将军霸》唐·杜甫)

9. 国家成败吾岂敢，_____。(《寄韩谏议》唐·杜甫)

10. 霜皮溜雨四十围，_____。(《古柏行》唐·杜甫)

11. 回眸一笑百媚生，_____。(《长恨歌》唐·白居易)

12. _____，眼眶泪滴深两眸。(《箜篌引》唐·王昌龄)

13. _____，只留清气满乾坤。(《墨梅》宋·王冕)

14. 碧云天，黄叶地，_____，波上寒烟翠。(《苏幕遮》宋·范仲淹)

15. _____，夜扫梧桐叶。(《卜算子》明·夏完淳)

◆ 答案：1. 犹疑照颜色 2. 稀稠与颜色 3. 艳色天下重 4. 苔色连深竹 5. 鞭羸去暮色 6. 洲长春色遍 7. 秋色从西来 8. 凌烟功臣少颜色 9. 色难腥腐餐枫香 10. 黛色参天二千尺 11. 六宫粉黛无颜色 12. 颜色饥枯掩面羞 13. 不要人夸颜色好 14. 秋色连波 15. 秋色到空闺

有"声"有"色"

1. _____，凄风咽挽声。(《和阳》南北朝·张正见)

2. _____，月色思空闺。(《春宵诗》南北朝·萧子晖)

3. _____，虫声当户枢。(《秋夕叹白发》南北朝·何逊)

4. _____，楼空月色寒。(《和兄孝绰夜不得眠》南北朝·刘孝先)

5. 春花绮绣色，_____。(《春词》南北朝·王德)

6. 声喧乱石中，_____。(《青溪》唐·王维)

7. 春烟间草色，_____。(《和邢端公登台春望句句有春字之什》唐·皎然)

8. 峰色云端寺，_____。(《送陆判官归杭州》唐·皎然)

9. _____，松声晚窗里。(《寻西山隐者不遇》唐·丘为)

10. 泉声入秋寺，_____。(《夜寻僧不遇》唐·于武陵)

11. 树声村店晚，_____。(《秋日卢龙村舍》宋·徐铉)

12. 莺声恰恰娇，_____。(《生查子》宋·王千秋)

13.＿＿＿＿＿＿，山色挨檐曲曲屏。(《和介之》宋·孔平仲)

14.＿＿＿＿＿＿，暝色啼鸦暮天杳。(《早梅芳近/早梅芳》宋·吕渭老)

15.日斜尚觉酒肠宽，＿＿＿＿＿＿，＿＿＿＿＿＿。(《临江仙·西湖》宋·孙居敬)

◆ 答案：1.秋气悲松色 2.虫声绕春岸 3.月色临窗树 4.叶惨风声异 5.春鸟弦歌声 6.色静深松里 7.春鸟隔花声 8.潮声海上天 9.草色新雨中 10.月色遍寒山 11.草色古城秋 12.草色纤纤嫩 13.竹声满耳萧萧雨 14.风声约雨 15.水云天共色，欸乃一声间

诗中有"诗"

1.宽心应是酒，＿＿＿＿＿＿。(《可惜》唐·杜甫)

2.＿＿＿＿＿＿，飘然思不群。(《春日忆李白》唐·杜甫)

3.光阴与时节，＿＿＿＿＿＿。(《新秋喜凉》唐·白居易)

4.功名非我事，＿＿＿＿＿＿。(《和杨兄五言·其二》宋·杜范)

5.仙去逍遥境，＿＿＿＿＿＿。(《幽居感兴》宋·杨万里)

6.珠状崔嵬里，＿＿＿＿＿＿。(《咏四面云山》清·玄烨)

7.晴空一鹤排云上，＿＿＿＿＿＿。(《秋词》唐·刘禹锡)

8.＿＿＿＿＿＿，二雅褊迫无委蛇。(《石鼓歌》唐·韩愈)

9.点窜尧典舜典字，＿＿＿＿＿＿。(《韩碑》唐·李商隐)

10.＿＿＿＿＿＿，绿柳才黄半未匀。(《城东早春》唐·杨巨源)

11.＿＿＿＿＿＿，不能空放马头回。(《与诸门生春日会饮繁台赋》唐·王仁裕)

12.暮归冲雨寒无睡，＿＿＿＿＿＿。(《九日和韩魏公》宋·苏洵)

13.＿＿＿＿＿＿，梦魂摇曳橹声中。(《月夜舟中》宋·戴复古)

14.＿＿＿＿＿＿，千峰故隔一帘珠。(《小雨》宋·杨万里)

15.来相召、香车宝马，＿＿＿＿＿＿。(《永遇乐》宋·李清照)

◆ 答案：1.遣兴莫过诗 2.白也诗无敌 3.先感是诗人 4.风月负君诗 5.诗留窈窕章 6.兰衢入好诗 7.便引诗情到碧霄 8.陋儒编诗不收入 9.涂改清庙生民诗 10.诗家清景在新春 11.烂醉也须诗一首 12.自把新诗百遍开 13.诗思浮沉樯影里 14.似妒诗人山入眼 15.谢他酒朋诗侣

348

"书"入诗词

1. 长跪读素书，_____。(《饮马长城窟行》汉乐府)

2. _____，步出东斋读。(《晨诣超师院读禅经》唐·柳宗元)

3. 江湖慰寂寞，_____。(《周参政惠书唁及亡儿开·其一》宋·李石)

4. _____，单于已在金山西。(《轮台歌奉送封大夫出师西征》唐·岑参)

5. _____，罪从大辟皆除死。(《八月十五夜赠张功曹》唐·韩愈)

6. 表曰臣愈昧死上，_____。(《八月十五夜赠张功曹》唐·韩愈)

7. _____，口角流沫右手胝。(《八月十五夜赠张功曹》唐·韩愈)

8. _____，清晨再拜铺丹墀。(《韩碑》唐·李商隐)

9. _____，不肯低头在草莽。(《送陈章甫》唐·李颀)

10. 乐工不识长安道，_____。(《江南闻新曲》唐·方干)

11. 富家不用买良田，_____。(《劝学诗》宋·赵恒)

12. 安居不用架高堂，_____。(《劝学诗》宋·赵恒)

13. 出门莫恨无人随，_____。(《劝学诗》宋·赵恒)

14. 娶妻莫恨无良媒，_____。(《劝学诗》宋·赵恒)

15. 须信衡阳万里，有谁家、_____？(《水龙吟》宋·苏轼)

◆ 答案：1. 书中竟何如 2. 闲持贝叶书 3. 一纸故人书 4. 羽书昨夜过渠黎 5. 赦书一日行万里 6. 咏神圣功之碑 7. 愿书万本诵万过 8. 文成破体书在纸 9. 腹中贮书一万卷 10. 尽是书中寄曲来 11. 书中自有千钟粟 12. 书中自有黄金屋 13. 书中车马多如簇 14. 书中有女颜如玉 15. 锦书遥寄

满腹"诗""书"

1. 十三能织素，十四学裁衣，十五弹箜篌，_____。(《孔雀东南飞》汉乐府)

2. _____，二十弹冠仕。(《古意》南北朝·颜之推)

3. 笔砚行随手，_____。(《寄刘尚书》唐·鱼玄机)

4. _____，懒慢致蹉跎。(《春日即事·其一》唐·耿㳟)

5. 却看妻子愁何在？_____。(《闻官军收河南河北》唐·杜甫)

6. _____，如此小惠何足论？(《醉后狂言酬赠萧殷二协律》唐·白居易)

7. 粗缯大布裹生涯，_____。(《和董传留别》宋·苏轼)

8. _____，嫡出源源分外奇。(《赞前人第四子良汉周岁》宋·陈著)

9. _____，文字终惭笔有神。(《和单令》宋·胡寅)

10. 种成梅竹趣何澹，_____。(《到梅山处·其一》宋·陈著)

11. 麋鹿并游谙野性，_____。(《官舍岁暮感怀书事·其三》宋·张耒)

12. _____，要书裙带。(《殢人娇或云赠朝云》宋·苏轼)

13. _____，日望南来雁。(《卜算子》宋·王之道)

14. _____，_____，一枰棋谱，一卷茶经。(《沁园春·生日自述》宋·吴泳)

15. _____、万卷致君人，翻沉陆。(《满江红》宋·辛弃疾)

◆ 答案：1.十六诵诗书 2.十五好诗书 3.诗书坐绕身 4.诗书成志业 5.漫卷诗书喜欲狂 6.劳将诗书投赠我 7.腹有诗书气自华 8.诸郎自是诗书种 9.诗书渐与心为一 10.说到诗书心自闲 11.诗书相对是生涯 12.寻一首好诗 13.应有新诗当尺书 14.有一编书传，一囊诗稿 15.叹诗书

诗中藏"画"

1. _____，前图未改。(《九章·怀沙》战国·屈原)

2. _____，未改此度也。(《九章·思美人》战国·屈原)

3. _____，凤曲不同闻。(《感秋别怨》唐·卢仝)

4. 眸子剪秋水，_____。(《上巳席上有赠》宋·郭祥正)

5. _____，稚子敲针作钓钩。(《江村》唐·杜甫)

6. _____，四弦一声如裂帛。（《琵琶行》唐·白居易）

7. _____，轻罗小扇扑流萤。（《秋夕》唐·杜牧）

8. _____，红桃绿柳垂檐向。（《洛阳女儿行》唐·王维）

9. _____，以火来照所见稀。（《山石》唐·韩愈）

10. 碧阑干外绣帘垂，_____。（《已凉》唐·韩偓）

11. 敢将十指夸针巧，_____。（《贫女》唐·秦韬玉）

12. _____，春睡起来无力。（《西江月》唐·欧阳炯）

13. 双燕飞来垂柳院，_____。（《清平乐》南唐·冯延巳）

14. _____，双双款语怜飞乙。（《渔家傲》宋·欧阳修）

15. 未羞他、双燕归来，_____。（《解连环·孤雁》宋·张炎）

◆ 答案：1. 章画志墨分　2. 广遂前画分　3. 蛾眉谁共画　4. 丹青画不真　5. 老妻画纸为棋局　6. 曲终收拨当心画　7. 银烛秋光冷画屏　8. 画阁朱楼尽相望　9. 僧言古壁佛画好　10. 猩色屏风画折枝　11. 不把双眉斗画长　12. 镜中重画远山眉　13. 小阁画帘高卷　14. 画栋归来巢未失　15. 画帘半卷

有"诗"有"画"

1. _____，寒蛩四壁诗。（《夜坐》宋·文天祥）

2. 经雨绿苔侵古画，_____。（《宣州开元寺赠惟真上人》唐·杜牧）

3. _____，言情不尽恨无才。（《冬日》唐·韩偓）

4. _____，未必新诗待画传。（《题八士图·其二》宋·方岳）

5. 近来翰墨君为绝，_____。（《和陈勉仲·其四》宋·王之道）

6. _____，阴雨无端酿客愁。（《湘中杂咏十绝·其三》宋·王炎）

7. 百尺长条婉曲尘，_____。（《柳枝词·其五》宋·徐铉）

8. 剩收岳麓春前景，_____。（《送十二兄还江西》宋·孔武仲）

9. _____，只在阑干外。（《清平乐·横玉亭秋倚》宋·周密）

10. _____，是天分付闲处。（《念奴娇·次韵弟蒞》宋·陈著）

11. 诗眼曾逢花面，_____。（《西江月》宋·陈三聘）

12. 谁赋才情，_____，_____。（《柳梢青》宋·杨无咎）

13. _____，_____，仪形已见端倪。(《望海潮二调》宋·陈德武)

14. _____，_____，叶叶碧云分雨。(《齐天乐·湖上即席分韵得羽字》宋·史达祖)

15. _____，应答龙鱼悲啸，不暇顾诗愁。(《水调歌头·登多景楼》宋·杨炎正)

◆ 答案：1. 宿雁半江画 2. 过秋红叶落新诗 3. 景状入诗兼入画 4. 偶然画出寻诗意 5. 喜见诗中有画图 6. 江山如画供诗眼 7. 诗题不尽画难真 8. 写入新诗胜画图 9. 诗情画意 10. 堪诗堪画 11. 画图还识春娇 12. 画成幽思，写入新诗 13. 对无声诗，哦有声画 14. 画里移舟，诗边就梦 15. 舒卷江山图画

诗中有"词"

1. _____，三男邺城戍。(《石壕吏》唐·杜甫)

2. 饮柏泛仙味，_____。(《宇文秀才斋中海柳咏》唐·孟郊)

3. 吕梁有出入，_____。(《夏日奉使南海在道中作》唐·张九龄)

4. 薪和野花束，_____。(《樵子》唐·陆龟蒙)

5. 欢来意不持，_____。(《春江花月夜·其二》明·唐寅)

6. 羯胡事主终无赖，_____。(《咏怀古迹·其一》唐·杜甫)

7. 临别殷勤重寄词，_____。(《长恨歌》唐·白居易)

8. 邓攸无子寻知命，_____。(《遣悲怀·其三》唐·元稹)

9. _____，声味虽同迹自疏。(《酬郓州令狐相公官舍言怀见寄兼呈乐天》唐·刘禹锡)

10. 讴歌已入云韶曲，_____。(《寄昭应王丞》唐·杨巨源)

11. 蒿棘空存百尺基，_____。(《歌风台》唐·林宽)

12. 浣纱游女出关东，_____。(《和三乡诗》唐·王涤)

13. _____，去年天气旧亭台。(《浣溪沙》宋·晏殊)

14. 东风半面，料准拟、_____。(《解语花·林钟羽梅花》宋·吴文英)

15. 爱上层楼，_____。(《丑奴儿·书博山道中壁》宋·辛弃疾)

◆ 答案：1. 听妇前致词 2. 咏兰拟古词 3. 乃觉非虚词 4. 步带山词唱 5. 乐极词难陈 6. 词客哀时且未还 7. 词中有誓两心知 8. 潘岳悼亡犹费词 9. 词人各在一涯居 10. 词赋

方归侍从臣　11. 酒酣曾唱大风词　12. 旧迹新词一梦中　13. 一曲新词酒一杯　14. 何郎词卷　15. 为赋新词强说愁

"诗""人"辈出

1. 林泉明月在，_____。(《秋日仙游观赠道士》唐·王勃)

2. _____，饿死抱空山。(《吊卢殷·其一》唐·孟郊)

3. 离骚喻草香，_____。(《七交七首·梅主簿》宋·欧阳修)

4. 瑞霭朝朝犹望幸，_____。(《寄昭应王丞》唐·杨巨源)

5. _____，逃名何用更题名？(《白菊·其四》唐·司空图)

6. _____，小斋闲卧白蘋风。(《送刘禹锡郎中赴苏州·其二》唐·姚合)

7. 只因误识林和靖，_____。(《梅》宋·王淇)

8. 湖海到今无剑客，_____。(《闲居感怀和屏山韵》宋·赵时韶)

9. _____，千峰故隔一帘珠。(《小雨》宋·杨万里)

10. 嘲红侮绿成何事，_____。(《初夏即事》宋·杨万里)

11. _____，如我与君稀。(《八声甘州·寄参寥子》宋·苏轼)

12. 庭前落尽梧桐，水边开彻芙蓉，_____。(《天净沙·秋》元·朱庭玉)

13. 洞庭波涌连天雪，_____。(《七律·答友人》现代·毛泽东)

14. 一唱雄鸡天下白，万方乐奏有于阗，_____。(《浣溪沙·和柳亚子先生》现代·毛泽东)

15. _____，正和前线捷音联，妙香山上战旗妍。(《浣溪沙·和柳亚子先生》现代·毛泽东)

◆ 答案：1. 诗酒故人同　2. 诗人多清峭　3. 诗人识鸟兽　4. 天教赤县有诗人　5. 自古诗人少显荣　6. 太守吟诗人自理　7. 惹得诗人说到今　8. 江山如作老诗人　9. 似妒诗人山入眼　10. 自古诗人没十成　11. 算诗人相得　12. 解与诗人意同　13. 长岛人歌动地诗　14. 诗人兴会更无前　15. 最喜诗人高唱至

"诗""词"中国

1. _____，人传贾岛词。(《夜读贾长江诗效其体》宋·张耒)

353

2. 怪来调苦缘词苦，＿＿＿＿＿＿。（《竹枝词·其四》唐·白居易）

3. 宋玉秋来续楚词，＿＿＿＿＿＿。（《酬孝甫见赠·其一》唐·元稹）

4. 休遣玲珑唱我诗，＿＿＿＿＿＿。（《重赠》唐·元稹）

5. 金马词臣赋小诗，＿＿＿＿＿＿。（《柳枝词·其一》宋·徐铉）

6. 因观雪曲词争胜，＿＿＿＿＿＿。（《对雪和因老韵》宋·王之道）

7. 词随健笔光纶诰，＿＿＿＿＿＿。（《寄冯舍人》宋·王禹偁）

8. ＿＿＿＿＿＿，对此吟哦句自新。（《和刘允升梦草庵前月夜看酴醾》宋·王庭圭）

9. 尘土中无绝妙词，＿＿＿＿＿＿。（《题池州一览亭》宋·刘过）

10. ＿＿＿＿＿＿，不用更寻黄绢词。（《次韵智叔·其三》宋·张耒）

11. 孤窗镇日无聊赖，＿＿＿＿＿＿。（《写怀·其一》宋·朱淑真）

12. ＿＿＿＿＿＿，万语千言总记。（《西江月·赠友人家侍儿名莺莺者》宋·李纲）

13. 花笑何人，＿＿＿＿＿＿。（《点绛唇·南香含笑》宋·王十朋）

14. ＿＿＿＿＿＿，费多少、闲言泼语。（《鹊桥仙·丁卯七夕》宋·郭应祥）

15. ＿＿＿＿＿＿，绮琴三弄，＿＿＿＿＿＿。（《鹊桥仙·自寿》宋·李仲光）

◆答案：1. 五字一篇诗　2. 多是通州司马诗　3. 阴铿官漫足闲诗　4. 我诗多是别君词　5. 梨园弟子唱新词　6. 便觉诗邻势不孤　7. 诗落成都灿绮霞　8. 诗词要并花奇绝　9. 不能重赋翠微诗　10. 今朝一见诗人诗　11. 编辑诗词改抹看　12. 谪仙词赋少陵诗　13. 鹤相诗词好　14. 独怜词客与诗人　15. 诗书万卷，更有新词千首